東莞歷史文化專輯
東莞市政協 編

李黼平集

陳永正題

〔清〕李黼平 著
李永新 點校
李國器 輯補

南方出版傳媒
廣東人民出版社
·廣州·

圖書在版編目（CIP）數據

李黼平集 /（清）李黼平著；李永新點校；李國器輯補. —廣州：廣東人民出版社，2020. 1
ISBN 978 - 7 - 218 - 14053 - 7

Ⅰ. ①李…　Ⅱ. ①李…　②李…　③李…　Ⅲ. ①古典詩歌—詩集—中國—清代　Ⅳ. ①I222. 749

中國版本圖書館 CIP 數據核字（2019）第 271073 號

LI FUPING JI
李黼平集

（清）李黼平　著
李永新　點校　李國器　輯補

出 版 人：蕭風華

責任編輯：李永新　王俊輝
責任技編：吳彥斌　周星奎
裝幀設計：奔流設計
封面題字：陳永正

出版發行：廣東人民出版社
地　　址：廣州市海珠區新港西路 204 號 2 號樓（郵政編碼：510300）
電　　話：（020）85716809（總編室）
傳　　真：（020）85716872
網　　址：http：//www. gdpph. com
印　　刷：廣州市人傑彩印廠
開　　本：889 mm × 1260 mm　1/32
印　　張：20　　**插　頁**：4　　**字　數**：250 千
版　　次：2020 年 1 月第 1 版
印　　次：2020 年 1 月第 1 次印刷
定　　價：88. 00 元

東莞歷史文化專輯

編委會

顧　問：蔣小鶯　鄧流文　鄧浩全　羅軍文
李光霞　梁佳沂　程發良　陳樹良

主　編：安連天

編　委：（按姓氏筆畫為序）
盧學兵　李炳球　連希波　張小聰
趙國營　胡荏光　董　紅　蔡建勛
翟　強　黎樹根

編委辦公室

主　任：李炳球

成　員：盧學兵　林　釗　梁妙嬋

總序

東莞，古稱東官，歷史悠久，宋元以來，人才輩出，乃粵中文化重鎮。東莞歷代著作如林，流風遠近。秋曉《覆瓿》，榮列《四庫》；梅村《花箋》，名傳英德；子礪《縣誌》，譽滿神州；豫泉《詩録》，獨步嶺南。迨夫民國，希白金文，素痴史學，爾雅篆刻，直勉書法，國人傳頌。尤可貴者，每每世運相交之際，先賢節士們仗劍而出。熊飛抗元，袁崇焕抗金，張家玉抗清，蔣光鼐、王作堯抗日，愛國愛鄉之精神至今仍爲世人樂道。

文章之盛，賴載籍以延之；精神之續，賴時賢相授以傳之。雖歷劫不滅，東莞獨特之文化實先賢所呵護之。所謂『維桑與梓，必恭敬止』也。弘揚潛德之幽光，力大者舉一邑之力，力小者舉一人之功。人民政協團結各方，以文會友，致力於文史資料整理，力所能及，爲鄉邦文獻延一綫之脈。借建設文化名城之春風，乃搜集莞籍知名學人、藝術家著作，以爲『三親』史料之延伸。

是爲序。

《東莞歷史文化專輯》編委會

二〇一二年六月一日

繡子先生垂釣圖

陽山谿畔惠州江汜釣搳
兩番挈鯨千里歷載七百
誰歟繼軌珠水停帆珊洲
援館重翻潮白風迴海紫
睠而羈兮爾則亦有兮爾

奉題

繡子先生垂釣圖　番禺門人梁信芳

梁信芳題詞

柫髯々渡洞々胸具緣瑜岂而不費審意一竿山青水碧象於其人殆騎鯨之倫鈞鰲之客 奉題

積子先生小影 東莞張璐

張璐

香海圖分五大洲，雲帆真擬遍句留。而今肯作東莞客，烋雨堂坳試芥舟。

嶺表山川足再經，可曾西上到南寧。橫州灘是天河路（粵西橫州有橫槎浦，晉時有槎橫于灘上，云是天河流下也），歲歲龍瓜待客星。

公卿題贈卷盈千，爵里仍煩次第編。他日藝林成寶笈，有人爭話漢官篇。

僊查先生屬題

嘉應李黼平

李黼平題張寶《泛槎圖》

序言

李黼平，廣東嘉應州（今梅州市梅江區）人，字繡子，又字貞甫，生平事迹見《清史稿·儒林傳》。

李黼平是一位漢學經師。一八〇五年（嘉慶十年）中進士，授翰林院庶吉士。次年返粤，受兩廣總督吳熊光（槐江）之聘，主越華書院講席，『以實學教人，鑄史鎔經』，『每課必舉本題宜采之經傳、故事，詳悉開示，校閲評論，動至數百言，非經義燦然者不列優等。自是諸生咸知講求實學，購訪遺篇』。斯實開近代廣東學界經世致用之風。一八〇八年（嘉慶十三年）黼平赴京師。散館，授江蘇昭文知縣。在任尤以作士爲務，月課必親定甲乙，公暇即手一编。一八二〇年（嘉慶二十五年），他從蘇州回到廣州，被經學大師、兩廣總督阮元截留，聘爲西席，兼爲學海堂評定課藝。一八二四年（道光四年），阮元薦黼平爲東莞寶安書院山長。既主寶安書院講席，『每自重，非慶賀不至縣署。教人學行兼勖，一如其主越華時，莞城文風又一變』。在莞擁皋比，歷時八年，一八三三年二月十日（道光十二年十二月廿一日），卒于任所。一九二一年（民國十年）由葉覺邁修、陳伯陶纂的《東莞縣誌》，將李黼平列爲本縣自唐至清千餘年間四十九位寓賢之一。有清一代，廣東省籍的東莞寓賢含黼平亦不過五人；易言之，黼平乃係爲東莞文化教育事業作出過傑出貢獻的非本縣籍先賢，值得東莞民衆永遠紀念。

黼平著述甚豐，見諸記載者，有《毛詩紬義》二十四卷、《易刊誤》二卷、《文選異義》二卷、《讀杜韓筆記》二卷、賦二卷、駢體文一卷、制藝四卷、《堪輿六家選注》八卷、《小學樗言》二卷、《説文羣經古字》四卷，以及少年時所作傳奇《桐花鳳》，以上著作，除《毛詩紬義》《讀杜韓筆記》外，其餘均未刊刻，稿當已佚。《毛詩紬義》，阮元爲之刻入《皇清經解》叢書，是該叢書一百八十八種中所收粵人唯一的經學研究著作。《讀杜韓筆記》則是黼平身後始面世。

其次，黼平又是著名詩人。一八〇七年（嘉慶十二年）主越華書院時，曾刻《著花庵集》八卷。一八二六年（道光六年），在寶安書院重刻《著花庵集》，又刻《吴門集》

八卷、《南歸集》四卷（該集各詩約八分之五寫於東莞），合爲二十集。相傳尚有《南歸續集》四卷，然徵諸各書所載，除古直《客人三先生詩選·李先生傳》持此説外，别無所記，是《南歸續集》一書之編，殆無其事也。然則，《南歸集》刻於一八二六年，去黼平之卒一八三三年，尚有六年餘歲月，其間所寫之詩，交遊唱和，當不在少數，未悉其後人及門徒，何以不爲收集、刻編也？黼平仲弟黼章（升甫）後人國器先生，爲編《李黼平集》，找到佚詩七十餘首，另有聯句、序言、墓誌銘、題詞等多篇，皆《南歸集》《東莞縣誌》所未收者。梁廷枏所撰墓誌銘云：『師生平論詩，謂「心聲所發，含宮嚼羽，與象簫胥鼓相應」，故所爲詩專講音韻，能得古人不傳之秘。』是僅就作詩技巧而言，已超邁流輩，戛戛乎獨造。王瀣謂黼平詩『不特粤中之冠，直有清二百餘年風雅宗主也』。戴季陶則稱『繡子先生清才絶俗，一代儒宗。詩集並擅衆妙，超絶等倫，盥薇誦讀，如聆鈞天』。時人『學海堂八學長』之一的曾釗（勉士），推黼平詩爲『粤詩冠冕』。其門人梁信芳、李清華、蔡兆華、周序鸞諸人之稱譽，則毋論矣。

黼平居莞所作之詩，見於《南歸集》及集外各篇，其訓導學生，親和莞士（如張璐、簡士良、蔡兆華等），神交古人，題詠文物、道觀、佛寺、山川，記述風俗、物產、人文，至今讀之，猶令人回味無窮。尤可注意者，嘉慶末年，西方殖民者東來，海疆已日漸吃緊，黼平時在蘇州，懵無所知。《吳門集》收《客從故鄉來行》詩，對來客『慷慨談英夷，訛言滿交廣，粵事殆莫支』，表示極爲不滿，『謂客且安坐，何渠浪傳爲』，批評來客未免傳謠生事。迨黼平執教莞邑，方知形勢岌岌，感慨時事，乃有《大漁山歌》《防海四首》等篇問世。這是鴉片戰爭前十餘年認識到海防危機之詩作。其門人梁廷枏在鴉片戰爭時期圍繞形勢的種種言行（此時黼平已歿），如入廣東海防局編《廣東海防彙覽》，與當年其師的抗英態度，當不無關係。故《東莞縣誌》稱黼平寓邑時題詠表微之作，無愧詩史，信然。

復次，黼平說不上是一位成功的地方官員。綜其一生，以進士及第，點翰林，號爲太史，可謂榮耀。然其本質是書生，舊話說，慈不領軍，仁不主政，黼平於政治毫無歷練，以翰林外放，驟知一繁劇衝之小富縣（昭文爲常熟分疆，後亦重歸母體），土豪劣紳既多，靠吃漕運之刁民尤衆，其不諳官場遊戲規則，已蹈險轍，更自詡『不粘鍋』，『職淺供文字，交疏無是非』，是三年後因漕事等虧挪罪落職繫獄，昭文縉紳皆漠然視之之由也。據載，其『蒞事一以寬和慈惠爲宗，不忍用鞭扑，獄隨至隨結，公餘即手一編，民間因有「李十五書生」之目』。然既繫獄，即爲囚犯，地位顛倒，撫今追昔，便不免有『既悲宰山水，復憶學城闕』之歎（《吳門集·次韻巢松太守見贈二首》）。所幸他平素受待見於吳熊光、阮元兩位粤督，彼等始終以經師、詩人視之。夷考黼平在獄，有長子隨侍，有仲弟奔走，生活似不甚惡，可以自由讀書著述，於前詩同篇中所敘足以見之：『昨居牢戶間，鉛槧未嘗虛。急難藉弱弟，聞道希大儒。暇即爲歌詩，幽懷寓蟲魚。獨學易孤陋，膽怯徑轉迂。』這是回顧繫獄時的情況。他把世情參得比較透澈，用心還是治學，以銷牢中永晝：『勿言窮奇骨，吾党無達夫。功名亦何常，惟懼行業疏。』有了精神寄託，故能治學不廢。出獄之後，蘇撫陳薌谷愛惜之，招其入幕達三年，在蘇幕所爲何事，不詳，然以前所居『坎窞』之地，後當蘇省官商紳學之面，用作僚賓，則爲黼平洗白之意，雖至愚者亦能理解也。惟其重視者在『行業』，故雖在縲絏之中，仍不忘初心，日猶有進。在學言學，終於用其所長。在阮幕如此，後主東莞寶安書院，人咸愛重之，是書生本色，終得以流傳令名也。

二〇一二年，國器先生將李家一九三四年所刊印之《繡子先生集》（含《著花庵集》《吳門集》《南歸集》）暨《讀杜韓筆記》予以影印，嘉惠士林。嗣後，對黼平佚詩及其相關資料，廣事搜集，所收之稿，即本集作爲附録之《集外詩文》《友朋酬唱》《傳志》《重刻序跋》及《諸家評論》五種。國器先生窮年累月，心力並赴，實深感人。

東莞政協文化文史和民族宗教委員會以黼平寓賢之名未墜，詩文集書稿涉莞之事彰明較著，以之啟迪來兹，將不無功效，乃力贊《李黼平集》之刊印，誠意可嘉。李炳球先生始終其事，用力尤多，允宜言謝，於此並志之。廣東人民出版社王俊輝先生統籌全書出版事宜，惟日孜孜，盡心費力；李永新先生于工作繁忙之中，焚膏繼晷，點校全書，間加按語，一絲不苟，既忠於原貌，又便於讀者披覽，其敬業精神，良足敬佩。

吾梅僻處嶺東，開發甚晚，雍正嘉應置州之前，文物聲教，可得而言者甚稀。洎清中葉，受阮元激賞之『嘉應三子』宋湘、李黼平、吳蘭修諸先生應時而出，出類拔萃，引領時流。山邑小城，於是雲蒸霞蔚，頓改觀瞻。影響所及，後此近二百年間嘉屬地區文化學術日新月異，至被譽爲『文化之鄉』，此實有先生之一份功勞在。余于繡子先生，所知無多，早歲所得，亦不過古直《客人三先生詩選》中之紹介。後日從事鄉邦文化探索，雖有些小長進，然亦不敢言深。今《李黼平集》編成，行將付梓，邀余撰言。余不學，以能爲鄉前輩文字流傳參與鼓吹，實屬三生幸事，乃欣然攬筆，濡染成篇，以作芹獻，敬祈讀者鑒之。

李吉奎

二〇一九年六月廿一日於中山大學步雲軒

點校凡例

一、本書爲李黼平詩文之彙編本，輯録李黼平所撰《著花庵集》八卷、《吴門集》八卷、《南歸集》四卷、《讀杜韓筆記》二卷，附録《集外詩文》《友朋酬唱》《傳志》《重刻序跋》《諸家評論》五種，爲目前輯録李黼平詩文之最完備者。

二、《著花庵集》八卷初刻於嘉慶十二年，道光六年重刻，同時又刻《吴門集》八卷、《南歸集》四卷。民國二十三年，李氏後人將以上三集彙刊爲《繡子先生集》二十卷（簡稱『民國本』）。本書詩部别集之點校，採用道光六年刻本爲底本，以民國本參校之。

三、《讀杜韓筆記》二卷，原有稿本，藏于家。至民國間，其後人始刊行之。稿本今已佚，並無别本可校，遇引文有文字舛訛者，以所引詩文之通行本校勘之。

四、李黼平詩文向無點校本，兹依現行校勘通則爲之作全面點校。底本無誤而民國本有異文者，悉依底本，不出校記；底本有誤而民國本不誤者，從民國本。底本、民國本俱誤者予以訂正，例出校記。凡遇筆畫增損顯爲誤刻者徑改之，不出校記。避諱字、異體字、古今字等，予以保留。

目錄

著花庵集卷二

著花庵集卷三

著花庵集卷四

著花庵集卷五

著花庵集卷六

著花庵集卷七

著花庵集卷八

吳門集

吳門集卷一

吳門集卷二

吳門集卷三

吴門集卷四

吳門集卷五

吳門集卷六

吳門集卷七

吳門集卷八

南歸集

南歸集卷一

南歸集卷三

南歸集卷四

讀杜韓筆記

附錄一　集外詩文

附錄二　友朋酬唱

著花庵集

序

樂之有南，解之者曰：『南，任也，蓋任樂也。』或曰：『雅樂之名。』南者文明之區，其音與中和應也。予觀軒律採諸禺竹，舜樂張自韶石，其地皆在五嶺之南，南人誠善爲雅樂者。夫樂即詩也，《三百篇》皆可絃而歌，是以南、風、雅、頌並稱。然而風、雅、頌傳而南不傳，何與？古昔盛時，遒人有木鐸之迈，太史有輶軒之陳，故雖僻遠如南，其詩皆得頒諸樂官，以時存肄。及周衰，而殘缺失次。孔子删《詩》，録《汝墳》《漢廣》，以其爲鄉黨、邦國、天下之所用，且以志化之及南；其餘得之楚地者，方以其僭而削之，其何有于楚之南如吾粤者與？

漢興以來，南裔漸闢。至唐張曲江公出，實有以追正始之音。流風未微，積而發于勝國，維時天下之詩派有三：河朔爲一派，江左爲一派，嶺南詩自爲一派。蓋其才力排奡，聲調高張，足以起衰式靡，彬彬乎其盛也。而世之論者，又或以粗厲猛起少之，則詩樂分而南音之亡已久矣。聖代右文，遠邁前古，風教所暨，極于幽遐。生文明之區，仰中和之建，著述之士，猋起雲集。然則心聲所發，含宮嚼羽，期與象箾胥鼓相應，南樂之復，在此時也。予蓋未之逮也，是集本曰『志南』，著花庵者，明結習之未盡也，猶初志也。

嘉慶十有二年青龍丁卯七月既望，程鄉著花居士書于廣州越華講院。

著花庵集卷一

程鄉李黼平繡子著

遊靜室

遙山疊新黛，近水添微緑。蘭若晚崝嶸，佳境長在目。初春百事暇，巾車緩相逐。入門瑞香花，娟好弄幽獨。輕陰澹落絮，微飈動修竹。一與支公期，雲山深幾曲。雞園亂蒼翠，鴉林橫斷續。裵裒未能去，欲就西堂宿。

暮春飲田家遂宿

杖策來山邨，東風散花柳。田翁春有事，犁鋤具耘耦。相識邂逅間，邀飲缸面酒。前園摘香菱，後園翦豐韭。農話不覺暮，山月射窗牖。眷兹禮數周，遂此流連久。語我田舍風，敦樸世所守。居安遺子孫，食勞置疆畝。十年墮世網，感歎心語口。名場尚自混，生涯復何有。留客碧山下，清眠謝奔走。殷勤桃源人，宵深幾相叩。

田家夜起

山空百泉響，客睡不能著。開戶臨西軒，似有涼颸作。月明松影靜，露冷桐華落。坐聽荒雞鳴，孤吟意蕭索。

十五夜過訪劉恕堂秀才道源

夙與故人別，愁懷隨月滿。長因閉門居，遠憶同遊伴。今夕獲良晤，頗恨更漏短。寒憐草露滋，香識荷風散。泠泠彈瑤瑟，瀲瀲浮金盌。竟夜接清談，連牀夢魂斷。

東郵新葺

買斷東郵無計好，春秋佳日動開尊。山雲冉冉常生座，野水粼粼欲到門。詞賦忘憂餘廢館，平章獨樂剩荒園。牽蘿試補君休笑，聊並維摩丈室存。

即事

輕薄何須數後生，大都賓客愛相傾。說詩不解推匡鼎，爲令偏能謗屈平。露壓夫容枝欲墮，霜飛松檜節逾貞。龍泉掛壁苔痕澀，說與傷心夜夜鳴。

南樓感事寄蕭金若文學聲霖

往事模糊話不真，一時蒙難託交親。每從暇日思元度，敢到他年負伯仁。舉酒自消愁壘塊，當歌誰識意悲辛。中宵徙倚南樓下，雨冷風斜念汝頻。

寄劉梅冶秀才慶緗二首

夫君渺何許，遠在周溪湄。良無舟與楫，念之中心悲。時因西北風，一寄瓊琚詞。上言素患難，下言久別離。平生重結納，愧此真相知。掃我庭前花，烹我園中葵。願言接杯酒，相好無時衰。

明明雲間月，昨缺忽已團。感君意氣重，使我名節完。常嗟瞿塘水，平地起波瀾。同舟一以濟，豈復云險艱。我行君所見，君情我所歡。張陳凶其終，惻愴徒心酸。

雜詩四首

桃李經嚴霜，零落同衆草。春風一披拂，能令顏色好。盛衰固有會，得喪安足道。達士未遇時，空谷且枯槁。雖無金張貴，寧使衛霍老。勿學梁甫吟，激楚傷懷抱。

朝餐首陽蕨，暮茹商顏芝。此物奚足貴，用以飽我飢。龍肝與鳳髓，引分非所宜。苟無濟時略，食粟良可悲。苟無致君術，受禄良可辭。

卿家有白璧，照乘生輝光。飛蠅從何來，一黝痕迹長。我欲拔劍驅，蠅死璧恐傷。長跪持勸君，請待秋風涼。璧玷尚可磨，蠅滅焉能翔。

烏巢高樹巔，誰敢弓矢侮。燕棲華梁上，不受風雨苦。樹倒梁亦傾，摧隤到毛羽。託身雖得地，覆敗難逆睹。梯榮誠無階，積怨固有府。寄謝當世人，慎行以爲主。

陳生墨蘭同劉五齊峯

前代墨花誰最好，尹白工之名譽早。江蓮山杏初脱手，坐覺高堂風雨掃。千餘年來絕不聞，復有陳生覷天巧。墨山墨水何足奇，肺肝藿靡生百草。春蘭自古有不采，埋没蓬蒿知者少。有如美女羞自獻，閉門甘抱紅顔老。看君自是多情人，苦寫幽姿被花惱。但見真香浮馣馤，疇云幻色同枯槁。彼都題贈束筍多，一卷嗟君能壓倒。援琴聊爲和猗蘭，不用遭逢怨蒼昊。

對月

東山一片月，皎若鏡新揩。遙夜天風送，吹之墮我懷。松枝横露井，梧葉拂雲階。欲勸愁無酒，相將坐冷齋。

絶句二首

平生醉態玉山隤，合共公榮飲百杯。販婦傭奴又騶卒，教人真棹酒船回。

德擬劉伶當自頌，胸如阮籍徑須澆。酒徒散盡無情緒，親舊休煩折簡招。

蕭生餉蠟梅賦謝

朝從東郈遊，暮就南樓宿。兩株梅樹爭清香，煙雪霏微看不足。不知化工何年變法敷天花，點酥製就巧莫加。檀心玉蕊絕可愛，一種要向詩人誇。往從學海精舍見，牆東百本開橫斜。共言寒閨寂無事，手撚濃蠟裝奇葩。又疑歲晚蜂亦嬾，口噴香蠟匀新芽。蠅苞蟬葉亂無數，不計蘭菊堆籬笆。山中念汝六年別，誰教咫尺成天涯。道人妝束不可見，夢騎白鶴飛君家。今晨根撥忽送似，眼明見汝忘咨嗟。多情暮節肯伴我，黄童少小丰神佳。世無中天坡與谷，誰解握手貽瑤華。日長歌罷花正發，紛紛翠羽喧檐牙。

金若過訪南樓

堂堂黄鸝留，俱飛上喬木。與君各離居，中腸轉輪轂。今宵南樓下，清景動心目。皓月照綺疏，流雲濕華屋。鑪薰冷初斷，椀茗歡已熟。勞生風塵間，偶此同被宿。喳喳驚烏起，喔喔鳴雞速。遲明共尋春，細馬閒相逐。

望羅浮二首

我泛龍川水，何時到廣州。推篷無一事，只是望羅浮。

羅浮多峯巒，四百三十二。遠夢偶然生，美人夜深至。

博羅竹枝

羅陽城下水西流，記送郎船下廣州。長説歸期長誤妾，看郎一似浮山浮。

石龍

掛帆惠陽城，投纜石龍口。秋波淨涵天，蕭疏點衰柳。宿雁響菰蒲，棲烏噪林藪。羅浮自覿面，離合當窗牖。銜杯與山別，鼓舵乘潮走。夜半神悄然，驕鼉近人吼。

偕恕堂遊五羊觀

仙人驅須郎，倏忽化爲石。至今叢祠内，磊砢留靈迹。矯顧復怒步，詎是龍伯斥。無乃左元放，狡獪爲戲劇。不然黄初平，入山倦遺策。萬古風月夜，銜禾恣騰擲。甘泉舊讀書，鐙火耿虛壁。我來縱遐眺，庭樹莽蕭摵。誅茅開三徑，願與仙共宅。爲君招矜兢，荷蓑免行役。

訶林寺

神仙多荒唐，載訪訶林寺。穠陰蔽迴廊，落葉鳴初地。誰將名賢宅，營作開士第。龅皴古菩提，異域託根蔕。秦松半枯朽，漢柏全憔悴。扶持仗佛力，彔劫見蒼翠。列坐延清歡，怖鴿時一至。我聞獦獠賢，根性實云利。虛堂懸心鏡，似識當年意。風旛兩無聲，令人滌塵思。

六榕寺

問途訪六榕，到此絕梵唄。來往不逢人，浮圖插天界。雲梯龍屈蟠，風鐸仙謦欬。眼中覽圓方，一洗平生隘。

殘曙微星當戶没澹煙斜月照樓低溫飛卿句也偶有所憶輒取原韻次之

良宵未報汝南雞，記向人前掩袖啼。會面儘教青雀到，離心先畏紫騮嘶。香殘曉露霑花溼，酒盡明河掛樹低。欲效鴟夷同載去，五湖煙水滿長堤。

周溪夜宿

夙披周溪圖，今踐周溪境。窮源不覺遠，沙水如清潁。途穿亂峯寒，徑出深竹冷。人家晚投宿，堂室銜落景。空林鳩呼羣，虛壑猿掛影。煙飛雲步橋，雨塌天泉井。勝地近可到，清夢迥易醒。呼童爇松明，吾將越東嶺。

見燕

竟日營巢作對飛，舊人情重忍相違。梨花庭院春陰淡，盡捲珠簾待汝歸。

東邨看花寄招金若

東邨四圍花狎獵，放眼溪山綺雲疊。天憐詩思太寒瘦，特爲奚囊充儉狹。蕭郎又讀種樹書，役使羣芳解移接。東邨草堂親手植，裝點有如雕楮葉。穿畦抱甕作底忙，乃使幽園趣堪涉。就中金鳳最可愛，一帶葳蕤紅紫雜。桃粗李俗且置之，餘者紛紛等妃妾。當時同志十數公，意氣相傾盡豪俠。風前論古茶鼎具，月下談元酒牀壓。而我愛此日三至，比鄰相見馴鵞鴨。尋香逐影意態狂，忽然化作春蝴蝶。夢回惝怳不稱意，亂拗繁花滿頭插。爾來風景雖不殊，草堂朋簪誰爲盍。庭梨候至初作蕊，階藥寒多未抽甲。草木多情待杖藜，風塵一面艱聯榻。兩年不與良讌會，知到花時淚承睫。春光潭沱日夕佳，惆悵孤遊意難愜。吟壇請待三月三，草長鶯飛共鳴屧。

上巳

三月三日天氣惡，微雨空濛殊不開。紫燕尋泥出入苦，黄鸝東樹音聲哀。酒徒北海惜難得，詩社西園期未來。且擬蕭郎褉庭沼，翠綸青舸換流杯。

遺興

老大迷生計，空知掩舊扉。每憐佳日過，長似故人違。樹重梅初熟，林香筍正肥。濁醪傾一斗，此樂不全非。

諸葛武侯鐵釜

商盤周鼎已荒遠，古器得者曾無聞。若非功德匹伊旦，坐看散失隨埃氛。崔嵬鐵釜高幾尺，周迴剝落莓苔紋。鸞鶱鳳翥漢隸在，快劍斫斷無全文。錡耶鬵耶伯仲耳，流傳遠溯諸葛君。當其草廬未三顧，薄田十五躬鋤耘。口吟梁甫厭聞達，俊廚顧及空紛紛。我觀此釜私作肅，素志澹泊超人羣。南陽騶虞應時起，炎精翊戴支三分。軒轅整卒誅有罪，事煩豈得辭疲勤。我觀此釜重太息，數升噉食堪霑裙。吁嗟陰平失險傳車出，古讖具授知誰云。蜀宮鐘簴忽徙鄴，何況一釜經兵焚。夔巫萬古開斜曛，陣圖轉石當江濆。雨中銅弩月中鼓，並帶碧血埋孤墳。武功藩籬星有角，尚映萬竈屯田軍。金鈇羽葆不可問，英靈一物偏銘勳。空庭沙飛刁斗響，如聽汗馬呼風雲。

次葉秋嵐秀才蘭成見寄韻

踔踸詞場各自誇，雄才爭起吐滂葩。讀書我未通三篋，著論君先到一家。鐵坂秋高涼掛月，玉屏春盡豔飛花。無諸舊壤留題遍，知汝聲名似雪車。

水漲

六月瓜蔓水，陡漲連雙江。兩崖下扼束，礐確鳴琤瑽。漩澴堤防傾，勢且拔栟椿。人家定何似，上没紅油窗。漁師設網罟，估客停艕艭。津吏報汗漫，伐鼓聲逄逄。追思歲旃蒙，逆行竟成洚。清溪卷略彴，巨浸漂徒杠。登高邱避水，側立愁跭蹡。天邊鳴我雞，雲外吠我尨。沈災彈指過，壞壁餘金釭。及兹再漂泊，異事驚冥惷。扶藜載往觀，氣勢何洪厖。坤維迭震撼，天柱遭舂撞。羣山已純浸，羅列無崆岘。驚飈吹之立，觸搏未肯降。元冥馭風下，中流黑旃幢。不知修與熙，主使驅濤瀧。陽侯跋硪起，雲錦張懸淙。踴躍効掀簸，怪錯爭牽扛。元冥告陽侯，毋乃傷耕䆉。雷霆晝轟烈，遠聽語則哤。須臾忽變滅，夕照窺魚矼。雲天萬里碧，但見去鳥雙。平生湖海志，侷促拘鄉邦。今觀此汪洋，幾欲吸老龐。

何當挈諸子，十幅浮輕篗。胡姬酒可賒，一載二百缸。鯨魚飛刀鱠，芼以蘺蘭茳。快哉叩舷唱，水調傳新腔。

述懷二首

羲和陟西極，一睡遺神鞭。矍官射陽烏，躑躅忽不前。光陰激流電，妄冀白日延。開我東閤門，左右張華筵。既攀枚叟袖，復拍鄒生肩。朋儕三五人，抽秘騁其妍。人生不努力，盛壯良易捐。念之長恨端，慷慨希前賢。

鴻鵠志千里，燕雀焉能知。鵾鵬將圖南，鷽鳩乃笑之。弱齡覽羣書，奮足追皐伊。良會邈難覯，舉世皆我嗤。僭處以省言，孟晉當在茲。賤者貴所階，辱者榮所基。辭家赴燕趙，憤激塞路歧。誰能志氣墮，偈促當清時。

翼然亭子待月

幽人愛圓景，歡好同親故。招要諷陳篇，涼夜相與度。精從柳梢淪，影向松際露。轉憶風雨時，懷君澹無豫。

秋日南樓有懷

嚴飈振長薄，淒厲入南樓。秋陽寒無晶，羲馭逝不留。中園排嘉樹，葱蘢緑陰稠。昨朝霜霰零，落葉隨湍流。矧稀百年壽，乃積千載憂。願言陳芳醑，方丈羅珍羞。齊姬舞錦袖，鄭女囀珠喉。獨居難爲歡，顧瞻無匹儔。故人隱叢桂，偃蹇空山幽。迎門想高躅，道遠心悠悠。

望陰那有懷秋嵐

葉子讀書處，名山深復深。今朝川上望，嵐采落衣襟。磴壞飛湍急，巖傾積雪陰。遥遥隔精舍，空聽曉鍾沈。

秋柳

垂絲柔颸掠波輕，六載江頭感舊情。蟬響恨催殘照落，烏啼愁值晚煙生。長條隕涕攀猶怯，枯樹傷心賦不成。莫度酒醒何處曲，此來吾亦柳耆卿。

懷蕭蘇圃錫霖

點蒼西望鬱嵯峨，遠憶蕭郎匹馬過。瀘水日高煙不散，昆池秋到瘴微和。天連身毒傾心久，地隔頭蘭內面多。閒殺參軍在蠻府，娵隅入詠奈愁何。

題獨鷺

沙頭鸂鶒閒相對，水面鴛鴦愛作雙。似汝姻緣真箇惡，獨翹涼雨立秋江。

秋夕東恕堂

飛蓋西園記勝遊，分曹常借酒消愁。銀槎自勸雄心起，銅斗相敲逸韻流。蕭颯一聲風在樹，空明千里月當樓。懷人此夕成棖觸，可但黃門慨賦秋。

秋嵐寓齋小集二首

江城疏雨作黃昏，小撥紅罏笑語溫。好飲本來無一事，不論斗石夜留髡。

山水甌閩客思深，尊前相見一沈吟。看君新取儒冠著，酒態還如坐竹林。

分賦梅花得黠字

黃鍾氣微動，元萌物將茁。洪鈞默迴旋，大地鬱坱圠。孤邨梅信到，犯雪脂予轄。老幹依人家，疏枝出僧刹。影籠山姽嫿，香逐水砏汃。輕颸散煙霏，微霰洗垢圿。玉龍垂胡墮，白鳳翻翮鎩。仰攀竹籬橫，俯蹋苔磴滑。花徑無客掃，執箕自膺擖。簪頭重須扶，著眼昏欲刮。拾瓣供夕噉，移根謹宵察。山空歸羣烏，巢迥驚老鶻。麗人倚巖畔，窈窕年二八。灼如芙蕖披，璆然佩環戛。抱衾立清寒，遺枕增慧黠。亭亭宋公主，凝妝謝巾帕。悽悽唐宮妃，封髮訝禿鬜。關山笛高弄，風雨絲小扴。俱成梅花調，清音迭敲劼。天明視遺迹，翠羽猶啁哳。撫今雲物新，悼往風景殺。千株攢林麓，樵子逞狡猾。纖茸草必薙，鹵莽苗且揠。扶質汝堅韌，鋸牙彼蠹齾。顧茲碩果存，舊斫惜疵齾。冰魂思守鶴，玉骨要醫獺。得句題余襟，成篇走君札。芳醪雜沽湑，乾蕣備椇榍。羅浮諸仙人，種月方引鐵。香溪倘可泛，一櫂聽鴉軋。

分賦菘菜得洽字

殘年疏籬下，有菜初坼甲。屈芠性並妣，姬歠情同洽。畦丁苟不翦，山鳥空相唼。卓午忍飢讀，迴飆卷簾押。務蓄恨未能，求益知非憎。山人滿把致，菁葱映廚莛。飧拋馬氏經，饌失嚴公法。後先鹽豉下，左右薑橙夾。韭白而薤黃，指動還口呷。方其未吐芽，灌漑勤所業。紫茄闢心種，紅莧親手插。栽葵樂荷鋤，藝菽動負鍤。桔槔春雨後，汲水流歕欱。榮敷幾圍寬，秀擢數弓狹。及茲盡蓼落，惟汝方押擖。遂城產者佳，記載有遺劄。非菌毒能害，異葷辣難狎。葉寒未肯抽，莖嫩不容掐。大官且下箸，高士常用筴。稱名徧大邦，分種經紊劫。我昨端江客，菜熟雪飛恰。露挑光熒熒，雨刈聲霎霎。清脆湯細沃，甘芳酒頻壓。歲月易蹉跎，才如煮羊胛。此色不可見，此味何可乏。分曹鬥新詩，聲調苦窊凹。肥呼芋爲鴟，爛誤壺作鴨。諸公釋草才，韻窄步不跲。吟薇風人愧，詠芑雅材怯。嘉蔬詢空山，還序揚葩蛺。

寄元甫兄潮州

生計今無賴，殷勤尚遠遊。依人殊可笑，如汝肯言愁。挾雨江聲動，凌風海氣浮。驚心南食客，三度此淹留。

春日有懷元甫

山中昨夜雨，芳草滋淺碧。園芳新綠稠，庭華故紅積。良辰寡儔侶，忽念越鄉客。幕燕營此身，逵鴻矯其翮。遙憐一樽酒，訪古誰與適。榆露曖遠邨，桑煙澹長陌。蘇碑辨訛字，韓碣尋遺迹。倘下湘子橋，予心寄潮汐。

偕張厚齋文學敦元遊西巖出郭望落葉作

靈巖勢尊大，峭立朝羣山。天遣開士居，卓錫誅茅菅。名藍煥且儼，實足壯遊觀。故人昨招呼，未到氣欲吞。馬後綠玉杖，馬前黃金樽。周行倏睲眙，駥作火燎原。乾坤徧燭照，赫燡不敢前。近身眺疏林，乃是落葉丹。逶迤赴平陸，巀嵲睎崇巒。相約上上頭，兩腳飛孱顏。

新寺

崝嶸紺宇開，杖履迷所適。遥聞寒犬吠，林轉途乍獲。摩天松氣青，搖野竹光碧。幽蘭吐芬藹，媚此空王宅。畫棟高入雲，雕闌下臨澤。憑空發長嘯，目送南飛翮。

由新寺至舊寺

生平踐夷途，側足畏厓隒。下方才咫尺，衆妙於此斂。聽泉度前岡，隨雲入深崦。迎門野花笑，亂落紅如染。壞壁龍蛇蟠，虚堂鬼神閃。僧房隨意坐，題名筆斜點。我欲詢慧師，佛火已無焰。

午飯舊寺二首

登頓誠乃疲，忍飢送遥目。前山尋紫蕨，後山采黄獨。
山僧壞色衣，餉客有香積。並坐燒尾單，杪欏午陰益。

靈境院故址

溪聲流廣長，山色獻清淨。靈境一爲登，俗慮萬俱屏。臥遊二十載，今始續前興。松間聞妙香，竹外尋殘磬。華嚴彈指現，化滅本無定。惟有豐碑存，峨峨鐫紹聖。

綠榕橋

長橋失臥波，綠榕尚如舊。迴風暗相吹，濃陰入吾袖。高幹蟠山椒，虬枝結巖竇。采采伽倩香，不惜立寒晝。

馭風臺

高臺何巖嵬，直上凌蒼穹。軒窗谺寥開，納彼八面風。啾颸青蘋末，綿眇黃竹中。封姨一相扇，萬里刁騷同。龕鐙遞明滅，檐鐸交丁東。但知披余襟，不辨雌與雄。列仙海上歸，銖佩鳴虛空。迴車紫極接，飛步丹梯通。帝閶可共謁，歷歷瞻張弓。回頭俯下界，一氣徒鴻濛。

此地舊有虬山觀音羅漢三巖日夕將歸不果登詩以誌憾

虬山蜿蜒來，掉尾傴高嶂。觀音與羅漢，顧視峭相向。捕之欲噬人，迴風颯飄颺。三巖鼎足立，險絕鬥雄壯。西山隱半規，獨立久惆悵。僧言中谽谺，所至各殊狀。石眼穿樹根，山腰佩花當。復有玉乳滴，清洌如仙釀。瘦筇餘幾枝，折屐餘幾緉。還思續良遊，登高一神王。

著花庵集卷二

程鄉李黼平繡子著

羊城早霜貽和甫兄

高城近水秋易淒，白雁過江前夜啼。侵晨忽睹早霜落，天涯未歸意蕭索。當時攬轡共登車，豎子功名疇不如。堪憐穿履尚待詔，自悔敝貂空上書。黄花翻階共人瘦，兄弟開樽且相就。君不見平苗將士承主恩，雖未寄衣猶格鬥。

園林雜詠八首

華軒敞空明，澹然但生白。羣賢此銷暑，爽氣回簾席。他年袁紹杯，我亦座中客。

張琴寫南風，忽向亭下度。元蟬時一吟，皓羽欲雙去。暮景猶未已，蒼涼在高樹。

明山一百丈，峨峨翠微裏。夕暉娱忘歸，朝爽擥不止。好事輸倚樓，落汝闌干底。

主人愛高誦，金石鏘春塢。應窮釋木經，或習臧果譜。卻笑對客言，吾不如老圃。

名園一夜雨，篍簌發寒響。宿酒冷玉壺，殘鐙耿羅幌。爲有素心人，披衣共清賞。
魚苗不受釣，游泳欣有託。萍花經雨長，桃片因風落。恰值春水生，君看紫鱗躍。
在山水常清，出山水常濁。潺湲石橋下，似向高人告。一詠幽磵泉，迴風振林木。
夜靜天宇清，夫容暗香重。瀼瀼露初浥，裊裊風微送。此情君豈知，沿流不忍弄。

將歸留別羊城諸子

胥江掀巨濤，風緊帆不受。我行有程期，念此山水友。寒宵展良覿，快意持杯酒。清言霏珠玉，高唱破筑缶。雁叫霜落時，雞鳴雪深候。閉門更私語，歲晚當相守。潛鱗樂淵壑，歸翼懷林藪。小別勿黯然，相憶有瓊玖。

關下

密霰紛紛霑客衣，獻珠不遇今始歸。他鄉道路易相失，故里雲山行可依。渡海紅鷃寒自語，穿林翠羽倦難飛。停橈關吏更相問，知與買符心事違。

次石龍卻寄

羊城至石龍，潮便一夕耳。解維辭夜漁，落帆及朝市。轉思潮未上，長年柁樓底。龍嘯迴遠天，鯨呿没中沚。心知波濤響，手把戙楫理。水激風又生，相遭疾如駛。時至不努力，毫釐謬千里。惟能諳順逆，斯可安行止。致身功名路，得失嗟同此。慨然懷故人，迢迢寄雙鯉。

曉過博羅

朝日射寒流，丹楓兩岸稠。微風送天末，落葉在船頭。山去橋能鎖，岡横碇不浮。臨江山名浮碇岡。相望渺難即，東上又循州。

惠州

回首羅陽落照殘，蕭晨風物儘相看。煙迷鶴觀荒荒碧，水抱鵞城淰淰寒。萬古文章雄海外，一生事業寄江干。停舟無限遭逢感，也擬林婆酒盞乾。

草鞋鋪遇盜

四載扁舟數往來，囊空裘敝亦堪哀。牀頭剩有青氈破，博得偷兒一笑回。

釣石行

鶩城水淺歸棹遲，延緣始出蘆之漪。坡仙遺迹古磯在，舟人指點紛然疑。我觀江郊留舊作，此証不與南山移。紹聖已還不得意，安置遠惡投荒夷。此邦未到預能說，瀟瀟梅雨然離支。醒來或賒林婆酒，飽後即和陶公詩。收藏經濟寄竿笠，雲水蒨絢神明怡。豐湖春暖際天碧，百頃汗漫鋪琉璃。桃花初開鯽魚上，胡不泛艇垂緡絲。應惟欲識莊惠樂，意本不在鱗與鰭。君看同文獄初起，一網打盡何其癡。大書深刻爲黨籍，轟然夜半傾豐碑。雲煙過眼市朝改，不如盤石留江湄。噌吰鞺鞳浪衝擊，長使過客相吟咨。昌黎陽山亦垂釣，臨流竟日如漁師。荒臺突兀今未壞，天南得此雙嶮崎。新居眼前飛紫翠，憶侍過子隨雲姬。欲臨深清薦一盞，公方跨鶴歸峨眉。

龍川曲三首

龍川故多龍，風雨常不止。天晴儂出門，將眉鑒秋水。

新塔與舊塔，隔江兩崔巍。如聞塔鈴語，早晚過江來。

霍山有仙人，狡獪時一遇。自從郎入山，柯爛不知處。

卻金亭送別

卻金亭子橫河曲，一樹枯榕百修竹。卻金人去不復還，千載清風動流俗。當時餽送良可嗤，簧夜豈必無人知。口箝美珠安足效，手柬大錢徒爾爲。劉侯卻金自兹土，長使行人坐懷古。碧瓦高連墨硯洲，朱欄遠落沈香浦。送君初過卻金亭，殘碣摩挲一涕零。但識去官無長物，蒲葵蓋苡負朝廷。

送元甫之潮州

我昨持策鞭五羊，欲躡仙雲朝紫閶。羣真抗手忽相謝，三旬拓落留他鄉。先生尺書招我返，謂我故邱堪偃蹇。淺水先安射鴨陂，周牆更作聽鸝苑。歸來相對賦閒居，桂渚篁山歡有餘。隱偕求點知何似，住共機雲定不如。北風吹衣歲將暮，念子乘舟別親故。秦嶺回看亘白雲，韓江直下攢紅樹。此時鳳城霜霰深，海氣遮天寒日陰。短狐伺人初射影，巨鱷狎客將甘心。遠道之行險如此，欲向何門跋朱履。明年也擬寄文無，湘子橋頭春漲起。

草堂答劉五齊峯

東邨二三里，林巒足遊目。農家隱煙霧，僧寮蔽杉竹。先生愛高臥，中間草堂築。看山不開門，就樹不移屋。芋栗借人種，雞豚賴天牧。前有半畝塘，淪漣皺春縠。垂絲游儵上，壓榨新醪熟。扶杖君但來，毋謂吾不速。

送劉恒齋秀才性源赴揭陽

河橋楊柳綠成陰，送汝張頭怨不任。此際夕陽須執手，異鄉春色最驚心。灘聲高下吹蓬辣，海氣空濛澹柘林。到日紫魚應已躍，韓亭獨上幾題襟。

雲洞紀遊詩

周溪書院

劉侯昔講學，遊息傳茲地。因山列翠屏，疊石鋪碧砌。諸生守綿蕞，習禮以時至。溪聲當窗落，浩浩洗胸次。家通鄭元經，人識揚雄字。我來已陳迹，雲物邈殊異。風輕松濤作，日暖柳花墜。剜蘚讀舊碑，空留白沙記。

片月池

空山風雷生，怒挾白龍走。飛騰下深池，約束暗不吼。渟膏靜沈沈，蓄黛清瀏瀏。有如一片月，掛向巖左右。紅涵岸旁花，綠蘸堤畔柳。游魚更瀺灂，知是新雨後。傳聞雲谷翁，於此流連久。鑑面明鬚眉，濯足離塵垢。年運俄已遒，林泉落人手。巍然池上樓，觴詠亦烏有。天光盪破壁，水氣涼虛牖。行將栽白蓮，臨流待吾偶。

天泉井

天泉無根源，萬古常泌沸。山人夜不寐，乘曉汲寒月。昨樵南山松，知煮北山蕨。

太極堂

太極夫如何，高切霄漢表。雲氣没長松，風聲折孤篠。峻絶吾已躋，所嗟古人杳。

周溪

四山如連環，遠睇曾無路。不知溪水來，寧見溪水去。神迷逐蘘若，意愜搴蘭杜。沿洄信千轉，澮宕非一處。石潭倒人景，驚起雙浴鷺。岸折風乍迴，沙陰日欲暮。夤緣至前灣，巖谷峭奔赴。金梯迭虧蔽，丹穴相吞吐。雲洞明煙鬟，窈窕歡始遇。隔水未可親，褰裳徑須渡。

雲步橋

飛橋本穹窿，歲久易崩坼。野夫謀利涉，架木横巨石。煙籠楊葉翠，露糝桃花碧。惟聞曳杖聲，不復知人迹。

雲洞山

廿載東郵居，初未到雲洞。昨因按圖經，始若醒醉夢。是時氣清和，正屆春月仲。在桑鳩羽拂，遷木鶯聲哢。斜披白袷衣，穩躡青絲鞚。蹇嵦試登陟，稍覺薄寒中。呼吸帝座通，形勢天門㧜。勝思許掾濟，危傴韓公慟。浮雲翕四合，窈然坐深甕。落帽風更吹，霑衣雨忽涷。須臾復開朗，歷歷目遙送。俯跨萬里鵬，仰接千仞鳳。昔者明府公，好事過庸衆。積石崇基階，摩天架梁棟。飢餐山果熟，渴飲巖乳涷。一心費冥搜，萬象入吟弄。願有煙霞約，未得懷抱空。作詩獻山祇，無乃笑成閧。

雲谷亭

振策辭曾阿，鳴葭下長坂。孤亭緬遺構，抗迹鄰嘉遁。當年盛文藻，賓從如徐阮。稍傷苔生樹，彌惻蘭滋畹。嵐翠朝夕呈，其後依絕巘。鳥啼衆山靜，雞唱孤邨晚。谷雲亦何心，隨人度溪返。

送蕭蘇圃尉沅陵二首

自信平生少宦情，春風吟上楚江清。子規啼處楊花落，知隔龍標尚幾程。

休逢漁父問三閭，竹赤楓青怨有餘。小酉洞開宫閣近，乘閒正好讀藏書。

夏夜遲友人不至[一]

夜色澹如水，客心孤似秋。閒門成徙倚，風月滿山樓。螢度叢篁碧，蟲吟蔓草幽。所思殊不至，清詠罷筌篌。

〔一〕遲，底本作『遑』，非是，今從民國本。

劉五送畫扇

江寧畫扇推蔣誠，昭與贊也名相并。三家妙絕不可作，屏面頓覺無光晶。伊仰後起傳古法，瑣事亦足添金陵。百餘年來競相仿，士庶捉此風流增。草堂四月已溽暑，揮汗如雨難遊行。香羅細葛試綷縩，出入正要齊紈輕。市廛有買吾豈惜，路遠莫致空含情。故人朝來肯送我，厚意突過貽袁宏。湘江斑竹細排列，入手便有清飈興。黄楊烏角一柄爾，調燮造化忘炎蒸。煙雲杳靄忽開眼，畫圖況寫明陪京。鍾阜峨峨連石城，雞鳴牛首何崢嶸。秦淮一碧畫舫明，中流似發笙簫聲。山川佳麗信如此，想見風景當承平。奈何後王倚天塹，瓊枝璧月生刀兵。興沈一代係微物，摩挲方麯神迴縈。

白蓮同齊峯金若

層軒面積水，一望碧荷深。勝地更清賞，故人兼素心。野風涼欲曉，山月澹將陰。晏坐未能去，悠然把葉吟。

觀官軍赴湖南二首

烏草黃瓜路，苗頑未肯歸。欲令知漢大，須遣服天威。射馬原輕敵，然犀待合圍。點行頻送喜，銅柱正崔巍。

浩蕩趨荆楚，傳烽照數州。旗翻衡嶽影，鞭斷武溪流。輸酒憑成算，租田託老謀。牯羊應可致，看送藁街頭。

過劉五山齋

桐陰連竹影，一路到柴門。迥不驚雞犬，還同飼鶴猿。溪流清始激，山色醉微昏。抱膝宜高隱，浮名莫更論。

寄蕭蘇圃少府

作吏臨沅水，才華自一時。人如賈生少，詞似屈原悲。鼓角連三戶，烽煙照九疑。從戎多慷慨，還讀次山碑。

拜陳杞公墓

松楸蒼翠鬱連雲，下馬來瞻杞國墳。十廟馨香誰忝竊，諸侯鉤黨不堪聞。磨盤寨冷生秋草，別篙山高掛夕曛。回首當年征戰地，幾人猶說上將軍。

山中夜起懷金若

中宵苦煩溽，起坐攬衣襟。河漢墜微露，洒然清一心。飛泉響空澗，宿鳥鳴喬林。忽憶巢居子，掩關方苦吟。

李忠定公草倉祠詩碑

高堂黭黮見古碑，審是吾家忠定詩。激昂感喟讀始罷，蕭條四壁迴飈吹。建炎中興繼光武，公也首相參皐伊。朝綱軍防漸修整，一木正賴支傾欹。無端汪黃肆讒詆，書生伏闕將何裨[一]。閩山蒼蒼暗煙霧，金魚玉帶趨荒祠。孤臣竄逐安足惜，二帝霾郡堪嗟咨。反思內禪兵革滋，調和父子無嫌疑。兩河三鎮孰割之，青城欻見氈車馳。從來反國事非易，孫中瑕呂皆瑰奇。朝廷肯雪列聖恥，四方自聚勤王師。風雲浩落入胸臆，不覺下筆神淋漓。公昔飄零湖海湄，推論作者確不移。少陵思君託槐葉，左徒去國吟茳蘺。今觀短章極忠愛，議論欲仿鴟鴞貽。惜當偷安忘恢復，冰天坐慟龍胡垂。潘公集古愛此詞，巧勒巨石窮礱治。流傳響搨逾百載，體質完好無磷淄。蛟蛇夜呵鬼手護，憐公道路私憂時。君不見東南浮家竟終局，遺民又詠冬青枝。

[一] 伏闕，底本作『伏關』，今從民國本。

無題二首

尊前抵死話悲辛，今夕重逢恐未真。賴是月明還不改，裵裒共照倚樓人。

新授琵琶記綠腰，幾回催促四絃調。一聲未罷雙垂淚，腸斷才憐沈阿翹。

參軍行

狼有尾與胡，跋疐究自貽。麤本不欲行，蚷蛩故馱之。參軍舊家子，門第冠當時。十輪雙畫戟，烜赫信難知。致身登通顯，報効方在兹。自有兩豪奴，顛倒靡不爲。一奴素貪饕，所居富錢帛。上堂啓參軍，母老年近百。詰朝設帨辰，中庭招嘉客。耶肯枉駕臨，光輝生蓬蓽。參軍侵曉至，盛事誇族戚。氍毹布中央，金釭安四壁。迴廊立部伎，嘈嘈吹笙笛。稱觴同一歡，爛醉醒不得。一奴性酷奢，作使瞞參軍。浹旬娶三婦，各自置華軒。東鄰出紅粉，西舍獻羅裙。孔雀銀麒麐，炤灼光射人。大婦學明妃，小婦卓文君。新婦邯鄲倡，妖麗莫可言。三婦時出遊，道路拾香鈿。日夕肆歌舞，參軍那得聞。自有兩豪奴，官閣常晏起。參軍顧而謂，比當相料理。吾民汝其牧，吾吏汝其使。兩奴接口言，風俗日醇美。

昨者街市中，三錢買斗米。兩奴迭相欺，參軍大歡喜。參軍日以喜，兩奴日以欺。一朝事敗露，官書火速催。一奴翩然逝，飽颺如蒼鷹。一奴欲鼠竄，已爲縲絏嬰。阿母倚高門，瞻望良已久。諸婦在空房，輾轉何能守。參軍乃太息，恨不早殄除。低頭刀筆吏，待命久踟躕。參軍勿踟躕，甘薺原苦荼。從來說此輩，可使亦可虞。東隅雖云失，尚可收桑榆。寄聲同僚友，慎毋用豪奴。

二妙堂并序

東郚有白沙先生及海忠介公石刻，舊物淪落，知者鮮矣，余因牓所居堂曰『二妙』，并誌以詩。

平生好古真成癖，破冢荒林俱蠟屐。敢誇飛鳥補遺文，聊喜鴦鸞尋斷畫。白沙先生昔大儒，縛茅逈與常人殊。程鄉未到心已悉，乘興爲寫周溪圖。行吟自愛泝湘水，垂老終思求鏡湖。南都御史我所慕，屢爲親知丐毫素。小篆曾題有道阡，古文遠志延陵墓。君遷翁仲高向人，午夜鵂聲宛如故。兩公不可作，遺迹空山邱。騰光僊象緯，出火驚龍虬。相逢詎惜百金買，乍到先爲三日留。咫尺荒郚留二妙，我以名堂翻一笑。徵書萬里鶴頻銜，諫草千言鳳孤叫。曾葴清狂焉得及，比干心事長如照。文章氣節雙絕倫，金石猶難託後人。已同獵碣付林莽，恐與禊序隨埃塵。況乃經生世看醜，俗書姿媚誠何有。請除結習去身花，別向古人論不朽。

早秋題劉五水閣

孤亭環水氣，寸寸碧瀾秋。隱几聞新雁，開簾對晚鷗。琴書宜避世，茗酒愛同遊。清興何能極，相將下釣舟。

麈尾

春原二三月，極望生芩蒿。羣鹿正和鳴，隨麈任所遭。詎伊長此屬，掉尾能招要。雄雞昔憚犧，自斷甘脩脩。胡爲虞羅侵，宛轉莫得逃。析以置茜帛，歲久色彌饒。松枝及棕櫚，入手堪一抛。寧惟拂埃壒，談興增牢騷。晉人宗莊老，虛無日相高。王公更傳述，玉柄風神超。名錢定何害，營窟空自豪。略無經世術，猴狒成南朝。推原蒼生誤，此物乃禍苗。故交殷勤贈，厚意勝綈袍。捉之論祟有，鄙吝君休嘲。

寄元甫

仙槎昨歲下河橋，小別經時尺素遙。名士本來輕障簏，窮途何計代吹簫。三秋望眼迷關樹，五夜歸心逐海潮。留得故山叢桂在，相思先遣楚詞招。

藍田叔畫梅

崇禎以還論畫手，擅場無過楊龍友。藍生染皴還可人，没骨寫生無不有。晴窗突兀梅格奇，野店官橋横幾枝。塵中一洗粗俗態，世外獨寫蕭閒姿。驢背何人寒太劇，眼明似是襄陽客。飽從東閣沁脾餐，遠向西岡親手摘。憐渠漂泊小朝廷，起陸龍蛇紛鬥爭。步貼蓮華何嫵媚，歌傳桃葉忽淒清。滄桑一變那堪說，遊戲丹青腸斷絶。梅花嶺畔春色昏，杜宇無聲暗流血。

劉五送三台山茶

名山呼吸通三台，臯盧驚迸一夜雷。社前雨前爭采摘，山人巧或參玫瑰。今春養芽欣更足，兩聖授時調玉燭。封題團餅寄所親，劉郎得之不自珍。蒙茸出磨點水勻，知我嗜好殊酸辛。十載飢餐菊與杞，搜攪枯腸煩淨洗。朱雲折鹿真是豪，王肅論羊肯深詆。坐思珠江寒始凍，親見閩人誇土貢。野夫不識官焙香，但訝盤空下龍鳳。尚方勤政食未安，銀粟泛鼎天顔歡。恨渠生長窮山側，不遇蔡丁誰愛惜。柘羅銅碾閒殺人，以暗相投慎懷璧。

煎茶次前韻

石梁蜿蜒若天台，懸泉倒瀉鳴春雷。每汲深清煮新茗，敢與璐國爭奇瑰。山堂日高睡初足，祇爲客來然發燭。塼罏石銚身自親，徑以半挺敵八珍。一沸二沸火色勻，薑鹽不下防鹹辛。盤筵可用瓜包杞，但效殷勤盞頻洗。葛巾野服常晏如，博士酬錢寧論詆。我昔少時呵筆凍，雨窗曾錄宣和貢。獰毛處處跳綠猿，利爪家家拳紫鳳。入圈製銙來建安，兩府得賜親知歡。陋巷只今歌偪側，我烹君嚥迭相惜。撑腸文字如見知，會向蓬山拜蒼璧。

黄生送龍井茶次前韻

秋堂炎酷餘恢台，欲雨不雨天無雷。故人相看慰煩暍，包致浙茗逾瓊瑰。當年素衣參白足，靈湫不用然犀燭。居人舊與龍相親，乞井煮此爲世珍。廉襜蹙縮精且勻，想見製造多苦辛。莫問枇杷并枸杞，强飲勝將眸子洗。看書作字俱可嘉，豈意反遭綦毋詆。傳聞初出銀牀凍，天竺香林不同貢。巧狀誰題雪與雲，芳名不數鴉兼鳳。前人鄙賤心豈安，聊思清涼罄一歡。雖然白晢澤門側，我役頻興殊可惜。他時酒渴還賴之，欲吞江湖裁半壁。

次前無題韻二首

記枉鑾篋寫受辛，殷勤留約可曾真。窗紗已是涼風入，穩護秋鐙待遠人。

丁冬檐馬響廊腰，夜度頻將樂府調。卻卷晶簾歡不見，一庭花影看連翹。

聽黃生學古彈甘州

黃生絃聲最幽慢，兒女深閨語恩怨。絃絃掩抑忽置之，迴聲自寫甘州詞。甘州之詞何放逸，原出西人妙無匹。婆羅門引入中原，伊州涼州同協律。遺曲如聞馬李工，高歌未覺張王失。重樓簾卷初日斜，鑪燒沈水竈煮茶。看君十指玉無瑕，小撥頃刻風吹沙。兩關牧馬齕枯草，四郡殺人撐亂麻。我起謂君彈且止，張掖敦煌天萬里。漢家既賞博望功，築塞始過令居中。郁成堅城未易下，姑師孔道先難通。即今官兵破殘賊，勢掃湖南擣湖北。妖鳥惟看哲蔟驅，應龍已報蚩尤克。軍中高讌羅旆旌，姎徒擔酒千玉瓶。興酣張樂臨洞庭，出水彷彿龍魚聽。太常一旦頒新譜，不似邊疆音獨苦。君如揮手我按歌，木葉盡脱江初波。

茶，宅加切。

京師水筆歌送友人之京

京師水筆用者多，雖凍不用頻相呵。松煙蒼蒼麥光滑，老毚出力能研摩。漢使春官大宗伯，將進羣才量玉尺。天雲輪囷垂粉廊，看點龍睛飛破壁。

葉石亭解元鈞以羅浮藤杖作歌壽胡母督予和之

仙山峭絕臨滄溟，蓬萊分股添峻嶒。真龍起陸性枯槁，鬱律蟠作千年藤。天成尺度堪作杖，爪甲御風鏗欲響。安期朝天天宇曠，藉汝扶持每孤往。石亭昔入羅浮來，棕鞋桐帽初裴裒。洞天石扇窈難測，青壁無路爬沙回。羣仙相逢贈一束，頓使兩腳飛崔嵬。鐵橋拄過照寒水，丹竈倚入探餘灰。還家題署長什襲，坐客請觀皆起立。偶然倒地成蜿蜑，咫尺尚愁雷電入。錫號那須麐角貴，引年不借鳩飛集。維山有此扶老資，免使蒼生歎髦及。宣文講授蒞冲虚，攀挈玉女提麻姑。雖然八座安起居，家園行步亦時須。絳紗弟子歌桃竹，我作和章轉相屬。夫人家近鄱湖湄，莫更化作龍遨嬉。

送顏鶴汀秀才崇圖赴泉州軍門

十年軍罷海氛開，蘭錡溫陵勢壯哉。漢節不教留境住，越人終畏搗山來。文章誰合飛書用，談笑君真典午才。此去東南稱盡美，鄰霄多暇共登臺。

黃鵠行

黃鵠下太液，食以池上花。一朝飽即颺，飛去落誰家。池花飄零怯霜露，黃鵠翱翔那復顧。黃鵠復歸來，池花春又開。

葉石亭招看木棉并聽張山人彈琴同作

記訪談經揚子宅，高樓正按霓裳拍。玉簫金管逸韻飛，催吐奇葩暗長陌。木棉故遲獨未放，二月桐華誤遊屐。亦知有意趁佳辰，但怪無心對殘客。山中歸來曾幾時，已報燒天火雲赤。斑枝搖風自歷亂，紅綿映日從拋擲。略如美豔居隔牆，旦夕相逢目爲逆。空憐遠望入魂夢，安得頻來脫巾幘。故人折柬昨告予，似爲封姨苦淩籍。痛飲且爲花作主，長歌并遣春同惜。人生婆娑亦如此，一笑定墜雙旌石。賞妍從昔重新聲，仍有朱紘破蕭索。纔聞落梅愁已破，試和古松寒太劇。罷琴還把嘉樹看，照夜無憂月隤魄。

題袁香亭司馬樹畫冊二首

瀛洲城外萬重巒，未辨青鞵欲到難。如此煙嵐成掃取，也勝長日倚樓看。

枯木營邱舊擅名，那知老筆更縱橫。還應添上穿林客，來聽蕭蕭落葉聲。

送袁香亭分守黃岡

龍門杖履擬追陪，望裏春帆葉葉開。練水乍兼新雨長，浮山如駕大風來。方言著述身親校，海賦研摩手自裁。一夜湖雲騰玉象，濟時曾仗鬻皇才。

登樓

鳳城無事日登樓，放眼關河引客愁。雨勢遠移芳樹合，風聲逆涌暮潮流。飛泉險隘迷秦戍，安道蒼茫起漢侯。亦有平生騰上意，幾回歌罷看吳鉤。

韓山貽石亭

浮生何處不爲家，南食艱難古所嗟。悔送春流來海國，喜逢芳草在天涯。庭前屢許招徐穉，座上誰當識孟嘉。準擬韓陵更題石，相看一笑晚風斜。

放言二首

上牀陳登非傲，賃廡梁鴻自賢。汝曹兒女呫囁，到底不值一錢。

詩參蠻語未可，書著讕言漫成。縱然有賦堪賣，壁立何裨馬卿。

贈葉蓉槎秀才溥

憶初逢君時，羽扇白羅袷。往來槐坂上，如仙墮塵劫。雖然心神融，猶未笑言狎。海鄉此南食，相對稍親洽。擔簦韓山下，三峯倚峭㠝。園條乍抽英，籬菜初茁甲。紅塘春雨後，拍浮戲花鴨。論轤作都講，載酒從司業。恨君懶微吟，元白仗誰壓。不爲舞陽壯，乃類淮陰怯。石亭風雅宗，沈博我所法。推敲不再定，競病常兩押。干將與鏌耶，爛爛出龍匣。家雞子勿厭，坎牲彼當歃。況君夙好遊，羚羊泝高峽。灘江舞澎湃，封水流浹渫。星巖森魁杓，縹緲空外插。玉屏矗雲根，珠徑穿月脅。山川發光怪，胸次洗拘狹。歸來抱鉛槧，正足供刀劄。清言溯何遜，低格嗤羅鄴。轉石下須臾，彈丸脫俄霎。他時問流派，把盞同一呷。舍籍就阿戎，劇談到晨鵊。

乞袁香亭畫

君不見顧虎頭，詩聲常向畫中求。又不見王摩詰，畫法或從詩裏出。紅豆邨人曠世生，乃能一身雙妙并。畫不倚粉本，詩堪攻長城。論詩作畫百不營，俗吏那解空譏評。黄岡官居蝸負殼，海風蓬蓬走鮫鱷。但餘結習還不惡，長空正有天花著。時因小史唾珠玉，閒把高人置邱壑。當年我客端州路，太守風流心所慕。牢水吟生嚙石濤，崧臺貌出干霄樹。斷縑零素人競藏，欲購渾如隔煙霧。豈知晚向韓山來，邂逅倡和顔爲開。胸中五岳高崔巍，恨不戲吐蒼煙堆。東南連天水如鏡，試寫一葉求蓬萊。

著花庵集卷三

程鄉李黼平繡子著

紀事

五緯如聯珠，淵耀有輝光。德隆而晷星，燦爲至治彰。漢圖悟聚井，周道覲集房。史臣載筆言，陛下謙未遑。紫宫通極樞，帝紀臨中央。蚩蚩彼庶萌，垂象拱天閶。人時在所授，夏火春主張。黑豬渡河水，霖雨散遐荒。上瑞年穀豐，汝其眎農祥。

雨過石亭黎南垣重光林訒斯紹龍兩孝廉

積雨暗九衢，尚聞車馬喧。出門獨無營，言訪心所敦。天涯一杯酒，促坐皆故歡。詞翰既閒作，絲竹亦交宣。樂哉此良會，明日恐難論。

魚藻池晚眺

小市人初散，方塘雨乍晴。樓臺含倒景，蒲稗起寒聲。水滿雙鳧睡，天清獨鶴横。不知遊宦者，誰此濯塵纓。

和人牡丹

北方佳人絕世姿，明眸皓齒豐膚肌。春陽采桑時一見，狂殺城南輕薄兒。苦將牡丹敵傾國，蛾眉易嫁花難得。沈香亭上頗犁杯，才託三郎賜顔色。京師年少縱遊鞍，金市銅街競買看。會向汾州求一本，請君朝暮倚闌干。

偶然作二首

蕭何請民田，亦以暴繫聞。霍光起驂乘，禍遂連山雲。出身蓬蓽間，幸遇堯舜君。渥承主恩澤，報稱在忠勤。矧懷睨器心，而少銘鼎勳。屬鏤一朝賜，疑謗非所論。緬希稆侯賢，恭慎貽後昆。

高樹桑寄生，女蘿來附之。交柯布藤蔓，雨露發華滋。條嬰斤斧戕，憔悴難復知。五鹿說梁易，貴辨傾一時。張孔亦大儒，經術爲世師。夤緣藉權勢，同類久相嗤。達人崇令名，歲暮以爲期。

春夜詒南垣

莫嫌連榻此棲遲，一旦關河別後思。難似青門風雨夕，留人春酒五加皮。

拜楊忠愍公祠

朔風折膠俺答來，沿邊士氣如死灰。大同宣府晝不開，將軍者誰尚褎裒。敵人見强丐若馬，互市空看汗流赭。秦西冀北良驥多，歲費金繒策固下。貳師卦吉終無功，高論當時觀火同。狄道歸來報天子，銀章白簡生霜風。春雷無聲日赤色，大臣顓權必蠹國。石顯將同貢禹升，董賢不受王嘉劾。書牘安知獄吏尊，蚺蛇有膽未要呑。賦詩漫比廣陵散，自送浩氣還乾坤。松竹庵西風雨昏，靈斿恍惚招忠魂，生不遇時安可論。方今朝廷轉圜容直諫，彼何人斯徙菀還徙雁。

南城圖歌

丹樓如霞麗晴空，至今父老談于公。真人入關天與宅，氣象一變尤繁雄。考工營國有法度，不用雞犬知新豐。通衢修弄各相間，妙在一覽無由窮。迤邐龍街接羊市，列隧分廛錯如綺。碎錦沈沈宰相坊，鳴珂隱隱通侯里。中間馳道連正衕，都人歲時瞻翠華。天橋直下景幽絕，萬縷垂楊風際斜。流水無聲日將暮，油壁閒遵軟紅路。遊女褰湔南澱波，行人衣染西山霧。少年意氣昌國君，腰間寶劍纏星文。魚藻池邊買歌舞，酒氣花香蒸作雲。承平百年風物盛，寫向丹青指眼病。畫師肯貌尋常人，著我城南烏角巾。

崇文門遇雨同石亭買驢口號二首

攜酒花兒市口來，青驄油壁響如雷。蹇驢無力禁風雨，行到前門晚柝催。

馬耳東風久自憐，戲爭歸路著先鞭。那爲障面防相識，笑殺詩人孟浩然。

名都篇

名都何宏敞，白日麗金臺。高風一擁篲，方士相與偕。茲惟奉宸居，閶闔九門開。東收瑤琨器，南取杞梓材。青陽二三月，冠蓋歘塵埃。儒雅公孫宏，詞賦匹鄒枚。經術賈與董，廣設天網該。上書詣銅龍，諫鼓聲若雷。所陳或闊迂，恐負淵谷懷。疇能宣威德，論蜀爲上才。我歌名都篇，緬瑟起衰裒。

楊妃出浴圖

供奉湯聲噴薄流，異香龍腦散簾鉤。瑤池恍惚迎王母，遺恨金蓋不遺收。

送南垣之宣化

斜日居庸疊翠多，送君彈劍此經過。舌存不上平戎策，耳熱仍爲出塞歌。三衛市聲喧健馬，九邊秋色臥明駝。壯遊倘憶荆高侶，宜有雙魚寄俠河。

紀夢

玉壘銅梁幕府開，夢提鐵騎撼山隤。營門月白天如水，一夜生擒李勢回。

送訒斯

客舍澹相守，不言誰遠征。涼颸淪范水，別理滿燕京。瓠落嗟吾道，蓬行見汝情。遲留已昨日，去去慎前程。

霜

無端結束佩純鉤，擬作燕雲汗漫遊。哀管數聲傳朔漠，飛霜一夜墜南樓。功名未必車生耳，身世渾如馬絡頭。自是歸心當急景，江湖何處問扁舟。

故燕城

雲物蕭條天宇清，杖藜來訪故燕城。良鄉極目真寥廓，上谷當年屢戰爭。馬骨且求招樂毅，烏頭難化遣荆卿。下都池館修連日，說與遊人恨未平。

送俞東白明經宗崙南歸

春明冠蓋欻如煙，方麯相逢各盛年。把臂欲傾千日酒，掉頭還上九江船。清秋燕筑愁中憶，遙夜吳歈夢裏牽。陸弟周郎儔侶在，未應漁釣逐湖天。

送張丹崖孝廉對墀之保定

兹地偪榆塞，蘆笳吹作秋。西風莽蕭颯，匹馬送君遊。旅望恒山斷，鄉心滱水流。著書逢趙勝，莫自厭窮愁。

送鄧郁亭孝廉彬之濟南

汝去誰能挽，吾行未有期。乘秋一爲别，臨水幾相思。海氣連松暗，湖光上柳遲。名泉七十二，倘與坐題詩。

得南垣宣化書

雁寒嗷嗷度居庸，居庸迢迢雲萬重。乘風一夜到幽朔，征人不來雙淚落。塞上秋正深，雪霰何褵褷。寄書百無語，但道久棲遲。棲遲關外從頭說，石路崚嶒馬蹄裂。寒煙古樹不見人，乃是統幕蒙塵之故轍。沙場折戟供摩挲，烏鳶銜肉愁雲多。風聲乍吹獨石水，雨色不見溫湯河。雲山連聯接上谷，多少英雄下雞鹿。漢將朝爲虎落屯，胡人夜上龍堆哭。丈夫不遇蓬虆行，枉歎胸懷逾甲兵。飛書馳檄有不用，卻與織尉相逢迎。邊城蒲桃酒夜煮，當歌幾回親擿鼓。豹房伎學黄額妝，馬市兒能白題舞。迴飈數聲聞夕葭，座中低頭苦思家。獨依北斗望京國，每到燕然山月斜。燕然山月金臺色，故人好在長相憶。殘衫破帽及早歸，雞黍留君共君食。

出都貽石亭

西方論將帥，稍稍辟書生。子有安邊略，而爲蹈海行。齊竽從古濫，魯酒共誰傾。吾亦欲東耳，相期霜雪征。

西山

國西門外露煙鬟，才啓車帷一破顏。卻怪馬曹矜拄笏，愛從官府看青山。

良鄉

凌晨渡蘆溝，畢景駐廣陽。遵途石犖确，馬骨爲之傷。升高眺四野，煙樹鬱蒼蒼。哀雁澤中鳴，驚蓬天際翔。當年趙幽州，板築爲巨防。窮秋塞草腓，胡騎正騰驤。橫揮陰山衆，連射漢月光。開關乍延敵，北走如驅羊。從來安邊略，得人斯足强。時清弔英賢，塔鈴語高岡。

涿州觀官軍赴蜀二首

涿州城門朝四開，兵車轔轔動地來。州官鞠躬犒牛酒，飽肉勇決如霆雷。道旁小兒莫驚避，蜀人日望官軍至。

國家經營關以東，汝輩祖父俱從戎。百年精鋭偶一試，邑惟汝撕城汝攻。行矣努力高官職，龍尾在辰賊可克。

北河夜宿

風急北河流，停車古渡頭。歲時宜聚石，風俗愛招舟。遠火明郵舍，疏鐘動驛樓。銀絲鮮鯽美，鄉味使人愁。

高陽小飲口號

酒徒誰似酈生雄，小飲高陽地偶同。醉裏不知身是客，朗吟梁父過山東。

德平有贈

滿耳秋風滿目塵，短衣行度衛河濱。天書昨報還吳質，野語猶誇借寇恂。一夕閉門成快飲，幾年懸榻待勞人。來朝又向龍山路，手把黃華借別辰。

德平留別二首

秋風吹客渡般河，齊下相逢意氣多。未必孟嘗輸靖郭，等閒容我蒯緱歌。

山水從來說濟南，半生行脚到應慙。單椒準寫華不注，留與他時翦燭談。

濼口待渡同石亭

東來風景與心違，到處驚蓬卷地飛。濼口夕陽紅照水，華山秋色翠生衣。故人彈鋏歌同和，此際停驂計恐非。明借名泉洗塵土，真珠十斛濺霏微。

大明湖

齊桓手塡八流日，拓地意欲荒大東。獨留七十二泉水，漾此百頃玻璃風。半城水氣蒸煙霧，明滅人家不知數。微聞籟起響菰蒲，旋見天清下鷗鷺。陰晴一瞬隨目遇，不復遺畫滄洲趣。嵯峨遷祓連羣山，下臨日夕驤孱顏。鵲華亭亭如靜女，卻遠城闕妉幽閒。看取湖平開鏡面，並肩一照雙煙鬟。湖山信美如杭潁，每值清遊發深省。城北菱歌向月哀，水西漁笛穿雲冷。坐思若逢豔陽月，繞堤桃柳真吾境。湖上兒童笑翁貪，如此秋光翁莫嫌。翁但能遊即飛蓋，塵埃不見清河外。

呂仙閣觀趵突泉

爾雅釋泉脈，正出區各派。趨焉固其常，躍之吁可怪。攜笻城西門，覽古登香界。嘉名錫趵突，衆作通謦欬。都疑蓬萊仙，倒海爲狡獪。羣飛狀彌真，皆立力逾邁。習坎忘易理，由中昧詩械。岱雲天下雨，諸谷會澎湃。荷澤涵大野，柏崖矗荒砦。嶙峋渴馬陲，束縛勢尤隘。潛從地肺入，忍使坤軸壞。蓄極有必洩，遠甚無弗屆。及茲涌奇觀，霑灑戰堂廨。三峯擎削戍，四尺瀉寒快。砰碉轟怒雷，嘈囋亂清唄。勞糠及都醴，到眼觀欲懈。馬泡既輩湛，龍居亦等噲。激湍聞天語，如泡憶禪戒。迴飈薄林木，分流注蒲稗。森如銀竹搖，碎若瓊樹敗。呀然砌池沼，澄瑩絕纖介。黑灣源蓋長，清河勢稍殺。憑闌愛泓崝，傾杓消蔕芥。歸將瓣香一，盥手爲鞏拜。

移寓三聖庵寄石亭二首

篠飲東頭百計違，湖西小住便忘歸。旁人笑殺淹留意，貪看風標白鷺飛。

記送斑騅秋又深，遶湖煙雨罷題襟。不知海右誰名士，詩派終朝憶石林。

贈金素中太守棨

梅花洋東島夷國，鯤身如山映天黑。安平一上夾板船，萬里荷蘭奉銅墨。岱宗天門長不夜，滄涼暾日扶桑射。雙旌摩拂石崖雲，一雨空濛際天下。海涵岳立從昔聞，先生磊落真其人。即今齊州俯看煙九點，清濟又貫黃河渾。玆邦作郡古有幾，應公顏公俱絕倫。西州皇甫規，鷗波趙王孫，風流文采猶尚存。四子才名自冠代，不知暗與前賢分。人言海右多名士，籍甚當時重邊李。相逢苦問嶺南社，軒拓抗風堪屈指。翰林當璧入三家，典籍探珠傾五子。歐公中原據壇坫，懼楚盟齊轉相訾。若從雄師遡開寶，惟有液仙追正始。雅材後起今幾人，走也蟲吟草間爾。華堂沈沈夜漏嚴，官燭欲盡風捎簾。說詩聞政兩不嫌，客去一笑應掀髯。

明湖詩思圖

我在明湖閉關將一月，濟水潘生爲我寫作詩思圖。湖雲山氣相窈窕，西風獵獵吹黃蘆。成羣遠雁落天際，舄華正倚斜陽孤。高城三面浸寒碧，樓臺倒影涵蓬壺。近形遠勢遞隱現，謂是對景堪追摹。潘生汝知詩思竟安在，恰在聳肩騎蹇驢。昔來窮秋九月初，始僦小屋居臨湖。故人葉君歷城客，舊遊指點無差殊。七橋流連朝至晡，渴飲湖水如醍醐。折芰而坐餐雕苽，得句各映波光書。爾時自許杜李徒，興極臨風相叫呼。潘生恨汝所見非故吾，見今瑟縮依圓蒲。醉中逃禪一字無，照水實愧形容枯。雖然辱勸何可忽，湖山有靈邀我娱。況聞昨者北極閣，港荻已伐寒可漁。明當選勝偕汝出，賦詩大笑驚飛梟。

西園贈友

紈如官鼓徹宵晨，客子心孤本畏人。馬廨未歸三畝宅，兔園初接百金鄰。書觀天寶思前事，夢閲華胥賸此身。知爲蒼生還一出，羅浮雖好漫棲真。

西園貽素中太守四首

舄華橋上玩斜暉，才跨青驢緩緩歸。報道使君軒蓋到，舍南鷗鷺拍波飛。

彌勒同龕儘笑人，蛛絲鼠迹徧承塵。多情爲築忘憂館，慙愧相如著作身。

來鶴堂前鶴啄苔，雨還風去自裵裒。野人不是雲霄物，憑仗氈毹見客來。

往事風流趙與曾，愛攜參佐擷湖菱。放衙若問東城渡，打槳迴飆我尚能。

題竹

南人北客不稱意，多病衣裘長苦寒。爭似西園數竿竹，蕭蕭風雪百平安。

詠雪同石亭恕堂用東坡雪後書北堂壁韻二首

天街微霰集廉纖，凍鼓無聲漏始嚴。自笑酸寒猶擁絮，未妨高潔欲持鹽。漁歸極浦驚蓑袂，人去空山惜帽檐。卻啓北窗看積素，又添孤塔幾層尖。

蕭蕭庭院靜藏鴉，煨芋閒燒折脚車。偶聽芭蕉鳴敗葉，要看薝蔔現空花。千年雲氣愁梁苑，盡日風光屬謝家。商略夜深須痛飲，無錢頻把竹筒叉。

偕石亭恕堂泛舟遊歷下亭同用杜公海右此亭古爲韻五首

孤亭媚湖心，自蔽如有待。稍看闌檻出，已值蒹葭采。挐舟殘臘遲，攀林故人在。玉貌茲亦佳，胡爲蹈東海。

粼粼水侵階，颯颯風入牖。絕境高且寒，清虛攬何有。烏華近在眼，娟好居左右。隔岸欲登臨，仙人肯招手。

新亭始結構，高賞逢杜李。清吟在東藩，垂輝映千祀。風物良易彫，湖光澹如此。固知昔時人，不朽有妙理。

我昨初遊湖，登小滄浪亭。風荷蕩殘碧，水荇含餘青。茲焉遇清景，耳目如已經。梟翁本相識，來往共煙汀。

良遊恐不愜，日腳踰亭午。殘霞射葑田，方罫明可數。擊汰嘯中流，買魚飯前浦。即事亦欣然，孤亭自今古。

五龍潭同石亭恕堂

名泉瀉天鏡，淲淲注寒潭。何日高僧在，能令龍子參。神靈終古閟，風雨四時含。薄暮蒼茫立，荒碑不可探。

大雪同石亭恕堂用東坡聚星堂韻

蘆荻無花樹無葉，湖雲淰淰天將雪。閉關正妨高士臥，打包漸覺行人絕。資清以化時已深，撒空而來氣爲折。初驚翳翳經日暗，未愁旋旋因風滅。篁間凍雀噤不啼，鞲上飢鷹瘦難掣。履霜繚戾已穿屨，潑水凌兢誰覆纈。尚貪詩骨入清寒，每側吟肩聽騷屑。故人剡溪期未至，上客梁園去如瞥。清遊難再此亦佳，前令猶存君莫説。艱難奇麗要安用，當念西師屯駟鐵。

雪晴同石亭恕堂再用聚星堂韻

高館緪絃點筀葉，共和齊人歌積雪。一年好景快晴初，三尺寒稜歎清絕。連宵乍縈窗淅瀝，侵曉平鋪徑層折。此時驅犢踏泥行，失喜遺蝗隨地滅。我昨桐城歲方晏，無賴飛廉苦驅掣。皖公山頭雲作衣，微子湖邊水生纈。卻登長路嫌滑笏，誰發清談鬥霏屑。今晨更與擁鑪看，往日忽同飛箭瞥。天涯集霰非異事，人生懷冰亦前説。兒童縛帚莫漫狂，留映書帷磨硯鐵。

和劉校書臥病之作二首

藥鑪經卷日相親，瘦盡羅衣葉葉身。湖上桃花樓外雨，將何判斷濟南春。

孰與雲英一面親，中宵雞喚苦迴身。煩渠挈上蓬山住，藥樹年年也自春。

追和東坡饋歲別歲守歲詩同石亭恕堂

饋歲

歲行養羣物，豈藉羣物佐。成功貴索饗，爲禮翻以貨。義同蜡與臘，此小而彼大。雞肥榼常攜，酒滿瓶不臥。亦知非餉人，相沿尚傾座。故鄉隔蝸居，遠客依馬磨。安貧且自樂，從俗斯爲過。馨聞感神明，聊爇香百和。

別歲

春秋有佳日，與我共棲遲。花晨流杯讌，月夕聯騎追。寒食及重九，繾綣意何涯。蓂莢能應候，梧桐猶紀時。一朝背人去，松老梅未肥。淒淒朔吹緊，黯黯寒雲悲。冉冉不可挽，望望從此辭。懷哉客遠行，使我朱顏衰。

守歲

團蒲靜夜坐，無睡懼毒蛇。惟當冥心看，不復引手遮。窮年道未成，如此除夕何。六街苦塵雜，四座迭喧譁。念昔初北來，風雪迴馬撾。長途落月淡，孤館寒鐙斜。守之定何益，歲月易蹉跎。作詩語同儕，椒杯漫相誇。

除夕書懷同石亭恕堂六首

銀燭無煙雪色光，蘆簾竹屋障風涼。輸他煨柮東家客，爛煮駝蹄不憶鄉。

故里東郵百事新，殘年風物也娱人。夭桃愛與梅相見，白雪紅雲別是春。

春筵茶菓約相過，醉裏探懷墜叵羅。博得曉窗嬌女笑，阿耶衫袖酒痕多。
稻塍麥隴往來知，豕圈牛欄隔短籬。一事酒醒忘不得，春罾白小夜歸時。
風雪明湖劇自憐，射堂賓客散如煙。多情惟有康聱在，度歲來分賣藥錢。
映窗虛白門清詞，須信人窮半坐詩。明日濟南春色好，卻煩紅袖寫烏絲。

著花庵集卷四

程鄉李黼平繡子著

湖上別石亭恕堂

湖上草新綠，春人同一遊。飢軀此爲別，歡聚我當謀。北渚尊仍在，東城櫂且留。祇應風雪暮，聯臂和齊謳。

出郭馬上作

出郭猶餘惜別情，短衣馬上晚風輕。官橋楊柳初相識，也遣飛花送我行。

龍山早發有感

去年夢指龍山路，今日龍山夢裏過。左阜逢春自煙景，故人一別幾風波。東方鶴化思家苦，南國烏啼繞樹多。誰爲陽關寄公擇，已拚腸斷不須歌。

鄒平道中作

有志竟成事，十年聞所聞。遠遊過巨合，深憶耿將軍。躍馬飛揚氣，椎牛格鬥勳。西征仗元老，努力掃妖氛。

行經長白山下

岱宗既首出，兒孫亦龍蟠。分支王梁鄒，一氣何蜿蜒。東行厭平蕪，突兀見兹山。横空相經亘，勢障半壁天。崩崖嵌陰雪，壞磵鳴哀泉。迴飈四飕飅，震怪馬不前。側聞漢登封，下阯禪肅然。從臣守詩書，周齊亦云賢。射牲事何倣，縱獸儀則愆。洎吾志鏤牒，未得陪設壇。苕苕陽邱路，漠漠繡江邊。獨懷茂陵書，臨風思無端。

臨淄

輕煙淡淡樹離離，齊郡横當反照時。俗近淄澠閒汲水，人來嶩著欲徵詩。藏弓尚説真王恨，憑軾虚聞廣野馳。一代勳名俱泯滅，牛山遥望淚連絲。

青州

沙融泥滑浩長征，昨鏡淄流又幾程。拊髀人還悲老大，登車吾亦負平生。酒過金嶺盈觴醉，樹入青州匝地榮。領略此時春未斷，漸東冰雪暮崝嶸。

朐瀰渡

名川限巨洋，雖淺不可越。征行急登路，造次輕捨筏。載驅中流半，欻見馬腹没。風虚石齒齒，日暮波汩汩。蛟龍正能恕，魑魅陰必奪。焉知蘆漪轉，遥見林麓豁。迷津茫昧墮，出坎驚悸發。浩歌懷昔人，辛苦兹討伐。

濰水渡

滔滔河濟外，作浸復兹水。經冬暫歸壑，墟步猶迆靡。飛揚沙外迷，盪潏波内詭。乘流遠架木，取道才容軌。我前軛牛憊，我後驂馬駛。連橋迭震撼，客淚流不止。津梁疲十年，鄉國阻萬里。東牟又威遲，行役何時已。

昌邑夜宿

無限昏鴉起，孤城樹裏看。雲山三戶近，風景仲春寒。把酒歌誰和，聞更夢漸安。向來荒野宿，虎豹百憂攢。

萊州道中二首

盧維東上又春分，社鼓邨歌處處聞。見説今朝風日好，居人相約賽萊君。

三山山色望中青，一晌遊仙夢乍醒。東海如環正清淺，漢皇何幾至殊庭。

山行至登州十里舖最高處

客程惡逢山，登頓腳慢掉。聯綿四十里，賞給亦殊妙。巑岏帶春雪，刻劃餘冬燒。飛流岫沖深，淪隍石奔峭。威紆萬峯裏，幽絕猿一叫。層雲生我前，忽覺踏虧甗。平心漸高陟，凡象皆俯眺。淄青在何處，隱隱低落照。行攀盛山巔，將揖滄海嶠。迴思所歷遐，豁寤但悲嘯。

抵登州夜雪

遠道初停轍，閒堂獨掩扉。忽聞風竹亂，又報雪花飛。寒惜千觴少，春驚一夜非。來朝爲幽興，賸欲拗梅歸。

登蓬萊閣寄濟南故人

高標仙閣俯神州，乘曉攀林到上頭。日色九枝横不夜，潮聲千騎撼之罘。舊家南海虛烹鯉，故事東溟欲附舟。潮人吴子野訪東坡於登，自登買舟南反，五日而達潮州。此意未堪相識問，檻前雲物使人愁。

拜蘇文忠公祠

丹崖峭插東海東，三壺縹緲一氣通。安期羨門定誰逢，峨眉仙人來御風。承明之直豈自厭，六年縲絏到處同。及兹海市供一玩，失喜造物哀龍鍾。萊牟地荒古彝國，將假詩筆開其蒙。長山沙門幽絕處，羣鷗狎客翹支筇。官居五日亦人厄，天縱許住誰爲容。良遊坐使彈指過，真如泥雪驚飛鴻。珠崖儋耳歷萬死，鬼門竝鶩煙濛濛。當時鬱孤臺上望，明滅苦憶蓬萊宮。後賢似識方外意，祠宇結構茲山崇。春遊下馬入門拜，清高毛羽當晴空。元豐至今如夢中，公自散髮騎白龍。滄波一勺歌酹公，海天萬里斜陽紅。

蘇碑

霜曉樓觀出，高人發嘲弄。穹碑屹猶存，刓削難可誦。洛陽杜鵑鳴，文字禍機中。掌制寧敢斥，稱詩或微諷。異學時宰禁，遺書外邦重。規摹既千秋，磨洗仍一慟。彼美華泉敘，相視冷煙共。邊尚書《海市卷後序》：「二石，今闕其一。」臨風憶公言，綺語果安用。

海潮庵

幽庵肅肅對海門，天風駕潮趁黃昏。穹黿長魚踏崩奔，如泣如訴多煩冤。高居大士悲不言，化身八萬四千臂。頃刻拔汝三摩地，宰官士人同此淚。欲借圓蒲一宿睡，潮歸月明竹横翠。

海鏡亭

島嶼忽欲匿，豁然鏡千里。白鳥長自橫，蒼煙亦時起。安知去天處，莫辨積水理。援琴移我情，懷哉宛陵子。宛陵施愚山先生。

彈子渦東坡舊遊處也中多石如彈子故名由海鏡亭下具舟可達以潮長未往歸賦此詩

丹崖終日遊，選勝迭倡和。名區昔賢闢，曾未輕一唾。側聞巖中石，纍纍彈子大。雲嵐爲渲染，濤浪時錯磨。光驚英華發，圓謝廉隅挫。蟠桃遲作護，交犁未飣座。方丈諸仙人，煮此療清餓。同儕發興入，共笑回足懦。徑捷有不由，途畏矧可過。他時乘落潮，珠璣藉趺坐。

初寓君子洲二首

草屋始誰構，天風長掃除。溪山得地僻，魚鳥與人疏。乍到塵容愧，遲留野性舒。擬同嵇叔夜，更著養生書。似說紅雲蓋，沿洲淨植荷。每爲卷葉飲，因作扣舷歌。前輩風徽在，今來感慨多。惟餘水楊柳，終古送流波。

送張芸堂秀才北還

短後相逢東海頭，黃腄雲物眼中收。仙心日問蓬山渡，鄉夢宵隨涿水流。擊缶幾人同意氣，著書知汝未窮愁。前期好在華陽館，準及春風並馬游。

即事

夾岸垂楊弄夕暉，浣紗人趁綠陰歸。不知底事翻回首，看殺鴛鴦護水飛。

城西道院大石歌

嬴皇鞭石成橋處，碧澥茫茫渺難渡。雲濤舂擊千百堆，尚震餘威頑不去。此間初無千里隔，劫火何由不相厄。瑰奇秉質諒自珍，要與桃源同避秦。君看城西地幽邃，疏槐勁柏交輪囷。長風吹林日欲落，石氣逾青勢盤礴。孤高不仗神力扶，正直曾蒙化工琢。院前駐馬人塞門，渠未識其材出羣。光芒斯藴易城玉，霹靂必觸垂天雲。我家於南依絕巘，巨壁高崖足爲藺。九曜常爭日月輝，七星斜帶魁杓轉。今觀嶙峋出榛菅，幽處居然移粵山，礬頭稜面畫莫比，歎息經時獨捫指。豈無奇章文饒作相公，石乎石乎看汝兼車起。

次韻周二南孝廉南白牡丹

紛紛姚魏鎮相持，絕世猶嫌傅粉脂。摶雪恰依梁苑近，凌波初下洛川遲。羽衣影隔三生事，玉笛聲殘半夜時。一種根苗司馬坂，不勝清恨白家知。

二南齋中牡丹盛開瀹茗見寄賦答

穀雨三候今已違，何處牡丹經雨肥。晝長幽夢化蝴蝶，正繞君家花樹飛。門前一聲聞剝啄，遣送新詩朶雲落。小蓬萊軒舊所到，假山傾欹勢埌堮。上者白華謝金粉，下者紫英苞綠萼。團龍小鳳時一浮，徑欲與君尋此樂。君不見洛陽新種天下奇，左花魏花俱冠時。姚黃後來又居上，驛騎包送灰塵馳。相君歸朝世忠孝，坐進此花人笑之。又不見開元天寶全盛年，木芍藥開紅欲然。玉奴絃索花奴鼓，詔草清平扶謫仙。漢宮飛燕易得罪，夜郎流落西南天。草木焉能與人事，要是昔賢遭者異。謝公屐齒到處遊，獨在永嘉臨水記。富貴應須致名業，貧賤乃能躬樹藝。眼前鶯嘴兼鶴翎，長伴騷人固天意。周夫子，毋但呼酪奴。有酒則湑無則酤，玉山果隤使人扶。風光如此不成醉，明日闌珊枝葉枯。

周三泉(蟲蟲蟲)畫魚二首

莊惠當年說魚樂，悠然濠上兩安知。丹青摹取相忘意，蒲藻因依真樂時。

野塘春水浸裾碧，自種魚苗今許肥。見汝遊鯈閒戲瀨，斜風細雨卻思歸。

桂萎香銷圖二首

秋菊春蘭自一時，中庭紅桂豔交枝。如何轉眼成蕉萃，空唱單雄憶故雌。

逢人休問小山叢，露冷霜淒百不同。解識木犀香也未，鬢絲禪榻任秋風。

題李氏園杏

著花居士愛花著，花事將殘無奈何。如此白紅兩株杏，草風莎雨亦來過。

送趙生還寧海

雲髻低一握，妝緣時世新。娵娃鬻珍髢，韜髮爲何人。好賦馬卿免，談經揚子貧。悽悽河上曲，相送欲霑巾。

南窗書事

憶偕計吏上金門，庸作供資僅自存。疏政可能如賈誼，談經差欲附林尊。諸公雲日依天近，獨客風潮並海昏。永夜南窗成絕歎，荒雞蕭瑟莫重論。

田横寨行

秦人席卷兼囊括，根本俄看起三枏。諸田宗强尤得人，縛奴已將狄城拔。儋榮身世幾誅夷，喪君有君疇相之。城陽反擊收兵日，歷下連和縱酒時。何知終有羸博敗，此事半疑酈生賣。弟兄相繼禮亦宜，賓從猶存志寧懈。一木難支大廈傾，往來困楚竟何成。雄材詎肎依人計，高義終懷蹈海情。是時赤帝攻圍急，遠道憑陵梟騎入。垓下雞鳴四面歌，帳中騅逝重瞳泣。功人功狗俱分猷，餓隸黥徒旋見收。矧聞八難趣銷印，誰信横來王與侯。尸鄉奉首三十里，壯節猶能動天子。稱孤難與素靈符，得士遠過黄鳥止。寨門風浪日潺湲，蒿里歌成怨不還。四皓同時避隆準，那爲羽翼下商顏。

雜題三泉山水畫冊六首

結廬在巖穴，地僻人到稀。不是掩關卧，北山行採薇。

石上無清泉，松間亦無月。詩禪與畫禪，持以問摩詰。

高嶂干雲漠漠，踈林帶雨瀟瀟。眼前有景難道，付與扶藜過橋。

郭外編茅獨處，西風一夜寒生。問君盤礴爲此，樹間可有秋聲。

從古高人欲隱時，買山不辦草堂貲。樵歸但倚雲根石，長與仙翁對著碁。

山容黯淡樹槎枒，雲氣空濛路轉賒。只聽泉聲過林去，門前流水是君家。

駝磯石硯歌

荆和一旦吞聲哭，舉國無人諳璞玉。天球粹溫東序陳，乃是泥塗昔嘗辱。世人論硯寧不然，吾鄉水巖名最傳。歙溪所產格已降，肯問駝磯滄海邊。駝磯巉巉積鐵色，金星夜迸天深黑。居人磨刀割雲腴，換醉高樓不論值。先皇右文冠今古，人無棄材物皆睹。英靈河嶽出車圖，豪縱乾坤范沙土。西清日高黄纖間，四百二十硯斑斑。五螭承恩數供奉，駝磯五螭硯。煙雲灑落蛟龍蟠。其時侍臣簪筆見，漢瓦魏磚俱色變。御題列品傳世人，聲價頓增人始珍。齊魯諸儒設綿蕝，紅絲紫金不獨列。琢磨幾欲人巧窮，搜采翻疑石材竭。客中好事肯相貽，令我躍起忘嗟咨。萬牋送客有何意，一墨磨人能幾時。不見漢家邴徵事，竄身渤碣無還期。三山忽歌來自鎬，已有公卿論得寶。

備倭城同陳竹香秀才

刀魚形勝舊曾聞，玉局當年狀水軍。豈謂擁旄防屬國，竟煩開府用元勳。三方木落寒聲共，五島潮迴晚色分。與汝清時閒策杖，壯懷猶欲激風雲。

曲巷

曲巷羊車碾暗塵，下簾鸚鵡語相親。十年後約重商略，頭白樊川恐負人。

秋題蓬萊閣

無邊秋色淨樓臺，天水空明鑑面開。熊野孤帆依日出，駝磯畫角傍風來。東門祇自誇秦頌，北海何曾借楚材。欲問軩公舊時事，靈光雖在閱沈灰。

以駝磯石贈二南

駝磯蒼翠隔人寰，長在風濤浩渺間。雲骨暗傷誰斲硯，煙姿微瘦別成山。夜中不識金銀氣，醉後深思子弟班。聊用充君案頭物，水仙花影伴身閑。

得石亭書

明湖青草上離襟，一紙迢迢怨不任。知在天門望秋月，相思無那嶽雲深。

登望仙門樓

長陵神入礦氏館，少君始論求蓬瀛。文成五利迭誅殛，異哉獨用公孫卿。仙人樓居託所好，飛廉桂館先爲營。通天置祠建章度，漸臺象海中峻嶒。竹宫遥夜拜虚影，燕齊搤掔皆言能。玆樓亦爲方士起，欲使望氣招雲軿。東萊宿留考不驗，天子尚有羈縻情。塵凡累劫欄楯在，暇要勝侶來攀登。秋高木落天宇曠，一片煙鏡開函明。遠雁新從淈水度，孤飄似向澶洲行。潮來島嶼紛破碎，輿嶠那不隨鼇傾。眼前所見僅如此，不知何處棲仙靈。嗚呼怪迂不可訓，征和巫蠱由斯興。桐柏冤含戾園敗，妻子果棄丹難成。聖人所以斂五福，建極不願希長生。

朱畏齋廣文光巖席上賦贈

蛾眉婉孌真傾國，待婚十年人不識。邯鄲廝養從昔悲，甘抱紅顔當户織。三邊健兒羆虎樣，髀肉閒生志猶壯。若爲異道從大軍，射獵還應是飛將。祕書著作不可期，用爲鼲官又非宜。如舟學舍暫容膝，恰稱先生中隱時。檐前翛翛鵲踏竹，門外丁丁鳥啄木。殘書壓架三百軸，無事可倚匡牀讀。高車新雨時復來，不惜生芻博金玉。鄙人客幽冀，漂泊滄海濱。黄塵清水間，覿面風期親。倒衣相過鵞鴨熟，已是不作周旋人。桃李春風開甕夜，素雪縈簾燭光射。清歌嘹遶穿洞簫，豪興盤旋杖甘蔗。自云挾策登鑾坡，太液雨後生滄波。詩成跪進天一笑，殿前滿酌金叵羅。往事悠悠重回首，顔郎老少我何有。懸鼓空存尚待槌，大瓠既落誰容剖。先生醉矣行且眠，人世得喪寧非天。談經聞有折鹿角，博士衣冠當薦賢。

有斐堂對雨

瀟瀟暮雨暗西城，隱几空堂夢不成。一院落花歸鳥噪，四山寒木亂猿鳴。親交安樂書誰省，身世郎當感易生。無賴兒童尋篛笠，欲乘新水摘船行。

登州曲二首

石鏡峨峨海鏡鋪，天然兩鏡照人姝。胭肢岡下多顔色，不信生來絶代無。

夢入遼西一水連，覺來山上望郎旋。成山日與萊山月，自望郎旋年復年。

彰川戰

去秋出菰蘆，浩蕩逢遺卒。旌麾蔽空下，萬騎平馳突。行人競歡譁，喜見頗牧出。先聲到隴坂，實使精魄奪。自從式師干，消息胡契闊。金城上方略，持重有不發。比聞彰川戰，險阻用先遏。敵窮尚狼奔，我迅如兔脫。疾馳百里内，所到逐旌轍。聲呼層霄動，勢蹴厚地裂。朱圉齊棄戈，赤谷嗚流血。獂王與氐種，讋者十七八。隗純檐首送，楊玉不足拔。朝廷於汝輩，屢使龍虎節。詔書與招徠，寰海見惻怛。良家六郡舊，材力乃横決。嬰兒觸耶孃，惜極爲一撻。玉門捷書到，温室憂思豁。無云内金盤，賞賜昭不殺。玉以戒俘寶，韘以警穿札。參謀本年少，曾未專杖鉞。英華貂璫緩，拒寇致此烈。何人守成都，狐兔尚網抉。嘉陵昨又過，只恐勞薄伐。蜀人望反旆，此事逾飢渴。請公遂并行，鐃歌早還闕。

三泉小山

東望三壺未許攀，客窗長日對孱顔。小成樹石皆靈氣，莫是蓬萊左股山。

題畫三首

臨水三圖妙入神，雲鬟玉臂月前身。但餘結習花難去，梅杏消寒苦記春。
紅窗韻事罷書裙，南北臨摹派各分。賸粉殘肢閒點綴，也同著色李將軍。
夫壻探奇遍九州，江山佳麗愛勾留。料應著意礬生絹，寫付巾箱作臥遊。

紫荊山見雁

滿目紛蕭瑟，憑高與興違。離人望鄉淚，獨雁叫羣飛。霜霰日以偪，關山安所依。長征深念汝，況乃稻粱微。

詢竹香煙霞洞

聞說煙霞洞，終年瓊樹新。君從洞邊過，倘見王真人。亦有長春子，同時託隱倫。如何謁元祖，已致薜蘿身。

戚少保祠堂

少保祠堂近市開，歲時遺像肖雲臺。英名海上新推轂，雅度軍中數舉杯。可爲薊門留李廣，徒令閩嶠重王恢。著書繾綣文皇業，風弄杉松未抵哀。

著花庵集卷五

程鄉李黼平繡子著

蓬萊閣雪中寄石亭

談天稷下生，雲散餘幾箇。孑身東牟來，放眼北海大。時也冬之孟，風穴苦揚簸。雪翻沙門失，潮打竹島破。日月没兩丸，乾坤轉雙磨。丹崖根虛無，驚倚危石坐。耳目迭眩暈，精魄頓摧剉。追思走燕市，顛倒甘獨卧。豈無五侯門，拔足畏其涴。寄居在靈臺，絕口說臨賀。有時造朋友，垢面刮堀堁。鮮肥裘馬間，忍恥默受唾。時而譏我貧，不亦誚我懦。甚愧吾子贊，玉樹傾一座。殷勤出斗粟，舂揉療飢餓。話言除拘檢，文詠相考課。秋爲山東行，長路接遊軻。主人喜迎客，開讌斟香糯。奴有白米飯，馬與青草莝。掉頭歷城去，分手寧津過。子從虎口脱，辛苦歷坎坷。旋歸泛明湖，相守炊冷鉎。愁吟益有神，悶酌更無佐。側肩冰柱下，寒會笑方瑳。艱虞氣轉壯，離索事豈奈。此間一年住，天意悔折挫。劈開陰曀頑，鞭起魚龍惰。樓臺真仙居，城闕巧鬼作。當窗十五女，被服絕輕婧。弱顏見客頳，柔意哀人瘴。以玆占出處，不信動多左。天聲萬葉盛，皇德四極播。老林雖宿師，餘寇避偵邏。秦關放甲馬，蜀棧回鈴馱。時平建中和，旒扆在堂个。諸侯磬齊折，上將介不㔾。生民與清廟，雅頌要人和。煌煌求賢詔，娓娓招魂些。詞賦應鍾律，享宴加鼎貨。咄哉魯兩生，守缺疇能那。

之罘謁陽主祠寄石亭恕堂

東藩隃海田青邱，此外校獵誇之罘。子虛烏有迭相笑，夢中勞勞空臥遊。朔風刁調扇中野，訪古初過腄城下。衆山連巃走勢來，一支力決滄溟開。葱蘢草樹暗絕谷，雲氣盡作金銀臺。當時山靈屢望幸，千乘萬騎臨崔嵬。滈池璧獻那復惜，鉅公一去猿猱哀。雄風盛烈隨流水，欲表通天呼不起。成萊日月兩光華，陽主祠邊啼暮鴉。八神荒忽忘所自，牲牢各用胡爲邪。宣昭之際稍釐革，海山萬里明寒沙。頗聞議禮五十家，匡衡病免令人嗟。聖代如今重郊祀，受職山川斯望祭。已教邨婦罷燒香，肯許祠官輕用幣。奉常典章要儒生，故人待詔同我情。巨魚如山弓莫射，誓將騎之還玉京。

午臺

白雲紅樹映交衢，一路清寒到海隅。無限好山看不厭，之罘纔過又崑嵛。

寧海示趙生

汝昨辭我歸，鳴禽變池柳。我今與汝面，已是十月後。相見百未遑，苦問丹陽叟。汝聞動眉宇，喜我未衰朽。云家崑嵛下，山翠當戶牖。天都峭摩天，雲族失林藪。麻姑壇上花，往往出溪口。石梁直可渡，先登請擔酒。歲寒霜雪繁，勝境難入手。寄聲謝七真，吾留未能久。

愛景齋明府星阿席上賦贈二首

聽唱黃雞白日歌，尊前相遇鬥迴波。五君更合除中散，酒態如山奈倒何。

衙鼓鼕鼕夜向晨，一門酣法集賢賓。平陽事業無多子，只把醇醪日飲人。

馬耕田行

山田磽确蔓草生，耕牛不足以馬并。一馬當前兩牛後，終日辛勤負犁走。土膏不動如石堅，農夫歎息揮長鞭。朔風忽吹牛觳觫，馬鳴而立鬃毛拳。西川十萬黄金靶，猛氣雄姿此林下。吾聞宣詔惜騏驎，汝可耕牛莫耕馬。

畫蟹二首

粼粼秋水淨蘆漪，夜火寒鉤蟹上時。暗聽招潮行郭索，江鄉風味使人思。

霜落黄腄蟹價高，一年饌法罷持螯。披圖不用門生議，相對先傾五石醪。

西山遊詩貽二南

始爲西山遊，振策同二南。所至未及半，巨壁横空嵌。心知前山好，險絕無由探。歸來偶傳述，同志興彌酣。初冬風日佳，言訪珠璣巖。舍舟忽登陸，舊路我所諳。夤緣攝衣上，連臂相扶攙。呀然闢靈境，造物爲鐫鑱。南崖蔽曦月，一線矚蔚藍。北崖納濤波，萬竅鳴韶咸。奥如而曠如，欲道口已箝。二南惜不到，得句空懷慙。周生心孔開，寫圖妙能添。何時西山頂，一笑掀蒼髯。

濟南感舊二首

秀春庭院久凄涼，郝寶歷城伎也琵琶自擅場。記唱龍山羈馬足，斷腸聲似小秦王。

好山横黛水凝脂，八面軒窗照畫眉。傳與錦囊詩百首，一生風月傲黄兒。

白雪樓

齊風首鳴雞，魯頌始駉馬。儒林有培固，師説亦善者。遂令山左士，斯道性融冶。嘉隆盛文流，牛耳宗歷下。同時王大美，屬詞並騷疋。七賢競入室，四溟忽行野。吾粤歐與梁，一取復一捨。高樓標白雪，意氣罩函夏。紅妝蔡姬侍，得句纖手寫。朝雲玉局觀，樊素香山社。身後作餅師，悽絶淚盈把。豈關詩能窮，所恨交實寡。我來樓三徙，榛莽没古瓦。城西留遺構，霜霰涼可庌。濟流涷已竭，濼水快仍瀉。滄溟吹迴瀾，驚拜顔發赭。大風許誰繼，健筆從公假。一儷幽蘭辭，丁嚶愧烏雅。

平原

平原道上日初沈，醉倚微風振策吟。卻怪蹇驢行不得，晚煙如水没疏林。

德州詒恕堂時石亭自泰安先至

春衣歷下小分張，歲晚歸來鬢有霜。渤海蛟龍纏劍匣，泰山金石壓詩囊。井邊投轄君真快，河上聞歌客轉傷。欲畔牢愁酒無力，閬風懸圃道途長。

雪夜賦呈石亭恕堂

少微黯無光，士餓迫邱壟。四方走輪蹄，一會珍璧珙。況當歲月邁，愈覺朋好重。偕君試禮闈，選士汰煩冗。鷹飢索屢掣，馬戾車必覂。拂衣去齊郊，甚作貧乏恐。驪駒後先唱，屨舄遠近踵。維時大明湖，風雪鑪對擁。街衢喧翻麵，檐宇驚懸湩。棲雞寒介冠，啅雀凍斂氄。吟身獨抖擻，禁體各矜寵。雄如斫金鼇，細若抽玉蛹。擅場銀槎飛，高步珠檠捧。文人共遊梁，快事過得隴。英英濟南伯，推薦無滯壅。或爲泰安行，謁嶽意祇竦。吉金剔榛莽，貞石搜山冢。或有德州役，瀕河足微尶。漕覩千艘入，義識萬國奉。而我登州居，破屋缺櫨栱。丹崖躡嶙峋，紫澥蹈澒溶。人魚挾雨猛，水兕乘濤洶。喧豗乾坤隘，嘘吸神鬼悚。懷君天一方，過日書百種。春心社前燕，秋思壁間蛬。客久劍欲呹，途長轡仍鞅。艱難得面見，瘦醜尚肩聳。晴空雪又飛，莫自患疼腫。朦朧詩情變，浩蕩酒懷涌。坐思秦蜀間，鏖戰聲方詾。彼軍困一鬥，我士健三踴。霜威掃崤函，雷動歡洛鞏。飛書子誠捷，決勝吾亦勇。夜闌壯思飛，論兵肯陰拱。

深州偕南垣石亭恕堂出西郭看桃花

東風昨夜來，將發千樹桃。幽尋夢見之，意興安得豪。凌晨城西門，好友各聯鑣。輕煙冪林杪，細雨飛亭皐。春陰固多情，護惜待吾曹。彼穠三兩枝，灼灼出蓬蒿。有如東鄰姝，踏春偶來遨。掩映籬落間，一笑未易遭。又如天台仙，端居厭塵囂。丹砂駐顏色，風韻豈不高。詩人貴體物，比興託風騷。輕薄與粗俗，肆口徒訾嗸。攀枝藉草坐，與子傾濁醪。故鄉東山下，泥核飛擲勞。陽和易發洩，閉凍苦不牢。首冬十月初，飛花糝春袍。開筵會同人，一醉俱揮毫。我行忽萬里，念此心勞忉。

留別陸硯亭刺史香森

我憶豐臺芍藥紅，停車還待故人同。猶煩起館留枚叔，深感飛觴酌次公。水漲滹沱春浩蕩，天連幽冀鎮繁雄。知從退食多新語，旦夕看君對殿中。

再至京師

龍鍾二十九，杖策來燕京。初從進士科，空得坦率名。艱難出奇想，妄思佐西征。車敝馬亦羸，遂遵東海行。青齊困竽瑟，潦倒百無成。道中遇安期，勸我朝上清。五雲麗天閶，宮闕鬱崝嶸。美人待我久，常恐秋風生。似聞閽者言，自進殊不情。褎褭河漢間，白日忽西傾。鳩鳥既佻巧，鳳凰自飛鳴。途窮託君父，庶幾鑒忠誠。

泡子河春望

二月燕南樹，風前葉未齊。如何內城柳，一片碧雲迷。白馬誰家繫，黃鶯終日啼。乘時有枯菀，閒眺亦含悽。

過王仲瞿孝廉曇

風月蓬萊閣上頭，步虛真共羽人遊。無端又作名場客，閒話時時說祖洲。

四月梨園初開

花尚殷紅柳尚青，犢車流水上旂亭。樂存東國何煩請，歌賜南風許徧聽。絲肉千場珠錯落，纏頭幾處玉瓏瓓。遊人總道春如海，醉殺勾闌喚不醒。

寓齋小集送石亭之保定南垣之開封恕堂之南昌予時行期未定也

當時襆被出春明，餐飯逢人數寄聲。海上每嗟雲易散，花前初喜酒重傾。故山遼絕無歸夢，名士貧來有宦情。此去三邦各乘障，應憐孤客尚蓬行。

北河道中

菊秀蘭芬自一時，化工於物本無私。綠楊老矣猶飛絮，團思團情欲向誰。

保定大雨歌

崝嶸赤雲布晴空，雷公推車待龍公。龍眠井中驕不起，縣官持刀割其耳。龍飛上天雷發聲，十日滂沱雨不止。清苑城南徐水邊，綠波新漲水如天。坐思九十有九澱，瀟湘江湖在眼前。縣官求雨亦其職，豈料旱乾成水溢。田園没盡廬舍傾，百姓長歌雨無極。雨無其極汝勿哀，詔書開倉天上來。

對雨

四壁颯飛雨，淋淋疑漏天。門非近水闢，牀似枕流眠。何處可容足，此邦難受廛。所思新漲起，魚蟹不論錢。

送石亭勘水蠡縣二首

恒瀇滔滔雨浹辰，一時漂泊見流民。桑乾又決終當塞，先鑄黄金乞與人。

無復塵沙眯眼粗，風帆浩蕩到蠡吾。看君側帽詩成後，真箇波瀾卷得無。

蓮花池古藤歌

古藤矯矯當蓮池，有客一日三來窺。深山蟠根蔓糾結，此本入世尤支離。巴蛇就屠巨骨棄，犖确遠自瀟湘移。不然蹄涔困黑驪，起陸一睡盤蹩跜。苔纏蘚繡極斑駁，日光照燦鱗之而。顯形夜妨赤帝醉，含景晝畏蒼精知。人言保州十日雨，汝或竊化窮遊嬉。六丁下遣雷電索，速拔根本驚無遺。天生神物必正直，肯作民害同妖螭。君看溽暑坐蒸甑，攢條布葉丰茸垂。高棚陰森鋪簟臥，羲和疾走回西崦。便人寧體肌骨爽，頓覺夏令吹秋颸。玉真昔年臨水湄，身依鳳皇翳華芝。纖花細草亦生色，賞心正對紅芙披。汝時攫拏若朝舞，駕六爲七騰而馳。世間奇材勿嗟怨，黄圖萬古邀恩慈。

次韻答蔣師退明府知讓即送其之官安肅

金臺驛邊坐懷古，意氣終期昌國君。齊城東下七十二，長風疾卷春空雲。荆高相逢豈不偉，當其飲市無由聞。燕南遊客世看醜，拓落自緣身賤貧。公卿立談果可取，未要仰屋窮皇墳。半通青綸亦不惡，猶勝巖谷隨驚麇。今觀吾子殊不爾，謂佩蘵草遺香蕡。詞場廿載氣如虎，筆硯豈肯輕爲焚。子家大江西，湖田荒不耘。窮年事詩書，枕籍常自醺。行歌岸破幘，作字書新裙。翻然詣行廬，騰踔勞骨筋。胸中萬卷錦繡文，古香鬱勃班馬薰〔一〕。上方給札天子忻，如泉挹注可饎饙。萬人仰首瞻高雯，一時紙貴金兼斤。竭來塵埃間，試吏多辛勤。低頭拜官長，折膝趨功勳。邗上憶題襟，天葩隔芳芬。觀其所自述，宛若清濁分。雖然百里應列宿，子今行矣梁門軍。梁門菘花初日昕，凌波采采生縠紋。誦詩聞政古所云，君不見河陽浚儀兩超羣，潘陸何嘗隨世紛。

〔一〕班馬，底本、民國本皆作「斑馬」，誤。

送呂少府南歸四首并序

丁巳，與少府同客潮州，日觀劇爲樂。嗣少府有汀州之行，圖歌者貴兒於扇，索賦四絕句爲別，忽忽五年矣。辛酉四月，予下第未得南歸，客保定。秋九月，與少府會於逆旅，出扇相示，詩畫完好，話舊悵然。時少府又將假還，率次舊韻送之。

豪興當年飲漏巵，齊紈催寫別離詞。而今卻莫輕分手，須爲黄華住少時。

老大心情百不歡，尚貪絲竹遣愁寬。米家榮在殷勤意，空向龍眠畫裏看。

雁塞衣裘苦未添，狼山香火共誰拈。南中更憶鳳城好，垂柳高樓春卷簾。

羨君年少劇風流，先我南歸訪舊遊。見說漢家容吏隱，不妨紗帽對江鷗。

寄蔣師退房山四首

風雪梁門數往來，又傳西路簡書催。發棠那復論前事，搜粟終當倚上才。墟里遠雞經日斷，關山征雁傍雲哀。逃亡尚有遺民在，到與甘泉水一杯。

大防形勝迥難儔，露冕來看亦壯遊。關塞遙當紫荊險，河渠深限白溝流。時清簿領原多暇，歲晚煙霞不自謀。聞道銷寒供獸炭，鈴聲無數上皇州。

玉笏參差展畫屏，鉤簾長映愬題青。自嗟慧業淪塵劫，便叩名藍寫石經。南岳宗風誰嗣續，西江祖印未飄零。何時行腳來相訪，看散空花落講亭。

門館蕭條落木乾，誰憐孤客坐氈寒。久知造物爲蟲臂，不羨將軍詐馬肝。詩境無常三日變，醉鄉有味十分寬。但餘離思多棖觸，橫翠樓中暮倚闌。

本事詩爲朱淑香賦四首

珠露霏霏璧月明，善和坊裏見傾城。前頭鸚鵡能言語，催擘紅牋寫定情。

琴心一再不難知，聽盡尊前懊惱詞。小妹桃根憶桃葉，教人和淚送將離。

重來庭院近鳴珂，門外韓禽奈汝何。縱爲鶩鴛休打鴨，横塘畢竟怕風波。

雙棲海燕話雕梁，西北浮雲又斷腸。一事衆中差自喜，上頭夫壻直東廂。

古意貽石亭

翡翠與鸚鵡，雙雙離越中。一矜文采鮮，一矜言語工。翡翠晞瓊枝，鸚鵡羃金籠。物生有時命，相對意無窮。

移居蓮花池貽石亭

僦居城隍街，雪後一尺泥。寒晴簸沙塵，不辨街東西。出入常苦愁，局促如醯雞。蓮池最軒敞，昔遊共提攜。名藍依假山，宛轉臨迴溪。太守許借君，花徑舊不迷。入門即欣然，左右連蔬畦。中有諸葛菜，雨餘綠萋萋。崔巍奎畫樓，充棟書籍齊。天人所藏弆，暇可相參稽。讀書咬菜根，此樂無人擠。假滿當復請，勿作烏擇棲。

陶无垢別駕嗣曾見過

綠槐風散影扶疏，自起鉤簾臥讀書。城市便應成小隱，畫圖端合繪移居。山雲不隔閒招鶴，池水新添好種魚。誇向先生真一笑，十年曾此詠芙蕖。

孤鶴行

皎皎池上鶴，顧影常憶雙。昕夕與我狎，招呼近軒窗。昂藏立雞羣，瘦軀失脖肛。問渠何以然，欲語先愁哤。夜深蟲鳥絕，忽聞足音跫。縞衣來叩門，眉髮皓以厖。感歎述所遭，淚雨流潺淙。青田紫蓋間，不食黍與豇。騰身丹霞上，夐絕忘鄉邦。仙人思騏驥，偶爲鞭笞降。凌飈戾崑閬，同振環佩瑽。人寰本喧卑，玆地頗駿駹。翬飛鱗相接，穹然得高龐。繚牆四蔭映，石倚樹上摐。山虛雲冉冉，溪轉風漎漎。水門放溜入，浩若奔九瀧。淪漣漸平池，垂虹宛成矼。種之千紅蕖，襯以萬緑茳。祝融昔一臨，星動華蓋杠。周廬猛士衛，交戟森矛鏦。靜聽游鯈躍，垂綸泛輕艭。聲喧獲角鯉，旟旐唱古腔。爾時召我前，汗出心内懞。帝慈導使舞，不比都盧橦。魚龍劇曼衍，丸劍虛擊撞。當筵呈妙伎，雨雪吹蘭釭。命張火鐵去，天膏滿罌缸。歲月今幾何，老矣依柳樁。日域路迢遞，雷門鼓砰訇。官人能一言，瀟灑辭蕊幢。池上有蕊幢精舍。心知鶴所化，驚起福地尨。天明哦此詩，弱筆安能扛。汝雖沖霄物，性逸多駃憃。滄波浴靈沼，逈勝橫煙江。

藏經閣贈瑩上人

來往燕南趙北間，風塵誰似上人閑。但將臥具攜登閣，飽看雙青馬耳山。

贈无垢

服官二十年，世味澹于水。閒心愛吏隱，不復爭朝市。寄居蕭寺中，彌勒相依倚。年來百俱遣，於酒獨難止。嘗從良讌會，脫略除苛禮。諸公角大戶，醉捉眠甕底。千鍾殊自豪，百榼疇能擬。今君好獨酌，但知其趣爾。詎謂滑稽小，轉注無時已。今晨忽告我，夜渴呼小史。踉蹌頭觸屏，夢語雜非詆。纔同蠖一屈，又作蠶三起。君胡不自頌，吾生酒龍是。蜾蠃與螟蛉，此僕焉足齒。法當酒澆之，庶不口臧否。君看曹相國，清淨民自理。

蓮花池雨後作

白雲一點縈晴穹，忽然化墨吹濛濛。津莖潤葉不破塊，但覺草樹添葱蘢。牆頭桃杏又已坼，園丁走報催扶筇。盎然生意動雷雨，吟身并入春陶鎔。方塘萍開山倒影，石梁對度登玲瓏。樓臺金碧帶仙氣，此間即是蓬萊宮。家居南海身北海，蒂芥不攖中常空。丹崖直上一百尺，手投香餌鈎魚龍。榑桑晨暾射九旭，大竹島名午市騰千峯。平生奇絕孰比數，好境卻在燕南逢。泰山秋毫有鉅細，要入道眼均無窮。若人告以彼易此，掉頭不應吾佯聾。

著花庵集卷六

程鄉李黼平繡子著

題无垢騎驢解書圖

裕陵四庫初開局，古記遺文俱寫録。天人新受益地圖，要采邠風問方俗。當時解書用外臣，陶侯捧檄怡心神。燕雲割裂憶前代，著論可吐胸中秦。在官馳驅亦常有，何事騎驢小叉手。樹影陰遵灰洞行，水聲響赴鹽陂走。雄關伐鼓朝樹旗，長檐使車望風馳。輕裝結束乃如此，我知笑倒幽州兒。廿載枝官困枳棘，舊事喧傳滿南北。文情宧意强半消，畫裏朱顔已難得。蕊幢精舍倚雲開，日夕期君曳杖來。楞伽可讀且枯坐，安用縛袴趨黄埃。

河東君小像

青青水楊柳，愛藏頭白烏。西風一夜烏畢逋，煙條露葉苦將雛。北里佳人絕代姝，憐才無端嫁相如。膚如妾髮髮妾膚，絳雲偕居樂有餘。滄桑中歷同麻姑，願逐鴟夷浮五湖。風波拍天渺愁予，爲郎畢命存其孤，吁嗟高義過尚書。尚書昔遭陽九窮，骨肉之戰如湘東。渡江一馬不作龍，尚書爾時負而翁。紅豆莊前草蕭瑟，生綃傳此雲月質。世間若道車油壁，何以同心固松柏。

下第作

三度長安踏徧春，露花風絮媚良辰。高樓無限珠簾卷，青雀西飛思殺人。

師退之趙州予將南還賦此道別

異時長羨嵇呂儔，聞聲千里能相求。嗟我與君客幽冀，社燕秋鴻兩如避。春風吹我上玉京，君也捧檄官武清。良辰恨不共杯杓，忽忽小別羈浮名。卞和昨夜吞聲哭，之子來歸臥吟屋。風塵相見百不言，手擲新詩映鐙讀。蓮池碧草芊眠長，桐帽棕鞋日來往。晨風飢鶴唳遠空，夜雨枯藤滴清響。中山酒家送松醪，同時數公盡人豪。醉中作計誓相守，途窮氣倚蒼天高。事有不然終一別，君之趙州我回粤。故人尚欲苦死留，謂石亭。豈識勞生似車轍。滹沱春盡水如天，送君南行先著鞭。郵亭端恐一畫壁，聽唱君詩重黯然。

別朱淑香

裘馬翩翩亦貴遊，不如紗帽早籠頭。兩行紅粉然官燭，絕勝河中訪莫愁。

家載園明府符清棠陰筆記題辭二首

搜神集異共傳誇，屬草看來自一家。爲有詩才似仙鬼，雨窗搖筆墜空花。

詞賦遊梁不救貧，驪駒才唱已傷神。將憑一劍朝西岳，說向棠陰恐笑人。

蓮花池醉後作寄訒斯

小酌蓮花醉似泥，舊家知隔嶺東西。打包風雨行無定，說與陳三掩面啼。

渡滹沲

而今馬足厭長征，落日惡池喚渡行。照水自嗟吾面瘦，流波況使客心驚。雲山越嶠家千里，鐙火樊樓路幾程。明借故人官閣臥，定憐迂拙誤平生。

順德道中

鐸鈴破午夢，泱泱聞流泉。兹惟河朔區，負郭多稻田。人家耕種後，行水通涂川。犂鋤半掛壁，松下嬉烏犍。新秧青始齊，彌望鬱芊眠。立苗欲其疎，攢促恐未便。泠風不摇長，何以望豐年。客本農家流，三年走幽燕。西疇應已荒，寸心私自憐。作詩告僕夫，爲我加歸鞭。

邯鄲客舍聞美人唱歌

邯鄲城北雨滂沱，邯鄲城中明月多。清光動心客被酒，門對銀鐙聞唱歌。美人熒熒臨碧紗，手揎衫褏彈琵琶[一]。千回萬轉成一曲，似道玉貌當風沙。風沙暗天漢公主，馬上纏哀作胡語。紅顔薄命千載悲，何況人間小兒女。十三流轉入青樓，豪竹哀絲難解愁。同時姊妹愛憐劇，藏在百花樓上頭。樓上春穠桃李開，那知蜂蝶誤相媒。自從蕩子輕抛擲，玉待成煙香作灰。美人美人莫歎息，聞有崑崙脱傾國。邯鄲三五月圓時，嫁與書生共頭白。

〔一〕衫褏，底本誤作『衫裒』，今從民國本。

鄴中懷古和壁間韻

黄巾白繞亂紛紛，一劍横磨氣不羣。誰使五官爲舜禹，終教二伯愧桓文。飛鷹走犬初心在，鼓瑟吹笙雅奏聞。華屋荒涼才子散，空尋石墨弔斜曛。

望王屋作歌貽南垣

昔年走馬寧海州，崑嵛迎面秀色浮。使君關門夜置酒，一醉累月不得遊。泰山葉君枉書尺，招我天門共棲逸。大明湖邊詩思多，風雪留人伴泉石。少年强健能躋攀，況有主人闢榛菅。崑嵛岱宗不入手，此是山人初厭山。一從作客燕趙間，黄沙白草迷往還。上書未遇憂患迫，天涯行路嗟多艱。四時藥物輔衰病，一旦腰脚驚疲頑。誰將清空換塵土，夢中耿耿思山顔。天清雲開峙王屋，此際憑闌殊不俗。晴嵐暖翠望見之，遠道可惜歸朝速。我生倘與山有緣，世事未了天應憐。落花可掃留後約，期君待我清虚天。

偶作貽南垣

懷縣雲山十日留，鄉心無怪不登樓。燒淇園筍烹河鯉，風味都如嶺外州。

攔黄埝歌贈南垣

巨靈昔踏太華開，手導黄河天上來。盟津汪洋少縛束，三川一決何有哉。金堤如虹兩岸護，水退愚民堤下住。淤泥肥美可耕桑，築埝捍水名攔黄。雞棲豚柵宛邨落，歲時賴汝爲巨防。人言春漲桃花起，黄河此時衝石兕。瓜蔓之伏蘆荻秋，黄河此時平土牛。土牛石兕横水没，無數黿鼉籔其窟。黄河湯湯不可以復攔，民怨陽侯刻肌骨。雨風晦冥環埝哭，萬竿欲下淇園竹。廣張鐙火爲河防，始興人徒代民築。世宗在御河一清，西起陜州東考城。榮光休氣常四達，河神受職無難行。詔書深厚褒龍德，穹碑至今存武陟。五雲遥覆白馬津，緑甲丹圖瑞聖人。令君攝衣腰笏時一出，會見攔黄屹立垂千春。

別南垣

停車保定城，撲面三斗土。道逢陶與蔣，勸避河朔暑。石亭意尤殷，攬袪願爲主。我行有程期，一脱嗟墜雨。迢迢千里道，辛勤戒徒旅。太行固有情，嵐采相媚嫵。不辭晨夕間，送我來修武。故人經年别，爲令傳政譜。垂簾日無事，山翠落楹廡。到逢官釀開，每酌如潑乳。京師五加皮，溢量有不舉。喜我酒德進，色動眉欲舞。明當渡河去，風沙莽平楚。天涯兩兄弟，切切中夜語。迴首眺太行，思君在何許。

南垣之開封約同渡河夜宿二首

窮途逢脱贈，去去不應遲。坐愛故人意，翻令歸者悲。西遊成昨夢，南海渺前期。及汝同舟濟，相依亦片時。

明日别君地，鴻溝溝水分。天低梁苑月，路暗楚江雲。乞食簫猶在，防秋角厭聞。中宵商出處，清淚落紛紛。

開封寄京師故人

問予歸棹越黄河，到處淹留似伏波。懷縣故人飛蓋别，汴州愁思閉門多。圖書南渡閒中憶，塵土東華夢裏過。賴有樊家新釀熟，醉來憑上吹臺歌。

讀遺山詩

青城山色汴河流，風月千年恨未休。若爲墓田甘一死，梁州原不及揚州。

從軍行二首

西風響鈴騎，羽檄至大梁。大吏重邊事，點兵赴襄陽。傳聞老河口，房竹正相當。賊來定何處，辛苦爲此防。峴山西日斜，風浪拍天長。壯士登艫嘯，倒身拜耶孃。男兒死爲國，意氣輕敵場。將軍同苦甘，不復思故鄉。

豫人爲楚守，軍糧還自齎。楚人若無事，唱歌上大堤。往年賊始來，白馬銅作蹄。樊城一炬火，驅逐無犬雞。爾時楚人泣，婦子相提攜。流亡在他縣，氣象實慘悽。賊去還復來，已在郥陽西。與我同袍澤，功名麟閣齊。

峴山用孟公韻

宇宙便有此，勳名誰到今。我懷羊叔子，參佐昔曾臨。裘帶流風遠，江山寄慨深。私憐漢南客，憔悴自題襟。

樊城晚望

斗僻樊城一望空，市聲蕭瑟夕陽紅。人家門巷秋臨水，幕府旌竿晚嘯風。從古襄陽有耆舊，到今江表恨英雄。飛書擬贊征南畫，試遣歸橈緩向東。

野鷹來三首

野鷹飛上劉表臺，臺上風生弦正開。人去臺空秋草遍，野鷹飛上墓門來。
英雄逐射氣憑陵，赤手荆襄霸業興。阿琮可恨無心膽，直畏曹公如野鷹。
漢水瀟瀟秋欲波，英雄將奈野鷹何。遺民不解曲中意，翻作春風赤鳳歌。

鄒冠儒歌

襄陽城頭吹觱篥，四面旌竿插雲直。黄昏已見烽火生，賊來卻在樊城北。襄樊盈盈限沔水，車輔從來勢相倚。烹羊宰牛會鄰里，四百義民同齕指。沙場轉鬥風雨昏，蒼頭特起爲異軍。等閒不作弓箭手，身自擒生獻壁門。壁門如雲猛士萬，伐鼓鳴笳助酣戰。據鞍一顧賊已驚，烏鳥啼風忽不見。自隨將軍歸幕府，不似諸人長對簿。但知餘勇可摧鋒，誰信好謀能典午。將軍食少星墮營，帳下將士俱歸耕。國人尚憶廉頗健，亭尉終呵李廣行。襄陽逢冠儒，話此神感傷。塵埋一聯甲，苔繡半段槍。我謂冠儒當復出，王師早晚收郧陽。

雲口夜泊呈和甫

扁舟夜發趨雲口，侵曉清霜點垂柳。小船來賣縮項鯿，恰鱠紅鮮佐樽酒。燕趙三年無此風，冰盤放箸莫愁空。還有武昌魚可食，已拼醉墜釣臺中。

漢口聞笛寄懷南垣

微風颯颯動楓林，涼月娟娟照漢陰。永夜離人登鷁首，隔江横笛怨龍吟。關山數疊來時路，親友中年别後心。銀燭欲銷歌板歇，小軒誰共酒杯深。

樊口守風三首

天際歸颿出鄂城，楚山秋曉楚江清。多情風浪能留客，暫結寒溪水石盟。

松卷飛濤柳暗煙，溼雲如簁墮江天。孤舟不寐吟通夕，輸與東坡住七年。

鄉心日夜逐東流，尚欲西山勝處遊。邨舍荒涼無酒賣，隔江催取過黄州。

潯陽望香鑪峯用孟公韻

昔年入廬阜，風雪暗相逢。今日秋江上，晴天雲外峯。飛泉掛絶壁，古木蔽行蹤。尚欲捨舟往，泠泠方午鍾。

彭蠡湖櫂歌八首

新裝大艦號長安，輕試風濤千尺寬。還語客人須好立，揚瀾湖北正揚瀾。

湖上人家少定居，上窮襄鄧下桐廬。秋來鴻雁入彭澤，爲報乘風多寄書。

煙雨空濛經馬當，小姑膏沐試新妝。底事大姑獨憔悴，風潮前夜失彭郎。

寡婦磯前新月明，語兒港口晚潮生。雲中五老常端坐，看盡行人朝暮行。

宮亭湖水滑如油，浪草閒花不識愁。估客揚帆入湖口，琵琶切切似江州。

吴王家世漢英雄，神鴉接食江西東。南江將軍保安穩，一炷香吹送客風。

七月八月湖水平，下流直鬥大江横。南船乘潮唱歌去，北船辛苦上吴城。

湘州大艑高建瓴，蜀舸還誇過洞庭。章江南上九條水，十八灘聲君試聽。

潮州贈胡黄海廣文翔雲

城市喧中寄此身，客窗無事愛留賓。眼前對酒誰名士，海内談詩汝可人。白髮漸悲年老大，青袍俱負膽輪囷。江梅待臘垂垂發，且共湘橋折角巾。

潮州述懷

騂騮困風塵，意氣同蹇劣。壯士不得志，始歎致身拙。生懷一寸丹，獻策肝肺熱。有司議其迂，慷慨足欲刖。萬里冒霧露，但覺肌肉裂。悠悠五年過，艱苦何可說。高堂喜兒歸，呼水洗鞾韈。流離關山夢，不料兒得活。山妻訝我瘦，掩面涕暗雪。兒女無所知，見耶抱兩膝。睇觀堂坫上，卓午飯未畢。瓜茄滿塵土，粗糲殆難咽。默然思其由，客久固多闕。門前鄰里至，執手道契闊。次言我未返，諸弟力幾竭。今茲入子舍，可以共耕垡。我有田二頃，焉肯事車轍。飢來驅人去，復與親串别。緒風吹淒緊，撫時足愁絶。此來竟何成，閉戶已一月。郡帥遠防禦，縣令留簡閱。總戎夜登城，懼有烏合奪。潛傳雞肋巡，忽報驢耳割。是時博永間，盜賊日抄截。崔巍花首臺，半作蛇豕穴。仙人但流淚，羅漢亦飲血。抱朴本伏波，相顧計不決。連山數百里，一氣動潮揭。馳羽方旁午，投刺漫請謁。老人昨寓書，汝少讀管葛。執干衛社稷，當使妖氛豁。況聞天兵下，浩蕩必誅拔。香溪插螯弧，石洞陳鶴列。屯林萬貔虎，頗用鄉練卒。同儕三五人，洸潰應時出。風雲不騰上，取笑非人傑。士賤無上交，朋好孰薦達。不文復不武，恐遂爲棄物。古皇摶泥沙，賦此窮奇骨。

安貧託巖阿，予志在删述。

本事詩三首

水碧沙寒小打圍，休言漢女共湘妃。最憐阿美能調笑，坐爇鑪香不許歸。

青簾白舫整排當，微雨留人話正長。卻使女奴閒指點，怕教野鴨混鴛鴦。

不爲人言莫浪猜，七張八角暫分開。馬卿近病緣消渴，搓手新橙儘寄來。

宋芷灣吉士湘自惠州至

終童始爲棄繻生，壯志乃能請長纓。魯連慷慨天下士，玉貌豈肯安圜城。丈夫要當爲世福，不在虎頭飛食肉。一夫向隅聞者悲，何況千家萬家哭。翰林丈人居惠州，載酒日與諸生遊。江山清空伏莽易，先識耿耿生深憂。後者尉佗前尉囂，千年霸氣恐未銷。惜哉曲突薪不徙，坐看額爛兼頭焦。博羅縣前搥大鼓，一夕驚傳走豺虎。相公行營天上來，偃甲韜戈戒安堵。營門晨開四吹角，抵掌來談黃石略。建瓴背水勢已成，便可如風掃秋籜。吾謀不用非無人，琴劍飄然來海濱。卻看妻子寄虎口，未免黯淡傷其神。潮州城南秋色新，樓臺倒影波淵淪。公如凭闌寫秋水，何許澒洞多風塵。

寄伊墨卿太守秉綬

三關初閉勢蒼黃，籌筆當時事可傷。且以大功酬李蔡，誰憑冤疏訟陳湯。天邊雨露甘依闕，塞下風沙苦望鄉。馬角忽生聞好語，早將書尺報高堂。

題黃海驢詩圖二首

青門祖帳送者返，淮海鶯花成昨遊。此畫此詩重把示，可餘殘夢在揚州。

韓江一醉又三載，奈此曉風殘月何。他日歸裝無長物，蜑人添驢摸魚歌。

和芷灣飲酒

高館沈沈夜讌開，月痕初上酒人來。不愁一醉經千日，死傍陶家化作杯。

冬日偶題南越傳

越人既置千秋節，漢將初興八校兵。誰料樓船多怠傲，降旗翻向伏波營。

重登韓江樓

漂泊吾焉寄，重來此倚闌。迴飇翻石動，斜日陷江寒。風物全非昔，親交未可干。望鄉知不遠，歸棹泝層灘。

歲暮行

江邊枯榕大十圍，我初來時葉未飛。歲云暮矣雪霏微，生意欲盡蟠危磯。客子見之涕暗揮，徐陳喪亡故舊違。主人豪華暫相依，朝來裘鮮馬復肥。打門造我生光輝，謂子終日闔兩扉。飢且不食寒無衣。子其高吟吐珠璣，我爲子獻或庶幾。譬若西施與南威，無媒曷以通宮闈。語雖似勸意實譏，我口不言心竊非。安能挈楹如脂韋，作麼生是第一機，高堂老人望兒歸。

贈饒少府二首

鼇巨不可釣，空持千尺竿。殘年欲何適，獨立海天寒。到處悲鴻爪，同儕笑鼠肝。對牀談一昔，把劍重相看。

切玉昆吾利，君才信可人。十圍寧負腹，一飽亦傾身。海燕紅襟好，江梅綠萼新。淹留何意緒，歸展北堂春。

次黃海見招韻

桃花初落楝花新，添與先生半月春。得句尚嫌連夜雨，閉門深念坐禪人。溪山約我情如見，風日還君話是真。算到此時須痛飲，一尊晴挈往來頻。

寄秋嵐

世味而今薄似紗，且隨田父問桑麻。齏鹽送老猶能活，莫更思量喫建茶。

館中即事示阿棠

白鹽著水鹹都化，赤米和煤爛亦宜。報道先生初睡起，清吟消受一分飢。

門人送瓠

瓜蔓離離豆葉圓，大瓠肥脆遺充筵。商量剖作清樽用，只恐無人送酒錢。

送蕭蘇圃令弟之京二首

晴中佳月雨中鐙，來往君家上一層。樓名。此別還應添話欛，石榴花底斷行勝。

阿兄作尉沅江去，十載曾無一紙書。若到京門先報我，天橋酒價近何如。

中秋次黃海韻二首

佳月即中秋，從來嶺外州。何人當此際，竟夕起清愁。照水空憐影，思鄉不舉頭。流輝容易歇，慎莫負良遊。

月從雲際墮，人倚帳中眠。人月各三五，歡情難可偏。清樽仍命酒，錦瑟再緪絃。歸去他時話，風光似眼前。

贈葉應初秀才躍龍

秋來相見各言貧，擬結馮驩一日親。我負酒錢君博進，屬渠燒券莫償人。

次韻送黄海北歸兼呈吴白庵廣文照

長安交遊經趙李，五陵豪貴皆兄弟。南來結客誰最親，晚以能詩稱賤子。伊昔看梅初度嶺，日色花光映英峙。得句驚飛鱷渚雲，揮毫染偏鷲城水。珠孃如珠最光悅，一笑三年此其始。吹笛閒爲馬季長，閉門肯效陳無己。清狂不羈俗儒怪，豈識黄華去天咫。嚴冬十月霜霰零，浩然將歸戒行旅。梅溪書屋喜鄰並，正好歌詩樂壺矢。如何分手索一言，要似藏書題六紙。懸知故人已相待，千樹萬樹梅花裏。若見此詩詢此人，爲道淨名原妙喜。

次前韻寄舒白香

近來詩派山東李，藏園後人兄若弟。昨于保定逢蔣三，苦道才華讓吾子。同時輩流吳與樂，子與諸賢並高峙。擬陪快閣十日遊，可奈歸心逐流水。天涯詩冊肯寄我，如在永嘉聞正始。胡爲黎庶稱大人，又以得失譏小己。王家賢才昔全盛，並荷天顏不違咫。鄴中飛蓋赴公讌，梁園築館招賓旅。即如荆南佐雙丰，相見尚拾軍中矢。星寒一夜落朱閣，雨泣千行拜黄紙。北平舊遊堪一歎，并在長歌短篇裏。水天閒話時刺心，知譜琵琶付高喜。

戲詠青奴

此君高節厲風霜，奴隸隨人亦可傷。莫怪詩家太輕薄，蠟梅終得號黄香。

著花庵集卷七

程鄉李黼平繡子著

贛州寄恕堂弋陽

往事東藩比在陳，雪中高詠閂清新。歐蘇去後留餘韻，枚馬歸時賸幾人。官閣舞堆紅蠟淚，公車行染素衣塵。梅花度嶺寒如許，知汝多情寄與春。

吳山亭望湖歌寄舒白香

九水會彭蠡，波濤浩冥冥。匡君家其上，雲錦張畫屏。匡君春秋朝帝廷，誰其主者吳山靈。吳山踞吳頭，望湖如建瓴。湖光與山色，掩映萬古青。山靈在山初不有，乃落峨眉老仙手。老仙當年入粵來，登臨詩筆真奇才。卻望江西作邦國，白沙翠竹相裵裒。公騎長鯨遊汗漫，豈與造物爭隅隈。千秋勝蹟歸我輩，遶湖一鑒顔先開。湖天笠釣未易得，予況風塵一遊客。升高舉杯謝仙靈，並世欲讓文章伯。舒君家舒城，遷居于南昌。歲時數往來，佳境本故鄉。不論回踵與休嵲，湖田肥美堪耕桑。我過南昌城，恨不見舒君。一曲許賜與，好語應願聞。君不見花源蓮社俱前路，陶令終依彭澤住。君如端肯泛宅來，春水方生吾速去。

湖口

扁舟渺然出湖口，惟見大江東北横。隔水難爲五老別，凌波也是小姑情。霜楓蕭蕭鴻雁渡，煙檮悠悠鵞鸛鳴。莫道吾全無下意，欲求升斗愧平生。

樅陽口守風作歌

馬當山前風快哉，輕帆飽掛窮雙桅。雷池一步頃刻過，樹石反走山西迴。盤渦轂轉浪倒涌，舟人絕叫顔如灰。襘艫蓋舳迭搖兀，趁勢一瀉趨灣洄。樅陽小港暫維繫，尚聽歕欲聲相豗。攤錢三老竊言語，且住未可將頭開。昨升柁樓見箕舌，簸揚糠覈迷煙埃。四天雲垂九日晦，水怪百種將爲災。同舟聞之色沮喪，性命立待幽都催。東船西舫更無賴，夢涉大水歌瓊瑰。我時躍起聲如雷，君等錄錄非奇材。雕弓脫弸箭拔翲，爲公一發銀山隤。興酣卻蹋琉璃堆，隻手鎖獻支祁來。湘妃氾人出婉孌，許送明月光珠胎。仰天大笑仍呼酒，何似當年射蛟手。詰朝穩下牛渚磯，管取龍鼉不能吼。

池口夜泊呈同舟諸公

臨江峭壁磨煙水，惟有小孤和道士。千里名山都未逢，襄陽苦愛香鑪峯。豈如空中蓮華擲九朵，太乙仙人萬年坐。樅陽大風十日留，新春絮冒常蒙頭。今晨打鼓出江驛，屬玉春鉏亦迎客。著船池口西日斜，與子推篷看九華。紛然采翠來疊巘，猶恨容顏去人遠。澄流一道鏡面平，芙蓉倒影窺青冥。疇能壺中蓄煙霧，夜半持山涉江去。

鰞磯祠下作

湘西未割兩雄猜，金屋成昏步障開。走馬若同胥宇去，濯龍真誠外家來。蒼梧雲氣千年恨，白帝江聲一片哀。畢竟吳兒非好事，祠門不遣向離堆。

江寧

閶門出天子，金車起孫郎。自京移秣陵，實始修城隍。土中議郊祀，未敢同文王。琅邪五馬渡，風景擬洛陽。四朝迭相禪，襲舊居建康。天泉讌僚佐，李氏初蹶張。明祖亦國此，翩翻燕來翔。彼昏小朝廷，運促尤可傷。江山信佳麗，金粉俱銷亡。吾聞朱衣鑿，望氣壓始皇。雖憑盧龍塞，勢僅雄一方。奈何妄庸人，割據思自强。北府控金焦，西門帶荆襄。要津置戍守，間出窺淮黄。碻磝滑臺間，白骨堆如霜。世皆罪真宰，天塹横茫茫。終看藩籬決，瓜步浮舟航。從來險固便，不敵有道昌。臨平鏡清波，瑞聖見此祥。宸居麗北極，萬古瞻軒裳。

鎮江夜泊

遠望金焦帶晚霞，近依鷗鳥宿圓沙。江流計日終歸海，客夢驚寒不到家。良夜快呼京口酒，早春先赴廣陵花。妙高臺上聞更鼓，幾次開窗待月斜。

十五夜抵揚州二首

京口春寒客思紛，潮來江上已斜曛。布帆卻背金山轉，行到揚州月二分。

香塵夾道鬥遊車，火樹鐙樓出萬家。誰識竹西歌吹裏，有人通夕詠梅花。

揚州曉雪

十年夢落邗江濱，好花時節傾遊人。縟川藻野盛妝服，迥映紅紫相鮮新。我來正月已過半，輕寒小雨開無因。東皇極意作狡獪，廣吹玉屑揚珠塵。江都城郭涌寒碧，瓊華不死翹荆薪。似嫌脂粉太粗俗，獨出雅素招仙真。重簾複閣未得見，孤舟清曉欹風巾。法曹亭觀水部到，早梅一詠千秋珍。帶圍開讌看芍藥，宋四相迹又已陳。茲行遇雪詫清快，天教占斷淮南春。廿四橋頭風月主，正圍翠袖嗟芳辰。借渠簫管助吾興，定有飛絮來鋪茵。

翰林院上書

國家急經術，詞章特其餘。眷茲枚馬儔，奉職充石渠。濟濟瀛洲門，天風振璜琚。八十有四人，同時俱上書。羣公炫奇博，磊落箋蟲魚。百家盡騰踔，七錄妙爬梳。資言士所貴，拜獻慎厥初。弱齡希典墳，是日予上《尚書》。能讀敢自譽。許身稷與契，志大才或疎。吾皇同古天，睢盱化權輿。遊河念陶邱，巡山出姚墟。躬逢建禮樂，萬一驂屬車。夔詩與臯歌，盛業實起予。請同八伯謠，卿雲麗晴虛。

爲汪大題篠園圖即送其行

法源寺中幾叢竹，下掃牆根百盆菊。君來過我五月初，已繞闌干看不足。自云愛竹如明玕，以篠名園無一竿。燕齊道路飽閱歷，斜陽古樹羈征鞍。風塵多少不快意，遣人寫此交加翠。孤亭兀坐誰得知，乃似平生篠間醉。而今寺竹秋亦涼，平安日報依空王。籦龍吟風客子別，煙雨人間何處鄉。

雜詩六首

縛落編籬宰相家，平泉草木向誰誇。八方無事朝回早，頭白扶闌自看花。

平章兩省幾人同，香案論思密勿中。肯爲言官移政府，漢家故事在南宮。

東閣名流滿後塵，一時裙屐往來頻。灌夫弟畜袁絲長，不解孫宏謝故人。
銀臺才出會同官，綠酒明鐙願結驩。促坐愛求龍角見，到門還索鳳毛看。
秋光南澱夕陽開，消得遊人醉百杯。也似洛城門外入，犢車爭道鬥風來。
曉入瀛州露氣清，衆仙同曳佩環聲。迴廊東畔支頤立，日影梅光散九英。

聖駕東巡盛京謁陵禮成詩八章并序

臣聞堯作遊成陽，巡狩舊都也。成陽靈臺，堯所奉祠，則謁陵所起也。舜紹堯，制祭法。《汲郡古文》以紀年在丑，實始巡狩四岳，望秩山川。則如陽周橋山，河水鮒禺山，南涘崇山，軒頊與伊祁所藏，當亦肅若舊典。故《書》曰『歸格於藝祖。』歸，饋也。格，來也。藝祖，猶文祖也。天爲文，萬物之祖。帝王孝德，昭事尊祖，即所以敬天，況于瓜瓞所興，開源自本者乎？我皇上御極之十年，歲在乙丑，七月八日，駕詣盛京，祇謁祖陵，禮也。昔重華以燕齊廣大，分冀東北爲幽州，分青東北爲營州。盛京于渤碣之間，一都會也。其于卦屬艮，震艮爲山，故山皆天作，而震爲龍君象也。自孔子繫《易》，歷選列辟，數千載于兹，而『帝出乎震』之言，於我朝始驗。蓋天東長白，如大寶幢，自朱果誕聖以還，聖聖相承，覆以懿鑠，佑啓我皇上。覲耿光，揚大烈，文德矢洽，武節猋起。六合之内，四極之外，桐生茂豫，咸樂產而安所。欽哉！聖性得之，猶以祖宗創垂所從來者至深遠，惟是山陵之有展謁，光于往籍，我國家禮亦宜之。是用淵旋雷動，以蒞于東土。且夫祖宗之肇基也，乾端坤倪，蟠際無極，其高深靡可得而贊已。小臣學于舊史氏，亦尚敬聞其略。仰惟四祖，長發其祥，徙赫圖阿拉以固根本，厥若分州畫野，肇居有熊，蓋基定于一方，而命式於九圍矣。至太祖高皇帝應運，遂以十三副甲破明兵二十萬于薩爾滸山下，風驅電掃，功莫與二。於是分章抉漢，制字以代結繩；陟巘降原，擲衣而昭卑服。以遼瀋當《爾雅》『九府』之一，實爲神皋奧區，作邑於兹，庶其萬斯年受天之祜。洎太宗文皇帝丕承先志，式廓璿圖。懿夫剖神符，合靈契，而天聰九年，遠人有玉璽之獻，改元崇德，郊祭天地於興京。冠服貽訓，則山龍之章也；騎射垂制，則弧矢之威也。龍興之緒，如彼燕翼之謀。如此，非夫精感于圖籙，業隆于系姓，其能之哉？是以世祖章皇帝白旄黃鉞，壹戎底定。報本反始，庸恪建太廟於京師。聖祖仁皇帝溯部國之室家，緬鼎湖之弓劍，遂詣盛京祇謁。世宗憲皇帝隨聖祖祇謁，高宗純皇帝四詣祇謁。我皇上龍旂鸞輅，率祖攸行，兹合萬國之驩，迎三神之釐，而篤一人之慶也。啓鑾之始，即軫念民力，諭所過縣邑，免其租賦之半。良辰吉日〔一〕，虛中備物，永陵、福陵、昭陵，祭以次而徧。其香既升，景象著見。萬靈報秩，朝舞襄事，濟濟翼翼，峨峨如也。大禮成，皇上至盛京，羣臣畢賀，乃詔告於天下，蓋必誠必敬，以並受祖宗之嘉祉，用敷錫于億兆人。惟時億兆人亦進而稱曰：聖人之德，無以加于孝乎！是故郊祀以配天，宗祀以配帝。今者見于原廟，百福千祿，又與天下共之，盛哉鑠乎！其視漢之過豐，唐之上墓，蓋蔑如矣。宜命遒人，以木鐸詩言，聲之樂石，傳諸無窮。臣竊惟殷、周之興，由契、后稷修仁行義十餘世，故頌聲之作，二代尤盛。然詩陳王業之本常，樂道其先代故居，而湯適亳山、武升豳阜獨闕焉。至如祀桐祭畢，尤鉅典也，亦爲詠歌所不及。豈其猗那於穆，廟樂可以通用哉？此無異端，寢園之品式未盡備，而草野之謳思未盡洽耳。臣伏見皇上省方設教，因山升中，游譽詠而法度立，肸蠁通而嘉祥應，誠已孕唐毓虞，甄殷陶周，爲萬世規。因緫輿人之情，緯之四聲，以揄揚萬分之一，謹拜手稽首而獻詩曰〔二〕：

翳毉巫閭，后嬀所封。析木松花，間以海江。扶輿磅礴，佳哉鬱葱。五雲在霄，如虎如龍。翩翩舄飛，集于長白。瑞軼赤雀，祥逾紫鳦。附寶受之，神靈首出。榑桑暾升，鴻濛爰闢。於赫祖宗，聖作物睹。横甸既徙，遼瀋斯處。維山帝省，惟宅天與。受命永昌，櫛風沐雨。崔嵬三陵，峻極于天。神孫世祀，對越有虔。函此祉福，浸彼黎元。轅童壤叟，望又有年。孟秋七月，皇詣盛京。六飛棼纚，假逖歡迎。黏蟬蓋馬，開創所營。昭兹來許，祖武是繩。珠邱崇高，薦牲有期。瞻松三仞，式展孝思。二白籥雲，陟降在兹。肇禋迄成，推之溥之。昔在祖宗，德與天合。萬神趁趯，幽贊帝業。嶽靈有聲，嘉虞允答。龍鮮鴨渌，錫禮維洽。於皇時邁，熙事孔修。泥封汗號，愷澤覃周。維敬能勤，惟言克由。永永年代，無疆維休。

〔一〕良辰吉日，底本、民國本俱作『辰良吉日』，非是。

〔二〕稽首，底本、民國本皆作『稽手』，非是，據《吳門集》卷一《九河萬福頌》詩序改。

保定留別石亭二首

私車南北兩相歧，此日真嫌見面遲。爲說白雲秋憶舊，便燒紅燭夜論詩。中山釀熟樽常滿，易水寒生筑正悲。縛袴急裝留不得，題襟重與故人期。

滿天霜雪雁呼羣，歸路關河向曉分。一宿舂糧還賴汝，三年刻楮始憐君。傍人實倩書驢券，老吏虛誇礫鼠文。且喜選場鄰近佛，旃檀終得逆風聞。

得蔣師退書

傳來消息減容光，飲啖猶工病不妨。問俗端如相齊國，論才原許臥淮陽。蹋門縑素酬人苦，堆案文書過日長。莫向桐君尋藥錄，將心安竟更無方。

次方順橋

停驂方順橋，斜日照市樓。荒邨何寥落，屈曲抱溪流。數家臨水居，樵汲不外求。如何掘地井，轆轤轉無休。老翁前致詞，溪上林木稠。崔嵬石戴土，曲徑通巖幽。其中產異蛇，章質殊永州。修鱗出洞壑，迴颼冷飀飀。取雞食麞豕，白日臥道周。歲月漸不制，欲化爲黄虬。行空排閶闔，噴薄煙霧愁。帝怒下約束，雷公蹋雲收。一聲震砰磅，中斷橫林邱。至今溪左右，犖确蜕骨留。每當風雨夕，飛雹還一搜。天心于萬物，聽其自優遊。風霆所摧剝，速戾皆有由。任德不任刑，至理垂春秋。行涌萬斛泉，爲溪洗其羞。老翁飲溪水，終年碧如油。

冀馬行中山道上作

冀之北土馬所生，風鬃霧鬣房降精。健兒碧髯衣短後，手驅萬匹來邊城。涼秋九月中山道，崽壘分屯嚙枯草。滾塵磨樹意態閒，未覺輕蹄過飛鳥。朔風四起穹廬垂，就中真龍絶景馳。路長昂首望蘭苑，駑駘同秣空權奇。人言絡頭性不喜，局促安能致千里。詎知騂騮顧主鳴，乃似英雄及時起。往年用師川楚中，太平既賞麐臺功。諸州將帥益差擇，正在講武歌車攻。況聞遼陽地尺雪，凍骨凌兢久更裂。大凌河邊收敝帷，總管惟憂牧羣缺。詔書挑補真乘黄，遠近効送千騰驤。帳前鳴鉦盡翹陸，過眼已知非絶足。玉花照夜自世間，聲價欻起金如山。五星飛空來執靶，汝定得志歸天閑。嗚乎良駟不易得，太僕圉人慎蓄息。

漢節寧爲出塞求，夏臺要壯巡方色。神山峨峨冰雪寒，羽騎森嚴趨白檀。駐坡蕎硐有如此，六軍西入萬人歡。

鉅鹿

訪舊沿河朔，來過鉅鹿城。晚雲垂野闊，殘照入林明。此地秦輸粟，諸侯楚縱兵。回頭書劍學，吾欲悔生平。

邯鄲題壁四首

誰使長平萬衆傾，父書徒讀易談兵。將軍遺矢無人用，一種西河望泣情。

平原門下幾留賓，囊處猶嫌外索人。不是圍城來玉貌，當時已帝虎狼秦。

才人廝養可憐傷，別有深宮憶故鄉。歸路迢迢倚瑤瑟，繞絃風雨怨君王。

夢中將相事難憑，醒後神仙更杳冥。何似玉皇香案吏，本來無夢亦無醒。

鄴中

鄴中風景再經行，流水如聞作伎聲。曩載光昭人不見，當途高大闕還傾。三分縱愧周文德，一代何妨漢將名。記取建安元未改，摩挲餘瓦細推評。

訪石氏魏臺

無復凌虛峙兩宮，行人終問魏臺空。愔愔大雅諸孤藐，白日青天負乃翁。

董家堤曉望

河聲籠樹曉微茫，隔岸孤城見大梁。九曲西來迴華岳，三川東下扼黎陽。沙留竹落驚新漲，秋入蘆花報早霜。安用書生頻上策，瓠歌前歲塞宣房。

金鈴口渡河

遶堤衰柳蘸寒煙，烏笠紅衫喚渡船。沙步日高人未散，風光略記上河年。

開封詢周二南消息不得

東海莽風濤，凌虛共跨鼇。贅齊吾意倦，嫁衛汝名高。風雅誰投筆，經綸已割刀。宋州何處是，望遠一勞忉。

早發開封

青城山映降旛色，金水河流去國聲。一夕汴州頭白盡，瘦羸催趁曉雞行。

襄城

攬勝臨襄野，迷途不問人。林風落晚果，磵雨臥殘薪。寒色虀亭外，秋光汝水濱。翠衣仍徙倚，何物楚莊辛。

葉縣觀禱雨

燒車水上秋雁歸，居人苦道青梟飛。方城山前懸瀑瀉，居人又言白龍下。龍下視子高，梟飛依子喬。靈風微颺聖日晰，萬衆匍匐聲干霄。今年河南麥不熟，小民一飧勝珠玉。豆苗稀疏瓜蒂乾，再種秋糧須雨足。膜拜告仙令，請躡一雙舄。騰身上訴帝，民困當甦蘇。奔雷掣電隨賢尹，驅出龍頭無菌蠢。左汝海之碧浪，右漢江之緑波。天瓢乍翻土塊動，莫問雨行何處多。長空四垂雲氣黑，百寶豐登荷神力。葉門大鼓相撞擊，舄還足下龍藏壁。道旁觀者心轉愁，欲言恐爲人所尤。襄樊泥濘路孔修，僕痡馬病何時休。

樊城登舟二首

塵勞厭車馬，始覺舟楫安。小舟如小屋，輕試風與湍。江空晚無人，解佩思古歡。傳聞之子歸，雨雪浩已寒。褰裳欲往從，限此漢水寬。時因雲中雁，緘書勸加餐。

漢陰緑楊樹，昔歲曾見爾。垂絲送行人，宛轉有別理。今來出樊鄧，婆娑遽如此。悠悠暮蟬咽，點點寒鴉起。物華迭榮落，客子尚遷徙。何時萬山潭，披蓑釣煙水。

襄陽醉書

楚天霜露彫青楓，漢江照見南飛鴻。襄陽正枕北津戍，丹樓粉堞撐晴空。三年平安報夕烽，大堤新築如雲龍。桃林岸邊盛歌舞，依稀三曲飛玲瓏。由來形勢緊且雄，令人懷古開心胸。鎮南將帥誰第一，太傅鈐閣謀從容。其時浮江用阿童，卻望峴首閒扶笻。登臨志期百歲後，轉眼陵谷生秋風。人生仕宦本易農，有幾得到雲臺功。勳名如此尚湮滅，若在我輩悲安窮。金鑾獻納初未工，時論謬許追嚴終。承明著作豈自厭，已是疾病因時攻。我恨不交龐德公，春秋上冢難可逢。魚梁左右衡宇在，喚主作客歡相從。尤恨不見習侍中，鹿門有夢何由通。高陽池館許借與，偏種菱芡栽芙蓉。山川風景今昔同，乞歸况託君恩洪。宜城酒熟十日飲，醒來起柁尋湘東。

漢口渡江

漢水萬山曲，濃如潑醅綠。沿流赴堵口，千騎平馳逐。江水七橋前，明如濯錦鮮。隤波注沙羨，萬頃何茫然。君看江漢交流處，盡日寒煙迷炭步。荻港蕭蕭落雁鳴，楓林漠漠歸鴉渡。風日今朝出沔津，雲帆無限泝江人。黃鶴樓西一聲笛，楊花飛作洞庭春。

與和甫登黃鶴樓

仙雲縹緲乘黃鶴，霸業蒼涼問赤烏。一片大江淘不盡，眼前人物起菰蘆。

鸚鵡洲

楚江選名勝，鸚鵡共黃鵠。孤洲隨波漂，危磯宛在目。稱名判升沈，託地殊川陸。豈知鸚鵡智，黃鵠心所服。鸚鵡爛章采，五色炳曦旭。一爲虞羅羈，來飲漢江綠。賦性最明慧，異吉了鸜鵒。方聲將國音，辨析又精熟。往作天府玩，神秘默可讀。經藏抉幽奧，篇詠兼往復。顔謝寫遺韻，曹禰參高躅。尚方給紅稻，遑惜麻與穀。誰令倦言語，取誚凡羽族。乘風翩然飛，暫還隴山宿。燕雀初得志，百舌語相續。啁啾變宇宙，喧煩易寒燠。天公怪此曹，聒噪耳爲俗。英莖舊曾聆，鄭衛焉足録。歸昌應時起，九霄賁圖籙。翺翔元扈上，顧盼丹山麓。欲憑通丁寧，萬鳥盡拳跼。飛書召鸚鵡，將命道款曲。遂開帝東園，作我德禽畜。再拜上嘉頌，天風韻珠玉。揄揚得大體，詔賜天池浴。故交黃鵠儔，江干尚翹足。不如在梁鶖，銜魚果其腹。黃鵠汝莫悲，來歸建章木。

寒夜武昌客舍醉歌

沔陽渡頭北風惡，十日刁調打江郭。遠岸聲喧僵石牛，高樓影拆翻金雀。肌膚生鱗驚血涷，坐擁重衾不成夢。歲晚難呼五木嬉，宵長正要千杯送。座間陳生慘不歡，擊缶起歌行路難。瀟湘江湖浩極目，七澤蛟蛇競人肉。橫波伐鼓河伯笑，暮雨拋戈鬼雄哭。蔡昭身解漢濱佩，卞和血裹荆山玉。修門窈窕誰見招，自古江陵折車軸。世途聯綿皆九疑，側足四望空嗟咨。驂鸞賸欲遊懸圃，髣髴恩言傳玉女。已分絳闕作樓居，先借銀河濯塵土。勾陳無言列缺怒，竊恐常陪伏妃處。幽憤臨風私自憐，精誠貫日知何補。吾家青蓮真謫仙，江漢遨遊詩百篇。功名富貴如雲煙，且可飲中求聖賢。同雲萬里初雪天，飛瓊屑玉堆人前。長江立使變美酒，甘脆共汝飛觥船。

登黃鶴樓眺江漢

層城跨危磯，俯與江沔瞰。崇樓駕城起，萬象入元紺。風霜劃天清，煙水蒸日暗。中川豬婆拜，舟楫脱不纜。一波激瀰渚，兩派鬥詭濫。力掀四維虛，聲薄萬古暫。苟非神仙流，浩浩悲且憾。名區足長嘯，重鎮孰釋擔。紫髯建業去，商確再而三。囊沙理全誣，築柵事難勘。聖朝車書合，方國威稜憺。賫趨通庸蜀，琛獻過潮贛。往時房竹間，盜賊殺人啖。旋摧蛇豕滅，不致烽火爁。耕樵登衽席，貨販安瓨甑。譬如鋪淮瀆，端賴虓虎闞。謀謨寶莊嚴，姓字石鐫鏨。終勝書生傲，單絞弄鼓摻。美哉河山固，奈彼榮祿澹。憑闌思楚材，落日下崖墈。

發江夏

沔鄂雲山忽倦遊，布帆商略下江州。無端又向瀟湘去，要乞騷人一段愁。

嬴山守風

落日大江深，蕭蕭楓葉吟。屯雲開赤壁，崩浪卷烏林。故國千山路，孤舟一夜心。打頭風不息，何日上湘陰。

夜渡洞庭

城陵山前霜月高，江潮欲上雞初號。舟人夜語起捩柁，但覺枕底生風濤。粘天洞庭乘水入，余亦起從帆下立。三江杳杳宿鷺迷，五渚蒼蒼老蛟泣。巴邱邸閣波浪間，到眼突兀横編山。蘆中漁火尚未滅，空際梵音殊自閒。繞湖週遭幾百里，溼煙一堆層疊起。倒影俛臨明鏡看，卻是君山青插水。二山宛在湖中央，南北苕亭勢可望。不知蓬瀛定誰到，對此輒欲褰余裳。斯須斗轉星亦沈，羣真出入地道深。龍女遙歸碧海岸，湘君正依斑竹林。湖山虛肅裹裒久，小别京華亦回首。洛陽少年濟時才，上書那遣長沙來。

汨羅江口

向晚采蘭若，江天離思多。揚舲背郢路，弭楫復湘波。屈子不可見，風煙横汨羅。爲書漫投弔，出處付漁歌。

浮湘

生當折箠笞九邊，封狼居胥勒燕然。歸來論功畫高閣，通衢甲第連雲煙。不爾校書羣玉府，手采猗那付鞉鼓。太乙壇前執戟從，奉高宮裏簪毫舞。周南留滯古所傷，我今一病浮三湘。丹楓蕭蕭天雨霜，掛席欲進煙波長。岸草斂寒色，渚花延故香。欲搴芙蓉照綠水，佳期一夕風吹涼。沈吟此時余未發，滿酌流霞佇明月。黄陵古廟冷雁飛，白沙舊戍哀猿歇。山靜江空珠斗斜，簫韶九奏迎重華。五龍騰衢翊芝蓋，二女降渚迴雲車。鳳皇銜書來下界，小臣感泣先驚拜。正直詎能山鬼通，疏頑只恐江神怪。途窮日暮無所之，帝遣丁寧慰行邁。滄波無日無歸舟，絕代蘭芬誰許儔。楚國聲名重屈宋，漢廷早晚徵嚴鄒。如今桂嶺人南去，終古湘江水北流。

白鳧行

湘江白鳧長似人，毛羽摧隤臨水濱。天寒萍藻不可唼，未免清波求素鱗。楚人食魚勝粟米，提綱設網冬復春。高樓作鱠喚美酒，醉飽不解歌頌莘。汝鳧高潔盍飛去，水蓼風荷傍鷗鷺。

長沙逢鄉人問郴州路

乾坤信廣大，江湖頗危險。自從洞庭來，驚夢終夕魘。帆蒲上清湘，楓竹秀重崦。山明翠欲滴，水淨綠于染。背秋已涉冬，萬態稍自斂。天嘉開泬寥，地勝豁崖隒。暝投長沙宿，都會心所慊。鄉人持酒來，勞我非爲諂。釜烹馬面菘，盤剝雞頭芡。寒宵接清話，風雨蓬不掩。砰訇雷斧劃，礶礑電鞭閃。悲同劉王舞，慟異賈傅貶。歸途苦詢詰，危坐歷指點。衡陽上郴州，江路極幽儼。四山人種畬，兩岸屋負广。車翻鴉軋聲，林燒鬱攸燄。陽晞露塗塗，陰洩雲冉冉。啼猩血污口，行客淚洗臉。不如取蘆溪，步坦進可漸。我聞始然疑，汝腹固寒儉。漢家誅南越，欲使九有奄。軍行下湟溱，師過安枕簟。龍舳幾沿泝，蝥弧迭飄颭。斯途久開闢，此去何拘檢。明晨向昭潭，船材更剡剡。

空舲峽聞笛

孤笛遙飛水面亭，湘流嗚咽寫空舲。卻思小玉低聲唱，風絮查樓倚醉聽。

入郴口

看山窮楚南，華石秀林樾。言遵黃溪上，曦景倏焉没。郵角明遠鐙，沙頭送初月。層灘巨崖捍，懸溜迴飇遏。泠泠夜猿啼，簌簌寒木脱。流水還江漢，歸人念揚越。嶺長度尤艱，不寢待明發。

度嶺

北人度黃箱，登頓淚如雨。連峯郴桂接，瘴氣昏亭午。長林直帥牛，深箐防遇虎。山精能兒戲，林禽作人語。側行踐雄虺，仰視中遊蠱。憑高望中國，對面九疑阻。藍豪天半矗，白騎雲間舞。微茫溱溪流，一線趨南武。南人開口笑，喜見向日戶。但知還鄉樂，不道行路苦。二帝昔巡幸，兹焉實遊處。陶山宮殿存，韶石簫管舉。聰明啓離宅，文物絢乾宇。爛如珊瑚鉤，鮮若翡翠羽。濃薰香滿溪，豔照珠還浦。堂堂十數公，尤見風格古。後生才力薄，有口噤不吐。風氣安越門，棲遲老交土。廿年抱微尚，篤學圖客主。何當發聾聵，一震陽山鼓。

瀧中二首示陳生

一片灘聲走怒雷，舲窗危坐面如灰。問渠蜀道新歸者，何似巴船出峽來。

鳥不能飛獸不臨，今朝真怨武溪深。三瀧已過才安穩，湟浦關前問好音。

峽山

停橈峽山下，薄暮起寒碧。絕境心自驚，誰家觀前石。

山僧閉門坐，修竹無人采。雲際見二禺，亭亭似相待。

廣州寄家書

距家尚千里，而我喜難寐。爲多故鄉人，能談故鄉事。比逢豐稔節，稍緩逋負累。高堂念行人，不怪久不至。但云到南海，當寫平安字。兒從燕趙歸，辛苦嘗亦備。風霜束肌骨，健可上樹試。數行倚馬成，一夕因雁寄。秉燭坐呼酒，陶然已歡醉。

著花庵集卷八

程鄉李黼平繡子著

舟夜六首

孤舟將獨夜，客思苦冥冥。月放愁中白，鐙搖夢後青。萬方原浩蕩，一飯竟飄零。無賴江樓笛，淒涼不可聽。

茲地經過舊，驚魂兀未安。初防郭解客，終任薛恭官。環雉宵吹角，鳴狐晝揭竿。而今稍誅捕，當使旅懷寬。

昨有重洋信，傳聞漸逼真。孤城爭海盜，萬塢守鄉人。望眼風潮隔，憂心將帥親。附書與征雁，已是點行頻。

萬舶屯東界，元戎議救臺。封疆寧可畫，父老實堪哀。白羽乘風渡，紅旍指日開。矧聞橫海將，新自武林來。

故里千山外，艱難阻綠林。欲行憑馬首，不殺信天心。弧矢風前急，松楸霧裏深。何時綿酒到，親舊共追尋。夜氣侵晨暗，江光雜海昏。已牽舟作屋，真掛席爲門。車馬誰勞問，詩書夙自敦。開帆向西笑，擊水借溟鯤。

柘林

天風卷歸潮，海色暗柘林。屯雲開還閉，遲日晴復陰。民居莽蕭條，門掩葦荻深。邨空吠寒犬，山靜響哀禽。荒城狐狸穴，官舍半已沈。當時黄將軍，名鎮。旗纛迭來臨。煙飛蒼兕渡，水截青蛟吟。耕耘粗足安，號令孰敢侵。惜哉戈船去，兩壁虚相嶔。泥沙埋白鏃，藤蘿罥朱緑。請看六寨首，如見一日心。防邊懷此才，淚落霑衣襟。

白雀寺

我祖昔唱慈，飯僧捨斯宅。經營改蘭若，塗堊煥金碧。重來臘九換，延眺情屢易。平生志山水，俄頃辭笻屐。豈關筋力衰，乃畏風景迫。高欄背崖巘，靈戶面潮汐。天黿誰能騎，海馬不受策。時時聞飛髆，往往獲墮幘。鄙宗本零落，接壤才咫尺。秋徵長腰米，夏割昂頭麥。身貧懈重閉，命脆防一擲。宏願荷龍象，冥搜淨虺蜴。西崦隤踆烏，東林穿歸翮。明參草鞋機，浩歌寄行役。

登柘林後山

連峯青排笏，巨海碧抱帶。十洲勢幾淪，一柱功攸賴。騰騰奔馬截，衙衙飛龍蛻。虛蟠沙衲中，迥插霄漢外。傾欹抃鼇首，突兀壓鵬背。屹爲東界雄，俯視南溟大。神樽散旭采，仙島絕煙靄。霞光赤候火，水色殷征旆。鹿仔早填塞，虎旅遲期會。吾邦依輔車，兹地況要害。偏與彭湖當，近較廈門最。突豕烝然涉，遊魚掣而鱠。何當總舟船，直出取幢蓋。前烽報鏦鄄，嚴法真敪蔡。輪囷鬱登高，浩蕩空擊汰。風聲動草木，殺氣軼埃壒。大州既馳羽，小邑盍鼓旝。謀略不厭奇，歲月尤當愒。請泥闗可封，聚米山如繪。險固胸所藏，持以告下瀨。

奉呈吴槐江尚書開府二首

記拜高牙度嶺來，九霄聲望下雲臺。海山負險思前事，鐃吹征蠻倚上才。駱將銅章浮水出，羊奴金席捲潮回。書生額手聞方略，傳語鄉邦數舉杯。橫浦灘江幾宿屯，漸看谿谷盡耕春。欲通丹徼寧無路，不棄朱崖要有人。窮髮即今需聖化，匪躬從古告王臣。紅旌坐閲樓船出，時方遣粵兵赴閩。繾綣詩書教海濱。

贈吴巢松太學慈鶴

吴郎豪邁疇與倫，十年領海聲華新。大興相公昔開府，謂是地上行騏驎。紅褌錦髻盛文學，明珠翠羽爭斑彬。君也下筆年甚少，句奇韻險先驚人。往歲驅車入燕市，拾芥平看取青紫。四賦都如揚馬爲[一]，一朝願見嚴徐起。秋風忽打毾㲪歸，不是蒓羹憶千里。簪毫未得值螭頭，采藥猶堪斸龍耳。吾師備兵臨惠州，趨庭又作甲子遊。贏蚌招潮大於屋，蛟蜃吐霧腥成樓。受降正拜元戎策，議撫先爲赤子謀。胸中奇氣鬱不洩，至今蒿目餘牢愁。我初見君如火色，虎頭燕頷當飛食。近聞鯤堤可直上，秪殘鹿港猶橫塞。發興能從艛䑽藏，傳聲即報艅艎克。楊邁遭風雖死鬥，盧循蹙水將生得。回船卻掃諸島平，大小橫琴過九星。銅鼓西來開駱越，金標南盡限麋泠。美人對舞破陣樂，壯士蹋唱從軍行。篷窗磨盾草露布，一笑十舉黃金觥。如何抱膝吟環堵，拄腹撐腸亦奚補。君不見出關意氣請長纓，君不見入粵動名著新語。從來書生有經濟，安見今人不如古。綏南將帥仍可干，遙夜純鉤嘯風雨。

〔一〕揚馬，底本、民國本皆作『楊馬』，徑改。

以玉堂梅花酒餉吳曇繡廉訪先生貽詩督和即次元韻

粵人昔重羅浮春，金膏滴瀝仙臺珍。紫霞輕飛顔色豔，翠濤滑滲肌膚勻。玉堂更蒸味外味，梅花後出醇夫醇。香風撲簾口流沫，斟酌可與非常倫。先生獄市寄清淨，但飲其客歌吾民。高門欲駕于定國，投壺罕對邯鄲淳。請澆壘塊進酣法，果謝監史除觥巡。臥瓶夜傾雙碧玉，放筆曉落千鳥銀。行翻九河漬麯蘖，拚泛一權濡冠巾。率先綿蕞習國醵，壽公桂醖尤芳辛。

夏日即事呈槐江尚書開府四首

燕市新歸客，無端更遠遊。驚心仍故里，生計且扁舟。鱷徙傾危共，蛇飧茹吐愁。春風尺書到，誰信得諸侯。

昭代征蠻府，憐才有幾人。風雲方命將，禮樂此延賓。行詎登樓慣，心將築館親。草元多暇日，曾贊畫麒麟。

小院迎麾蓋，清娛坐竹林。雨鳴訶子葉，風散荔奴陰。桂海虞衡志，番禺問答心。諸生聞好語，鐙火徹宵深。

海氣蒸黃木，山容變白雲。霸才誇帶甲，王道重修文。荆棘三關闢，鋤犁五管勤。鹿鳴何武唱，寧止越人聞。

銀錢行呈曇繡先生

扶胥之南諸島環，識水驗風來款關。獨檣銜尾帶三木，獨檣、三木，俱船名。象犀瑇瑁堆邱山。淹留頗市中國物，厥錢稛載形模圜。文爲王面巧雕飾，睜眙黥首兼梟瞷。流行初許交廣地，懷挾漸出荆吴間。禹湯鑄幣救旱潦，周齊立法輸鄽闤。何來燒銀似安息，百貨準以論鈞鍰。重輕有常價無定，況雜鉛錫欺人寰。聽聲辨色盡聾瞶，妙論實切黎甿瘝。滇銅十萬罷開局，忍令厥柄操南蠻。姑緣舊俗未遽革，要于大體能深嫺。人情好怪失端末，耳目所見多踰閑。高樓欄楯狀神鬼，制度僵走倕與般。小兒文身復椎結，斗藪瓔珞搖花鬘。士夫家用日本樂，與此並伏無窮患。竊聞去年晷啞至，盈倉泉刀詔擲還。鮫人淚垂龍伯恐，不寶異物銷邪姦。兹邦近煩宵旰慮，看陳市舶天開顏。

絕句四首

不知城市有囂塵，水石天然小結鄰。愛住西頭幾間屋，曉看雲皺晚風淪。

斫卻窗前竹數竿，兒童那解惜檀欒。亦應妨著秋宵雨，併攪寒聲睡不安。

漁具無多但釣絲，垂頭坐到樹陰移。勸渠欲得鯇魚子，須在風斜雨細時。

池臺雖小費安排，闌檻全欹草半埋。莫怪故人招不出，水痕前夜没苔階。

述事呈曇繡先生

朝詢故鄉人，市米減常價。煙霏地寶出，雨雜天金下。年豐時未能，客謂君莫訝。小州如囷廩，比戶植桑柘。耕逐鳩喚春，穫登蟬鳴夏。絲綸十行貸，珠玉萬斛瀉。鱷湖偏接鄰，馬埒思繼霸。修鯨掣海立，畫鷁衝波駕。豪奸相詛盟，歡好倍親婭。潛來汎舟羅，默許開倉借。牽夫攔腰弓，衛卒抹額帕。褰帷溯行部，持斧初祭禡。叢祠掩狐嗥，棘室絕雞赦。

三方困供給，一旦失憑藉。和風動梅城，生氣在草舍。赤烏集庭戶，黃雀喧臺榭。脂流飯甑時，香壓糟牀夜。歸禾歎再見，驂篠將重迓。言終迭稱揚，喜極翻悲詫。奉囊困文史，負郭荒犁耙。坐吟來日難，行乞他人罵。弟憐臼杵共，婦泣簪珥卸。抽薪已成糜，咬菜誰呼炙。酒漿望北斗，道路傷西華。今茲降秬秠，到處收秈穲。粟車還可拾，租船豈應謝。但憂儲峙多，又託懋遷化。承平係此物，盜竊防其詐。丈田使歸農，尺地皆可稼。非種嚴必鋤，長歌不知罷。

和同年汪竹素吉士全德詠物同吳巢松王香谷行敬作

晚虹

綠野雲陰澹，紅樓雨色昏。欲窺初日面，已化夕陽魂。流水虛安鏡，通橋不到門。可知人世上，傾國亦難婚。

水禽

煙水蒼茫裏，凌風子謂何。無才可填海，有意避淘河。別浦驚鴻起，橫塘射鴨過。莫嫌漂泊極，飢鶴在林多。

古戍

落日黃花死，秋風白草生。壯圖仍四郡，愁氣已三城。麟閣新看畫，龍堆久厭兵。誰憐都尉壘，軍鼓更無聲。

漁火

然竹江潭外，寒魚夜可叉。暗防巫峽雨，明散洞庭霞。隱隱烏啼樹，微微雁點沙。三閭知欲返，留影照行查。

同巢松香谷詠物

幽花

桃李豔陽月，孤芳還可憐。其如遺世立，不解向人妍。野色橫籬背，春愁倚竹邊。無因日南使，采擷報平泉。

病樹

蕉萃西風裏，蟠根本自深。斧斤誰得聳，霜雪偶相侵。世盡悲生意，天終識苦心。春回溫室暖，落落布清陰。

破寺

已失莊嚴舊，空思架構曾。樵歌疑放梵，獵火誤然鐙。瓦礫關千佛，雲山寄一僧。欲知清淨意，行腳問南能。

斷碑

荒林兼破冢，駐馬此來看。火迸蒼雷坼，煙飛碧落殘。蛟鼉沈水闊，神鬼護天寒。獨有文章妙，韓陵共不刊。

塵鏡

仙翁常自背，高士亦相隨。了了光難掩，昏昏照欲疲。形骸如汝隔，事業仗誰知。金鑑翻昭炯，臨風有所思。

瘦馬

羸老違西極，凌兢向北風。舊恩嗚仗貴，殘夢食槽空。烏啄瘡仍在，龍媒骨本同。倘求春苜蓿，吾欲種移中。

前題再同巢松香谷

有色誰能蔽，無言且自珍。籬墻寧怨命，塵土總傷春。走馬思名士，啼鬟夢美人。碧桃天上種，修到問根因。

玉葉三年刻，瓊枝六代彫。濯龍驚血化，鳴鳳泣香銷。荒社神靈在，深山鬼物饒。雲臺人又去，風霰日飄蕭。

大地錐難立，靈山錫始開。轉車趨火宅，量笏賸香臺。窗冷恒星落，庭空寂月來。平生禮阿育，萬塔起蒿萊。

名姓陵兼谷，文章隸與蝌。泥金同禪岱，輦石記淪河。幼婦鐙難讀，將軍劍且磨。何如窺禹迹，綠樹閟嵯峨。

清水翻蓬島，微雲覆蕊宮。共驚吾面瘦，不道汝形蒙。山晚噓妖霧，江寒舞怪風。幸傳心印在，春碓証昭融。

天地誰收放，詩人倚獨吟。相皮堪一笑，論骨亦千金。豐草荒寒色，長楸蹴踏心。鋒稜憑畫影，官廄萬俱瘖。

盂蘭盆

七月十四夜，載觀盂蘭盆。高標道場開，金神下西崑。阿誰薦其母，衆鬼共一飧。上延人天師，闢此甘露門。初秋月波舒，迥破萬象昏。然鐙助光焰，照灼通乾坤。法會初無遮，摩頂善信奔。注錢設供養，各以孝順論。名僧鳩羅儔，梵唄空中喧。載聽平消疏，歡喜難具言。吾聞地獄底，貴賤同斂魂。械繫萬萬古，不見三光暾。陰風扇森沙，望拜土伯尊。長身如肥牛，肩博背又敦。逐人抉雙眥，流血汙冠褌。啾啾中夜號，氣候違寒暄。冥炊青燐爨，飢噉白骨吞。行檀洽羣品，失此未敢怨。伊蒲給諸孤，及此寧非恩。爲神醜縷陳，萬一當見原。彼于人世中，治生寡田園。良違父兄教，乃使智慮惛。陸梁事椎埋，雙帶馳兩韃。儼與蛟虎三，作横害鄉邨。時而駕蒙衝，不畏濤波翻。南琛截越裳，西賮收犁靬。重洋肆刼略，道路歎蹇屯。横持日本刀，勢且屠海鯤。樓船歲圍擒，倏忽隕厥元。罪花不自雕，福種奚由蕃。請開阿鼻尸，戴頭進如黿。上堂飯香積，有酒連瓶罇。飽食爲説法，三車喻哼哼。今是昨故非，悲涕各自捫。同時使出世，功德何崖垠。坐看山海間，家育萬子孫。讀書蓄經猷，出作屏與藩。縱補弓箭手，亦足守塞垣。兹惟邦家慶，端賴法力援。至尊默然許，微風動高旛。

即事

波羅江上昨乘舟，宵夢隨波向北流。穫稻在場供啄雀，分秧憑券借耕牛。愁因火熱非關暑，病怯風涼又到秋。我客未還諸弟弱，難言家遠不登樓。

沙面四首

月榭風亭俯碧流，通宵鐙火擬揚州。繞牀弄果抛人面，促坐攤錢賭佛頭。樗樹私憐傾國態，楊花閒管渡江愁。承平舊事無多子，最在珠簾上玉鈎。

百琲珠光出媚川，天生脂澤助韶妍。居鄰香樹團爲屋，活傍花枝種作田。小鳳自聞歌不解，驚鴻終借賦能傳。河南無限鴛鴦闕，知費誰家買斷錢。嫩日雛年樂事多，那知平地有風波。驚聞戰鼓衝筵席，催著戎衣換綺羅。信有才人依養卒，更無名士問仙哥。海天一碧蓬山近，合約楊妃女侍過。春衣曾訪曲東西，老伎相逢話舊啼。一笛龜兹風韻杳，千門烏夜月痕低。紅巾裹盒横波擲，紫縟傳書泣血題。總付迴瀾橋下水，粉愁香恨上長堤。

初冬曇繡先生招看菊花

今年重陽不可道，黄花半開没深草。騷客登高還悵望，詩人臥病傷枯槁。緑章夜奏蟋蟀悲，要遣秋花媚冬昊。翠葉宵含凍雨淨，丹英曉射寒曦杲。三徑未荒人肯來，一觴不持花欲惱。爲汝開筵召豪傑，使君拍案先傾倒。昌黎南遷處陽山，對之不飲憂如擣。蠻煙瘴雨嗟棄置，託詠直云無用好。詎識物生有遲暮，也知天使開懷抱。此種晚香良可嘉，吾儕末路當相保。華軒沈沈酒未闌，馬駒鳳雛勸客乾。風前便爲落帽舞，露下爛作傾囊餐。東樵西樵花影寒，願託後車同一歡。諸公强健自揮手，不須更把茱萸看。

聽林明齋徵士彈琴

高堂讌客張初筵，四座無言思悄然。林君斂袂拂朱絃，山鳴松風磵走泉。黄鐘暖律生桃李，萬木刁調商角起。獨鶴悲零九皐露，孤鴻哀咽三湘水。問君横木何能然，此事非絃亦非指。風雅道消直至今，正聲微茫苦追尋。修身理性四十載，不向俗耳求知音。借渠蛇紋三尺木，寫此鳳儀千古心。林夫子，我初不識君，今日逢君撫徽軫。酒闌鄉語一神傷，知君更奏思歸引。

河東君初謁半野堂小影四首

絳雲樓閣草離離，半野猶傳見面時。楊柳藏烏生小慣，風前誰辨汝雄雌。

瓊枝玉樹出風塵，迴映尚書白髮新。可信卸衣先一笑，叩門紅拂是天人。

當時起陸門龍蛇，一舸鴟夷念小差。記得有人依貴筑，鏡臺雙劍鑠蓮花。

茂陵遺篋最凄涼，生爲諸孤死爲郎。到底不慙真女士，木蘭邨裏門新妝。

李香君小照

龍盤虎踞初作京，奉春建策留侯成。金陵王氣久銷歇，尚貪佳麗開昇平。教坊正當貢院起，板橋飛跨秦淮清。文章江左世無匹，煙月揚州家有名。邀笛風流競絲肉，小朝士女尤徵逐。馬糞宅前停寶轍，烏衣巷口馳華轂。捧劍方爲曲水遊，因冠肯作新亭哭。笙歌北里懷宴安，議論東林迭傾覆。可憐鉤黨多君子，李姬亦自裙釵起。貞心未屑田中丞，俠骨偏宜侯隱士。樂府爭填卻扇詞，詩人願贈彈箏伎。春風畫圖雖半面，此才實係明終始。建康宮殿閉千門，十四樓荒煙雨昏。黄旗青蓋不復返，玉貌錦衣安足論。君不見六朝兒童唱桃葉，渡江戰艦如雲屯。早知聲色開基誤，當錫彝倫建極尊。

觀紅單船出海四首

驚風吹獅洋，羣盜如蝟毛。官鹽稍遲回，編户旦夕號。民天在所重，點兵赴煙濤。豐隆夜鼓櫜，新鑄百寶刀。左揮屠長它，右舞斷巨鼇。連雲佇飛挽，城下屯萬艘。

舟師萬有餘，沿海日操防。分番守六寨，調發不可常。洸洸紅單船，習水勝博昌。手攀珊瑚樹，身浴日月傍。往時出澳門，寇賊皆走藏。況今建旗鼓，立可安陸梁。東瀛蓄弱水，淺深未易知。南箕扇獰飈，順逆焉可期。敵來送頭顱，斫掛榑桑枝。赴機如赴利，就難如就時。龍驤坐官船，横槊讀握奇。此曹喜格鬥，毋過約束爲。始興出溪子，拳捷世無倫。漢兵下蒼梧，歸義亦粤人。彼中虜略多，恐有汝所親。荷戈爲家國，披髮救鄉鄰。海天占星氣，威弧爛然陳。功成早來歸，幕府憂毒民。

書院落成蔡毅堂都轉前輩見過即事奉呈二首

連甍高枕越臺平，丹碧森沈麗矚成。特掃塵埃安一榻，要興禮樂致諸生。雲移玉署神仙氣，風送珠崖笑語聲。轉憶庫車兼廏馬，當時賓館費經營。

八桂陰移日色曛，坐論鹽鐵滯妖氛。邦人莫畏蝦鬚責，使者終將鱷骨焚。横海絳巾新教戰，習流黄帽别成軍。鐃歌早晚迴飄入，便作新堂誦禱文。

奉呈孫寄圃侍郎開府前輩祀南海神廟回次昌黎謁衡岳廟韻

南溟百族尊壬公，羣龍獻寶光明中。天吳蝄象蹋波立，肅聽銅鼓鏗雌雄。靈扉雙開寫圓鏡，噓噏積氣含無窮。四時酌分一滴味，化爲甘澤周翔風。鞭羊驅馬極廣怪，非矢正直無由通。先生秉旄調玉燭，太和保合彌虛空。田家豚蹄賽方社，扶起醉飽歌昭融。海鄉貓虎各有事，矧此赫奕波羅宮。昨聞諏吉往報秩，陰火迥對齋廬紅。錦旛微颺象鞭動，默鑒所請皆誠衷。吾邦商賈競琛貝，或舍稼穡非親躬。幸邀豐樂今歲見，要祝膏雨來年同。連天米船隔諸島，此事神許圖其終。六侯前導萬艘入，腥鯨血鱷觀成功。祥飈送艫天接水，仰視犁壁星朦朧。知繼昌黎發高唱，墨花曉卷寒潮東。

曇繡先生送梨

胸中荆棘除樝梸，交梨始栽私歎嗟。三清濃露點縹葉，萬劫罡風吹紫花。老君昨從西極讌，牛背醉遺人所見。芳根飄杳天上來，嘉賓琳瑯世間遍。含消一種尤可珍，北客南歸今再春。每迎海舶詢遠物，誰飣冰盤羅衆賓。高門今日開靈瑣，公如此梨宗百果。苦言粤地無快人，獨詠秦風不忘我。筠籃傾寫磊落圓，忽啖上藥防昇天。玉津金谷盡泥滓，瀛洲方丈真神仙。還從香案遥分得，他日餉人渠不識。

冬日登五羊觀後樓

入門面嚴風，落葉萎以黃。五石臥坡陀，羣真儼冠裳。崇樓軒窗豁，下瞰神爲傷。原野何蕭條，晚稻俱上場。頗聞築百室，猶復資重洋。煙濤外飛挽，井邑中憂惶。吾能拾瑶草，跪起活汝羊。凌兢騰太虛，濳宿牛斗傍。驅牛犁天田，持斗量帝倉。遥分赤烏種，飛灑朱鳥方。一時受厥明，萬古歌降康。民心喜三熟，仙迹亦再光。微願未及陳，浮雲横紫閶。九關衛虎豹，詄蕩跂予望。幸賴天子聖，恪恭憫農忙。東南寬租賦，氣可通粤揚。海輪軒時毖，山効禹日糧。君看菰渚鴻，唼喋嬉江鄉。

毅堂前輩送菘

主人敬愛客，珍味分仙廚。殷勤時月間，黄雞間花豬。顧惟口腹累，瑟縮一字無。野人膳官羊，蹋圃良可虞。霜辰送晚菘，入手驚膏腴。鮮宜馬面削，肥作牛肚臑。分根命庖人，半瀹半蘸葅。頻年客燕趙，麥未溲盤盂。生葱與胡蒜，到眼思蒓菰。安肅菜固佳，道遠多迴紆。不如故鄉産，到處供有餘。寒宵嘉賓速，渴飲鸞鳳鷄。一歌毋庸歸，醉倒紅氍毹。

嗚牙嚼冰雪，流響動座隅。瓊漿沃金肺，酒力醒斯須。欲知饋我意，非但盤飧需。東坡論詩文，氣必除筍蔬。少陵種萵苣，譬況賢與愚。彼菘出端州，地脈鬆而酥。名將蔓蕘並，性與蕪菁殊。凌冬貴後彫，志節凜大儒。種此爲英雄，知此爲士夫。既以報公惠，又以告吾徒。咄哉萬錢餐，議蟹何其迂。

槐江尚書開府閱東西兩路兵回奉呈

銅弩藏龍邑，金標接象林。道新秦帝關，泉竭漢人箴。風俗揚兼越，山川趙與任。陸梁資駕馭，攻擊迭商參。四路熊羆守，三關虎豹臨。勳名開府重，文武應時欽。昔贊平章事，先膺簡在心。荆舒姬胄遠，河洛召圖尋。北極初移鉞，南方佇獻琛。褰帷梅嶺外，轉楫桂江潯。環海籌蠶稻，諸儒得鹿芩。山鳴軒竹律，石應舜簫音。西憶狼胡曲，東行鶴觀陰。簡車名自古，演礮禮遵今。露布聲三捷，風巾兆七擒。劍搖星影動，弓挽月輪沈。虎落神猶護，蛇盤敵敢侵。左言聾鼓角，侮食懾刀砧。末學希嵇阮，傳經愧向歆。緇帷曾結韈，青管許題襟。原野逢歸獸，蒐苗辨從禽。送行才吉日，迎至即甘霖。洗甲天河注，容民地水深。始興銀甕出，九究聽謳吟。

畫鷹

高堂畫鷹十餘種，側腦縱筋各神勇。雲鵬倒地愁血濡，月兔逃天怯身竦。一鷹稜稜代都赤，一鷹矯矯荆窠白。一鷹海東青作色，伏樹未展摩天翮。真骨翻從粉本看，雄姿欻向風塵惜。徐州刺史生天西，入關反覆遭人擠。幕前不受半豬食，城下轉畏連雞棲。鮮卑氏種俄相見，國士相看荷深眷。得脂仇綏依伯勞，啄蒲蕭瑟傷飛燕。飽颺飢著俱無補，眼底英雄又黄土。此圖掃成非漫與，意寫鷹揚奉明主。捧日終須賢爪牙，決雲始是奇毛羽。小苑長楊秋獵來，霜仗喧繁同此材。漢皇憑軒選猛鷙，汝盍變化休衰㲣。妖狐九頭聚窟穴，衝飈一擊殺潼開。

題巢松花首攜琴圖

岑華少年未請纓，願借一股家蓬瀛。梢雲輪囷覆花首，九載夢踏銅龍行。潮雞乍啼山蝶化，洞天闃寂心魂驚。飛泉淙淙落玉響，修竹戛戛摐金鳴。冲虚觀前留古器，四十餘種交琮琤。九霄雲璈墮地壞，老蟾淚滴秋空清。當時欲試忽雷手，聽風聽水摹其聲。牽衣未上鮑姑井，歸棹早指吳王城。此圖乃自梅里作，浮嵐暖翠紛來呈。松陰岸幘撫枯木，寫置邱壑如平生。誰知負羽真一到，仙臺遍插軍容旌。素書天與佐帷帳，摧伏豺虎無從衡。嚴關伐鼓夜斫陣，細路吹鐃朝撤營。馬前琵琶勸美酒，卻奏朱鷺娛青精。如今逋逃亦待征，移家抱朴原豪英。即看推琴舞干鏌，我能貌爾胸中兵。

冬夜醉歌

人生錦衣歸故鄉，至今沐猴譏憒王。相如銜命諭巴蜀，沫若可傲孫原梁。會稽太守綬拖邸，提兵直擣泉山傍。西夷東越請面内，二子足爲閭里光。我從田間入射策，姓字許掛中書堂。偶緣一病辭玉署，向人每乞刀圭方。越華樓下日嘯詠，轉借泉石箴膏肓。論詩説賦騁豪健，氣與天地相低昂。平生馬矟有精理，未射白虎擒黃麞。誰教攲枕看螻蟻，壯志掩抑鋒稜藏。風寒雪沍冬夜長，孺人稚子勸百觴。醉之帝所受金策，一州斗大居高涼。雷廉潮惠左右控，對面島嶼開重洋。閒催金翅劈兩翼，鏤身雕面知誰當。妻封譙國兒漢陽，此事父老嘗相望。百年用人例迴避，將帥自足安城隍。世間奇術詑縮海，投壺一吸真無妨。扶胥清淺招汝輩，太平雨露同栽桑。

春帖子三首

海豔花爲埭，天香穗作城。蜑家驩浴日，龍國慶登瀛。

天門詄蕩拜晨曦，一歲溫波釀玉池。宮闕銀旛分賞處，乾坤金甲盡銷時。

嬉春妝服鬥春妍，廣管風花自目前。快意丁糧充禹甸，扶頭卯酒醉堯年。

曇繡先生署齋鐵樹花歌

河平冶鑪妖所蠱，夜半隆隆劈雷斧。工師駭汗走相看，電轉星飛入泥土。精悍未銷難久藏，怒迸木介兼金剛。燭龍垂胡含變化，火鳳反翅森翺翔。可憐五嶺生，真成九州錯。柯葉雖自奇，芬芳向誰託。海枯天悶幾榮落，未解隨人鬥茉䒷。不知使君有意無，暇酹卯酒催丁符。千呼萬喚出一株，但覺娬媚忘豪粗。得非石家奮如意，觸手碎點青珊瑚。優曇色相須臾現，六十年開此其變。若云廣府今始逢，乃在邕州昔嘗見。見先生集中《思隴驛》詩。陶鑄頻邀造物恩，艱貞倍荷高人眷。世間浮華過眼空，瓊枝玉樹且翻風。凜然生氣擢翹秀，汝信彪外由弸中。吁嗟乎，鯫生筋骨與汝同，春心欲吐梅花紅。

寄武蘭圃知事廷選

遠道猶行役，書來怨不任。夜聲聞海嘯，春檻落天陰。骨肉三方淚，功名五嶺心。熬波幾時罷，搖筆且長吟。

送巢松歸應江南布政司試

尊公胸有武庫兵，繡衣跨海屠長鯨。彼紛如煙我如鏡，出奇端掃徐盧清。佳兒膝上掌儀記，賦詩草檄皆知名。檄如巴蜀諭賊殺，詩似江漢思寧平。征南一集有九郡，筆墨妙與經綸并。射堂文讌盛賓客，通家意氣尤相傾。驪牛黄馬接雄辨，時月小隔神迴縈。今晨酌酒送君别，歸路苦泝湟溪征。鬱孤開眼望鄉國，檳榔肯係南遊情。徐揚去年秋水至，魚頭人戴私憂驚。淮奔河蹋更嚙運，洪流要向雲梯行。勝朝陳潘世詎少，天以禹貢徵書生。江南秋風吹石城，短轅高屐趨羣英。好推經術救根本，莫賦江海誇從衡。萬言忠貞皆切中，長離北渡天風送。明年知汝對白麟，還爲葭蘆洗哀慟。

吴門集

吳門集序

學者多言詩隨時代爲升降，綜其實不然。《三百篇》後，五言聿興，建安、黄初，風骨遒上，及六朝而萎薾甚矣，而淵明集高古沖淡，與漢魏不異也。七言古詩，源于柏梁，至唐李、杜而極盛，中晚五季，又以陵夷，迨蘇子瞻出，屈濆連滄，體格雄偉，與李、杜不異也。如二公者，豈復可以時代論哉！

先生以庶常出宰江表，僅三年而罣議。又十年而歸客廣州，筆耕自給。暇輯所著《吳門集》見示，曰：『子視吾近詩境地差進否？于古大家有萬一近似否？盍爲我決之？』先生蓋意在復古，而未敢自信也。

竊維宋南渡以降，風氣愈卑，幾如江河之日下。明人有『復古』之稱，而貌合神離，去之愈遠。國初新城尚書，崛起山左，談詩者翕然宗之，百餘年來，毁譽各半。平心而論，《鑒湖》一曲，庶幾放翁、遺山，新城之自評如是焉爾。

先生詩兼總衆有，不名一長。大率興寄深微，而未嘗稍鄰于僻澀；魄力雄大，而未嘗稍涉于囂張。任舉一篇，皆與其性情聲氣，而傳之楮墨之上，故能翹然特出，不爲風氣之所局。以較淵明之在晉，子瞻之在宋，一而已矣，即謂復古自先生始焉可也。

道光丙戌十有二月望後，順德宗門人清華拜撰。

序

嘉慶十二年，予在廣州刻《著花庵集》，僅二十年，而板已漫漶，兒輩請重刻之。因發篋，出近詩編次，分戊辰以後至庚辰爲《吳門集》，得八卷；庚辰六月後至今丙戌爲《南歸集》，得四卷。並付梓人。

古之爲詩者，皆期于不朽，而往往不必盡傳；傳矣，又不必其盡工。故自漢、唐迄北宋，大家名家，論者無異詞。而自宋南渡，至于今日，作者衆多，其詩即有不能盡愜人意者矣。後之視今，亦猶今之視昔，予敢謂覽是集者，必不與宋南渡後例觀哉？已用力于此，聊復存之，工拙可勿計耳。

道光丙戌十月上旬，著花居士書于東莞寶安講院之雙桐軒。

吳門集卷一

嘉應李黼平繡子著

春日贈訒斯民部

引疾去京國，假滿當來旋。友朋尚餘幾，所遇多盛年。高情蔑三古，雄辨馳八埏。平明青綺開，裘馬耀路鮮。俱過金張宅，雜沓爭後先。迂儒獨何爲，閉門方草元。春風被廣除，嘉卉發韶妍。陶情即命觴，撫景閒揮絃。有鳥從西來，其名爲信天。嚶鳴相求切，感謝曷能宣。

書懷

春雨長山薇，懷哉人未歸。盤飧每飯祝，几杖一年違。職淺供文字，交疎無是非。所嗟鄉信杳，思逐南雲飛。

小有餘芳記所見

錦帽御春風，鳴鞭馳雪驄。園亭楊柳緑，邨市小桃紅。入座金龜解，高歌玉椀空。醉來不知處，歸去馬行東。

庭樹

芳樹意無盡，惠風時自生。閑依遠山立，高拂碧雲行。似以不材處，非希交讓名。庭前慎封殖，終有鳳鸞鳴。

送蘭宸之兩淮鹽政幕

舊日甘泉侍從臣，爲官拓落意悲辛。行吟不比湘纍放，久慁方知越槖貧。蘭宸新自粤中來京。煙月揚州非故里，風流江左係斯人。知君未屑論鹽鐵，夜倚蕪城望北辰。

九河萬福頌并序

臣聞軒臨嬀水，龍銜蘭采之圖；皞起江源，鳳紀梧萋之瑞。堯以戊辰祭洛，（《紀年》：『堯元年，丙子。』則祭洛之歲爲戊辰。）篆應丹文；舜以辛丑浮河，符明綠字。（謹按：三月初五啓鑾之日爲辛丑。）我皇上之御宇也，地水容民，天淵鏡物。元流黑沚，甘沙靖甌脫之烽；赤土黃支，炎海偃樓船之旆。禪瀛仰化，垓宇歸仁。豈惟醴泉神水，涌玉甕以呈祥；實亦休氣榮光，羃金船而待命。戊辰季春辛丑上日，恭遇聖駕巡幸瀫津，閱視河堤各工。蓋自夏禹四載以還，洎周定五年而後，大河已徙，清漳尚行。丹水一支，總羣川而北赴；白河兩派，合衆谷以南趨。況有桑乾之大川，亦注析津爲巨壑。玉帶源于滱易，子牙本自滹沱。曰泊曰窪，成澤者七十二處；爲塘爲濼，引渠者萬八千人。息壤之所未堙，積灰之所不盡。元圭再錫，天心實待于聖神；蒼水重開，帝力遠超于鬢剔。丕承前烈，宏廓新猷。積山發少府之錢，歸市赴司空之鼓。是以瀫開掘鯉，下清水于麟洲；堤鞏垂虹，送渾濤于鵬海。洩之則坎雨，蓄之則屯雲。桃花榆莢，並號延芳；槐汧茭灣，俱名得勝。黍苗之漑足矣，轉輸之漕通矣。于時皇帝御鑾路，樹龍旂，上陵循祭畢之儀，閱水兆錫疇之慶。敷天對命，本之以《頌·般》；行地省方，參之乎《易·觀》。河堤方略，溝遂縱横。宛縣玉池，忽移白壤；洛陽金堨，儼徙黃圖。嘉堤埝之綿連，喜黔黎之瞻就。大賚則雲行雨施，普霑則海納山藏。于是淵客奉塗，陽侯弭榜。船星高映，移華蓋于咸池；室宿横連，傍離宮于倬漢。乃建中軍之旆，以觀左輔之師。黃鳥分麾大武，協屢豐之奏；丹烏流屋思文，垂五至之祥。近水而澤馬騈來，迴瀾而海魚皆舞。盛矣哉！瑞至嘉應，古未有也。厥有薦紳之士，學古之徒，涵泳乎聖涯，溯洄于道岸。或以豐減下同于渭汭，孝德遹追；或以解池上合于涑川，薰風獨唱，莫不迎鑾獻頌，給札承恩。竊維坊庸典在，詞特重于水歸；遊豫歡同，諺更深于春省。雖復池陽谷口，石臼泉渠，往籍尚存，睿謨尤遠。蓋兩瀫即九河之道，于經亦曰同河；二渠徵萬福之來，惟帝爲能敷福。謹拜手稽首而上九河萬福之頌，其詞曰：

水始五行，海王百谷。外絡九瀛，中經四瀆。繄此北條〔一〕，殊乎南服。縈帶滄雄，朝宗輦轂。水利未興，生民誰畜。我漕曷輸，我穡曷熟。大德疏排，豐功培築。水得地行，人歌天牧。昔者洪河，至于大陸。九派混茫，萬川洄洑。礫決周移，渠穿漢復。厥勢低窪，平流獨滙。曰翕殊名，稱迎異目。許考知三，孫疏得六。偶值渺漫，疇分涯隩。雨洗波平，風吹浪蹴。維祖維宗，人謀人鞠。兩瀫已開，羣流不蹙。總納濤頭，俱歸澤腹。後海委輸，先河肇俶。維帝懇勤，在宮雍肅。天地平成，中和位育。眷顧赤畿，慮周白屋。霖潦微侵，旄倪或顣。酌水虛盈，審潮贏縮。詔吏填薪，命官楗竹。鏡淨銅磨，膏渟黛蓄。偃月斜圍，長虹高矗。決之使深，導之使速。班史寧披，桑經勝讀。暮春之初，吉日爰卜。展幣堯山，迴鑾文囿。桐發萍生，桃榹李薁。綿羽倉庚，新聲鵠鶵。雷動淵旋，煙清日昱。五校雁翎，六軍魚箙。記里鼓鳴，遒人鐸摝。壤叟嘔吟，轅童匍匐。民色欣欣，天容穆穆。綠甲承艫，丹圖馭舳。念彼河淇，發于林麓。實產王芻，是生篇筑。自衛奔騰，望沽歸宿。塞古闢寒，山高石獨。查擁斷冰，林添飛瀑。潞水通源，滹城湊輻。況有桑乾，亦趨析木。其色惟渾，其流本澓。泉涌車輪，泥論斗斛。玉帶縈紆，子牙淪縠。上下陂堤，陰森樸樕。石兕出闌，土牛除楅。鐵碇交緘，金椎密簇。瀾靜長安，岸堅不覆。遏濁難淆，專清可掬。乙覽所籤，丁沽在牘。陰爞輝輝，陽光熤熤。晝擁人魚，宵飛天鹿。視之無邊，量之無幅。澱洩津藏，塘重堰複。是利挽飛，國儲稻穀。楚米吹芳，吳秔送馥。華獻農皇，穎傳唐叔。桂棹蘭橈，牙檣鐵軸。煙舶輕飛，雲帆相逐。是利田疇，家求穜稑。開以澮溝，潤以霢霂。淖撥犁耙，水鳴碌碡。朝飲烏犍，夕浮黃犢。澤國恩波，水鄉擢沐。是有嘉蔬，不同葵蓫。別浦菰羹，前灣芡肉。是有嘉魚，時投罾罭。斫鱠爲鮮，佩腒即鱐。碧藕街輸，素鱗市鬻。圖繪耕漁，聲聞杼柚。蠲賦寬徭，左饘右粥。雁戶稱豐，鸞旂頌淑。牙立纏竿，車攻縛轂。禮別蒐苗，容殊跼踘。九合觿弓，參停羽鏃。玉帳親臨，銀沙靜伏。絳額齊呼，蒼頭對扑。天老前驅，防風後戮。迴憚蛟蛇，不驚雞鶩。聖武布昭，天文煥彧。早沛綸言，廣沾紳族。斲梓匠翹，輿莪詠樸。輦道臚歡，帷宮進祝。授簡鄒枚，徵經鄭虙。豔發詩囊，香騰書簏。鵠立當蒲，蠶聲起蔟。蔚若鸞騫，疾如鵵禿。

風拔茅連，露瀼蕭蓼。蹕啓鑾和，旌迴弧韣。成憲式遵，單心惟夙。周減同豐，虞地注涑。三輔謳思，八方臣僕。貢奠澮川，範調寒燠。帝道九河，天綏萬福。

〔二〕緊，底本、民國本皆作『翳』，非是。

太學觀石鼓時將南行

昔充博士弟子員，考場共試石鼓篇。大庾相公劇欣賞，謂我文采珊鉤鮮。韓蘇二作在胸臆，隨聲一律歌周宣。今來太學親一睹，議論欲到豐程遷。臺沼初營萬民附，禽魚翔泳嬉天淵。詞云麀鹿并鱮鯉，靈德所及何殊焉。況文卜獵渭水邊，坐見刻玉浮兹泉。罝兔入林武夫備，驅豵出地虞人賢。秀弓彤矢映雲日，此舉或在專征年。阮共整旅密須獻，並駕大路供春田。一代豐功本殊錫，彼碉琢磨羣臣鐫。雍宫未煩矇瞍扣，商庭合共猗那編。嗚乎雅頌有缺佚，鴻文幸託貞瑉傳。世人愛以書勢論，籀法與古寧相懸。光和七經已茫昧，正始三體非完全。何如此碣歷兵火，填金萬古光幽燕。濡河秋高物孔庶，順時表貉張旌旜。天寒正奏大羽獵，盛事遠過岐陽前。同人才藻盡無匹，欲干氣象知何緣。巾箱集古吟不盡，行探宛委淩江煙。

出都留别訒斯民部

周昌棄諸侯，帝極知其左。汲黯思補闕，微願何能果。優伶均史官，憤語非帖妥。致身備任使，内外何不可。金閨盛羣彦，材器皆磊砢。詞華秀掞天，議論快炙輠。朗如玉山矗，照眼驚㠑峩。菲才廁仙班，實愧點青瑣。一麾念將去，百里欣猶荷。豈同磨蠍宫，牛觸箕獨簸。江南卑溼地，煙水秋淡沱。昆尚呀兩湖，芙蓉繞畫舸。虞山一髮落，臨鏡搖倭墮。夙齡愛清輝，此邦特宜我。顧惟分竹使，衆母亦人爹。音將化鴟鴞，政必祝螺蠃。凌晨青綺門，細雨浥蓬顆。别離警衰暮，贈送箴燕婧。遲遲去魯行，款款班荆坐。若言子公力，故事一笑瑳。

蘆溝橋

離亭白酒盡，首路渾河流。埃壒有餘暑，川原無限秋。横橋度營室，停策眺崑邱。五城麗景照，千門佳氣浮。及闕信浩蕩，遠道遑淹留。雖非使車出，詎類儒冠遊。墨綬未云薄，丹砂行可求。君看雲中雁，相趁向南州。

樓桑店

野店秋風裏，樓桑定有無。乘時方慘澹，下輦竟敧嶇。聖緯開三建，民謠復五銖。但令喬木在，瞻拜並豐榆。

督亢陂行

六國同擯秦，燕丹真下策。馬肝與女手，百計供刺客。臨水設祖餞，哀歌動心魄。空知戒田光，其事已籍籍。咸陽九賓覿地圖，匕首纔見王驚趨。屏風八尺倏超越，尚欲生劫何其愚。昔如召公日闢國百里，今也獻田乃反是。祖宗寸土世守之，歸祊假許多微詞。矧以重利啗强敵，白虹貫日天猶疑。我行新城縣，横眺督亢陂。綺分兼繡錯，淫漭渺無涯。寒風翻波水嗚咽，似恨壯士無還期。寧聞完璧謀議定，不在擊劍縱横馳。黄金臺前駿骨入，坐運四海誰能及。望諸去後更無人，千載英雄廢書泣。

白溝河曉發至雄縣

白溝凌晨發，淫潦一何長。閲水知獨漉，遵途辨微茫。興言戒深涉，環顧嗟無梁。驚飆迎面起，軨蓋皆飛揚。罔閬相伺立，鼉鼉不復藏。勞人鬢成素，瘦馬元爲黄。川塗莽浩浩，城闕鬱蒼蒼。褰帷過疏雨，隔樹晞初陽。每懷恐靡及，旅況未敢忘。作歌用自慰，三舉易京觴。

雄縣

雄州州郭外，向午小停驂。飽飯憐魚美，狂吟倚酒酣。風沙身趙北，煙水思淮南。莫問垂綸叟，窮通我久諳。

趙北口泛舟寄京師同懷諸子

呀淵上應箕斗宫，空際蜿蜒横飲虹。圓光涌現纖翳絶，九州過客臨青銅。河伯秋來頗驕恣，濡滱虖沱一時至。到此勢與渤澥同，令人掃卻瀟湘思。長堤半没車馬迴，刳剡巨木爲船材。柳邊才掛片帆出，蘋末已送層飀來。竊恐中川扇狂怪，倉卒無人能渡杯。泬寥一色天水清，蹇將儈余未肯行。蒼龍晝眠益津戍，白鳥晚下瀛洲城。羣流側滙多深澱，前代行園森可見。王鮪乘春初出穴，頭魚得采先開讌。放鷹小隊環陂塘，駕鵞墮毛如雪霜。園陵玉食徵新曲，淀水花牋擅勝場。帳殿樓船已非昔，坐話此事神揚揚。鸞鳳鞭笞妄語耳，仙人上界誰能比。顔監才華映曲阿，張衡文采標濛汜。一葉蘆漪獨放歌，鐸鈴頃刻搖馱羸。强顔誇向吳父老，衣袖尚染天池波。

趙北口秋柳詞九首

春明一別即天涯，遷客關心數問花。何況燕南將盡路，數行臨水點棲鴉。

瓦橋關外夕陽時，無限涼飈颺碧絲。不爲長條絆人住，征夫回首自行遲。

誰家白馬寶連錢，步上瀛洲欲化仙。憔悴尤堪盈把贈，爲君珍重著先鞭。

方春搖豔傍龍旂，今日荒涼倚翠磯。一片敗荷千頃水，無人横玉亦霑衣。

十二紅橋跨碧流，依稀叢桂隔銀樓。如何肯作無情樹，拚向西風舞不休。

落葉哀蟬不可聽，月涼疏影最伶俜。此生亦住黄圖裏，莫道天文有兩星。

小渥清清大渥深，結蒲難識美人心。渥同城畔新涼入，似有蘭橈繫綠陰。

風流那復說披香，雨態煙姿蘸水長。說與江潭更搖落，郊門終是好秋光。

家鄰易水漸生寒，大道高樓强自寬。老去尚留青眼在，送他枚叔入長安。

行經河間詩經邨四首

大雅久不復，觀風冀其存。寧知鄉里間，詩教夙所敦。匪言諳經術，但覺厚人倫。方秋事田收，盡室皆在原。壯男刈禾黍，稚子饁壺飧。老翁何所爲，扶杖牧雞豚。圖繪見豳谷，衣履即唐民。惟能得矜式，是以還朴淳。高陽荀爽里，通德鄭元門。茲地一攬古，躑躅到斜曛。

嬴氏燔六籍，道與惟漢初。書既出灰燼，詩亦漸萌牙。成文合數手，立學首三家。斯人實後起，卓爲聖者徒。微言窺獲麟，大序重關雎。流韻被王府，安絃阻天衢。及身未能顯，後代彌見譽。延閣發舊藏，中壘讓諸儒。列星齊匿輝，朗月正揚華。千秋懷德鄰，惟有顏芝廬。牙，音吾；家，音姑；華，音敷。

昔聞道德士，殁則祀瞽宗。又聞鄉先生，祭社禮亦崇。邦人向余言，比戶祠毛公。芳隴候晴日，平林交緒風。傳芭舞神巫，釋菜走邨翁。宜稼祝受祿，子弟明且聰。相期五經立，不但一藝通。緬惟河間國，賓從多俊雄。談經過稷下，好古軼淹中。勖汝少年子，烝髦今昔同。

少小逐羣兒，受詩家塾裏。諧聲取上口，析義皆過耳。肆及宵雅三，何知是官始。通籍傍霄漢，分符近江海。悠悠倦客心，肅肅高賢里。僕夫策四牡，讀傳悲不已。無義非忠臣，無恩非孝子。勿以家事辭，斯言有至理。升高採薇蕨，我留亦已久。同是傳薪人，巢居怍良友。海，音喜；久，音几；友，音洧。

平原道上有感

平原向歷下，衰柳萬行斜。此道昔東出，行吟惟露車。雕龍伴騶奭，飛兔屈田巴。盛壯不能再，臨風久歎嗟。

潘邨是入山第一程

雲峯東南起，松黛西北獻。漸覺地形高，實與山勢遠。修途苦跋涉，瘦僕厭登頓。舍車步猶蹉，支策筋忽健。嚴飈截道出，懸溜向客噴。耳目生煙霏，裙帽謝塵坌。但誇神馬逸，不比跛羊困。終日循坡陀，攀天阻蘿蔓。焉知林下眺，頂踵不盈寸。尋源杳前期，即事諧夙願。暝投崓山宿，明從石閭飯。玉女下九垓，笑把流霞勸。

泰安夜宿書壁四首

扶輿趨渤碣，泰嶽俯昆侖。勢到東原盡，名齊北斗尊。百靈朝震出，萬始贊乾元。欲識崇朝雨，蒼茫片石存。

昏曉陰陽劃，煙升重禮柴。七千環奉邑，十二紀摩崖。羣秩兼喬墮，隆儀及瘞埋。蒲車春草緑，誰倣壽宫齋。

俎豆猶難説，詩書且未詳。升中典煩雜，受命説荒唐。松雨欺秦暴，瓠星詭漢祥。不知天祖事，何以問蓬方。

魯望誇河海，齊人候鰈鰜。龍門昔常從，馬上此空瞻。日觀三更曙，雲封九尺嚴。凡山卑小甚，公玉口宜箝。

奉符故城

一片荒城落照孤，宋家行殿紀祥符。澶淵北出兵初解，岱岳東封號又殊。參政當年思李沆，賦詩他日重林逋。停車滿目煙蘿色，問有靈芝瑞草無。

早行看岱東諸山作歌

九州之鎮岱獨尊，高標秀色彌乾坤。遊人飛上喬木杪，誰載赤管書天門。昨夜山前抱石宿，起來溼翠流冠褌。林風溪月帶清景，馬蹄又趁坡陀奔。徂徠尚憶名勝地，何處喚起涼王孫。四圍寂靜自太古，陰陽未割曉與昏。大壑谽谺經霧屯，浩若濤瀾相吐吞。柴牟并訝一時漲，灝漾直瀉無涯垠。羣山滅没不可辨，佛螺一角雕崖髡。斯須淨掃露遠邨，東丹西丹丈日暾。兹山雖小靈異存，前有軒轅後龍蹲。自昔能爲岱宗輔，歲降甘澤翻瓶盆。人生出作百里宰，世俗已同皁末論。中和樂職要宣布，調燮境内斟衢樽。江南路遠何日到，此際立馬招吟魂。秋山黄落斧柯謝，儘放遠目隨翔鶤。連峯萬疊赴淮海，琅邪氣壓成孤墩。芝雲三島望中見，似逢方朔歸崑崙。

山店作

涼颸送初夕，倦羽投喬林。零落騷人怨，淒其行路心。山虛雲易合，野闊水能侵。及此解鞍臥，塵勞休苦吟。

楊柳店

賢俊與時際，功勳塞人寰。角巾歸東第，雅志思退閑。一朝誌片石，淚滿襄漢間。峴首不復造，岱宗安得攀。霜淒舊林樹，月照平生環。富貴但如此，令我彫朱顏。解鞍憩逆旅，開戶眺奇山。具茨迷路過，方蓬叩槐還。故園有邱壑，何日誅茅菅。真想第從告，讀書懷二班。

嶅陽

東岳何崝嶸，連峯勢未平。但看蒙羽翠，誰識具敖名。木落秋逾老，山空客易驚。逢人夾轂問，何處是豐城。伴城山路始盡，今名豐城。

東蒙山

太皡震方出，顓臾蒙下封。先王重神明，如礪誓始終。厥緒幾時墜，維山從昔宗。居人尚瞻拜，過客當虔恭。我行有常期，未得杖高峯。酌水奠薀藻，藉以菲薄供。雲際颺桂旂，羣靈颯相從。扶輿侍素女，驂駕排蒼龍。煙霏何淡蕩，倏忽去無蹤。遠山森圭笏，古徑惟杉松。微聞蹇修語，盛事汝幸逢。餘飀振谿谷，萬籟酣笙鐘。自天奏扶犂，寰海起惰農。降祥曷有極，民物永昌丰。

渡沂河

出谷意豁然，琅琅吟驢背。前行鑒煙水，卻立塹蓬塊。廣津杳難杭，徑涉恐傾載。傍岸檥桴筏，高價索錢貝。窮民餬口資，遊客亦何愛。流目送清泚，傾耳聞洩瀨。坐思山雨來，萬馬馳絕塞。奔湊勢遠合，轉漕功尤賴。若靈無洪纖，河德有顯晦。舍之流離下，用之涓滴貴。究觀兩沂川，足與五汶配。留語濯纓者，倘俟風雲會。

老馬行沂州道中作

元黄誰家馬，終日臥路歧。刻削天骨露，焉能相毛皮。五花盡脱落，汗血流瘢耆。蝱蠁四翔集，掉尾能一嬉。豈伊筋力盡，主者棄如遺。寧聞出孤竹，縱老猶可師。何來幽州客，赤手驅騧驪。沿途逐水草，各各矜雄姿。中有玉面騂，跳踉尤權奇。垂梢植兩耳，望路鬛長馳。彼馬不及避，蹄囓公然施。可憐塵埃間，低首甘受欺。風雲久失所，跼蹐理亦宜。我行發易書，似得神馬辭。東來欻見此，悢悢使心悲。軒轅振椈鼓，教使熊虎羆。飛黄入天閑，營衛正相資。瑤臺野陰暮，絳節朝神祇。盤旋九馬舞，呈藝翩何遲。遊畋古有戒，恭己方在斯。揚鑾鳴五鐘，馭路有常儀。汝駕日千里，前行獨安之。彼馬若感悟，翻然起中艢。驤首一長鳴，天飈攪林吹。昂藏七八尺，精氣龍鬅爲。回看百馬羣，勢作果下卑。我願百金贖，祟疾招巫醫。勿嫌穪麥躁，取足起羸疲。天全謝翦剔，神駿驚一時。良無白玉珂，豈屑黄金羈。蒲梢嗜苜蓿，放汝還西陲。遙聞余吾水，正對鮮海湄。高秋浴浩蕩，變化安可知。騰雲作霖雨，免使蒼生咨。

渡河

河聲攪客夢，靜夜永潺湲。侵晨波不興，天水相與閒。霜蒹隔岸白，風蓼近人殷。黄流此焉會，直下千里關。豈惟河伯仁，聖德彌區寰。中川布帆轉，遙望郁洲山。横空自嫵媚，曉玉開煙鬟。羽人昨致書，問我何日還。蹇裳率爾到，非爲舟梁艱。官程嚴逗留，民事切痌瘝。敢云聽方籍，秩滿當梯扳。食言有如水，浩歌寄雲鸝。

淮上作

黄河西北來，勢與長淮并。河水日夕灌，淮流自分明。迢迢千里間，迥映圓魄澄。中有銀色魚，凌風時上騰。紕珠含夜光，符采焕晶瑩。疇云皎易污，所貴在真貞。掘泥揚其波，凝滯非達情。臨流發遙嘅，因之念平生。

舟夜

落葉下淮水，扁舟傷客心。懷人屬良夜，倚棹動微吟。月出有餘皓，雲收無片陰。光輝滿川路，遺佩倘追尋。

淮陰侯釣臺歌

蓬瀛淥水飛晴空，罶魚大澤欺兒童。一夫發難六王起，秦人網漏奔羣雄。新昌亭長婦逐客，王孫蓑笠誰曾逢。淮流本與泗水合，巨緡直下驚赤龍。赤龍拏雲出芒碭，相見爲君決東向。意氣原難絳灌儕，勳名迥出英盧上。自從離釣臺，連戰信靈武。諸侯奉威聲，違者立禽虜。燕城晝遺辯士馳，楚帳宵驚美人舞。天教發迹同玉璜，表海俄看胙茅土。此時舉足有重輕，一心自許扶炎精。真王既立僞遊出，可歎忌克開良平。一飯酬恩況推食，不知私語何從得。鐘室霜飛夜有稜，石磯煙暝秋無色。千年故迹荒蒼苔，白鷗自點雲濤堆。鉅野漁人在何處，藏弓不但王孫哀。帝鄉屠酤皆俊才，尚爲猛士登高臺。君不聞三侯泠泠唱遺曲，大風吹入淮陰來。

吳門集卷二

嘉應李黼平繡子著

清江浦遲所親不至

落日澹長河，蒼然四野暮。斑輪揚素塵，隔水不得渡。宿沙聆落雁，横空盼飛鷺。關山共行役，念子留中路。檥楫久夷猶，升艫迭沿泝。涼飈扇今夕，先感淮陰樹。嘉月寢以馳，流波浩難駐。何當采菱實，歲晏相與度。

江都與蘭宸別

雙城煙樹拂清秋，別館相看感昔遊。賦似洞簫傳漢殿，身如明月墮揚州。金魚醉落旁人識，紫燕寒棲小婦愁。儻欲移家向吳苑，渡江同買木蘭舟。

江水祠

岷精應井宿，下國仰駿龐。流膏養區宇，不僅被筰駹。濫觴羊膊初，微流會潨潨。巴梁萬川滙，巖鑿開深谾。出峽表楚望，歸墟到吳邦。源委俱可祭，總報德厚矼。味爲元冥師，更代修熙雙。二妃食湘水，厥司不專江。有能功捍禦，配祀昭誠悾。行人薦脯酒，爨炙連瓶缸。桓桓甘西陵，威懾士衆㥿。濡須領前部，旄麾束空杠。健兒酌銀盌，遙夜敵首摐。上岸殺强賊，跣足歸輕艭。至今江東西，恍惚見寶幢。寒鴉噪迎客，一陣風捎篷。我今南國來，扁舟纜枯樁。睢盱揚及闕，惝恍韓在瀧。心識古祠處，凌風擷蓀茳。茫然百端集，迸寫神絃腔。銀臺奉館職，鳴佩何琤瑽。守其百家書，無異琅環龙。我遲誚入谷，人捷誇尋橦。升沈久安命，有禱無黯黮。百川會巨海，譬則腸連肛。滿中必扼逆，潰乃甚警洚。長河高建瓴，遠勢來有逄。清淮了不敵，南決常奔撞。漂流壞民田，衍溢不可糉。甚恐四瀆一，羣言正紛哤。夫差霸諸侯，奇策開愚惷。揚帆下末口，戰鼓聲鼕誴。遵途更開鑿，大掘缶與埲。挽江使北注，足制河神降。狂瀾得驅脅，浩蕩大壑淙。流民稍來歸，觀水開樓窗。河清頌聲作，笙鏞迭吹摐。神能建此福，健步成豐扛。書生議迂短，桑下誰知龐。

空披渠水篇，細雨飄秋缸。

瓜洲待渡二首

連宵夢繞綺城闉，一覺吴船悄向晨。坐看圖經詢驛吏，行聞簫鼓賽江神。萬家秋色丹楊郡，八月濤聲赤岸人。誰識扣舷吟望苦，風煙揚子欲迷津。

高檣大楫喚艨艟，纜帶輕舠泛曉風。雒沫西來天塹盡，金焦北控海門雄。勞生鞍馬拋身外，多景樓臺落眼中。蘭草正芳人不遠，渡江今日悔匆匆。

北固山

別嶺臨江類削成，澄流三面寫崝嶸。落帆正向松寥轉，倚杖高窺玉宇清。當日從臣推謝監，秖今遷客有秦聲。何當雲影天光裏，早學高人築淨名。

蒜山

滄波望不盡，夜上蒜山頭。煙霧橫空合，黿鼉出水遊。星桴臨海岸，天市落揚州。竚立翻生恐，江心一炬流。

蘭陵酒

青蓮入吳郡，于酒嘗選二。蘭陵與新豐，興到同一醉。昨日新豐鎮，何曾見懸幟。蘭陵此來過，卻得故人惠。入手先凍飲，程鄉敵風味。較之北府廚，恐作三舍退。不知酒隱者，當日何以貴。嘗讀傳正碑，偏能識公意。譬弩發不中，橦牙永摧廢。神仙藉耗心，歌詠聊適志。放浪青海舞，要知酒非嗜。懼其醒而狂，用以昏自富。所爲憐麴糵，初不論品第。信陵飲亡何，平陽飫言事。奇哉一中聖，緣此屢見帝。從古賢達人，沈湎無殊致。今我于太白，執鞭在所棄。幸爲酒仙孫，得酒亦可喜。涼天開寥泬，秋水澹容裔。城樓玉繩低，簾舫金飈至。千鍾雖難及，三爵何妨又。明當沽惠泉，遙見錫山翠。富，音忌；喜，許吏切，又夷豉切。

初到昭文作

銀燭光輝曉漏傳，圖經看罷思悠然。大賢遺俗誰無恥，荀子云：『無廉恥，嗜飲食，子游氏之儒也。』

朱子常熟學宫碑引之，以警厲邑士。常熟分疆定有年。風涌江潮喧郭外，日移山翠落衙前。海門更上高樓望，但近蓬萊亦是仙。元稹詩：『我是玉皇香案吏，謫官猶得近蓬萊。』

孫蔚堂秀才延見訪有贈

扁舟江上來，空谷慰遐想。自云不得意，浩歌懷獨往。棲霞彌月遊，芝草惜未長。盈襟有嵐翠，當筵送秋爽。青雲何遽遲，素業期以養。東垣羅衆卉，含姿結孤賞。嘉樹獨見譽，相看勖吾黨。

漕運行

書生一食恒三日，忍飢誦經門不出。仙家撒米狡獪多，飯甑空看夢中溢。一麾作宰居海濱，職有漕事當躬親。手收八萬七千石，但丐糠覈能肥人。連廒四開臨水曲，負戴遥來趁初旭。南箕扇簸北斗量，原是天公具餐玉。豈惟獻納人爭先，鳥雀未敢窺檐前。倉儲近傾白虎衛，水餫遠叱黃龍牽。頗聞荷花塘欲涸，碧波粼粼石鑿鑿。屯丁辛苦里正嗟，津貼錢刀苦來索。汝輩何知爲杞憂，連雲畚锸通邗溝。高低正依均海法，升斗不貸監河侯。艫舳萬里趨芳甸，黍谷桃渠眼中見。滹沱可涸淶可陂〔一〕，只在司農斥墳衍。拓地平移委粟山，治田盡表宜禾縣。豐歲香秔滿近畿，雲帆永罷東吳轉。

〔一〕涸，底本、民國本俱作「洞」，今據古直《客人業書》本傳改。

私馬行

天駟夜落韜光芒，眼中突兀驚飛黃。憶從金馬門外見，似較骨相尤昂藏。流沙西來歷萬里，每聽吹蘆植雙耳。迴身香散昆侖禾，噴沫寒生渥窪水。秦牙管青已塵埃，倉卒無人知軼材。坐思六騾遁絕漠，飛電可掣名王來。時清不用遮光祿，愛賭千金競相逐。四蹄探趹作徐行，萬騎喧闐蹶平陸。樂野雌雄杳然去，桃林乘匹知何處。鼓鐘山上迎帝臺，直躡煙霄奉秋御。卻充私馬亦可憐，中夜齕草常噓天。超驤自待裹蹄鑄，跼蹐恐與駑痌捐。吾聞鎮江將軍新作廄，府檄連翩催黑豆。各縣黑豆，歲由鎮江府催解。華騮端爲刻烙瘦，望汝龍媒舞鸞候。長楸一踏嗟出羣，壯心暫弭看風雲。昇平筋力慎莫分，濯波早吐河圖文。

早經虞山下作

虞山入城市，未改雲龍姿。曉日煙霧散，巉天擎秀奇。而我在人境，胡爲苦喧卑。朝朝此山下，聽鼓行威遲。由署謁觀察必經山下。高堂待微祿，珪組難即辭。林泉不落手，時俗方共嗤。仰慚凌霄翮，俯愧曳塗龜。維摩嘯詠處，暇日聊相期。

春夜得蘭宸書

水郭篷窗話別新，楓青關黑夢無因。簿書翻手看連夜，風雨驚心過一春。江上梅花寒卧閣，淮南桂樹晚逢人。勝遊肯寄瑤華語，輸汝尊前健在身。

早抵郡城

低掛蒲帆趁晚風，曉來亦自到吳中。盤閶門外春如海，恰赴桃花滿塢紅。

京口候潮

京口蒼茫月未升，春江羅袷冷如冰。人同水鳥夢殘夜，我與海龍吟一鐙。陡覺怒潮衝鐵甕，便催孤艇入金陵。簡書可畏輕行役，慚愧棲霞白足僧。

麾扇渡

春晚秦淮渡，風光競冶遊。畫鸞開便面，金孔墜搔頭。詎識繁華地，曾經喪亂秋。夷吾在江左，人望早須收。

城南閒眺

舍舟淮水畔，流矚寶門闉。綿羽已迎夏，雜英尚留春。三山敞勝迹，八族羅豪賓。流蘇汗白馬，疊鼓響斑輪。芳草斜侵路，垂楊直夾津。俱隨上畫鷁，促坐鋪文茵。歌邀舊院伎，酒餞新林人。石城宿薄暮，查浦戲清晨。風景良可翫，歡娛難畢陳。獨遊易寂寞，即事含悲辛。珠江多秀色，花埭盡香塵。平生款段出，鄉夢慚交親。

登報恩寺塔

師王憫情塵，一指天外豎。煙花啓覺界，鈴鐸吟窣堵。迴梯攀詰曲，屢憩未言苦。孤光豁相引，衆妙粲可睹。高躋入鴻濛，皇世信太古。立身卓震旦，跨足到乾戶。風檽敞層霄，平視乃如俯。淮海成杯勺，鍾阜爲塊土。心知是江左，但窘一一數。其時分秧初，正望甘澤普。振衣墮雲葉，散作八方雨。歸來曼陀羅，餘芬滿晴宇。

林通守翌堂招飲同傅竹漪

盡道休官好，如君勇決稀。行逢秣陵住，老當粤山歸。風俗欺人慣，田園久客非。吴天接樽酒，鄉思各依依。

姚七景衡明府席上作

尚憶青門裏，君家恰望衡。夜同看月坐，秋各戴星行。豈識開尊地，真于建業城。江樓聞玉笛，不是别時聲。

秦淮篇

悠悠青溪水，下赴龍江關。江關誠逶迤，會合不辭艱。良會在何許，高樓切雲端。門前桃李樹，春日正韶妍。珠簾開綺窗，光采豔若仙。得承君顧盼，三見望舒圓。别來長相憶，瘖寐不遑安。中誠結夢思，皎若平昔歡。華堂流蘇帳，燕笑共芳尊。覺來坐太息，延頸涕汍瀾。桃李初作花，思君減容顏。黄鵠能寄語，報以瑪瑙盤。桃李今結實，思君傷肺肝。青鳥能銜書，報以火齊鐶。盤亦不足貴，鐶亦不足憐。願同青溪水，會合永無諼。

登雞籠山

吾愛齊王子，高風不可攀。北城憑眺望，西邸已榛菅。雲罨重湖杳，林藏古寺閒。僧雛習新梵，千古並魚山。

臺城懷古二首

悲風蕭瑟起雞鳴，滿目蓬沙古苑城。一色山河雲外見，百常門觀雨中傾。壎篪曠代符文叔，旄鉞當年擬武成。回首可憐求蜜地，何如鱗翼晦諸生。

浮芥無端受版圖，豺牙虺毒果堪虞。春風氣盡銅蹄馬，夜月涼飛的脰烏。骨肉邵陵空涕淚，衣冠荆土亦荒蕪。士林最憶平時講，誰似蘭成賦舊都。

舊院二首

長板橋南地，人言舊教坊。菜花依老圃，柳絮點寒塘。昔進春鐙劇，今成璧月涼。本來非雅奏，夔樂在虞庠。

六院都銷歇，河樓俗尚沿。珠簾光墮水，甲煎氣浮煙。家醖紅粱美，人歌白紵妍。諸伶非宿昔，誰是老神仙。

秦淮泛舟

白門四月櫻桃熟，何處餘芳堪送目。秦淮水上泛舟來，岸柳塘蒲惱幽獨。沿洄更轉城東北，水石因依帶寒色。臨流尚記永嘉年，一馬爲龍此遊息。鍾山峨峨似嵩邙，江水湛湛如洛長。更把清淮作瀍澗，想見測景和陰陽。同來名士盡求活，吉占不但烏衣昌。天闕外橫磐石固，籬門內做崇墉護。中間二十有四航，驃騎至今留古渡。煙花自繞金陵春，鼓角常通石城戍。因仍八代同一科，衣冠文物隨濤波。後人苦說佳麗好，安知此水如恒河。黄昏孤笛數聲弄，水面風來月初送。百壺醽醁那解愁，觸忤遊人碧城夢。文德坊南春曉時，玉河瑩滑鋪琉璃。垂楊拂鏡照人影，銀鞍白馬綸巾欹。即今江湖出載酒，眼前不省看風漪。扁舟寂寞同詩老，繾綣瞿塘憶漾陂。

傅竹漪修刺史招飲

保州相見後，患難幾人存。決獄思陰德，移官荷聖恩。河淮無一事，耕種有千邨。暇出坡詩選，銜杯細討論。

秦淮水閣望月

素月光初上，清淮淡不波。丁簾仍此地，子夜況同歌。玉宇乘風近，金盤受露多。有人家竹格，相賞定來過。

北湖亭子看荷花

南風一夜吹白雨，減卻金陵十分暑。北湖水添新縠紋，無數荷花隔煙語。二萬斛舟横著岸，乃是湖亭結湖畔。朝涼唱歌弄清輝，驚起鳧鷖拍天飛。叢蘆短竹摇浦漵，尚覺水氣霑人衣。鍾山蒼涼送初日，大光明中圓鏡出。憑欄遥對千葉荷，脂膏淨洗霧露多。天風微翻光豔動，伏妃采旄凌素波。昆明昔繞華林近，尋常魚鳥未許問。看花今日在人間，彼澤褰蒲門風韻。客中憔悴百不如，驚喜造物能華予。他年倘作湖上長，絶勝博士家芙蕖。

晚步鷲峯寺

夕照懸高城，微涼散輕策。透迤廛市後，翳此雙林僻。山門曠遐眺，幽意忽不適。教坊接西鄰，淮水在咫尺。緬當繁華會，仕女紛絡繹。沸天振鍾螺，委地填金帛。一朝歌舞散，兹地同蕭索。荒庭聞鼠嘯，苔徑罕人迹。老僧臥窗前，楞嚴任狼籍。惟餘銀杏樹，尚帶南朝色。常情有顯晦，澄照無炎寂。持珠不升車，掃糞翻得宅。檐間頻伽鳥，和鳴矯其翮。悠然已會心，何爲慨今夕。

雞鳴埭行

壽昌初興鳳華築，美人如茗誇列屋。良宵慣聽景陽鐘，早理新妝換膏沐。官家有詔幸琅邪，繡幰斑輪隨寶車。輦前寵姬誰獨侍，風流定讓曹昭華。絡角天河映湖北，水軍已散煙波息。孤邨喔喔雞始鳴，夢醒盤龍據胸臆。琅邪即是金城路，楊柳花飛萬行樹。元武湖邊荒草多，尚傳鹵簿侵晨過。琅邪元武巡行遍，此地令人憶邗媛。樊姬不食罷蒐苗，班妾同車割歡戀。花梁繡柱齊後宮，淑妃貴與夫人同。林邑簟金光照水，于寘佩玉聲含風。君王共蹋三鼕鼓，不爲臨朝爲經武。關雎晏出未聞歌，值鷺前頭更教舞。從遊多趁商飈天，聽盡雞鳴年復年。當時最惜蘭英老，不進齊風第一篇。

再遊北湖亭子看荷

記爲北湖遊，倏過十日餘。兹緣送客至，小屋承權輿。臨流眺佳景，芬芳扇徐徐。亭前菡萏花，鮮豔倍厥初。荒陂野水流，抱蜀誰似渠。不求世俗采，風露翹涼虛。炎天踏鼓行，流汗浹冠裾。重來接嘉賞，撫景慚我疏。南薰相與清，西日及未徂。坐見朱鷺飛，連翩下邨墟。

夏夜對酒

長江夜作蒲桃漲，没飲誰能狎煙浪。千鍾百榼强自夸，持較斯人恐非量。魏王瓠與烏孫核，細思我豈勝斗石。荷花中安小金巵，一滴期無愧歡伯。月光初上天無雲，高館豁達新來薰。誰家笛管方入破，迸落楊柳春紛紛。偏提自注意殊快，座中恨無平昔欣。黃金師子四萬八，相對並酌醍醐溫。時寓承恩寺。三杯眼花鼻出火，抑塞磊落胸屢捫。始興南來士馬屯，江左宰相夷吾存。淮流不絕僅如綫，幕府片石磨煙昏。東山高躅世所尊，手談已了百萬軍。白雞晝啼春不曉，天祿辟衺圍古墩。名家虎豹雜龍鳳，衹今江燕歸無門。旂常一代空策勳，巫覡萬古難招魂，人生到此寧可論。風流建業略指數，良辰那不傾芳樽。酒旗高颺星光暾，仰天大笑吾其醺。山隤海涸同此醉，更欲扶上鍾阜目送江東奔。

金馬行

雨窗讀選憶金馬，東門之制何偉哉。良樂不存畫工少，頗恨駿骨埋蒿萊。終日胸中騁惡嚙，冶爐貌出高崔巍。詔使魯般門外立，奚官欲鞚翻疑猜。武皇昨占西北卦，甘心絕域求龍媒。使節朝持苜蓿入，將軍夜鑿樓蘭開。宛城水斷寶馬見，萬匹嘶風天漲埃。貳師絳袜韎跗注，手牽汗血陽關回。卻看金馬宛相向，一躍探前角雄壯。樂府爭將太乙夸，文人愛共飛廉狀。嶙峋骨格世莫比，豈惟監牧資摹擬。郡國連翩孝秀來，當時用人兼斫弛。公孫創業在何處，方朔狂歌亦依此。石渠天祿秘殿通，多少名臣校圖史。自古人材堪駕馭，何必驊騮服鞭弭。皇家威德馳河湟，毗沙碎葉毬圖裹。遠方珍異有不寶，已見田疇糞千里。天策長覘傅說降，朕虞再卜隤敳起。八方賢俊翦刷成，賁然穹谷趨瑤京。直把騶吾作金馬，蹇驢驤首亦長鳴。

莫愁湖雜詩十四首

海樣鶯花送酒杯，六朝非復舊池臺。客遊無處不惆悵，閒步莫愁湖上來。

萬縷垂楊蘸綠波，好風吹上畫欄多。遊人愛唱莫愁曲，不許春禽喚奈何。

天然珠髻辟塵簪，絕世猶嫌淡墨臨。水佩風裳誰不見，正留艇子著湖心。樓上有莫愁小照一軸。《莫愁曲》：『艇子打兩槳，催送莫愁來。』

莫愁從小石城生，楚地吳天總有情。想得江流無斷理，揚州東下伴歡行。《莫愁曲》：『聞歡下揚州，相送楚山頭。探手抱腰看，江水斷不流。』莫愁，楚石城人也，此湖因石頭城亦名石城，遂謂莫愁居此湖，然就原曲觀之，安知不隨歡東下乎？』

聞道盧家住洛陽，雙棲海燕鬱金堂。將湖去比河中水，愛把青荷作鏡光。梁武帝《阿中之水歌》：

『洛陽女兒名莫愁。』此別是一人。而《南畿志》乃謂莫愁姓盧，牽合附會，不足據也。

石頭晴日對紅窗，湖裏鴛鴦慣作雙。不解桃根諸姊妹，風波没命渡春江。湖樓正面石頭城。《桃葉歌》：『風波了無常，没命江南渡。』

南部煙花玉不如，蔣侯三妹好鄰居。可憐白水橋梁側，夜月箜篌謗到渠。

一水桃花夾廣津，黄牛細犢上湖濱。横堤不放秦淮入，粉暗香銷觸撥人。沿秦淮水出水西門，上岸里許，始到湖上。

碧玉清流燕尾叉，春蘿小屋美人家。風光莫更矜三閣，門外青驄怖麗華。

大功坊表爛光輝，別墅湖西白板扉。勝與君王求鏡水，一時賭得莫愁歸。湖樓是徐中山王別墅，相傳與明高皇對局，賭得此地。

湖上柴門笋竹籬，中山苗裔頗陵夷。數聲阿子傳邨笛，大似嘉興養鴨兒。湖邊人多傍水作鴨欄，云是中山苗裔也。

江山滿目酒罏存，雲水青帘别有邨。吴女猶誇官釀好，一天飛絮勸開尊。沿湖一帶多齊梁間官酒庫地。

二岸而今事較閒，幾人臨水愛煙鬟。烏江一帶傷心碧，莫看林梢左角山。湖左見九里山，是項王戰處。

北湖風景冷于秋，枉説園林號樂遊。爭似石城翻一曲，小鬟也解蹋忘愁。《石城樂》有『捥指蹋忘愁』句，《莫愁曲》即自此翻出。

尋江令故宅

昔歲入陳役，得人僅姚察。若以文才論，總持實妙絶。惜哉陪遊宴，豔曲相怡悦。六宫代上表，十客甘同列。豈真羣小威，摧黜固難説。如聞長安邸，恩義哭廣達。尚餘桑海悲，曾寄菊籬發。蒼蒼鍾嶺樹，淒淒苑城月。故居青溪水，欲問久蕪没。草市當年歸，落花已如雪。江令有《南還草市宅》詩。

青溪

九曲青溪一色青，行人臨水憶張星。神仙盡日依高閣，花月終宵唱後庭。封事牀前何遽忘，軍聲江外不堪聽。芳魂早逐寒流去，恨繞雞臺夢未醒。

梁孝廉頡芳至訪即送其還里

江城爲客心，但覺見人喜。好鳥嚶其鳴，良朋遠來止。功名定何物，憔悴已莫比。濯足呼煮湯，招魂頻翦紙。風塵與汝覿，時月祛我鄙。杯横壯思飛，絃急離聲起。辭家過三載，遵路尚千里。煙迷採石磯，風漲烏江水。相送向板橋，含悽何能已。

龍潭登舟

祇役幸無咎，撫心良有違。江沱乘薄晚，川路詠將歸。雲霞淡漠漠，葭菼莽依依。帆隨萬山轉，人看雙鷺飛。梁園遊且倦，元城箋欲稀。付書與諸弟，治圃真忘機。

新開河口泛江

萬頃驚濤一葦杭，江天歸興夜蒼蒼。榜人暗指金焦影，查客心依日月光。煙際櫓聲來白下，風前鐘梵到朱方。須臾出險歌相賀，回首新河道正長。

京口舟望

萬家煙樹東陽出，九派風濤北府收。如此江山足清嘯，不知何日庾公樓。

中泠泉

山下自出泉，地中本有水。中泠大江心，正出乃其理。泉無資于江，江亦不侵泉。轉疑一脈發，漾作江侵天。山僧詡家珍，烹茗餉遠客。自非桑苧翁，真僞亦難擇。我欲求一瓢，浮玉倚江空。掉頭寧飲建業水，造次不狎蛟龍宫。

吴季子祠下作

武丁違冢嗣，祖甲混編民。耕野風誰紹，逃蠻義再伸。負芻終得立，孤竹是同倫。列傳遺司馬，書名起獲麟。父兄憐季子，時事值艱辛。魚炙登筵舊，鱄諸剸刃新。邦交來反命，國卹去終身。語出齊儒僞，文資左史真。稱先安社稷，復位正君臣。伍相方爲輔，諸侯盡作賓。忽深傷指痛，俄見捧心顰。舞畢梧宫漏，歌留桂苑春。雄圖屬沂濟，大道論岐豳。

氣蓋三千劍，年垂九十人。五湖忘報越，一將愛存陳。但使謀能用，何知業不振。鶴鳴荒市月，麋竄廢臺薪。采邑毘陵路，叢祠浦水濱。高情懷縞紵，薄晚奠蘩蘋。愧乏尼山筆，觀碑一愴神。

十字碑行

神叢肅謁州來季，縞帶紵衣成往事，拄頤寶劍不贈人，化作飛龍攫雲戲。殘陽倒射豐碑字，一氣盤拏壯蔚跂。文昌匡戴涵古今，聖藻光芒動天地。泰山昔辨摩崖動，萬有餘姓登封君。銀繩玉檢各異體，烏迒變滅如浮雲。周官小學保氏掌，于時天下欽同文。尼山删述用科斗，南閣祭酒書曾云。惜哉壁藏多朽折，幸有大筆傳芳芬。歷聘嘗聞江未渡，不知匹練何年駐。仲雍周章亦海虞，有吴君子偏遐慕。親承風雅在齠齔，獨表松楸見情愫。佐隸已出胡公陵，全經孰發昭王墓。此碑徙從申港路，古澤斑彬宛如故。山川彝鼎焉得同，魚眼兩字追姬公。王舟所寫又零落，呵護至寶憂心忡。金庭高高見林屋，延陵震澤煙波通。靈威愛共禹書玩，深夜竊入包山宫。

惠山第二泉歌

歸舟晚纜皋橋邊，扶笻欲觀第二泉。煙鐘初暝未得上，繞篷一夕吹淙潺。誰謂道人知客意，朝來助我成茗事。瓊瑤入手清可憐，未忍煩渠竹鑪試。品題尚憶苕溪叟，寙甓文甎貯來久。旌幢前度百神觴，風雨中宵九龍守。挹注分霑天澤同，義均井養資無窮。奈何世人不珍惜，飛符調水連江東。大瓢小杓迭撓攪，玉鏡豈免纖塵蒙。道人隨身有瓶鉢，乘夜獨汲源頭活。飲池未授盧醫方，滌器先除馬卿渴。窗下煮湯聽一沸，花乳才投碧蘿貴。青巘綠波人倚橈，擎甌細與論風味。匡廬巉天掛水簾，崑岡一泓夸老髯。中泠自昔擅聲價，到今議論紛詹炎。茲泉不居天下首，謚以廉讓初無慚。如何名士過江日，尚有失色溫平南。

耿涇七夕

極目平皋外，明河耿素秋。人間同七夕，江上有孤舟。風露涼如此，煙波渺欲愁。遶枝驚鵲在，予美問誰儔。

白龍祠

仲雍開荆蠻，居處常近龍。至今吳人俗，祀龍如祀雍。龍初破山出，飛騰入三峯。層巔依碧虚，曲磴穿蒼松。林迴得磵戸，太始冰霜封。白晝見鬼睇，青冥絶人蹤。自龍作安宅，罔魎民莫逢。兹邦稻田多，溝洫通横縱。淫霖或爲害，將謂龍賁鍾。海堧地稍昂，又慮旱魃凶。歲時各膏澤，盡室嗟龍慵。調和暘雨間，足可慰三農。邦人感龍德，香火兹山供。春秋紀龍見，大角星爲宗。快哉舞雩説，如見蒼精容。浴沂躍水面，諷詠娱笙鏞。是惟捍災患，祭秩當酬庸。良辰此將事，牲幣明虔恭。今兹幸有秋，善禱不用瓏。龍來定何所，靈颷迴四墉。盤空肯吾覿，望拜涕洒胸。二年海上住，有闕無能縫。豈知神慈惠，似警人愚惷〔一〕。翩然遂高翔，煙水離吴淞。甘泉驂玉虬，鳴鑾正琤琮。焉能化雲氣，萬里遥相從。

〔一〕愚惷，底本、民国本皆作『愚惷』，非是。

三峯望海歌

盤胸糾結無人解，除是懷間瀉東海。振策三峯古寺高，開筵萬頃歸墟滙。空外隆隆雷斧駴，崩浪連天沫飛灑。十五冠鼇掣犗綸，三千介馬騰犀鎧。勢撼扶桑根本拔，聲吹析木津梁改。狼山福山雙嵬崋，長江依舊趨溟澥。天淨魚龍睡綠煙，雨餘螺蚌生紅彩。玉鏡秋含鶴影度，金樞朗貯蟾光在。此時隔水望瀛洲，一輩仙人倚樓待。徐福齎糧便擬行，巫咸種藥誰曾采。道妙虛參角與根，九霄淪落夢無痕。著書尚欲譏懸市，刺繡焉能效倚門。絕境清空此寄足，滄波廣大終涵恩。要知向日乘槎意，莫共淩雲載酒論。

由三峯至興福寺

言自三峯下，山行日易陰。風煙盤小市，鐘梵出長林。偶愛盱眙作，還如六一心。禪房閒坐久，不覺暮龍吟。

客有送梅花者索詩爲謝

客來太湖上，貽我早梅新。極口索題詠，撚髭久逡巡。詩人於此花，遺貌欲取神。荒寒寫風雪，孤潔出埃塵。錦衣顏渥丹，寧識非野人。自從終南後，無復下筆親。我雖不解詩，少與梅結鄰。東邨精廬畔，老樹鬱輪囷。左右帶修竹，苔徑斸荒榛。高寄山澤內，怡然自含春。鮮雲盡日閒，皓鶴終古馴。憑君說格韻，不類清與貧。今見銅坑秀，益宜玉堂珍。持問花亦笑，即此知吾真。

送舍弟升甫擕梅還里

吾州亦是梅花國，八口家依北枝北。老人愛花尤愛梅，野市溪橋遠移植。一冬籬落初未花，思見江鄉嫩寒色。君看鄧尉花正肥，便和根撥擕將歸。懸知老人倚門待，紫蒂緗英照衣采。親交競訝一枝春，小屋中涵香雪海。

吳門集卷三

嘉應李黼平繡子著

和湯點山少府禮祥紅毛刀歌

湯君詩格清而高，快處又若昆吾刀。即如此篇經百練，開紙颼飂滿堂戰。紅毛鬼舶初鑄成，屈作寶帶纏腰輕。海山遙夜劃飛電，天吳水犀匿不見。持刀入市鏗有聲，贈我不擇公與卿。樓船禡牙百牢血，撓攪留犁酒波熱。天低地昂舞始收，島嶼盡破無流求。故鄉近報孫盧服，此輩懷藏亦當戮。漢家粵鐵入兵欄，不用迂儒上書哭。

次巢松見贈韻二首

莫以雕龍問彥和，年來豪興半銷磨。饒他風俗蓬瀛似，輸汝真靈位業多。三館舊高繁露學，九閶新奏裔雲歌。悔成海角天涯詠，獨自臨江聽夜鼉。在廣州和巢松《送春》云：『天涯海角堂堂去，除是無情奈得何。』今日竟成詩讖。

高館重逢樂事添，一門深憶瓣香拈。苦心共卓磨天刃，囈語同排著水鹽。金橘煙寒秋正熟，玉鱸風起價應廉。何時畫舫山塘外，聽說瓊花畫下簾。

贈陳雲伯明府文述

籍甚三陳起海東，集賢學士論交同。謂荔峯學士。看君轉漕來江介，共此班春坐雨中。是日迎春。田賦久依司馬法，門墻誰望大牢公。選樓高接虞山近，知建青旂唱好風。

春日懷東邨草堂寄元甫和甫

金閶楊柳搖通波，初鶯喚起遊人多。山亭池館隨處好，卻憶吾家安樂窩。三間老屋從誰借，横倚平岡蔭桑柘。捲簾坐看蘇姑山，浮嵐返照濃如瀉。比鄰小隱三四公，策蹇相過烏帽風。邨歌共聽采茶候，農書細校分秧功。往年二月下凝雨，目所未睹詞先窮。但聞靜室鐘鼓鬧，曼陀殊利彌虛空。梨花萬株翻不見，飛香入座開缸面。借問山陰倚棹行，何如帳裏傳杯讌。是節諸羅初罷戰，天教淨洗腥刀箭。捷書連夜過梅州，恩澤如春下楓殿。昇平文酒少壯時，豔陽佳雪氣淋漓。一生奇事兼韻事，對牀早與諸昆期。三載吳門成浪迹，故鄉浩渺江湖隔。夜航可附歸去來，莫繪林泉作行宅。

看種田

農祥流光射林木，到處東風啼鵠鶹。江鄉春及無遲速，今朝遠山休放牧。左肩犁杷右驅犢，南邨北邨嗚碌碡。秧針出水青簇簇，屈指十月嘗新穀。可信先穜後栽稑，桑陰對坐啜杏粥。荆妻饁耕謝膏沐，耒耜有經兒不讀。相看年紀十五六，叱使緣邨采蔬蔌。阿翁日斜分社肉，龍鍾醉歸還鼓腹。美哉穡事男女服，黄粢素秬誇天育。二澗農依芮之鞫，聞孫逃蠻幾寒燠，又化吳邦變豳谷。厥土塗泥歲再熟，汝不作勞嗇夫扑。作勞不憂無霡霂，煙江混茫老龍宿，一甲淋漓水千斛。使君好奇抄嶽瀆，郟單遺書肯寓目。茲來何以爲汝福，不能鞭羊起山麓，不能放鯉入河隩。能爲文章向龍祝，雷轟雲奔雞下屋。雨聲戰葉來深竹，助汝禾生三苗一穟旅命如唐叔。

蝴蜨

二月東園裏，春紅滿目看。何人敢輕薄，與汝作團圞。香積因緣重，華胥世界寬。不愁鶯燕妬，隨意傍欄干。

鰣魚

小邑江濱復海濱，風光三月鱠鮮鱗。京師別有灤河鯽，未要鰣魚傍驛塵。

三峯春望

椽燭高花未盡然，禮成寒倚寺門前。蒼松萬丈搖積雪，白鳥雙飛破曉煙。鋪地麥苗知歲樂，入山笻杖任人傳。吳淞南望歸心迫，無限雲帆泊粵船。

蔣園看牡丹同雲伯明府

昔住蔣園秋九月，葱蘢草樹香未歇。聞道朱門全盛時，花滿池臺冠吳越。一闌倒暈畫難就，最好常爭雨前發。先期約鞚玉驄來，後至將依金谷罰。假山迎面堆百叢，竹枝掩映煙微籠。繚垣四望若有憶，此景宛與春明同。櫻桃街西駐翠幰，旗亭醉倚天香融。自入江南困簿領，兩年花事成忽忽。水郵山寺未嘗到，豪家右族誰爲通。眼明今始見顏色，造化長養恩何窮。東風吹汝勿低亞，付與名流品聲價。衙校曾馳洛水春，天仙自識瑶臺夜。一體同根隨處安，得閒且傍名園看。莫唱君家杏花句，禁城暖說江城寒。雲伯有《杏花詩》云：『畫宜院體詩宮體，寒憶江城暖禁城』，最工。

古月詞二首

郎道月如眉，儂道月如鏡。將眉來對鏡，可憐極端正。

郎道月如珠，儂道月如盤。將珠來走盤，可憐共團圓。

和雲伯月夜攜客泛舟燒香浜

庭柯卓午穿炎曦，揮汗快讀臨流詩。燒香浜水若在眼，清飇一道吹琉璃。彎環勢轉虞山罅，倒影空明見臺榭。仕女羅裙嬌上春，遊人紈扇宜清夜。閒張鐙火泛鷁舟，憑衿已覺林塘秋。懸磴泉飛天劍落，重湖水涌江珠浮。此時敞窗開綺席，一座顛狂盡豪客。遠移漁艇搖滄浪，近入鮫宫犯寒碧。老坡自詡百步洪，涉泗仍扶上山策。羽衣吹笛坐黄樓，錦袍御風追采石。包山洞庭西日曛，樂天采橘妣清芬。澄波皓魄經五宿，誇向越州元使君。兹遊跌宕自不羣，踏舷高唱聲裂雲。一代風流各千古，九霄月色當三分。殘山賸水猶無數，嗟我何爲在沮洳。今宵定躡散仙蹤，直到菱荷最深處。

書院西軒大石同雲伯

虞山倦行勝，幽想到佳石。石亦不常有，太湖或靈璧。何意書院中，突兀藏數尺。身擎一卷秀，勢學千仞碧。森森風出稜，默默雲泄液。人驚拜不起，我恨攫無力。莫夸平泉奇，已與拂水敵。虞山拂水巖，石最奇。偕君看虎踞，課士乘駒隙。奇文鬥奔放，快事宜鐫勒。摩挲欲忘歸，重過恐難得。

和雲伯七夕之作

衙鼓鼕鼕夜漏分，低檐河漢有微雲。金屏漸冷流螢至，紅燭將殘過雁聞。一室維摩離眷屬，十洲方朔挈神君。蘭橈肯接通波近，莫羨雙星照水紋。

查客行

何年海鄉棲海客，偶泛枯查窮水域。參闌斗轉夜深時，蒼茫已到銀河側。層樓十二蔭芝采，桂樹流丹榆樹白。宮中貴人天女孫，素手龍梭隔窗織。自託寒簧道名姓，萬方妙采瞻顔色。斑斕飛下雲錦衣，跪向瑶階脱逢掖。東廂雕盤具瓜果，天酒分香沃餘瀝。蕫丸兔藥賜長生，復袖瓏璁一雙石。歸來恍惚記嘉會，垂簾不訪高人宅。晴虚歷碌過雲車，天上人間苦相憶。羅扇秋開畫屏展，金風又送綢繆夕。聞道羣仙俱召還，神魂飛跨㚷尼翼。蜀祠洛庫誇遺迹，此説荒唐成戲劇。文人著録多寓言，傳信傳疑要難識。江南煙波秋雨暮，三載孤篷繫蘆荻。明珠青玉盈寸心，每感恩情淚霑臆。麟洲小水自人境，鮫市重泉真海國。豫章回首賦昆明，茂樹參天草痕碧。

送别雲伯

使君初來時，未脱短後衫。横肱誦文字，雄快劍出椷。華堂笑語中，府檄開重函。假版授劇縣，氣象迴川巖。天陽煦萬卉，生意鬱莫緘。桃李間蒺藜，周行莽誰芟。踐之傷吾履，留之買吾緣。正從朱絲繩，功謝白木鑱。流觀衆志定，無復思僭碞。知君注一考，藉手報用諴。尚憶去年冬，江岸楢楓杉。天寒枯魚泣，水落飢蛟饞。河湖本淤淺，況乃冰雪嵌。糧艘遡風行，頭進尾不銜。江南籌海運，同列紛詀諵。書生按圖經，聲盛可鼓儳。成山陡入海，摩日東嶄嵒。洪波高于天，萬楫蕩不帆。寧知膠萊間，故道元明劖。褒斜豈足比，功省衆所杴。滔滔數千言，閱者口頰咸。持重雖罷議，要爲發其凡。一城兩縣官，忌別辛與鹹。盾衰異冬夏，僑吉殊寬嚴。自我得良朋，宛佐史立監。譬之光明錦，縫賴好手摻。射御未登車，曷由獲麋麙。追惟數月來，事事相扶攙。奈何別我去，愁鬢斑垂髟。首路正秋色，海虞天外巉。升高紓我懷，不惜隤驚颿。寄聲勖毋怠，銘鼎如甘讒。

秋日黃仲郇明府鶴邀同譚培齋鵬霄明洞亭通維摩寺登高

西郭涼風吹半野，琴河水竹俱瀟灑。忽憶虞山佳處遊，水巖定出維摩下。紺宇凌霄落飛鶩，蒼崖赴水如奔馬。三秋懷抱極慨慷，萬籟笙鏞足陶寫。使君新與山結鄰，每遇風景招嘉賓。能文好飲重意氣，譚侯一見平生親。明公豪邁亦出塵，相看總是嶔奇人。同穿篁簣上古寺，漸露崖窾當蕭辰。一叢未見巖菊發，丈室自散天花新。長林開晏藉草坐，已覺所據臨無垠。憑高莽莽天地寒，驚沙振蓬奇翩摶。重湖洗眼搖玉鏡，滄海盤胸生碧瀾。崑崙層城對西極，忍飢願乞芝英餐。瑤華飛墮九霄裏，誰爲丹經久居此。蔓草深連虞仲宅，浮雲遠帶巫咸里。窪尊吹灩盡一歡，醉鄉可遊真尺咫。酒酣耳熱歸鴉催，月光迸出林霏開。一聲長嘯下巖石，此樂與古誰賢哉。玉山前會盛羣雅，繡谷繼起多英才。他年吴郡添故事，遊人總向維摩來。

舟行遇雪

啓事木蘭署，解維日將夕。歸人望山城，旅雁鳴江驛。倭遲叩柑進，坐見同雲積。眷言命濁醪，同舟無嘉客。愔愔夜杯長，浩浩晨窗白。松竹愈葱蒨，江天轉蕭索。欹巾發微吟，胡爲感行役。羡彼田畔人，扶藜看穈麥。

舟寓

罷官僦屋囊無錢，以船爲家私自憐。前擁琴書後雞犬，容膝置我中央邊。風波辛勤事款曲，兄弟遠隔難投箋。宫分牛斗照今夜，地切雲霄思昔年。藏壑從來藉大力，岸傍高軒肯來前。篷窗無事此靜坐，我與我久相周旋。奚奴怪著一榻穿，良辰勸放蒲鞋船。妝林蓋地算何處，山塘百卉爭人妍。青驄垂柳落明鏡，紫玉高樓悲遠天。鶯花添閏荷造物，舉國醉趁春風顛。丈夫登覽貴壯觀，那爲粉黶胸懷牽。寒江注目得失了，要從此語參真詮。揚帆直出朱方路，天末樓臺登北固。空中雉堞藏煙霧，尚憶英雄畫江戍。煙消霧散不見人，滾雪如山浩東注。隱士猶聞臥巖石，漁人不用量津渡。纖鱗上竿一千八，手鱠紅鮮聘金錯。酒闌更吹朝夕池，一葉吾依海門住。

送春

悵望春光過此辰，卻憑鶯語報幽人。萬年枝上薰風轉，吹落瀛寰又是春。

閶門歌

越王戰勝還家急，得地甘爲楚人邑。誰將淮北換江東，特改閶門向風立。閶門昔年何盛哉，際空樓堞參差開。修杠橫鼂象絕漢，遊人盡跨雲龍來。豪貴千羣躡珠履，到今風俗成奢靡。泰伯祠前畫舫入，專諸巷口雕輪倚。地接娃宮慣踏春，天連婺宿多臨水。齊娥楚妃角清聽，一曲泠泠自茲始。來往扁舟勿更論，郡朝聽鼓兼晨昏。漢京青綺望不見，吳下紫宮嗟自存。身今蕭然似閒雲，林際欲訪春申君。杖藜偶倚麗譙望，宛在吾家魚藻門。交南舊入揚州域，百貨遙通真臘國。積雨尚疑璹琩氣，蒸霞忽訝珊瑚色。相逢粵賈絮語親，坐進檳榔作消食。故園風物雙眼明，擬就此地安柴荊。江山奇麗足吟翫，每念鄉土傷吾精。蒼茫歸思落何處，八冊煙濃春水生。

晚入楓橋

落日大塘暮，歸帆春浪重。橋迴稍覺遠，溪僻罕相逢。我問寒山法，人傳半夜鐘。寂寥何所有，明月掛高松。

虛直堂竹子歌懷黄仲郇明府

檀欒美蔭開華屋，佳人端居似空谷。層飂竟日梟北窗，清聽璆然戛鳴玉。落花無言新雨足，濃雲不墮搖寒綠。江心孤嶼分得來，知君嬾問人家竹。吾嘗同寮況比鄰，斗大一室生埃塵。蝸涎吐壁蚓出地，蘭草瑣細如鋪茵。羨君聽事署虛直，淨倚修篁候三益。山王豪貴難可倫，斟酌無如步兵籍。初筵文酒酣清夜，一曲滄浪不知罷。薜蘿山鬼睇向人，瀟湘帝子紛來下。桂旂容與迴雲端，素月流天光采寒。衆賓起舞踏碎影，笑贈百丈青琅玕。當時苦倣涪翁意，竹醉猶傳十三字。如此殷勤愛者誰，粉苞玉版旋拋棄。重來庭院異去年，遶墻尚欲看連娟。赤霄鳳皇將九子，忍飢叫嘯哀音纏。揚州厥貢敷篠簜，南枝急遣瓊籬編。尋常卉木安足憐，是中空洞藏鈞天。

劍池行

闔閭城邊放小舟，四年始作山塘遊。椿林秀壁信鉅麗，澒池一顧風颼飀。鱄諸匕首事已遠，那對宿草議古邱。麐經不貶有内志，狐庯先識非常儔。光也甚文亦好劍，冶鑄干鏌神祇愁。宮中愛姬學戰陣，幕下處女諳權謀。披圖坐把辰巳握，意氣縱横吞九州。共傳一輛通上國，自用三尺威諸侯。彌天忽戢桐棺下，身後何人論五霸。旌旆翻風出故臺，艅艎泛水馳遙夜。土花鑌鐵高倚天，衝飈爛作銀河瀉。仙人長嘯上林木，壯士對舞拋竿柘。精魄常依虎嘐北，湛盧一去歸未得。神兵靈寶半銷亡，雪恥佳兒望何極。黄池振旅衆譁釦，犀渠照映肥胡色。越甲俄聞並海來，吳鉤悄向重泉憶。蕭寺春深鶯哢花，良遊何者自興嗟。

遺民頭白汲池水，閒試西山香雪芽。

書懷

扁舟吳下往來頻，香火無端結勝因。雅量牛醫黃叔度，英姿馬領繡君賓。庭前樹影猶如舊，門外車聲不見人。一枕夢醒春晝永，幸憑粱燕話悲辛。

秋懷八首

陂池有菡萏，朱華凌素秋。佳人居飈館，耿耿含獨愁。虛星位南轉，大火光西流。下帷觀書史，夙夜追前修。飛轡倏易徂，援戈豈常留。采雲麗天末，芳樹盈道周。翹車良未來，雌伏將焉投。

少壯倚筋力，遠遊登與萊。滄溟駕蓮葉，飛步金銀臺。滿把餐雲芝，論車醉霞杯。縱談長生訣，自許列仙才。精華撰真誥，微願未克諧。驅馬適吳越，面目滿塵埃。黃庭寫易就，丹砂丐難來。蕭條北樓上，目送江禽飛。

會稽多畸人，東方此焉託。遊戲了不羈，掛冠行賣藥。頗聞廛市中，復有亶洲客。遠經蓬島來，相與話疇昔。靈鼇靜無抃，巨魚遠誰射。麻姑侍王母，手爪宛如昨。萬年天酒勸，八洞雲璈作。瑤𨈆倘可通，何處尋媒妁。

步出望齊門，江天曠煙樹。念昔于歸子，含哀百兩御。師昏古所羞，抑鬱向誰訴。結褵在霸國，敢道棄中路。姑公猶見憐，父母寧不顧。升高眺臨淄，垂雲似紈素。茫茫三江水，悵悵一葉渡。載馳獨何人，千載相欽慕。

越王飾嬪御，能使大國傾。西施與鄭旦，妖冶喪其名。吳娃天下好，花豔照江城。寶釵耀日鮮，羅衣翦雲新。叢篁倚湘娥，秋水望汜人。詩禮遠自防，窺簾誰目成。高歌烏鵲飛，風俗芳且貞。持謝岸上郎，秣駒空復情。

方舟溯具區，將以求龍女。明珠結山樓，紫貝嵌水府。嬋娟極勞瘁，雲駕知何所。徘徊洞庭西，解佩要侍者。仙樂奏還宮，雲旗肯來下。曾飈吹林橘，流水横四野。含詞竟莫陳，愴然涕如雨。

良遊何所晤，矯首望八方。蓬吹朔風急，雁唳南雲長。槎枒丹桂林，流瞬見故鄉。良朋鑿坏遁，高臥絕谷旁。念茲宦遊客，歎息似聞聲。天寒晨苦飢，遙寄菖蒲英。同心比羽翼，願爲雙鵠翔。凌霄快一舉，下視煙茫茫。

盤閶一月雨，洪潦灌秋河。帆檣皆已摧，煙水渺難過。門前木蘭樹，華葉正猗儺。裁爲舟與楫，可以濟衡波。惜哉無人顧，歲晏當奈何。微物焉足悲，乘風且安歌。江皋明霽景，塵鏡湛新磨。鱸魚香可鱠，綸竿幽興多。

胥門夜泊

高城悄臨水，孤客夜停查。醉倚秋風冷，吟成江月斜。何年有仙女，曾此駐雲車。麻姑降蔡經家，在胥門。欲使蹇修問，垂楊無數鴉。

和百中丞平海八首并序

云亭封禪以還，勒石崖者七十二代；蘭臺藝文而上，敘金革者一百八家。軍氣加以兵威，射書雜夫劍道，而冉矛未載，顔弓不傳。勇本龍蹲，曾門得吾往之氣；力輕烏獲，孟子著人和之篇。夫惟大儒能爲名將，其揆一矣。尚書開府菊溪先生，五車讀書，八州作督。初移鄒魯之節，重蒞揚粵之區。庾開府之文絃，出蘭池而典午；杜鎮南之武庫，橫荆江而將軍。維時府號征蠻，塞傳備盜。雙溪港阻，荆棘四路之師；萬里沙寒，逋逃九真之藪。漢家鐵禁，不下湟關；秦郡鹽官，都移牢水。汎舟絕其接濟，擊楫誓將翦滅。於是檄雉馴之王，以攔棄甲；徙龍穿之帥，以塞夷庚。十艦俱前，萬舳並進。銅弓出地，迴潮汐於海中；鏠旗插天，落星辰於規外。鬱攸南津之燧，已著盧循；蒙衝西里之艘，竟擒朱伯。是役也，裝櫂卒以黄帽，不借外援；改校尉爲青巾，止資内附。建功烏宿之地，肇錫毬毛；晉秩虎闈之筵，仍隨豹尾。豈非謀成獨斷，勝決先機，劉向典中壘之兵，本原經術；鄭興監積弩之衆，實善《春秋》者乎？方今敵克年豐，民容衆畜。狼人無警，即在咸歡；馬流盡歸，直同聞喜。況復白田赤穀，本無讓於宜禾；丹荔紅蕉，豈有煩于臧果。享唐蒙以蒟醬，贈韓伯之檳榔。生乎此時，皆公之賜。而乃久諳吳語，無忘越吟。異士燮之遠遊，笳簫歸里；譬張重之上計，雲日談鄉。追維磨盾之餘，厥有題鞭之作。獲觀寶器，如見天人。麒麐十一圖，元亨忽窮於頌；鼓吹廿二曲，黄門頓改其聲。破賊於水天杳冥之中，成詩於鞍馬頃刻之際。萬年圭卣，竊私爲南海之音；九罭鴻魚，聊亦附東人之慕。

喧喧笳鼓應南雷，訶子陰中萬戶開。已悉舊風消瘴癘，便傳新語化魑魁。一星上將文昌出，六月元戎武服回。轉憶露橈西下日，絳襜青蓋似飛來。

重洋三面渺津涯，艇賊頻年破浪馳。天末軍書來白嶼，雨中兵仗出黄皮。習流臥甲愁生蝨，下瀨横船妄畫螭。閒倚敵樓私一歎，幾曾風溺阮謙之。

越門從昔戒山河，黼黻鸞旂再賜戈。望絶借風持首鼠，令嚴臨水獻頭鵞。先塞焦崖諸門，而重扼虎門，不輕與賊戰。密安反側書先燬，高詠朝宗信不訛。少婦果看徵側入，花鬘羅拜舞天魔。鄭石氏首先降附。

羽翼傳聞仗勃泥，彎環諸島早參稽。遠邀執梃無輕諾，近報治裝有重齎。萬古鮫人來貝闕，終宵駱將走金谿。謂烏石二。三軍蹋唱銜刀渡，決策旂幢蓋海西。

傳檄瓊崖夜火生，軍門唯見五牙横。孫恩墜海屍空解，宗慤乘風志竟成。紅額士依長水校，赤眉人散下江兵。擣虚險阻真深入，謹慎如公更不驚。

長沙萬里本偏隅，逆水深知玉帳書。銅柱路移鹽筴近，石門人與粟船疏。桄榔葉落秋聞雁，蘆荻花寒夜上魚。用師之始，將粵鹽改由陸運，并嚴禁漁舟出口，絕其接濟。淨掃妖氛煩幹略，海中星拱北辰居。

昆明教戰總翻新，跣足歸船不洗塵。漢縣獲嘉同此日，越侯馳義本吾民。擒烏石二者，即首民張保也。金鐃加節添威鎮，銅鼓傳聲罷儌循。鄉信屢豐聞好語，弄潮歸作種田人。

胄筵歌詠古無慚，豹略龍韜未要諳。直以經生推杜預，肯將兵事寄莊參。西夷向化猶能諭，東第論功迥不貪。奕奕鳳毛真錫兆，承家都護鎮天南。

和百中丞高涼道中二首

偃伯旋師漲海邊，荒雞寥落遠聲傳。條編漸實城中賦，節鉞先資閫外權。人物邕容今樂職，春秋交廣又逢年。遥知駐馬成清詠，看采山薇入暮煙。

山無嵐氣海無風，戎旆悠揚照水紅。父老喜深安撫後，勳名高與富平同。天晴林邑秋防撤，潮上磵州畫角終。參佐偕行俱極選，定分恩賜到居翁。

吴門集卷四

嘉應李黼平繡子著

短歌

陽和煦萬彙，寸草亦自私。含氣入階闥，雨露豈長滋。紫華何嫵媚，綠葉正葳蕤。秋至有彫謝，芳馨終在斯。修名苟不立，安用年光爲。

春柳四首

春入盤閶萬綠回，林塘多傍好風開。十圍瘦影寬金帶，三月愁痕上玉杯。此地幸留花萼並，當年曾畏簡書催。鄱陽下吏悲蟠木，不及同時作賦才。

巑岏一樹隔通波，遶徧流鶯奈汝何。天遠洛城思碧玉，人依江表愛黃羅。那將榆莢才同論，豈識梨花病更多。漸託誰家門第好，青楊夾巷對鳴珂。

回首靈和殿裏時，咫天容易荷恩私。東風早識韓翃面，南內先徵白傅詞。日下朝參籠馬埒，雨中眠起傍龍池。如今流水兼塵土，憔悴憑誰引弱枝。官橋野店負良辰，晴颸柔絲也自春。搖落縱臨吹笛夜，風流終盼過江人。居宜柞觀斜爲界，路許桃源晚問津。一種長街暫拋擲，和煙和雨總霑巾。

桃花二首

步屧古墻角，春陰滋綠蕪。荆薪蒙翳閒，露此桃半株。穠華正少好，幽絕端自娛。流鶯解相詬，遠樹鳴聲呼。風光洛陽陌，高賞繁笙竽。靚妝仕女遊，照映何麗都。託根在斯地，榮瘁勢早殊。含芳安適歸，使我心踟躕。

攀條重太息，百匝繞前軒。良時亦易過，晼晚嘉樹園。常憂風雨夕，落蕊粘空尊。欲將曲屏護，已作凡卉論。皇天能愛惜，幸令根本蕃。殷勤迴問花，脈脈無一言。傷哉幕府對，壯士聲先吞。平生瓊瑤意，永好誰曾敦。

戲陳存吾明府玉篇造酒

怪君不能飲，每飯涎流口。及看市酤來，杯到復停手。君言我所好，乃在蘭陵酒。色香味俱佳，屢酌不論斗。當時宰荆錫，長謁毘陵守。有錢載滿船，無錢買一缶。自離常州路，已是十年久。春江簾影垂，夢上夜航走。君家有釀法，傳自樂天叟。選麴須用寅，入甕當擇酉。君何不自造，略訪蘭陵友。遠求泉第二，更糝餅牢九。糟牀一雨注，遣送兼及某。規城寃氣深，對沃化烏有。

飲酒次前韻示存吾

青雲盛人物，流品不掛口。黄金高邱山，好醜不露手。手留持蟹螯，口用嘗美酒。平生怯大戶，非石即稱斗。常恐澀偉容，日富喪吾守。君看昔年士，耳熱踏筑缶。一歌蕪穢詩，放廢嗟更久。矧維君與我，作縣拙奔走。步弱扛且豐，舉世笑愚叟。昨來臥叢棘，日晏誤辰酉。流離託聖主，患難依良友。口瘏手拮据，杯到忘八九。已與賢人對，遑記過客某。唯應問無功，醉鄉果何有。

即事二首

三年飛挽備辛勤，爲負官緡擬赴軍。蠶室漫嗟桑葉盡，燕巢已被艾香熏。星移貫索愁中没，風掣銀鐺夢裏聞。一個錯成難再悔，故人曾動北山文。

西窗月暗雨淋淋，酒冷鐙殘感舊吟。對簿吾寧從牘背，揮絃人自辨琴音。遠招翁伯來耕玉，近向王陽學鑄金。妄念未消鐘撼起，依然身在八寒陰。

晨起誦經贈存吾

晨興盥漱罷，澄心証蘭那。坐誦一卷經，宏願非由他。昔年賀六渾，譯此書貝多。靈文夢授受，罪業陰消磨。我生三十六，始舉進士科。逐隊秘院門，雍容振鳴珂。所歎居不易，出入駗尪騾。一麾乃出宰，惘惘辭鑾坡。昭文海之角，三年迭豐和。時當漕事興，井邑納粟禾。一百十四艘，雲帆行潞河。厥費良不貲，逋負將如何。刊章下犴獄，北寺南冠峨。豈闒人排擠，直係運轗軻。微誠默禱祝，采雲騰普陀。潮音轉祥飈，蓋海萬柄荷。四生盡歡喜，望拜聞思過。天風瓔珞搖，恍惚語不訛。余已請於帝，恩綸拔修羅。汝惟至誠感，焉用出涕沱。與君持此經，視日花陰矬。傍人譬二士，文殊共維摩。平生矢忠信，鬼物猶護呵。未離世俗業，贊佛因長歌。

存吾和章有誠感夢大士像設儼巍峨之句再次前韻

古今若大夢，彈指一刹那。露電幻泡影，一夢該其他。今君夢大士，即是福德多。大士三像設，旃檀巧礲磨。明代以檀香刻觀音像三，一置京師前門，一置杭州天竺，一置寧波普陀。見《七修類稿》。說法常現身，靈異非一科。或爲天帝釋，滿容白如珂。或爲蕃國王，軍仗森六騾。或正倚寺門，或側立山坡。飛隨萬迦陵，出樂嗚相和。隨處皆見佛，博飯栽田禾。今君持此經，老少隨恒河。自云滅罪戾，於佛意如何。心儀落伽山，雲峯鬱嵯峨。褰裳欲從之，常恨無飛軻。寧知在家僧，苦行如頭陀。誠感乃入夢，趺坐千青荷。天容與像設，持較不啻過。人誇見爲真，我道夢不訛。從來觀自在，行深即波羅。迴看庭宇間，花雨方滂沱。夢中應見我，同侍過午飡。惜乎倉卒間，頭頂未一摩。起來急追述，凍筆勤自呵。後夜倘復夢，受偈同君歌。

送南垣還開封

南風吹船旗，停棹惜不發。顧念同志友，窺門晨來謁。備言到楚州，奔走力幾竭。清水始泛溢，黄河相衝突。濤瀾瀉雲梯，下口虞塞没。制軍興人徒，重賞縑帛揭。不日大工竣，黿鼉安其窟。海神淩空見，河伯敢自伐。底績在淮泗，決計歸濬滑。滑，有『忽』音。《書》：『在治忽』。今文作『察政曶』。《史記》作『來始滑』，是『滑』與『忽』音同。三年棄毛錐，鶩絹拆作韈。因君踉蹌去，浩歌何能歇。年時各盛壯，精爽健秋鶻。相逢小修武，轟飲觥百罰。酒酣登高樓，荷花滿城闕。雲錦開玉鏡，共照青絲髮。西望王屋峙，劈面落嶗崒。東觀沁河流，濯足試滔汨。賦詩未及已，暮雨來萬笏。興來詣滎陽，宵濟共一筏。兩城臨廣武，戰地寒剩碣。黄沙能漲天，青草不冒橛。傳聞漢王降，忠臣此焉殁。一聲賤妾唱，半夜名騅蹶。英雄如豎子，議論安敢悖。悲風四面來，京索流淈淈。迴車入大梁，訪古詢市卒。信陵竟安在，嬴亥事恍惚。洪波高邱山，蓬澤漲溟渤。昔賢嘯詠處，高義欽茹蕨。吾家青蓮公，憑弔極鬱勃。得君顔色敷，高唱繼前閥。遨遊並驂靳，情好倍鰜鰈。從兹遂分張，君往我還粤。浮沈兩無定，軸折衡斯抈。小人多怨誹，君子安鯱卼。方今致麟鳳，不比載猿猲。萬生於英賢，如望樹蔭暍。君行取斗印，未許謝耕垡。我拙爲俗棄，人厄豈天扤。何時事粗了，著作伴剞劂。難中贈佩刀，欲語痛至骨。攬袪共涕泗，銜羽何倉猝。一聞堂皁謀，神魂先飛越。秋風書早寄，無使空望月。

贈韓醒園二首

鬑鬖如戟膽輪囷，駟鐵風中見此人。烏壘龜茲天萬里，論兵猶自薄甘陳。

縛絝平生喜壯遊，左言侮食費冥搜。他時職貢看君寫，海外真聞更九州。

和存吾讀易

太極原無易，何須更占詞。世矜神道設，吾與聖人期。魚罭吹豳日，龜圖訪洛時。此中參出處，幽意獨君知。

和存吾此地

窗月虧仍滿，檐雲卷復舒。佼人應自惜，舊史枉能書。時方冬至日，故用書雲事。酒映花常在，詩成錦不如。遺懷當此地，何處是班廬。

和存吾憶妾憐僕之作二首

虚聞天女伴維摩，親見衣香扇影過。怪底不留春共住，黄雞白日易蹉跎。

重門深掩送魚飧，來往憐渠曉又昏。不學王褒寫僮約，十分心事寄崑崙。

聞小童云街頭已賣牡丹

殘年百卉腓，花事渺難遇。牡丹候本晚，況乃風雪沍。温温蕩乍沃，脈脈火催吐。沿街賣芳叢，春態邀一顧。輕煙絳裙裊，微雨玉顔嫭。猩屏吹曉寒，更遣簾幙護。先榮世所羨，新好誰能悟。《法華經》：『香風吹萎華，更雨新好者。』佳人方讀書，胡爲歎遲暮。

臯陶

賓日光堯牖，薰風入舜絃。惟臯特稽古，伏生書《堯典》後即《臯陶謨》。與帝並同天。謨矢經綸起，言颺雅頌先。歌宜八伯和，詩借一夔宣。根食猶艱日，苗頑未格前。誰知畫象力，直過總師權。事夏黄龍責，生商紫鳦翩。靈蟲顯秦谷，流鵬下周船。功德時難王，神明祚僅延。黥英嬴政酷，滅蓼魯人憐。零落真成讖，瘖瘂本誤傳。不同三后述，因咎五刑編。作士哀矜至，流共教化全。但尋桃應問，孰識李官篇。遊戲東方對，棲遲北寺年。志真同孟博，名欲改庭堅。風雪嗟寒沍，蘋蘩表肅虔。削瓜能上理，一脫獄城圓。

至日四首

萬國冠裳會，三江草木春。蓬蓬梅塢氣，寂寂柏臺人。日影烘吾背，天心庇此身。冰壺嗟守潔，金矢恨家貧。鶴蓋論交遠，雞竿望澤新。當歌不能寐，著眼又傷神。

昨有精湖信，河聲落海寬。雲梯趨浩蕩，霜汎報平安。高堰工常固，周橋放略難。犀靈爭晷刻，猿捷伺波瀾。歸壑思堯蜡，均江表禹刊。《書》：『沿于江海。』馬氏讀作『均』，『均江海』即平水之法所自仿也。兩淮論保障，史筆付臺端。

漕事連吳會，驚心過小除。軍船行轉粟，府帖下催租。效穀宜名縣，歸禾更作書。挽郎憂櫂楫，使者問河渠。水落朱方淺，雲横紫澥虛。當時參末議，海運重欷歔。十四年，海運議興，曾上膠萊轉運之策。

百里才非易，三長法尚存。蘭臺持槖罷，竹使剖符尊。私燭然山郭，官錢給水邨。直將弓玉比，寧止酎金論。口舌憑時議，冰淵託聖恩。開窗望雲物，且自倒芳樽。

偶作示存吾

與汝同茲難，相依破寂寥。日長書可過，愁重酒能消。舊律諳城旦，新聞隔市朝。豈知埋獄劍，猶有氣衝霄。

和存吾見贈二首

若盧風景又殘年，每夕吟成一惘然。知道是詩還是淚，衹應傳唱恨銅仙。

一生不及銜杯聖，終日無如博弈賢。已坐詩窮君莫學，吾謀盡在繞朝鞭。

和存吾解夢

中書一闋事原癡，行路艱難未要疑。夢中所見如此。忽地春風洗塵土，送人歸去侍軒墀。

小寒作

小寒已屆天氣好，殘年景象如蕭辰。薄裘起來自加體，卓午便欲除冠巾。地鑪煨榾溫薄酒，湖海近對牀前陳。兩家戶小貪劇飲，每至面汗流津津。醒後猶狂醉應戒，麈柄确几談周秦。若教朔風扇觱發，兩肩山聳頭難伸。始知天公意良厚，苦寒念汝幽囚臣。吾聞閉凍欲堅固，陽氣發過收無因。明年麥菽未暇議，但說春色先愁人。忽然陰沍勢一變，同雲萬疊皴魚鱗。釀空徑合飛微雪，莫畏布衾冷似鐵。凌晨風色一捎簾，臥看天花慰愁絕。

存吾以棗肉蓮子與龍眼各七煎之名三七湯詩以紀之再次前韻

君從閩中來，茗事竟絕口。棗蓮及龍眼，醞釀成一手。三者各七枚，厥味甘勝酒。與君遘多難，微俸奪升斗。買李人共鑽，采橘神亦守。無機水滿甕，有孚雨盈缶。已將桑苧經，束置高閣久。朔風吹霜霰，煨榾呼下走。圓蒲聽湯聲，補益宜老叟。澆書恐未易，小腹藏大酉。棗食本仙人，蓮品乃淨友。龍眼雖荔奴，相依過三九。彼茶始作俑，籠加誌誰某。

何如三七湯，至寶獨君有。

寒夜貽升甫時欲往湖州未果

東邮梅花林，汲古尋典誥。尚希莘渭儔，次慕夷惠操。制科求聞達，標榜立名號。平生常相輕，豈意躬自蹈。牽絲江南宰，投贈乏紵縞。敬恭謁上官，手版或至倒。微聞作吳語，諄切戒轉漕。仁風普物扇，陰雨及時膏。地從一縣分，政待三載報。樵蘇爨幾絕，乃有債家告。彈文既罷斥，厚意猶慰勞。依稀舊巢痕，毛羽視所好。物惟無用全，人以有技媢。勿言吏刻木，相對殊自傲。入門聽鋃鐺，踏限脫銅冒。苔紋上壞樹，松葉鋪破竈。舉頭望曦月，光不射宧奧。陰房鼪鼬竄，歲久迭乳菢。謀錢鬼猶揶，送酒人肯到。君從京師返，落第方毷氉。各驚顏面非，拭目嗟已眊。因詢近狀泣，非爲往事懊。苦言來共居，使我中心悼。君才十倍我，深穩出雄驁。如甗尚藏紀，若鼎方在郜。櫝開下國球，繅薦上公瑁。會當發英華，靈寶輝四隩。豈宜居此間，坐致壯心耗。高岡有梧桐，摧折霜露暴。鳳皇寒且飢，鸞族向而噪。衣我狐貉裘，覆我貂騷帽。白飯授我餐，又復進羹芼。故人官湖州，緩急君欲造。艱難四方食，懇切一誠禱。天寒冰正堅，日短路誰導。吳中繁雄地，少旱亦無澇。財賦天下甲，輸將走童髦。特逢惡少年，票米包納糙。屯丁良亦苦，兑運焉敢譟。湯湯河流乾，雒雒舟行奡。纏腰萬貫給，開頭百牢犒。軍民俱赤子，總在天覆燾。要同牛羊牧，大異雀鼠盜。淮瀆昨有信，風聲起牙纛。上官肯飛章，立變寒谷燠。此獄應可解，願君且毋躁。故山田廬没，未得議耕鑿。高堂諸孫戲，慰眼看舞翿。寧知望江南，老淚急如瀑。挑鐙細思量，子舍先灑掃。

蜀孝女詩

西蜀有孝女，其耶戍衡荆。耶去孃已没，女存纔二齡。家有祖父母，辛苦何竮竲。女年及齠齔，聞哭耶孃聲。乃祖父若母，含淚告以情。汝孃早棄汝，汝耶得罪行。女聞呱呱泣，搶地不願生。跪問祖父母，耶今何許停。便欲往尋去，尋耶替耶征。祖父母告女，汝小未成丁。水遠山又長，汝今去焉能。蜀江向東流，瀦湖有洞庭。蛟龍伺人食，汝脆吾甚驚。嶔岑三峽間，烏兔不見形。旦夕冒霜霧，不死病亦攖。一家僅賴汝，汝去益孤惸。女聞暫中止，嗚咽繞檐楹。請待三兩年，誓將效緹縈。女年已十一，重繭來燕京。血章得上達，皇帝憫其誠。敕書放耶歸，女喜翻涕零。耶歸見父母，高堂免伶俜。耶歸兒無孃，兒慟此合併。東鄰送雞黍，西鄰具羊羹。南鄰傾家釀，北鄰出瓶罌。上堂雜讌會，申賀語迭更。皆云女至孝，皇帝最聖明。皇帝恩如天，女孝乃克成。蒼蒼橋木枝，裊裊女蘿藤。湛湛雨露澤，萬古宜蔥青。

圍鑪貽存吾

紙窗三面障風來，無計消寒獸炭堆。好友尚能謀曲突，旁人何事妬然灰。十年夢比浮雲過，一夜春從快雪回。且喜鑪存瓢莫棄，淩兢相對酌新醅。

和存吾除夕二首

臘盡無人索酒錢，五城簫鼓自喧闐。文書叢裏抽身出，也算清閒過一年。

中年無睡爲更長，半坐君詩使我傷。紅燭家家同守歲，有人機上泣流黃。

春日二首

暄日妍風釀浹辰，知催桃杏一時新。先生不出花無賴，付與巃官斷送春。

半塘鶯語共誰聽，畫舫笙歌墮杳冥。夢裏只尋歸去路，一帆煙雨過杉青。

此日

此日知何日，驚心憶去年。孤鐙同舍繫，大雪對牀眠。地異西河守，人非北道賢。憑君談往事，遺恨巧言篇。

詠史四首

身世將衰白，途窮敢問天。倒尊邀月御，彈劍動星躔。北極衣冠滿，西風鼓角傳。苟謍猶未釋，努力事戎旃。

反問來丹浦，妖氛偪紫闈。寺貂言漏洩，門牡夜收藏。讖託金刀僞，聲聞寶瑟僵。維城根本固，戡定賴家王。

祭畢龍旂出，遊陶鳳蓋回。豈聞徐偃霸，非告越軍來。武帳諳兵略，文昌選將才。蘭池淵藪近，九首縛渠魁。

詔發長楊校，秋移細柳軍。孤城蒸厚土，萬馬簫浮雲。野闊飛鳶入，山空唳鶴聞。窮追餘幾日，吟望浩書裙。

水仙二首

同謫瑤臺又幾春，可憐香淨墮風塵。多情未忍凌波去，深屋黄昏儘伴人。

相看瘦玉影嬋娟，奈此冰濃雪沍天。賴有梅花結兄弟，斷魂招起度芳年。

送潘功人旋里二首

圓門風雪夜號寒，分手春衫血未乾。好把此詩藏篋笥，每逢相憶映鐙看。

急難朋友人原少，傭保門生世豈多。送汝遠歸無別語，早來隨我訪楊何。

對雪三首

侵曉欲成雪，檐牙飢雀喧。起觀閶闔中，凍雲亦已繁。窮陰百俱彫，憔悴物所怨。霏霏落霙下，淅淅隨風翻。浩然縱才思，飛花滿乾坤。能代月臨夜，又令春到門。披帷澹相對，可與素心論。

撫景欲如何，連天灑甘澤。亮爲豐年瑞，比戶歡嘖嘖。寧知噉氊人，百倍見珍惜。一洗腔內血，兼澆腹中籍。況于瀹新芽，遠勝劍池碧。擁鑪坐無事，煎水爲此役。庭空晚更寒，人靜虛生白。麻衣動歸稅，永念懷疇昔。少卧故山下，讀書慕高潔。東郵二月時，異事驚飛雪。風篠低更舞，煙松凍欲折。萬樹梨花開，繁英媚香屑。尋春青篛蓋，沽酒玉壺挈。半醉袒復陶，風流映清絕。回頭二十載，雅興憑誰說。擁被一微吟，寒空任飄瞥。

春帖子三首

三日蘇臺雪，千枝茂苑花。春風開玉面，滿酌送銀槎。

乙地方諸不遠，亥年魚蟹偏多。遮莫會稽江上，君恩許著煙簑。

立春二候是元日，窗外櫻桃花未開。莫道微寒倚風雪，明光春色自天來。

上顔星槎開府四首

卧虎潭潭意氣豪，起家郎署四持旄。久知南海衣冠盛，羣仰西平閥閱高。天語近傳溫室樹，臣心清見曲江濤。十年夢賚昭融契，暫爲杭民霈雨膏。

連天鴻雁唳秋聲，才駐幢牙本計成。保雒舊勳禾再饋，公撫豫時，曾得瑞麥以獻。拓湖新政葑誰爭。要疏六井同風氣，不踏雙堤望月明。嘉話梓鄉人共美，金塘閒臥扞江兵。莊文恭公撫浙保塘，浙人至今德之。

春晚糧艘次第開，節樓籌策倚崔嵬。姚墟自用夔龍佐，越國徒誇種蠡材。先世弨弓傳玉帳，大兒簪筆耀銀臺。一門報主同宣力，曾見趨庭畫舫來。公子魯輿吉士給假來浙。

使軺傳謁肅冠裾，地近蓬萊作宰初。戊辰冬，見公于蘇州使館。隱市未辭梅福吏，閉門已著趙岐書。此間江水通前路，終日天風扇太虛。咫尺泥沙能一運，會看高浪跋神魚。

吳門集卷五

嘉應李黼平繡子著

送升甫之浙江

嗟君隨難已五年，箭筒送飲槖納饘。若盧起居日三至，絕口不道囊無錢。貧窮雖遭俗眼白，文采尚動高人憐。昨者府辟共校士，滄溟手掣鯨摩天。今晨忽問餘杭路，不假將書投季布。英英邦伯顏中丞，一見懸知託情素。夜火堆錢看築塘，曉霞攢錦教纏樹。腰間賜劍值百金，佩上西興古時渡。諸侯迎面識姓名，況復同年俱有情。脫驂會救越石父，刺豕仍庸轅固生。舶趠風涼登鷁首，嗟君此行意良厚。天涯遊迹過鏡湖，杖底苗山似岣嶁。猿猱晝啼鼪鼬走，廟開巫言朝夏后。再拜爲予洗瑕垢，瑞光發地驚戶牖。錫君圭璧君應受，一月歸船泊垂柳，與君長歌將進酒。

玉山雅集圖

玉山至正之雅集，其圖乃是張李作。張渥、李立。此卷規橅能亂真，人物風流宛如昨。茜涇二月最和暖，名流並入蓬萊閣。金粟才情夸倚馬，鐵厓意氣能驅鱷。雙鬟硯北絕代姝，揎袖春衫翦雲薄。詩罷華筵競珠翠，酒行妙伎調笙籥。清揚爭秀梧竹間，一曲風回萬花落。緩歌慢舞期盡歡，眼底焉知燕巢幕。聞道妖星墮吴越，五千日中光未歇。沿江兵起戰鼓動，豈但花山賊猖獗。愚夫無事愛憂天，新婦初來解移突。書生不與人國事，忍視煙塵蔽城闕。轉瞬張王馳錦帆，儒衣僧帽何倉卒。三徑紫苔豪客散，一灣緑水名園没。雨窗讀畫神惘然，風景尚記山陰年。右軍觴詠偏多慨，曾爲江淮數上牋。

畫竹二首爲存吾賦

蘭亭流水石門山，王謝高風不可攀。誰爲先生寫千箇，又移寒翠出人間。

畫中疏影自駢羅，春晚琴尊與客過。忽憶僧樓燒筍處，雲山歸興十三坡。

螢

涼月重闕夜，西風半榻身。疏簾閒自度，與我冷相親。用晦同居此，餘明屢借人。飛回風月白，有路上天津。

李少府虞山煙雨圖歌

昔爲琴河宰，一歲兩入山。橫空標奇秀，幽處龍所寰。春秋秩祀不辭遠，停策多在雲霄間。高崖蕭瑟樹擁腫，侵曉無人心自恐。日馭翔空海水立，雪山卷地江波涌。采旄絳節朝玉臺，四面煙霏靈雨來。鴻濛一氣潑空翠，但聽巨壑松聲哀。爾時拂衣踏泥滓，自愛緣山摘蒼耳。旁人看我笠屐歸，至今寫上屏風裏。少府新來自山麓，曾倚籃輿上烏目。青猿叫嘯元熊啼，不見山人昔騎鹿。偶逢妙手圖此幅，逝將慧車同結屋。舊遊指點忽大笑，峭壁無梯路猶熟。欹岸側出拂水巖，百道淋漓練拖瀑。迴坳左翳破山寺，萬箇陰森風折竹。杳然如坐煙雨中，昨夜夸蛾徙吾谷。崑之邱，陟西極。蓬之島，下東溟。此山不同大荒經，已並五岳留真形。元和塘上尋粉本，秋霽三峯天外青。

顔魯輿吉士伯燾過訪即别

翩翩南來鳥，創痛思故林。投人馬足間，悽楚有遺音。羈限於此地，非親孰來臨。忽枉君子顧，悾款何獨深。既詢橐中飯，復視牀上衾。探懷出素書，爲我謀兼金。春陽布餘輝，高木流遠陰。情話間理語，俛聞淚淫淋。須臾又當别，執手送以心。燕吳各千里，瞻望但哀吟。

浮山艮泉圖爲黎楷屏二尹題葉兼山再思作圖，黄香石培芳作記

浮山深處天下奇，參天栝柏皆蒼皮。林昏石暝山背後，地名。猿猱縮足人誰窺。黎君倚牀聽水響，軍持欲拾飛仙遺。淩兢獨往誤跑虎，清寒自吐非盤螭。靈區開闢名以艮，若在門闕嗟來遲。巖扉磵戶更薙伐，得十二景遊忘歸。兼山作圖香石記，刻畫幽峭生新姿。兹山本割蓬左股，泉源一線涵溟池。道書所謂「泉源福地」。肥瀸氿濫各有勢[一]，琤琮碎迸連環椎。艮泉已擅一山勝，餘者瑣屑多奚爲。山祇廣張雲水玩，娱君要與君共棋。君聽晴空雷鼓移，玉皇騎龍破崖馳。九霄風送珠沫墮，是星是雨紛如而。安期正對神女宴，醉踏天梁曾飲

之。酥醪流香尚滿地，酥醪在浮山。安期觴神女於此，醉後呼吸風露，皆成酥醪，故名。異境總給君吟咨。我今在羅網，辛苦望恩私。眼前見福地，微意君詎知。嘗聞蓄極勢必洩，醴流瀵涌當清時。泉如可作八解浴，乞君水遞千頗黎。

〔一〕氿濫，底本作『氿檻』，非是，今從民國本。

浮山艮泉圖既題長句復得小詩十一首

滙瀑亭

四山落飛瀑，風雨暗孤亭。卻看水會處，煙痕涵帝青。

砥行巖

巡山啞虎到，萬木浩呼洶。晏坐空巖中，冥然心不動。

楓臺

何許臨高臺，青楓最深處。落月天蒼涼，臥聞楓人語。

修篁徑

風弄笛材好，君知第幾竿。軒轅去不返，一徑綠雲寒。

養正廬

空綠搖四瀛，其初涓涓耳。固知太極泉，即是修仁水。

琉璃潭

玩此一潭碧，澄泓貯琉璃。若見黑蛟躍，翻成洗硯池。

遊龍澗

龍遊無定形，古澗自修永。猶疑鮑姑仙，來照娉婷影。

雲梁

炎海忽在山，漲雲朝夕變。扶藜過石梁，直叩蓬萊院。

調琴石

山中備天樂，歲久無人修。據石揮綠綺，梅香春澗流。

趺霞處

晞髮巖下坐，四面紫霞生。安得輿公筆，凌飈吟赤城。

代葦舟

無舟但有石，渺渺望溪渚。他年入山來，合是吾渡汝。

古劍行

頑金自願爲莫邪，洪鑪涌出青蓮花。鑄成掛壁四十載，壯士按鐔屢歎嗟。神姦圖九鼎，日月浩光華。入山無夔魖，下海亦無蛟與它。東抵蟠木西甘瓜，八極蕩蕩爲一家，虎皮包干馬糞車。將帥脱甲受六藝，緋衣玉帶冠烏紗，或鍮檑具趨南衙。劍兮劍兮汝出在平世，胡不踴躍早變耕器之犁耙。歲出粟米如金沙，十萬横磨安足夸。眼前不及陳序刀，並映弓戈纏錦絛。列星錯莫秋水暗，拔鞘空倚蒼天高。

和升甫謁文種廟五首

稽山燔寶敵圍開，稱引湯文未易才。不信行成多譎術，姑蘇真伴美人來。

商魯深溝北向開，黄池荼火逞雄才。吳人已就蒲螺食，特爲君王決策來。

中水江南陣夜開，援枹先識楚狂才。如何一舸輕浮海，又寄藏弓遠信來。

還鄉戰士錦霞開，齒劍誰當惜此才。千載猶聞蓑笠語，瀟瀟暮雨隔江來。

濤頭高壓兩山開，俗論徒憐伍相才。知似當時尋霸氣，素車白馬尚同來。子胥要文種入吳。見《史記》註。

和升甫湖上拜岳墳

松楸望拜恨如何，馬角難生尚主和。國恥昭睢歸地重，臣心瑕呂作兵多。誰教頒詔來三殿，孤負焚香應兩河。一曲白符鳩最苦，畫船簫鼓變商歌。

和升甫登吳山

自我居吳中，未嘗廢躋攀。靈巖天下秀，持作硯右山。棲遲北寺門，何處誅茅菅。胸次千仞峻，腰腳百種頑。令弟漸江歸，文采換璘瑞。示我吳山詩，法矩復應圜。筆飛字軒聳，足以起懦孱。首言登華岱，小者不足扳。次言會稽高，禹會羣瑞班。吳山頗言卑，湫隘落市闤。塵埃生飛輊，已閃駿驥瞷。及觀上絕頂，雲煙覽人寰。陡然壯思騰，興寄湖海灣。團圓瀉天鏡，畫手嗤完顏。建炎此偷安，若保一掬慳。萬民衛石塘，負土奔孤鰥。潮從龕赭來，風撼聲漩澴。天吳駕穹黿，萬弩借一彎。耳目忽易態，潮歸天水閑。乃知攬奇勝，端在茲山間。而我誦君詩，掩卷淚暗潸。曳裾東諸侯，辛苦為贖鍰。兄弟豈異人，相濡切恫瘝。升高偶遊目，血漬衣裙殷。故園東郚下，羣峯森四環。山堂近社學，瑣細豐蒲蕳。芳藜亘岡白，叢菊繞巖斑。林開雲洞見，冒雨擢翠鬟。諸昆求點儔，山水志各嫻。春秋天氣佳，來放雙飛鷴。醉臥盤石上，風泉聽淙潺。幽棲信云樂，未解入世艱。一登孝秀科，祿利綰青綸。庭闈念遊子，屈指多憂患。傳聞封錢庫，浩蕩許放還。瑤草正翕艴，及我髮未鬣。方諸七萬里，八嶽三在蠻。宇宙窮氣蹻，不如問鄉關。因君詠橫翠，歸夢搖銅鐶。

北山及陟屺，風雅誰能删。

和升甫蘭亭

禊事流觴送激湍，如何俯仰思無端。冶城他日閒登眺，經世依然諷謝安。

和升甫渡錢塘江

喚渡錢塘日向西，滿江風浪鸛鴿啼。榜人帆下私窺客，不似看山入剡溪。

和升甫遣瘧鬼歌

醫家八瘧詳靈樞，寒熱不定鬼所驅。其寒有時熱有候，未可謂鬼相揶揄。看君此病宜勿藥，復愛哦詩自相謔。跳踉睗睒羣而嬉，厥狀可類高陽兒。隤敳庭堅悉賢聖，彼實么麼安能爲。堯年澒洞龍蛇走，帝遣百神隨夏后。當時不許家水潯，狼狽或自逃山林。元圭告功鼎漏寫，玩弄一世乘虚侵。昨朝疑彼或爲祟，露檄先馳可無畏。吾弟新自苗山來，庚辰童律俱攀陪。一時縛送江水底，深室靜臥無風雷。我爲君歌鬼應遯，何如仍作無鬼論。疥痎爭辨佔畢徒，安心是蘗眉山蘇。人間寒熱態各殊，疎頑自倚百疾無，君且强起餐雕胡。

欄鴨

方塘春晚雨如絲，唼喋閒嬉短竹籬。綠褥平鋪相倚睡，不知何處鳳皇池。

籠鷴

久依樊榭性難馴，憔悴私憐潔白身。未肯充君眼中物，故山歸去伴閒人。

修篁

種得琅玕半畝盈，風窗一夕送寒聲。此君空洞能容物，似訴甘蕉障月明。

叢菊

韓子已言無用好，杜陵還道不須開。多情爭似柴桑叟，終日看山對舉杯。

和存吾劍俠

風雨忽黄昏，如飛夜出門。一人藏怨毒，萬國泣冤魂。氣已唐雎敵，功兼薛燭論。白猿千古恨，應有未酬恩。

秋日讀畫懷楷屏并柬木庵孝廉

故鄉山水多秀奇，十年遊屐攜樱皮。多難誰教墮泥滓，羅浮空向巾箱窺。去年以畫屬題句，失喜造物能埤遺。披圖嵐氣四圍合，勢隱鸞鶴潛虬螭。危崖老樹門蒼古，但覺樵唱聲來遲。靈仙出没定何在，酥醪觀後聽泉歸。飛流直下九百八，白日風雨迴山姿。轉疑浮海徙吴會，已是浴我泉源池。開山披道不辭險，拙者始費鑿與椎。峯巒四百多勝處，妙手探得非神爲。當時曾約留一畝，菟裘暇日相與棋。豈料忽忽拂衣去，通波水漲煙帆馳。兹行直上山背後，知有輪蝶先迎而。丹砂自注抱朴子，山中念我將何之。君今又屬書此冊，懷人掩卷深嗟咨。鐵橋石洞若在眼，煙雲供養天無私。包山況有路通粤，湖船夢趁秋風時。一枕遊仙索誰和，牡丹家世詞頭黎。

和存吾詠史六首

悽絶圓門孰肯臨，孤臣仰屋涕痕深。那知日月光猶避，先照君王慧炬心。

鳳樓旛動詔將臨，不但長文貰罪深。見説格庸仍有典，重華從昔用堯心。

漢縣回思墨綬臨，自嗟逋負累人深。卷施不死經霜霰，總待春風識此心。

冰淵如履復如臨，忽報恩波海樣深。自是聖朝刑措事，不煩三策論天心。

暗室菱花曉鏡臨，衰遲難答是高深。願將詩句和鐘磬，少盡人天讚唄心。

斗魁星爛八方臨，佳話今宵酒盞深。丙舍墓田歸有日，報書先慰北堂心。

和存吾秋夜之作

涼宵門掩候蟲鳴，香冷鐙殘隱几情。連日夏侯經懶授，此時秋興賦難成。風傳人語喧烏府，雲捧天章下碧城。共遲好音愁轉劇，卻輸高唱思偏清。

謝聞園知事署中神柏和升甫

斯人出山非小草，一官乃似雙松廳。廳前一柏作伴侶，臥愛盤空千尺青。摩挲豈復論人代，巢窟時無棟宇蓋。未隨杶栝貢荆州，早領夭喬鎮吴會。年深形狀成老魄，白日風霆繞其後。人指陰森鬼物庭，天生正直妖衺走。聞君宿疛猶未除，郤倚樹根閒讀書。倒身横臥疾頓失，持較和緩功何如。金閶近年溫疫發，遠覓荃蕪肉人骨。比景齊教託茯蔭，異香未肯全埋没。漢苑南山鄠杜旁，崔嵬五柞聯長楊。高臺七字傳賦詠，嘉樹萬載生輝光。是日枝柯盡西靡，老鳳欻出雲巢翔。士生懷奇各有願，少公難弟俱强健。春葉能從合浦飛，翹材會自開陽獻。我今悔作俛仰人，槎枒倚石看蒼閔。

冬日周參戎寄示漢瓦當硯

打窗雪片如拳麄，蟾蜍滴水成光珠。欲招故人共圍鑪，呵凍難作折簡呼。誰家澄泥腴不枯，仰面終日思黄圖。未央前殿蕭何制，壯麗無加有深意。京師别館三十六，郡國離宫一百四。夕陽衰草滿郊原，瓴甓時時出平地。參戎一官守西安，騶卒跪獻形團欒。郅支貢石竟安在，延年兩字爭傳看。知予好古肯送示，擲筆爲汝歌辛酸。蘭池盜接西南路，豕突鴟張莽屯聚。上相旌旂向駱谷，前鋒壁壘連龍務。擊鼓其鏜焉事渠，什襲猶藏靺跗注。秋風散闗嘶萬馬，天地軍聲欻飛瓦。磨盾晨催士斫陣，題鞭夕檄人團社。明駝露布上甘泉，勝伴迂儒哦牖下。經營百戰歷險艱，至今血漬元雲殷。舊物珍同白玉盌，飛將路失藍田山。寶刀插室中夜嘯，角觿掛壁何時彎。天寒將出換一醉，阿誰麟閣撑人寰。

和存吾詠車

有女下春臺，雲軿半面開。將心逐流水，側耳聽輕雷。緩緩看花入，斑斑鬥草回。夜寒金轄化，知是鳳飛來。

和存吾詠舫

翠檝分山色，青簾映水紋。圖書一家集，簫鼓兩頭聞。桃葉儂迎汝，楊花我送君。如何乘素舸，望月墮行雲。

雪憶諸弟

松枝風折竹横斜，又見龍公戲玉沙。隔牖何心問薝蔔，故園今節正梅花。溪橋春淺詩初就，山閣寒深酒未賒。諸弟夜來思共被，定憐孤客卧天涯。

廖聽橋比部聽鶯圖寫真

去歲君來過虎阜，垂條濃颺千行柳。鶯語丁寧隔葉傳，客船摇兀衝波走。南國趨庭期早到，西河賓館嗟誰守。殘衫破帽跪見耶，嗚咽惟云主恩厚。遥聞晏嬰具驂服，已荷張華辨牛斗。當前慰藉出性真，退處終銜碑在口。蘭芬隔座欣乍見，杍道論材歎希有。烏夜風驚閣屢開，雞晨雪立門常叩。轉瞬雜花又生樹，可知上日皆攜酒。廢苑呼鷹小隊排，荒原射雉驍媒誘。裙屐寧儕貴公子，沈郎作意礬横紙。絮飛如舞鳥如歌，請君此間來側耳。共誇煙景冠江城，卻攬風光憶帝京。玉河芳草路旁合，瑶島遊絲天際横。五柞陰陰憩綿羽，九閶浩浩流春聲。仙郎歸傍東園直，雛鳳還隨老鳳鳴。

草庵僧送滄浪小志

招提竹樹翠掃空，臺池復與滄浪通。詩人來往結香火，未要瓶鉢矜家風。集賢校理才卓越，偶坐公錢當去闕。塵寰何處可寘身，獨向吴中買風月。比鄰近約梅花過，異境難邀醉翁謁。興來輒復攜高僧，一葉江天任飄兀。園林北碕人屢易，章相韓王有遺迹。洞山豁閶大閣飛，瑤華淡蕩寒光射。千載荒邱圍一水，遊人盡憐蘇子美。龍蛇蟠屈霹靂轟，羣小當時忍相毁。綿津好事爲此編，掇拾記詠皆佳篇。山門留鎮忽送似，似道獲咎同前賢。人生困阨當安命，何況遭逢過天聖。照壁紅星動死灰，映窗白日開仁鏡。褰裳待余來濯足，休把松牌乞詩續。茫然望古生百憂，余將擊汰尋麟洲。

送别恕堂

與君喬木共一邨，兩家夜舞荒雞聞。遠拋里閈作客子，燕齊浪迹飈輪奔。滹沱冰鏡照鬢髮，歷下雪花迎帽裙。才名爭倚泰岱峙，胸次各挽長河吞。輖飢忽然營五斗，拓落端依江左右。功名不解畫牛看，身命都疑磨蝎守。相望只恐嬰瘴癘，此會寧知未衰朽。圓門翦鐙鄉話久，倒極起酹皋陶酒。金閶亭北浪罨堤，停船共誰擷留荑。摶空雕鶚應時奮，臨水鵁令終日啼。牽裾商略何處棲，故山無壁安耕犁。鸜牙若待東方朔，可要持書出會稽。

和升甫偕恕堂遊虎邱之作即柬恕堂二首

傳來虎阜共良遊，靈異驚探外九州。人已到山仍在市，花常生樹不知秋。明鐙綠酒煙中舫，初月紅牙水上樓。擬和吳趨追謝客，嚴城有限迥含愁。

笠澤流連復此遊，不須回首望洪州。西山坐盡珠簾雨，東寺吟開石壁秋。唐張承吉《虎邱東寺詩》：『寺門山外入，石壁地中開。』霸氣千年悲宿草，仙人終古愛高樓。可能借鶴鞭騏驥，一踏長空散百愁。

贈存吾曉帆

昔者唐與杜，詩人論譜親。陳胡亦同出，患難況爲鄰。魚呴波光動，蛩銜草色新。看君推綺食，樽酒一家春。

水萍上人伏虎圖

左倚青松右素威，廬山風度是耶非。看來只似東方朔，賣藥人間跨虎歸。

曉帆雙松小影二首

晉水齊煙歷幾秋，一官隨鶴又揚州。如今臢有杯中物，臥共蒼髯話昔遊。

旁人休笑水田衣，老覺榮華有是非。可信畫松能引路，風光柴壁待君歸。引路松，用五祖事。

吳門集卷六

嘉應李黼平繡子著

送恕堂遊太湖二首

角里昔高臥，漢廷方見求。功成黄鵠舉，人與赤松儔。洮滆尋遺迹，煙蘿屬晚秋。從來徵辟意，莫自滯扁舟。

湖上閒司馬，風流亦可人。泉香能作記，酒熟定延賓。話我羈棲在，臨流歎息頻。何時洞庭水，邅道問通津。

恕堂歸自上海戲柬

洗腳亭前窺夕照，長安路遠胡盧笑。轉柁翻爲滬瀆遊，垂綸欲向蒼波釣。傳聞海上有迂怪，黄金白銀迭誇耀。如瓜巨棗弱任攀，論頃靈芝飢可療。鼋梁横亘拄杖過，鏡裏分明幾回眺。萬家男女老瀆洲，億計仙真避圓嶠。煙濤汩没竟何有，永夜魚龍自悲嘯。涉水方嗟入夢深，刺船始歎移情妙。歸篋丹砂無一粒，石華海月添詩料。殘年漠漠紛雪霙，高詠悽悽激沂踸。欲覓何人爲主黌，可恨此地無同調。明年去謁監河侯，有酒如淮且當釂。

出獄

茫然返旅舍，有若久客歸。握手見吾弟，欲言淚先揮。懷錦兼奉壺，六年靡不爲。非君篤天顯，孰脫死喪威。招魂牆角根，蛕蜨同翻飛。傳呼急丐沐，一洗埃與灰。不知何處聞，戚友叩門來。鄰叟亦迭至，雜坐團欒圍。往居高城裏，寒雨雪霏微。庭空悄無人，獨處心暗摧。今夕定何夕，四壁明鐙輝。歲晏爲予華，水仙紅玉梅。梅以興君子，清高冠瑤臺。如仙壽命長，遊戲窮九垓。隨聲各善禱，語欬春風吹。反思良會艱，既是復恐非。爲懽荷儕友，且願停角杯。故山邈以遐，曷月瞻庭闈。

聞園四兄送橘

殘年百零落，嘉橘特殊衆。感君餽盈筐，爲我儲清供。受生秉炎德，到處歷冰凍。可憐雕餙餘，乃作耳目用。煙波洞庭南，從古聞包貢。太守山下宿，孤舟悄吟弄。金丸千林熟，玉食萬里送。時異地各殊，不采亦何慟。芬芳自堪珍，精白相與頌。坐思膀亭子，一夕添歸夢。

新正初二日大雪示升甫

瀟瀟暮雨動輕寒，驚喜彌天絮作團。斜趁竹聲捎戶牖，正爭梅格到闌干。扁舟江上人誰訪，頻弁尊前弟共看。纔入新年瀀渥極，春華爛漫向長安。

訪潘功甫孝廉即送其之京

昨誦冰雪文，經旬愜奇賞。通門幸可接，佳日欣獨往。水竹澹臨頓，幽人此偃仰。傳書有玉杯，過客無塵鞅。踞牀論流別，清氣驚彌上。寧以蘋洲詠，遂薄松陵響。喟予出梁獄，願得隨吳榜。采鳳凌江翔，臨風結遐想。

寄雲伯崇明

西湖作長逢人說，一渡朱崖歎奇絕。檳榔自喫茉莉簪，遺韻流風猶未滅。豈如海縣三佩綸，雲伯前攝寶山、常熟、上海，皆海疆。崇明更在滄波間。鄉分蟠木作庭樹，人指蓬壺爲屋山。禺鐵滄涼初上日，大冠偶爲迎春出。南窮溫處北登萊，眼底煙濤幾籌筆。朱張舊據孤嶼家，功在轉漕趨京華。連檣銜尾四百萬，齊放此間仙景沙。黄龍青雀搖旆旌，蒙衝載有遮洋兵。至今形勝屹巨鎮，藩蔽不使罔身輕。太平焉用横海將，竹使分符倚公望。泉客綃衣出水來，島夷卉服占風嚮。近日河淮蒙帝力，連雲芻粟飛天上。成山故道吹巨浪，回飈瀉入胸懷壯。海外文章閒自娱，懸知放衙一事無。鶯花時節公酒熟，每念上客常招呼。客中潦倒無過余，方讀司空城旦書。官船峨峨泊天墟，一飄願假歸扶胥。

和槐江先生東坡生日之作二首

遊宦有人誇入海，生朝無客不聯詩。辛盤薦向春回候，丙歲徵同嶽降時。同人以是日立春祀東坡，志其年亦丙子，先生補以詩也。强記豈煩書再讀，流言誰信矢三遺。逢場播勝簪依舊，笑對峨仙舉翠巵。

出處端如蠖屈伸，少年鉤黨效何人。流離常和淵明集，知遇深知慶歷仁。海外屐聲來犬吠，天邊箕口困牛神。法身偶爲先生現，碑碣瓊崖澤尚新。

前題再和二首

雨雪圓門顧影悲，華堂才見又論詩。大江東去人千古，孤鶴南飛此一時。今段更聞心愛捨，當年真悔政埤遺。春風入座松枝接，轉憶仙城飲漏巵。

建牙高論兩眉伸，暫向江湖伴散人。蓮燭月明尋昨夢，檀香風定祝能仁。筵爭赤壁春先賞，唱滿紅閨妙入神。婦孺知名頻寄問，時吳中閨秀有和先生前詩者。歸朝旋奉玉綸新。

前詩槐江先生見答依韻賦謝二首

說法能令悟者悲，落鐙風裏復貽詩。略存騷客招魂意，如見髯翁薦士時。陽羨買田歸未得，黨人同網打無遺。承平肯說餘生厭，桂滿鄉園酒滿巵。

不學熊經與鳥伸，如今已是再生人。蒼黃別弟吟桐樹，款段憐兄爲苡仁。深望賢良居館職，莫憑頑鈍謝江神。欒城竊比吾知免，況荷紅雲吉語新。來詩及舍弟升甫赴禮部試。

琴河悼月圖爲溫星階少尹賦

喚起窗前鳴雨歇，客攜障子晨來謁。忽驚曉霧散晴空，一幅澄波浸皓月。月光知在誰家好，淚滴琴河紛不掃。銀燭高燒春夜長，晶簾低拂秋風早。流影仍尋連理枝，可憐似鏡復如眉。如眉約翠比端正，似鏡啼鸞悲別離。扁舟久隔琴河路，無計相隨月中住。卷圖我亦寄愁心，月塘西角梨花陰。月塘，予亡室殯處。

聞園四兄寫真二首

行春騶從半塘中，夾道遊人識謝公。貌作漁師應共笑，拏舟貪趁酒旗風。

柳陌蘆灣落日時，琴高新薦酒杯持。科頭跣足風流甚，肯著紅袍下釣絲。

槐江先生雨中見過依東坡生日韻賦謝二首

古道應回薄俗漓，十年車笠重吟詩。春風居屏藍田後，暮雨人來白社時。騎馬肯衝泥濘到，墊巾都作典型遺。小軒靡靡談文樂，愧我難分瓦玉巵。

曲几方牀侍欠伸，蕭然風味兩閒人。飛花盡日憐摩詰，繫印何心問伯仁。廡下五噫堪寄興，蘆中一唱漫傷神。蘇門咫尺晴來往，要聽奇豪吐論新。

鳳巢庵圖追次蠡濤先生韻呈公子巢松太史兼貽庵主嬾公

莊老告退山水妣，佳處不在留茆庵。鳳巢伊昔標故刹，諸天羽衛恒趁趯。年荒臘遠剝龍象，天寒木落悽篁枏。山門已書賣宅帖，勝地入手傳美談。經營幾日選緇素，錫飛鶴止初無貪。落成愛攜名士讌，高吟響答笙竽酣。天親無著亦隨喜，謂巢松太史、編山刺史。喜種聖果分餘甘。我時尚就若盧繫，聞此不到心懷慚。修羅刀鼻窄藕孔，一夕夢矚天蔚藍。聽泉涓滴蒙未發，可信中有星辰涵。山精忽藏白日麗，淵蜧欲奮元雲曇。覺來枕席杳泉石，惟聞梁燕交呢喃。如今行滕已可著，腰腳瘦盡恐未堪。麒麟巷東訪良友，通家情話碑猶含。山河邈矣粉本在，陟岵未共鸞皇驂。林梢石角留篆迹，指點長鑱親劚戡。歸樵蒼蒼下微逕，去翼漠漠飛寒潭。其前淨名齋並築，其後長慶詩同函。披圖仿佛有靈氣，頓令坐客思抽簪。西山真面況咫尺，何當竟日窮幽探。頗聞嬾公念檀越，歲時供養青梅籃。豈識塵寰特遊戲，二士偶與豐干三。海山兜率境界別，磨鏡可往行負擔。故鄉水腥林簣黑，不但文采開重嵐。當年繡衣察三郡，挽弓遠射南溟南。鯨牙手拔鼈骨棄，至今快事父老諳。萬家吹螺拜金粟，長空月滿鐙搖龕。瀛洲仙人身縞素，墓田丙舍書銀鼞。明日清明具香火，公歸共作圓蒲參。

勾龍爽堯民擊壤圖同巢松太史

甘雨不破塊，祥風無折枝。青陽已開聖坐治，羣輔慮廑人寒飢。新年有客來下邳，候雁向北環陂池。水多菰米岸苔葉，鳧趨鴨唼多歡怡。此如慈母哺厥兒，作態愛索梨棗貽。切甘分少試與之，回頭復覓竹馬騎。雨窗偶讀太史詩，古畫託詠堯民嬉。稽天大浸堪皺眉，根本端在能先咨。汝腹如枵百穀莳，汝膚如凍十日熙。四衢有酒樽可移，帝德蕩蕩天無私。大風已繳龍蛇放，耕餘閒擊三尺壤。中人亭子跨盧奴，坐打土鼓高聲唱。睢盱借問何知識，但戴皇穹皆爾極。戰士全歸丹浦外，遊人欲近彤車側。戲攀蓂莢紀仙春，齊采韭花依壽域。雲日晴開蜡祭天，夢魂畫入華胥國。我吟君詩但歡笑，如今豈無勾待詔。太平有象圖早陳，椶鞋竹杖儕汝民，眼中禹稷俱堯臣。

李伯時揭鉢圖同巢松太史

龍眠畫馬名譽早，專門無乃墮畜道。悟後更寫人天師，聲聞辟支一筆掃。此圖幻作物彪形，有美窈窕心性獰。窈窕，從鄭箋義。噉人之子不遺種，殺改縱佩終無靈。佛遺一鉢收賓伽，奪其所愛靜不譁。騰天入地求未得，兒啼卻伏青蓮花。呼兒不起母斯怒，皮紙裁符召魔助。不論魃蜮與畢方，荔衣蘿帶爭來赴。紅英亂翻度索桃，翠葉盡脫希連樹。陰風慘慘雨冥冥，兵仗修羅得無怖。大雄端坐垂兩眉，談笑已卻千熊羆。山鬼伎倆窘莫施，三皈五戒願受持。登車喜同出宅日，放仗慟比開城時。經文繪事各臻妙，惡人沐浴言非欺。十三藏函同此諦，太息時儒罕津逮。疏屬爭談貳負拘，長淮苦說支祁繫。聖人寬大許自新，不然何以稱至仁。漢文一夕開宣室，猶召長沙對鬼神。

次韻巢松太史見贈二首

仁規儆余罷，於法難遽出。顧蒙恩高厚，敢復問家室。寄迹蓬蒿中，壞屋脫髹桼。風雨雜埃壒，高軒謝親密。子來又惠言，文瀾涌澥渤。既悲宰山水，復憶學城闕。慚恨牽絲時，致君實無術。連錢騊駼馬，從未受羈絏。康莊取覆敗，此悔兼始卒。坎窞六年枕，旅次一朝即。教載出性真，勝荷困廩䘏。每念柴桑人，高情屬懷葛。但求肆志意，初不憂乏竭。微生果有涯，乞食亦可活。所嗟作薪粲，澒洞煙浪闊。安得黃鵠飛，銜之向雲日。少小絕飲博，微尚窺羣書。昨居牢戶間，鉛槧未嘗虛。急難藉弱弟，聞道希大儒。暇即爲詩歌，幽懷寓蟲魚。獨學易孤陋，膽怯徑轉迂。素心一譚藝，仙界撐方諸。卓絕見益親，掖余欻升墟。方今抱珠玉，作者踔路衢。雕腎出危苦，披肝寫歡愉。嚆矢始何人，橫流瀉無餘。根本失探索，所得終獷粗。子偕六七公，力溯生民初。勿言窮奇骨，吾黨無達夫。功名亦何常，惟懼行業疏。春風吹江郭，百卉欣以舒。鏗鏘蓄鈞韶，留眼桐枝枯。

雲伯建故明沈忠節公祠堂徵詩次韻四首

片石摩崖爲表忠，神叢遙在海光中。小朝苦認三星聚，大廈思憑一木功。生避王侯依絕島，南都破，依監國至海上。死求弓矢繳長風。至鹿苑港遇颶，舟膠被執。祇今鹿苑招魂入，猶跨鯨魚夜嘯空。

碣石平生讀禹書，自飛芻粟駕靈胥。上林閱籍知名早，光祿明經藉手初。公以海運事懷宗，官光祿卿，著有《海運書》。但使馬銜能避路，豈煩龍骨更穿渠。一編同祖遮洋法，不共浮雲散太虛。己巳冬，詔求海運故道，雲伯攝常熟，曾草數千言上當道，未用。茂宰清詞屑玉沙，憐才常到愍孫家。舊傳墓表修孤竹，公墓在山塘，久爲人侵佔，公孫諤廷清理之。全謝山太史作公神道碑。新製宮銘遇少霞。擊石共悲人化鳥，連檣如見陣横鴉。以兵部侍郎視師海上。海天傳唱聲俱苦，不解邨巫醉舞芭。

官舫琴河共一塘，瞿祠曾謁檜壇旁。瞿忠宣公祠在常熟招真治。此邦乘豹迎山鬼，當日聞鵑拜省郎。黄石巾袍傳濟北，蒼梧煙雨暗蠻荒。九原羈魄無人負，更丐青詞醮玉皇。

送恕堂之清江謁河帥黎湛溪侍郎

夜光闇投人必怒，懷寶無端笑尼父。何時得奉購珠書，元武闕前真值汝。丈夫不遇未可嗟，吾道一龍還一蛇。茫然此别向何處，乘興且泛長河查。射陽湖上論交友，使者黎侯與君厚。轅門初日笳鼓喧，客至共上河平酒。往歲桃花春浪劇，渾洪贔怒雲梯阨。濤頭直卷郁洲山，復返蒼梧峙寒碧。欸岸聲聞白馬嘯，隤波力謝黄牛策。使者張鐙巡險工，飛書下責馮夷宫。三軍讙叫箭射風，精誠夜挽河流東。宣房已塞幸無事，端向故人咨本計。南流常恐貫大江，北徙惟應載高地。異數每溯乾隆初，張秋故道臣僚議。高家一疏世共詳，君今試吐胸中藏。陽山北假放河入，中國萬世無隄防。此功久俟人非常，眼前攜上治水航。若詢舊日鈴下吏，爲道賣藥居吳閶。

牡丹和槐江先生二首

羈人觸物易感傷，況係花事兼年光。牡丹經雨漸枯槁，名園上客俱分張。往時開讌羅綺月，競愛淺碧誇深黄。環肥燕瘦各有態，到眼爭憐宮樣妝。蛾眉獨立自傾國，不解車馬紛如狂。如今蕉萃居林塘，多情爲汝涕滿眶。水邊漠漠伴人柳，道上離離同女桑。雪夫人行粉奴侍，臨芳風景何時償。相公進花自洛陽，坡仙作詩筆含芒。豈識物生貴有用，朝天顔色悲山莊。牡丹歎

雨中百卉愁彫傷，牡丹忽覺回春光。酒肴絲竹爭燕會，卷簾誰似堂乎張。詩人驚起再覓句，晨繞百匝連昏黄。馬塍一叢亦辦賦，鳳樓萬朵看添妝。如仙如夢付零落，何意態浩香仍狂。賣花聲遠來山塘，娃宫朱巷攜盈筐。吳兒樹藝可乞活，公之歎慰關梓桑。鄙生惟喜夙願償，品題輒復思歐陽。可憐聲價久淆雜，誰肯辨析分毫芒。尋常富貴不足道，高歌且

託平泉莊。牡丹慰

將渡海訪雲伯至大倉相遇即事賦贈

吳中門巷冷蒼苔，春晚江帆帶雨開。孤客夢依婁上住，故人查自斗邊來。餘生更乞去聲三山藥，半死猶憐百尺材。何況談詩聞廣大，雲伯近嗜《香山集》。天風蓬勃海潮迴。

舟中望玉山

午掛婁江帆，暮指崑山郭。虛舟無滯淫，永路疑寂寞。金花川上散，青黛空中落。澄波寫窣堵，輕靄縈叢薄。憬彼林下人，高情罷遊洛。謂金粟山人。既膾季鷹鱸，復聞士龍鶴。如何遭顛沛，茜水難久託。平生遠囂滓，羈役違邱壑。庶守息壤盟，始果真形諾。徘徊過縣圃，看雲有餘怍。

感遇

春岸楊花雪，春洲燕子風。珠簾三月卷，浩態萬方空。芳草誰當贈，微波迥欲通。相看匪驕傲，含思待豐隆。

穀雨日雨和槐江先生

虞農都尉肩久歇，旅食長愁窄糠麧。新年開眼望春花，澤國滂沱竟連月。雖云二雨殊節氣，今雨水、穀雨皆中氣，漢以前皆節氣。忍使千家懍巢窟。昨辰偶客婁水東，海天曉冪油雲濃。渚邊挑菜看漠漠，隴上宿麥非芃芃。雨無其極必傷稼，調燮端賴時暘功。人言沈陰多應戌，《月令註》：『季春淫雨，戌土之氣乘之也。』秋令春行失平秩。但誅師伯葬雷公，坐見金烏浴波出。九霄晴旭蒸暄暖，四野腴田爛華實。大賢爲國籌衆魚，籲止淫潦豐嘉蔬。俾我撒米逢麻姑，飽飯和詩天許乎。亞字城南巾後車，尋春一出忘朝晡。

溧陽懷孟東野

唐代溧陽尉，稱詩最有名。爲龍人願拜，射鴨世無爭。舊隱迷嵩岳，長歌隔帝京。江湖客憔悴，同感落春英。

即目

雨霽天清野望閒，小窗堆滿碧煙鬟。連朝拄笏添惆悵，徧問無人識冚山。

投金瀨

天運論地戶，員有圖伯心。矧遭棠君難，橐載歷崎嶔。中道忽疾作，行乞難自禁。夫人賜壺漿，翻赴兹水潯。殺身明不泄，彌激壯士襟。干吳挾弓矢，膺楚披冑綅。五戰遂入郢，回軍重過臨。懷人但見水，感舊斯投金。所酬能幾何，假物表丹忱。聶姊殉兄死，曹娥因父沈。其餘靡笄慟，各各爲藁砧。相逢歧路間，畢命無沈吟。奇節出巾幗，高風輘古今。所以英雄人，歎息痛至深。青蓮舊書碣，歲久苔蘚侵。客來訪遺迹，落日低寒林。惟餘女貞木，柯條播陰森。下枝拂湍波，迴復更相尋。上枝巢鶯翼，宛轉鳴好音。一繼河上唱，悲來涕淫淫。

固城

固城微雨鷓鴣飛，叢篠煙籠水四圍。見說貞元孟東野，每來湖上不思歸。

太白酒樓歌

溧陽三月楊花飛，舲窗雪落一尺圍。山明水媚吟興劇，高樓獨倚驚馳暉。馳暉一往不相待，歎息開天幾人在。昭陽謠諑妬蛾眉，終遣纍臣走江海。羯胡鼙鼓動咸秦，兩河颯颯吹煙塵。張良未逢下邳叟，韓信見鄙新昌人。當時挈鈴入官府，夜光驟握驚田父。主人流目看飛鴻，坐客摧肝唱猛虎。卻來此際一延眺，江介壺漿感漂女。共羨金陵汗漫遊，誰憐青海婆娑舞。丈夫或失志，十步九太行。古人且如此，今人益堪傷。青綾赤管華省郎，葛屨寒涼同履霜。鶴病何心戾蓬島，鳳飢尚欲凌崑岡。瑤牋不來延佇久，旁人勸持一尊酒。地瀵天膏到處多，甕頭缸面尋常有。仙會胥門早放槎，油囊五斗送流霞。雲端太白亦應去，脫劍醉宿專諸家。

牡丹詩再和槐江先生二首

謫仙中酒初未傷，車前跪依照夜光。清平三調指禍水，先見不減開元張。阿犖山來阿瞞去，太真西走何蒼黄。淋鈴遥夜悲劍閣，梳洗已殊端正妝。其時名花亦萎絶，共恨雨驟兼風狂。吴門春波漲野塘，胡爲看花餘淚眶。淫霖縱使替顔色，等閒豈必關苞桑。美人遲暮芳草歇，亦願風日天爲償。昨遊曾過瀨水陽，謫仙行處春茫茫。一枝穠豔聲未繼，那能槁木如蒙莊。牡丹歎

逐臣雨雪行自傷，誰教頃刻看春光。紫英飛自丞相府，意態未免含矜張。野人無意起金屋，四面翻來蝴蜨黄。色香訝從瓊島降，脂粉不丐塵寰妝。露濃煙重得再見，此時起舞醒而狂。觥船棹自新豐塘，買花便可盈頃筐。移根聞有昜茶苑，接樹尚欲收榆桑。乃知榮悴特並域，先時失者後必償。自開闔室熙春陽，轉瞬又見稻麥芒。黑牡丹畔一回首，歸耕何處東西莊。牡丹慰

婁縣贈萬浣雲明府臺

修門遠出違連瑣，牽絲忽嗟蠶自裹。一身蕉萃落九幽，經卷光明師燦可。雪花慘慘漏駒隙，鐙穗冥冥續螢火。是間細數平生交，壹者不來談炙輠。故人迥異宣明面，獨向複壁三窺我。屢將著述慰窮愁，才話行藏悲坎坷。余懷誓墓歸未得，君憶登邛淚交墮。蒼黄小別經幾年，望縣早鼓淞江柁。春來詔許脱叢棘，人笑身全如碩果。門巷蕭條車轍稀，黄粱一斗偕誰簸。時舍弟赴禮部試。同袍相思谷水遠，掛席卻映崑山墮。路人爭道使君賢，重見忘憂起江左。河上回流無輟唱，漢陽窮鳥皆同坐。來朝開户迎惡賓，覥面莫嫌塵堀堁。牛鳴尚中鈞天樂，蚌死終含明月顆。作計先除版築衫，江天蓑笠陪吟舸。

朱涇口阻風懷浣雲

二川趨大壑，孤艇對沃焦。雲隨鵬翅下，波衝鯨骨漂。明兩慚昏黑，吹萬正刁調。谷神淩空舞，河伯慘不驕。羈懷怛叩栧，歸興瞻回橈。回橈冀見汝，叩栧還愁予。煙水素所妧，汀洲復多阻。登蘋聊騁望，攬茝乏儔侶。俗情進無退，吾道出或處。反風會有期，胡爲含辛楚。

吳門集卷七

嘉應李黼平繡子著

黄魚行

水鄉風景當夏初，人家薦新饋黄魚。客中盤筵極草草，得此有如餐蟹胥。肯同鱸鮥角貴賤，一郡生計皆關渠。菜花已落荻芽長，人説黄魚隨汎上。洋山之西淡水東，手叉腰槮紛來往。雒縣驚翻颶母疾，焚輪一吹恒十日。白浪如山未可行，黄魚此時殊不出。天淡雲閑鏡面平，戚楫才整晨潮生。鳴根聲歇萬網舉，龍伯國人何處爭。珊瑚明月亦間拾，惜哉未掣吞舟鯨。頒莘課獲無小大，鯖鮓遠走連吳會。趨利真嗟性命輕，習流不憚波濤害。憶昔唐公來視師，先偏後伍爲魚麗。蓑衣不脱人自戰，趫捷氣可摧倭夷。海堧即今氛祲息，水豹潛牛或難測。此輩大有韓彭儔，天假漁人活邦國。君不見鐃吹征蠻下粤洋，往年亦用鹽船力。

青浦馬松雲明府紹援留飲雨歸

昔爲虞山宰，嘗企晉陵城。松雲前宰陽湖。同寮忽寘棘，今日欣班荆。劇縣事偏暇，初筵禮遂成。彭澤留光禄，臨邛敬長卿。金船更浮鴨，玉瀝還霑鸚。一舉歎壯士，再酌稱狂生。蒲萄州不博，竹林山可傾。笑謂魯御叔，松雲山左人。看余衝雨行。

和槐江先生芍藥杜鵑用前傷字韻二首

木芍藥謝含餘傷，幸有草本留韶光。詩人排悶疊新句，園舍未論朱與張。此花敘品舊無定，御衣顔色標淡黄。貢父又以紅第一，其餘并傳十二妝。人間凡卉那足數，瑶京迥憶吟魂狂。三月桃花水滿塘，豐臺送離淚泫眶。名士華筵賦藺栗，佳人錦瑟緬空桑。衹今落魄經幾載，一杯婪尾猶難償。公心丹赤葵向陽，中書起草含光芒。詞頭花口行復詠，香山莫漫妩蓮莊。芍藥

微禽思歸聲最傷，倒懸夜啼明月光。共言流血染草木，映山錦纈森高張。我疑望帝既爲鳥，六宫織作停流黄。金鋪釦砌魂立化，煙雨空濛爲洗妝。葉將衫同花面似，淚痕尚怨狂

童狂。吳江一水通瞿塘，人家蝦筍爭承筐。吳中名杜鵑鳥爲謝豹，故蝦曰謝豹蝦，筍曰謝豹筍。攀枝競憐謝女絮，移樹並惜羅敷桑。安知家國痛未定，持較花蕊冤誰償。良辰何心戀春陽，鼈靈往事背負芒。願汝生還勿躑躅，五丁開道成康莊。杜鵑

揚州田若谷明府鈞館予雙梧書室

桃梗遇天雨，隨波歎漂流。不知貫月查，汎海歲一周。是身如槁木，焉能計沈浮。炎蒸六月節，一葉來邗溝。殷殷田夫子，驛置白口騮。屏居好賓客，華館幸依投。布席甘茂請，班荊蔡朝謀。窮途百憐惜，意氣傾山邱。當暑北窗臥，颯然天地秋。雙梧落濃陰，樽酒迭唱酬。此材非樗櫟，不用豈有由。淮南賈人子，買笑煙花州。珠簾蕩明月，玉笛鈿空侯。紅牙廿四水，金屑十三樓。露衣進焦桐，掩耳不見收。惟昔軒皇帝，植之東園陬。九霄雙鳳皇，節足下翔遊。泰容寫其聲，素女手雕搜。彈爲雲門曲，萬古鏗鏘留。時乎會再來，吾醉君且休。

隋宮

蕪城一望但斜暉，底事當年樂未歸。戰艦才從桃葉渡，行宮已見李花飛。雞臺昨夢因風斷，螢苑寒光帶雨微。惟有遺民歌水調，淮南江北總霑衣。

聞笛

高館夜涼生，天風笛數聲。煙花三面水，鐙火兩層城。客有懷歸者，聞之無限情。王門書未上，何處曳裾行。

茶水行

東坡論茶水，第一標蜀岡。雅意出定評，不知陸與張。璇源溯岷嶺，井絡涵精芒。長江浩東下，一脈九地藏。如濟貢菏澤，如河隱蒲昌。伏流幾千里，正出當維揚。崇山疊空翠，有洌依上方。可憐萬民家，涓滴無由嘗。飛符應官府，抱甀供富商。挹注不知節，晨昏送車箱。老龍恐泥蟠，欻起雲際翔。金狄隻手掩，回飈擊礌硠。嘗聞高誼人，列器環檻旁。

經訓箴勿幕，何心闕芳香。恨渠與凡水，斗石一概量。淄澠久淆雜，睢渙空文章。縱勿羞王公，于泉固無傷。不看扳桐苑，煙甃莓苔蒼。而我求一勺，珍如帝臺漿。路遠莫致之，若病暍臥牀。何時叩招提，朋好攜鑪觴。轆轤手自轉，兼取塔院廊。活火煮冰雪，松風吹耳涼。遙呼玉局翁，水脚重參詳。

寄升甫

江上啼鷓鴣，喧嚶催寄書。寄書向何許，有弟在東吳。兩兒就問字，共處蝸牛廬。含毫久未下，寸心自躊躇。但言客貧辛，曷以慰一家。因敘江北況，用誘城南符。自離金閶亭，五辰至丹徒。大江一天鏡，與客鑑鬢鬚。金焦兩煙鬟，迎客登舳艫。萬丈波血色，翔陽曉升霞。神山倒水底，海涌三蓮華。回首眺北固，撐空開畫圖。鐘梵淨名庵，雲煙多景樓。江光雜山翠，濃淡匀相鋪。西晞金陵山，點黛露佛頭。稍覺遠林杪，晨嵐帶模糊。倚柁看不厭，落帆已揚州。是邦多故人，任俠數田侯。憐此褦襶子，華軒假雙梧。冰盤白雪藕，磦椀綠沈瓜。晚涼開高讌，懷古琅琅歌。江重關復複，臺沼皆荒蕪。濞也應反氣，非也縱驕娱。諫說問鄒枚，匡正懷仲舒。當年三君子，顏色未敷腴。能賦動梁苑，明經高漢儒。

士果能自立，何憂道艱虞。爲詢兩豚犬，頗解修業與。魯陽雖云猛，不能刃飛烏。后羿雖云工，不能射蟾蜍。少壯忽而老，何堪玩居諸。時當緒風興，酷暑略已除。南窗開籤帙，先念叔與吾。使我荷刀弓，不則爲農夫。有賊豈能殺，無田又焉鋤。惟此架上籍，文言承慶餘。大端已開豁，精義勤爬梳。一旦業有成，文章炳騶牙。山川助奇氣，挾之覲上都。京口廣陵間，皆予經歷途。渴吞鐵甕水，飢嚼瓊花不。江淮好風景，端可巾箱儲。家，古胡切。霞，音胡。華，音敷。樓，音閭。頭，音徒。州，音朱。侯，洪姑切。瓜，音孤。歌，音居。牙，音吾。不，音敷。

逢恕堂

書來三月暮，如汝住江干。雁侶重相見，時恕堂伯兄恒齋之官武林過此。烏棲尚未安。園林紅藥過，城郭綠楊殘。榮落隨時耳，休嗟行路難。

文選樓

旌忠寺中僧，經餘誦文選。問渠何能然，流風被來善。昭明豈嘗至，其事毋庸辨。亦如讀書里，近倚海禺巘。文緣史家略，事待詩客闡。我攄懷古情，即事足追緬。蕭郎起博士，不止師一卷。精識辨文言，高論祛舜典。門風經術茂，世子文章顯。雕舸偶遊歷，錦帶同抄撰。九夜重離輝，三冬洊雷轉。無祿嗟早世，天位不及踐。壽陽白馬來，厥禍從古鮮。至尊苦求食，嗣主悲行宴。流星墮殿廷，宗社俄焉翦。百常委禾黍，兩觀纏苔蘚。懸圃劫燒後，玆樓屹南兗。佛宇盛香火，詞林誇冠冕。故國朝雞鳴，長天回鶴輦。情極帝子哀，風悽露猶泫。生前博望苑，身後寂照扁。陳時改爲寂照寺，顔魯公書額。惟有筆精懸，昭明星，一名筆精星，太子之謚，或取此也。奕奕行人眄。

即事

擬把遊車託後塵，碧油幢下幾逡巡。建平好士收三五，未信文通是恨人。

法雲寺謝安雙檜

往年訪謝司空寺，一院桫羅陰滿地。有客新自法雲來，又云安石家曾寄。豐碑剝落半埋土，古檜蒼涼雙傍砌。干霄蔽日非凡材，唳鶴吟猿少生意。太元朝事總會稽，邊疆北出聞鼓鼙。觸蠻之鬥豈足問，兹行託救長安氏。重湖築埭作防遏，至今煙景猶暄萋。甘棠尚留南國愛，遠志迴憶東山棲。汎海裝成歸未得，新城一住傷陴側。軍屯大樹寧論功，馬繫長松自霑臆。平生楊柳黜行役，訏謨遠猶標覺德。芝蘭子弟能將兵，草木淮淝足追賊。晚節無人倚梁棟，亦如此檜藏其用。風雲鬱勃翻江關，識者摩挲一哀慟。廣陵每歲春餘輝，園林芍藥經雨肥。闤城簫鼓看花出，士女爭擎金帶圍。王劉老輩稱好古，逢場未免妒芳菲。盤根錯節獨愛惜，豈嘗見吾如此客。

王石谷瀟湘夜泊圖四首

山塘風景入新秋，圖在虎邱寺作。畫舫笙歌仕女遊。卻愛瀟湘少人處，楓林遥夜泊孤舟。

老年皴墨壓荆關，流水盤迴意態閒。咫尺欲知帆幾轉，直教九面看衡山。

白沙如雪岸如霞，江路空明月未斜。一抹煙痕横玉笥，聞歌知是屈原家。

雲山韶護詩人去，風雨神靈帝子來。短楫吾曾窮桂水，冷猿新雁有餘哀。

中秋次升甫韻示兩兒

八月十五夜，觴洗朱提銀。把酒問明月，何時吐行雲。團欒大圓鏡，照我一座欣。令弟偕兩兒，清詞韻篪壎。有如杜陵叟，喜姪能綴文。文章經國事，立志當逸羣〔一〕。侍中羨辟疆，對策誇終軍。汝今年幾何，無負陰一分。夜夜對清景，誦書吾臥聞。

〔一〕逸羣，底本、民國本皆作『追羣』，當誤。

和潘樹堂舍人世榮兩郎補學官弟子四首

踔踸詞場角鼓旗，一家文律冠當時。玉芽珠顆雙雙茁，又擢雲霄最上枝。

詩名不假衛將軍，各吐滂葩扇異芬。他日長離同北度，直將風調壓機雲。

彝鼎璘瑞校乙辛，鳳池篇詠足昌身。閒將第一論人物，江左知誰失色頻。

江湖淪落豈關天，每見諸郎意慨然。解道入門子皆冠，此詩已讓老坡先。

食蟹

嗜好年來忽變更，尖團新喜味南烹。尚方爲汝投雙筯，高士同誰過一生。明月清江潮欲上，綠橙黃菊酒初成。中宵倚醉閒商略，邛㚇他時拜長卿。

升甫和食蟹詩再次前韻

漸恐庖刀月要更，兩螯屢斫勸吾烹。江湖落手輸漁丈，風雨開尊伴麴生。柳市價高詩換得，菱塘秋老畫摹成。不須重憶琴河產，十口如今已累卿。

再次前韻貽升甫

方丈羅前倏議更，爲譏奢侈戒蒸烹。九瀧蹲石將垂釣，一籪承流且放生。瑣細遍看榆莢落，豐穰留趁稻花成。煙波共讀天隨譜，豈有監州得問卿。

送葉霞山孝廉軒還里兼呈直庵

往年居若盧，親故艮其限。停帆肯相訪，勝與金一鈑。寒谷暄陽回，冥途曉星睆。忽忽掉頭去，惜未傾飲餞。兹辰再來過，握手一笑莞。小屋寄修弄，曷以醉山簡。蘭陵鬱金香，斟酌清涚醆。開筵接高論，陋者俄已僩。家承九經在，饕若肉炙弗。況尊先兄聞，不雜後人羼。同時鴻都學，羣季虎文彎。三從進士科，毰毸安足赧。霜蹄伏櫪奮，風翮乘時𦐇。明買吳船歸，欲語還悚戁。舊持青綾直，忽愛墨綬綰。緣事觸長官，兩劾抽手版。故鄉杳何處，歸路高蹇嵼。厚夜思松楸，筌牀未登輚。尊公明形氣，邱壑皆在眼。平生腹痛言，美惡煩一揀。漢宮夾樗里，鄭城朝子產。沃饒青石祠，安窆謝鋤鏟。大鳥九天降，奇木四方僝。誓墓遂歸田，迴轍不上棧。子姑意爲叩，吾用詩代柬。他時有道碑，仍請中郎撰。

承聞前方伯曾公于廣州光孝寺建虞仲翔祠堂補詩紀之

綏南郎將誇鐃鼓，馬磨先悲浮海苦。漢家侍御骨相屯，復謫番山寄軍府。孝廉拒諫非一事，弟子傳經遂終古。當時共指名賢居，彈指翻爲梵王宇。晉唐之間幾廢興，掛錫常遊天竺僧。智鐙一炬燭震旦，黄梅大事南華承。從兹戒壇標法性〔一〕，詩社因緣香火盛。文字都如説涅槃，塵埃迴不遮明鏡。夙無慧業焉可望，風旛兩義虚參詳。洪都方伯默太息，世豈有仙懷仲翔。壽宫高建南斗旁，瑚珊繞阿玉作堂。聞道落成攜客醉，錦牋寫懷多古意。好時陸生持節返，承明嚴助論兵至。炎徼誰傳易九家，粤人盡解書三事。紘滄過化如此才，猛陵再徙令心哀。雲山竹箭路修曲，風雨訶林神揭來。茘丹蕉黄新展祀，千秋一日逢知己。江潭枯槁汝何人，欲晞九陽心不死。

〔一〕法性，光孝寺舊稱，底本、民國本皆作「法往」，非是。

客從故鄉來行

客從故鄉來，貂帽靴虎皮。入門脱純鉤，慷慨談英夷。訛言滿交廣，粤事殆莫支。大艑張三帆，乘風踔無期。桀揭包禍心，不在市舶司。謂客且安坐，何渠浪傳爲。須彌四天下，彼處西極西。羲和隱若木，王母見條枝。漢家定遠侯，遣掾能撫綏。昨者思面内，天清海無波。使臣一葦杭，飄忽時月稽。藁街住蠻邸，未習鴻臚儀。胡跽畏廷見，譁然起羣疑。一以爲怪鳥，一以爲修它。春秋待遠人，褒貶各有宜。杞本先代後，不共致興師。他如介國君，任辨牛生犧。荆人啓山林，藍縷婚羌氏。朝聘均未成，經書示嘉之。遐荒能自通，那復爲藩羝。其來義弗拒，其去義弗追。指南導出疆，自古惟羈縻。吾聞崦嵫間，遠近役屬多。黎軒諸城郭，寶衆皆收羅。左徵大雀卵，右賦駭雞犀。珊株火齊盤，照夜光陸離。綱利澳門外，高樓切雲霓。崔巍據山椒，俯瞰仙城卑。有人宣威德，奔走旋下來。其王嗜茶芽，曷敢越厥志。堂堂征蠻府，轅門卓靈鉟。樓船彎環列，姣女蹋弩機。農桑七十州，意在安蒸黎。肯戲人性命，以崇己班資。姑歸耕駱田，飽食無唸吚。波，音羆。多，章移切。羅，音離。志，音支。

望月

浩浩濯露珠，輝輝捧雲朶。縱言高處寒，肯向人間墮。

德清贈何藜閣明府太青二首

華陽求宰笑神仙，事後評量卻最賢。爲近蓬萊官越國，真笞鸞鳳上吴舷。班春教出黄綢早，閉閤詩成白紵妍。聞道邦人私酌酒，分來暄日自花磚。

東苕宛轉有餘清，尺素當時枉寄聲。林屋煙開秋郭見，石門風趁夜航輕。柳思上苑眠猶起，桐抱咸池死亦生。愁思對君吟不得，水天何處采蘭蘅。

烏鎮

歸路認孤塔，鈴聲催客忙。晚郵沽薄酒，明日作重陽。月墮林巒峭，風欺枕簟涼。數聲柔櫓斷，知是泊鱸香。

平望九日

曉色迷平望，蓬窗客思勞。功名如上水，風物逼登高。市近餐魚膾，江寒著鷺毛。石門有鄉路，何日放輕舠。

吳江

太湖三萬頃，曠望極風淪。飛鷁下蘭渚，飲虹橫玉津。天河曾奉使，地水自容民。愁絕書生策，輕教轉徙頻。

漁翁

漁翁生長吳江曲，老大偏諳漁具錄。左堆扠罩右綸竿，手洗雕苽飯炊玉。蘋洲風信送魚來，同伴催船及早開。中男小男蕩兩槳，大男前頭學張網。忽聽空江跋剌聲，文鰩朱鼈翻波上。賣魚沽酒閒趁墟，醉乘涼月宿芙蕖。不知何事唱歌去，莫是江頭渡伍胥。

吳淞行

星紀一宮天漢側，精光下涵爲澤國。江襟湖帶渺東南，未覺吳淞有開塞。石城分水貫洞庭，南江入海如建瓴。欲向長橋覓禹蹟，叢蘆雪白天空青。秋霖夏潦波襄郭，綺繡溝塍恐漂泊。下流嗌逆誰能通，水利千秋思單鍔。近聞幕府行縣道，特按圖經議疏鑿。金錢如土兩稅收，畚鍤連雲萬人作。黎元不憂吏催租，幸免頭角冠黿魚。舲窗有客私歎惋，肉食幾輩諳河渠。婁江難辨東江失，淞口橫攔漲沙密。琅邪風雨涌怪山，倒射黑瀾飛不出。離堆澮澮洒一鍾，注濱甲仗承英風。懦夫不辨與水鬥，此事或恐須神工。君不見松陵上與幽墟通，鱗屋參差煙霧中。緘書欲寄珠藏女，爲我一夕鞭癡龍，決江直走瀴溟東。

太倉訪曇陽仙子祠四首

又見黄花映曲籬，仙子萬歷八年重九日仙去。城南縹緲拜靈祠。一灣秋水思羅韈，當日春山學畫眉。弄玉性妩樓上住，飛瓊名恐世間知。九霄未易聞鸞鶴，且向苔階讀舊碑。

草木平泉擁麗春，香車不碾陌頭塵。璇宫織錦機聲歇，金屋簪花筆格新。廿九伏書無錯字，五千唐韻有傳人。烏衣馬糞多英彦，盡乞飛霞佩在身。仙子王文肅公次女，通經史，大美兄弟師事之。

落梅妝閣問清修，入道惟應上界遊。翠水衹今甃磬筦，青溪何故謗空侯。瑶姬暮雨嗟成夢，玉女明星看洗頭。地下有人逢庾信，罪他詞賦太輕浮。世傳湯若士《牡丹亭》，爲曇陽作也。

清飈肅肅薄窗櫺，值得雲帆半日停。自落塵埃多患難，欲除荆棘問仙靈。三生紫草昌容訣，一卷黄庭内景經。知否度予蓬島去，婁東門外即滄溟。

真子飛霜鏡歌有序

芸臺前輩藏鏡也。原序云：『鏡徑今尺五寸七分，體圓，外作八瓣菱花形，背白如水銀。左方四竹三筍，一人披衣坐絨，置琴於膝。前有几，几置短劍二，鑪一，又一物不可辨。右方一鳳立于石，二樹正圓如帚形，下方爲池。池中一蓮葉，葉上一黿，黿値鏡之中，虛其足，下即爲鏡之背鈕也。上方有山雲銜半月形，月中有顧兔形，雲下作田格，格中四正字，曰「真子飛霜」。真子者，鼓琴之人；飛霜，其操名也。』先生有詩，雲伯時在杭州幕府，曾見此鏡，與諸名士共和先生詩。丁丑十月下浣，雲伯出詩示予，輒次元韻。

琅環仙館有古鏡，背上篆刻非斯高。細看別號署真子，其人不審當何朝。博山煙裊劍罷舞，枯坐似傷身所遭。室中問何有，橫膝一張琴。龍脣安雁柱，辛苦爲知音。美人娟娟隔瑤池，自君得見今幾時。竹抽新筍待棲鳳，荷綻小葉迎飛黿。青鳥不來歲欲晏，相思折盡芳桂枝。叩心一夜嚴霜飛，樓閣高寒顰翠眉。雲容月面近何似，金鑑寄汝恒常窺。吁嗟人生遇合焉可道，騎省拙殊司馬巧。淵明自稱何許人，得趣縱無絃亦好。胡爲金石尚後名，手揮綠綺難忘情。天荒地老一再鼓，幽怨長懷君聖明。攷古衹今忘歲月，琴趙琴師譜殘缺。獨將此鏡留人間，從識古歡無決絕。江南遷客久未歸，長林散髮晞陽暉。清商爲誰奏，微霰霑人衣。坐思曜真洞，泉源瀸又肥。負局惟當洗圓魄，照心照膽上天飛。

青陵臺磚研歌芸臺前輩藏

青陵臺是何人事，河大水深干寶記。九域翻傳烏鵲歌，夫差小女疑無異。青陵臺向何處求，或在鄆城或封邱。片磚出土乃在汲，苔纏蘚蝕貞魂愁。中州開府能博攷，古篆分明三字留。因方遇圓琢作硯，搨本流傳天下遍。柏寢齊桓器再窺，芷陽秦代經重見。科斗摩挲不忍讀，詞人蘸筆傷蘭玉。藁砧已死難獨生，同穴盟言皎如旭。一夕天成比肩墓，千秋人識相思木。寧聞小吏抛廬江，終見佳人殉金谷。春秋大義褒共姬，河廣一葦行何時。宋都風化久未泯，彼君子女其知之。滑城事往如夙昔，幾家略賣煩籌策。紫襖秋風寄與誰，寶釵絕塞留難得。聖恩寬大許入關，軍書火迫催生還。水清石見一會合，蔦蘿松柏真纏綿。此硯想隨戎幕間，桃花雨泣胭肢斑。

戊辰初辛昭文槐江先生惠詩一章未暇和也今簡篋中得之感次元韻

零雨當年送子荆，曾聞官職折詩名。謫居敢説同三館，初仕聊堪割半城。都尉春旗巡穡事，維摩秋月聽書聲。如今憔悴吴門裏，欲向仙山丐石英。虞山有滑石，釀酒者以爲藥。

送升甫還里五首

頻歲皆隨難，今朝始請歸。已無饘在橐，猶有血霑衣。城晚孤帆出，江寒一雁飛。全家生計賴，行道莫遲違。

故里東郵外，先尋相墓師。山留鄭公草，路起伏生碑。回首雞年夢，驚心鶴語悲。屬君營丙舍，梅種玉千枝。

年來慈母意，遲汝作忘憂。筍解迎人長，蘭知應節抽。尊前春聚會，江介雪淹留。但道韓安國，徒中恩澤優。

驥子今何似，勝衣八歲强。從師朝入塾，失母夜啼牀。筆看誰人得，軍宜小輩張。倘逢花樹下，宛轉奪香囊。

今日炎洲客，多依士府君。新年人度嶺，彩筆氣干雲。銅弩談兵略，鋒旗破海氛。動關桑梓事，慎勿斷知聞。

吳門集卷八

嘉應李黼平繡子著

閑雲出岫圖歌送巢松編修北上

幽墟幽絕誰與鄰，七十二峯圍左神。洞龍噓氣幻樓閣，六時出入仙之人。仙人甪里論交結，共識孤懷握冰雪。朝依元墓夕范墳，一灣白雲自怡悅。春風催向瀛洲歸，閑雲卻逐征車飛。從兹長侍香案側，綺城遠近生光輝。汾陰祀鼎騰高唱，雲亦隨君到脽上。岱宗檢玉須鴻篇，雲亦隨君來肅然。雕蟲小伎焉足樂，玉堂校戰嫺韜略。花葩照處妖霧開，何物蚩尤可生縛。鎬京歸來配吉甫，四岳雲興響雷鼓。馬蹄先點一方乾，鵬翅俄分八州雨。雲兮雲兮倚高穹，故山回首深萬重，何人采芳煙岫中。帝鄉寥廓望不見，哀歌頗與三閭同。沐蘭衣英願自通，思夫君兮心爞爞。

和巢松編修留別鳳巢山嬾庵長老兼送甘亭入山之作四首

吳下曾聞特置鄉，風旛況近佛壇場。硯山直與珠林換，詩卷應須貝葉裝。方外賓朋攜剡曲，夢中泉石寫良常。誦堂久共頭陀臥，可信雞園即鳳岡。

十年藏劍隱林於，東觀旋催尺一書。臨海煙濤起安石，泰山封禪用相如。絺衣預辦歸田服，瑩角先懸下澤車。憑仗遠師爲指証，蓮華終不染泥淤。按：小杜《和會真詩》，『籠』韻改用『櫳』，『櫳』韻改用『籠』，偏旁易而聲不易。東坡『碰』字改用『椪』，『蒲』字改用『蒱』，即其例也。元韻『箊』字，今倣杜、蘇例改用『淤』。

仍將松竹託交親，恰得彭籛自在身。滿院有香機最活，上堂無字局翻新。也知現世同阿閦，豈必移家入曜真。何肉周妻聞斷盡，不煩相識訊鴻鱗。

年來筮賁笑如皤，誰遣衰顏更照河。文儆春坊知汝貴，詩徵夏屋庇人多。山中未易歸宏景，江左虛傳仕法和。吟罷雪窗成一歎，鐙昏香冷悟蘭那。

中丞鄭谷先生送朱櫻賦謝

楊梅盧橘尚含酸，崖蜜分來露未乾。禪悅不須參玉版，風光渾訝得金丸。斜街路繞春明夢，京師櫻桃斜街。嘗果人同稷嗣看。十載江湖莽牢落，節樓情重喜加餐。

槐江先生漁樵祝太平圖

仕宦思歸田，失意十常九。豈其迷於退，夜海明揭斗。人事繚繞之，牽挽行復久。先生平章事，蓋壤名不朽。擁旄督三州，食肉乃祭酒。紛華本自澹，富貴焉可狃。一櫂下五湖，煙裳翦香藕。山隱居是伴，天隨子爲友。寄居葑溪旁，麻麥詠貽玖。閒招近局會，不望折坂走。人言道緣深，公說主恩厚。漁歌隔岸起，樵唱隨時有。誰非懷葛民，夙諾貴無負。好事傳圖畫，高風擺埃垢。我知太平橋，歲寫香山叟。

和潘功甫西湖秋柳十首

往事塵中復夢中，五湖流落竟誰同。西風自寫巑岏影，付與人間識字蟲。

瀲灎波光久目成，西陵油壁往來輕。同心那遽輸松柏，不駐青驄問一聲。
數株閒倚白堤斜，鸂鶒鵁鶄暖戲沙。愛道小蠻豐豔日，衹今顏色讓寒鴉。
恩情從昔戀春暉，轉瞬煙寒水四圍。印月亭邊一橫玉，風流若箇比楊妃。
記得穠花陌上開，雕輪寶馬共裴褱。舞腰瘦盡私憐惜，曾拜錢王錦段來。
婀娜金塘落照斜，隔江籠盡玉人家。早潮若送玲瓏返，定與開尊唱白花。
扶起官橋萬萬枝，懷人多是別離時。禪心欲傍三天竺，爲絮爲泥叩導師。
無數紅裙下翠樓，涼天閒繫木蘭舟。一枝垂露佳人泣，死說蓮花解並頭。
娃宮綽約幾人看，露葉煙條壓畫闌。不似江邨憔悴極，苧蘿風冷黛眉寒。
一回披卷一愁添，妝閣垂楊拂鏡奩。雅詠至今悲謝女，黄昏微雪下重簾。感亡室謝宜人也。

送門人劉湘華北上二首

離心重疊嶺雲圍，夢裏交親覺後非。煙景濃春人握手，風波前度話霑衣。魯詩晚爲王臧薦，楚些思從宋玉歸。無那臨流還惜別，荇青蒲白去帆飛。
銜杯重與說京華，廣路三條上計車。名士南來先對日，春風北勝又看花。狂留金馬歌聲在，醉憶銀貂舞態斜。君到若逢相識問，五湖蕭瑟暫浮家。

贈楊魯川明府沂秀

短衣重戴客長洲，尊酒相逢意氣投。三輔篠驂思令尹，半塘花鳥滯良遊。風前倚笛秦聲急，水上開筵楚舞收。猶有劍池泉可試，爲君能割幾分愁。

清明虎邱即事

東風作意放春晴，遣興聊催艓子行。烏府冰霜餘涕淚，白隄煙雨又清明。山阿自改迎神曲，江表咸知誓墓情。卻倚寺樓頻指點，垂虹南畔是歸程。

和尤春樊舍人興詩見贈二首

山林朝市兩無營，潦倒端堪笑絕纓。種樹敢求歸隱地，校書先改更生名。愁邊風月能爲伴，難後親朋畏寄聲。誰似鳳池前度客，玉瓃緘札獨多情。

文章江左問先民，南渡君家大有人。風派遙承四尊宿，騷壇高擬百由旬。彤廷紫殿吟來久，明月清泉樂最真。報道葑溪閒示病，不言花雨世間珍。

述舊呈槐江先生

赤松佐炎帝，偉績彰雨師。大鴻翊軒皇，教戰驅虎羆。脱屣棄將相，邈然弄雲蜺。古來英達人，珪爵不可縻。洎乎叔季後，出處道以卑。五湖夢雖殷，三徑來何遲。賁隅瞻旌節，開府舊參知。天風發樓船，親見白羽撝。是邦豈難理，苗髮薅櫛之。呵手拊龍戶，攻心柔島夷。海山七十州，坱圠蒸生機[一]。陪奉越華席，嘉會方在茲。荏苒曾幾何，人事倏遷移。江南去從宦，先生亦旋歸。寄廬葑溪上，一葉舞風漪。花看虞仲里，藥采商咸祠。暇作文字飲，潘榕皋農部尤春樊舍人各厖眉。懸知繡谷集，尤西堂老人嘗集諸名士於繡谷賦詩。遠勝香山耆。鄙生趨後塵，不以患難遺。皓月流華景，如在南海時。佳辰值生朝，令倣前事爲。丁丑和東坡生日詩。一曲奏飛鶴，我歌殊厥辭。大鵬失風水，飲啄輸山鵃。驚喜遇希有，相銜擺沙泥。希有謂大鵬，吾與造化期。西母右而覆，東王左而攜。汝能從吾遊，昆崙共翔嬉。寥廓矚無外，鷽鳩焉得追。

[一] 坱圠，底本誤作「坱北」，今從民國本。

題元逸民閔牧齋墓銘

天目雲深處，先民舊所藏。逢萌家浩蕩，孤竹墓淒涼。片石聞孫認，高風奕禩揚。同時顧金粟，遺恨戍他鄉。

尤春樊舍人屬賦檇李

金城得金酒泉酒，豫章氏郡從來久。但聞酸棗棗實盈，不聞檇李李樹生。浣紗溪邊發穠豔，端爲窈窕留佳名。竹垞老人搜逸史，唱入鴛湖櫂歌裏。君言此果分得時，好事爭來看西子。館娃宫中夏日長，大湖八面磨鏡光。緗裙縞袂倚象牀，嗜好偶然思故鄉。樵風一陣送夜航，煙枝露葉筠籠香。東山枇杷不復采，西林楊梅安足嘗。微酸初濺碧實脆，想見顰眉停晚妝。夫差嬪嬙多內職，一介何遽能亡國。宰相墳前梓未種，君王道上瓜先食。桂苑梧園盡蕪没，明眸皓齒無消息。幾樹猶傳越女栽，千秋尚遺吳儂識。語兒柴壁本通波，但願是處生嘉禾。遺民歡喜得飽飯，免使歉歲餐蒲蠃。

雲伯招集徐園同鎮洋彭甘亭明經兆蓀嘉興沈西雍大令濤吳縣董琴南編修國華琢卿孝廉國琛潘功甫孝廉曾沂長洲王井叔秀才嘉祿沈閏生秀才傳桂韋君繡秀才光黻曹稼山堉吳縣徐玉臺秀才尚之震澤仲子湘秀才湘長洲褚仙根秀才逢椿元和朱西生秀才綬延秋賦詩兼呈西雍二首

去日堂堂不可留，送春無那更延秋。積唐且共諸公醉，搖落先深九辨愁。入畫叢蘆催雁下，分題芳草惜螢流。欲知此會堪千古，天遣多情領勝遊。

客邸禪棲半月留，本來名士愛悲秋。雉城舊令人皆識，騎省閒居我亦愁。積貯吳中關大命，是日西雍與雲伯座中論積貯。文章江左盧橫流。如何一夕林塘話，迴似南皮念昔遊。

秋雪漁莊圖爲雲伯賦二十韻

西湖處士真皎潔，年少何曾知命達。阿誰賺上計吏車，塵土無端換風月。十年不學高結樣，七品才居大冠列。金閶門内蹋鼓趨，從此湖山成隔絶。前歲試官龍伯國，大飄夜渡天風發。萬層水擊鯨膾鮮，一片霜飛鼇骨裂。須臾曉色曒榑桑，照耀正見仙宫闕。此時蹲石欲投釣，吏卒守之行且輟。吴郡歸來今幾時，閉門覓句妣咿軋。滿腔經濟未得吐，粳稻東吴煩筆舌。一縱一横論莫當，欲向青油貴人説。葫蘆短長米貴賤，何苦執裾仍泣血。湯泉焦石共蒸炊，況乃城中方苦熱。且須留客伴茶瓜，未可逢人著鞾韈。名園水木抱鷗隱，諸賢並赴延秋節。錦囊玉軸披丈圖，兹境清涼爲君決。人生富貴如一瞥，神仙勇退初無别。浪泊跕鳶吁可畏，邛崍叱馭嗟誰歇。鷺梁豈知飢鶴在，魚網不爲飛鴻設[一]。抽身便可返漁莊，獨宿蘆花看秋雪。

[一] 魚網，底本作「魚綱」，今從民国本。

趙承旨硯歌爲沈西雍明府賦

吳興書畫世難到，遠法晉唐窺閫奥。風流歇絶五百年，一硯流傳等圭瑁。此石康熙中得之，攷古曾經陳與冒。水繪園中絕煙景，論詩説賦才名譟。亭亭楊枝拂戺立，浩浩梅花横筆掃。先生昨宦如皋城，孰惠瑤瓊投所好。金錢火捺自云珍，紅絲紫雲定難傲。清蔭禪林六月末，名士披襟齊脱帽。松雪蒼涼憶天水，鷗波蕭瑟翻旗纛。雖懷學士共摩挲，頗爲王孫傷節操。我未見硯難隨聲，作詩卻欲存公評。貴戚不同異姓卿，九廟爲重一身輕。紀季入齊經不名，此亦微子朝周情。君看淚滴蟾蜍盈，崖山絕壁風雨暗，尚有黑龍歸水晶。

董琴南太史國華琢卿孝廉國琛招集徐園同陳雲伯王井叔潘功甫沈閏生朱酉生諸公延秋賦齊雲樓磚硯

薅收戰餘炎，愧汗定如瀉。緒風僅自扇，黎庶不及假。所以太史公，復此延羣雅。主人敬愛客，筵几侑巨斝。清言玉麈屑，渺論花雨灑。酒酣出唐磚，色古欺漢瓦。蒼蒼元圭笏，黯黯烏銀銙。質傷沈埋久，銘失隸古寫。高樓迭興廢，歲月不可把。曹王大宗子，一再失茅社。何年蒞斯郡，連闤開廣廈。月華舒金波，清景未嘗捨。張王桀黠流，乘亂竊吴下。開平師未入，自擬獲天蝦。三興矜嘉瑞，一炬爇妖冶。豪華竟安在，極目但楸檟。何似香山翁，巍構玆焉庌。偶留官廨物，尚作子虚奼。先生著玉杯，持槖侍金馬。孝廉復鵲起，才筆亦健者。豪吟共一硯，高韻絃九寡。亦如白傅調，天廟備韶夏。驪歌客初散，日落鐙未灺。歸路生晚凉，微醒醉容赭。

西雍載酒訪詩圖二首

艈船一棹夕陽斜，醉倚蓬窗手自叉。喬樹游鱗水清淺，從來好句屬君家。

帆卸吴門秋漸深，一時詞客散禪林。繙經知愛香風偈，鐘磬無聲繞院吟。

七夕井叔功甫招同雲伯西雍閏生酉生諸公集味菜書屋延秋二十韻

盤閶修秋禊，好事始瘦沈。一月三矢詩，得失互評品。流連及巧夕，節物漸淒凜。重羅江東彦，共作河朔飲。潘陳心迹素，文采爛披錦。天壤有王郎，嗜古勤蓆枕。三君年正妙，英絕使吾懍。華館豁達開，連呼夜航櫓。泉傾風浩浩，川吸波淰淰。一論當世事，醉發醒自審。借問今何時，憫雨旱太甚。萬夫踏桔槔，四野儲桑葚。是邦苟不熟，轉漕憂御廩。願因仙翁朝，特爲天帝諗。急挽銀河水，滂沱洗埃墋。下田活嘉禾，高隴亦藝荏。咄哉江湖客，誰給蛙黽稟。口腹方累卿，乃切積薪寢。同雲望奚極，倬漢歌且噤。把酒勸㚘媧，西成歲其稔。

河決

安處先生圮烏有，三尺金蓋月下走。浚儀渠上濟跳梁，驚起河神夜中吼。馮夷乘龍森角牙，前驅豐隆捕蝦蟇。雨風晦冥望不見，飛雹一擊趨濄沙。五戶將軍陝州見，提蛟挈鼉來助戰。妖氣反從千乘入，雄濤卻掠三山轉。兩岸田廬半漂没，汪洋不復尋巢窟。墟里寒雲聚哭聲，關山涷雪傷人骨。昨聞使者乘傳車，已賜山海與河渠。流民焉用入圖畫，天子自使歸鄉閭。雁鴻安集古所美，蛙黽格鬥知何如。吾聞決河象應諸侯之失職，嗟汝負薪當努力。

初雪

小雨忽成雪，凌空作意飛。不知春遠近，先與客光輝。茅屋坐相賞，竹鑪休更圍。兩河漂泊戶，凍死未全歸。

春樊舍人招赴東坡生日集

小軒微雨閉蒼苔，特爲峨仙誕日開。鉤黨不堪追往事，論文同此慕奇才。天邊奎宿封章入，海外僧伽杖履陪。誰似舍人吟楚頌，年年葑水迓髯來。

徐子鴻寶琢招入石湖探梅五首

十年石湖路，未克散腰腳。坐憶冬仲交，寒梅壓籬落。偶與故人話，遂荷扁舟諾。檥楫傍苔磯，躡衣循菌閣。裵褢綺窗下，一笑逢破蕚。半映初日明，全籠曉煙薄。生氣還宙合，幽姿臥邱壑。不知花與人，一代孰高格。范公去已遐，風物緬非昔。尋春獲心賞，繾綣芳林酌。

鏡天閣

昔聞石湖水，書以阜陵存。丞相已通隱，風光自一邨。煙波留畫舫，鷗鷺識清樽。余亦思歸客，憑軒孰與論。

石湫

橫屏虖豁開，珠髻龕絕壁。老湫環其下，綠淨自開闢。六時肅清飈，落葉銜翠翮。陽旱未曾損，陰雨不見益。僧言一泓寬，深可裨瀛積。池中小科斗，遊戲雙或隻。煙霧潛吸嘘，蛟龍欻騰擲。神非私珍秘，人自畏譴責。所以張陸儔，煎茶失搜索。真人重品藻，翻覺劍池窄。遙傳御繖黃，逈映寒玉碧。天上烹日注，人間識雲液。委巷忽悲悟，託境無隱僻。一物且不遺，峨冠跂弓帛。

治平寺

眷兹鏡天遊，雲水看不足。言從繚垣轉，更入空林曲。橫戶收湖光，正殿卸山綠。勝情有近契，妙景無遠矚。雅宜讀書處，舊井懸泉沃。至今山寺風，客到供碧玉。芋火寒屢斷，茗煙淡相續。座間國清僧，云是天台屬。語我石梁去，翛然離塵俗。

絕句

遶湖看盡碧孱顏，小憩楞伽便擬還。他日吳僧說公案，沿鐘不到上方山。

送琴南編修之京是日冬至

論文彈指十年餘，煙水吳門悵索居。良覿乍逢花樹飲，等身重見竹林書。春含赤筆歸三館，路繞黃流問二渠。知有包山靈笈獻，好音莫惜寄蓬廬。

贈潘榕皋農部奕雋二十五韻

古之山澤癯，莫若會稽盛。海虞種靈草，卓絕幾于聖。甪里與華陽，後先迭輝映。惜哉人已遐，末由式高行。金閶見吾公，乃愜心所敬。少年中書直，文采動執政。故事飽見聞，非但紅藥詠。塞北扈雲罕，黔南懸月鏡。回翔青瑣班，自可踐魁柄。華資唾手得，要路何心競。東南佳山水，半壁畫圖幢。靈巖具區間，煙路幽且夐。千株早梅發，一水扁舟榜。長歌歸去來，不復奉朝請。神仙豈易得，勇退差可併。閒居四十載，惟以詩爲命。連宵奉巨編，舌撟目還瞠。和平無欲獻，最得風雅正。其中田園作，瀟灑見天性。真堪凌陶謝，似未屑王孟。鄙生學章句，人笑癡符詅。往逢老尚書，已覺超乘輕。今兹添一幟，壁壘焉敢偵。雪絮换冬節，風花開春令。坐看兩羽人，掃海筆鋒勁。

送金谿前輩備兵高廉

陸生冠冕通南極，論議足令人動色。不知兩説摧舌鋒，萬里何曾肉飛食。望郎監郡氣不侔，海山半壁撑炎洲。天邊日影庇龍戶，塞上風聲馳駱侯。吴門相見問鄉土，爲道高涼原合浦。是邦苗猺頗雜處，秦人一尉嗟何補。先朝僉事始備兵，閫外有寄權非輕。使君此去逢伯偃，綢杠靜卓轅門旌。往年煽動接西越，紅闌女亦髡雲髮。凌波朝采媚珠遊，聽雨夜彎神弩發。居民不識詩索婦，驚倒天魔舞干戚。洸洸大府陳留公，軍令早晚驅艨艟。紘滄近來鏡面空，使君緩叱連錢驄。華館琅玕煙雪暮，酒闌月上梅花樹。倚醉閒思錦繖人，贈行共指金標路。天涯亭畔遊士多，他時乘蹻期相過。麄泠象浦盡耕作，爲公漢語編夷歌。

臨春閣磚硯爲雲伯賦

我初客金陵，有意訪三閣。淮水杳煙霧，臺城但叢薄。君今獲殘磚，何知非依託。君云光昭殿，瓴甋露牆角。銘鐫至德年，厥証尤確鑿。天質嗟完好，神工謝雕琢。遠慙漢甘泉，近媿魏銅雀。齊雲最晚出，寧不可與較。華軒會銷寒，詩向同輩索。呵凍一擩染，懷古增惋愕。何年張星墮，流光入羅幕。樓頭妝始成，膝上記無錯。遂倚長江險，恣爲後庭樂。龔孔既妖冶，袁何亦綽約。君王顧而喜，新聲被鬌鑮。璧月不長圓，瓊樹有時落。蕭蕭青海驄，一旦門外躍。摩陂龍再見，倉琅燕奚啄。伏與甄后同，譝且息嬀若。晉王忽受諫，流血丹霜鍔。人言錦帆至，帝遺紅粱酌。心肝真全無，至死昏不覺。嗚呼妹妲後，顛覆事如昨。鎬京處豔妻，一笑戎已略。阿房充美女，三月燎難撲。魯史于夫人，猶譏飾楹桷。況以羣婢寵，乃使百堵作。婦順貴明章，家道無嘻嗃。窈窕狀宮闕，貞專固當學。君喜鎮其言，分牋試東郭。

同人擬建張司業祠

近日論詩者，曾云吳體卑。文昌起唐代，古淡幾人知。宗派崑崙溯，飛騰汗漫期。何當營舊宅，吹竹更彈絲。

題順卿蠟梅

仙山破寒春意早，美人夢惜香衾好。何從寫此入道妝，睡起額黃猶未掃。放筆泠泠一闋詞，勿言坡谷始相知。即看玉體橫金屋，嚼蠟心情更有誰。

清如廣寒秋樂府題詞四首

木犀香滿畫樓東，一片微雲一片風。卷盡珠簾人不見，金閶亦有廣寒宮。

霜花昨夜被庭柯，碧海青天奈冷何。道是悔心雖未必，玉溪終自望嫦娥。

不解人間有別離，苦拈鵔管誓烏絲。霓裳記得怱怱按，已近明河絡角時。

年來何計散愁城，一卷楞伽百不縈。可奈吳郎翻水調，瓊樓玉宇又分明。

七姬權厝志拓本書後

荒園窋窱開夕曛，弓彎蹋春鬼唱聞。花明繡衣草羅裠，睇視下有窈窕墳，墓田蕪没烏爲耘。寒食清明酒酣醺，誰家寃魄含悽焄。樓居見説鄰齊雲，長圍四合占惡氛。河陽七姬同日焚，古來龍戰元黄分。嬪嬙灑掃備辛勤，楚宫夫人嘿不云。見桃小紅涕淚紛，館娃一舸破浪紋。臙肢水醃三江濆，甚乃舉族隨猿葷。苟能全貞妾心欣，祝融回禄相此勛。返魂安用招以芸，當年刻石留清芬。墨光鬱鬱淩紫雯，須織兩宿通氤氲。須女四星，織女三星。或疑割據隘幅員，兵間女子如鷮鵕。不覩楚帳皆漢軍，美人和歌留厥文，至今史筆濃香薰。

和春樊積雨

屋角喳喳聽語禽，一春庭院雨連陰。名花落地真無色，新筍過墻似有心。詩到溪山誇隱几，夢餘蓑笠話歸林。催人最是師河水，緑漲平添數尺深。

天風海濤圖

三神出没隨抃鼇，天風浪浪駕長濤。爰居無蹤大鵬徙，誰泛一葉輕來遨。弱水香瀛論萬里，羨門高逝呼難起。那知海縮山可移，併落先生官舍裏。壯哉仙查繫日旁，便上蓬萊謁天子。岸邊有客初收篷，氣象不與君船同。檣傾楫摧憔悴極，此豈有意金銀宫。江湖悵望南溟遠，似待晨朝舶趠風。

閶門送客

水西樓閣玉參差，楊柳花飛客去時。錦字緘書千種恨，蘭溪歸櫂十年遲。香頭夜雨人初到，棼尾春杯酒莫辭。吴下行蹤如向説，紅閨應蹙遠山眉。

寒山積雪圖

巖壑泓崢積素深，微風茅屋偃寒林。此中妙不關文字，未要騎驢客更吟。

琴河贈吳二阜柏三首

到眼風光亦不殊，此行猶似宦場無。殘衫破帽人爭看，一幅柴桑乞食圖。

虞山西麓是君家，下榻思看去歲花。一段穠春吾負汝，遶闌吟到夕陽斜。

園林池閣冠江城，把酒重逢顧阿瑛。絮話殘宵君莫厭，窮途分手倍傷情。

南歸集

南歸集序

己卯春，計偕北上，謁先生于江南。先生贈詩云：『魯詩晚爲王臧薦，楚些思從宋玉歸。』于時安置未滿，故其言如此。明年始得旋里，來廣州，依兩粵幕府。旋以病頭風，薦主東官講席。暇輯近著詩爲二集，而以《南歸集》屬熊序。先生嘗言：『生平爲詩以示人，多不喜，惟故友葉石亭解元及方伯吳蠡濤先生知之。』今乃以序屬熊，熊何足以知先生詩哉！

顧昔者嘗讀《宋書·謝靈運傳論》而疑焉，其言曰：『前有浮聲，則後須切響。一簡之內，音韻盡殊。兩句之中，輕重悉異。』至謂靈均、曹、王，此秘未睹，曾無先覺，而高言妙句，皆暗與理合，匪由思至。休文在梁，其詩格在江淹、何遜之下，何以自負若是？既而思約等爲文，以四聲製韻，故著《郊居賦》，恐人讀『霓』爲平；約之此言，爲四聲發耳。靈均、曹、王，四聲不分，烏從而睹之而覺之乎？且夫文非四聲所能盡，四聲之中，又自有其浮切輕重，一定而不可移易。《風》《騷》以降，五七言遞興，名篇巧製，載爲先式。學者玩其詞，審其音，求其用意之所在，優遊饜飫，久而得之，未有不假思力而能冥與之會者也。

嘗試綜而論之：《三百篇》後古詩，曹、王爲一等，阮、陶爲一等，李、杜、韓爲一等，蘇、黃爲一等。數公者爲體不同，音節亦異；而其浮切輕重，高下皆宜一也。蘇、黃而外，其能合乎此者鮮矣。至先生《著花庵集》出，始求古人遺聲于不言之表，而有以獨得其傳。十數年來，經歷事變，所養益粹，所造益高，如《南歸集》者，尤其彈丸脫手之候也。蓋不襲古詩曹、王、阮、陶、李、杜、韓、蘇、黃之貌，而天地之元音萃是矣！

先生詩，情以爲根，文以爲華，禮義以爲實，皆有識者所共見。獨其聲韻之微，有未易驟而得之者，故爲詳揭于簡端，以視葉、吴二公之論，又未知其曾及乎此否也？

道光丙戌九月，番禺門人劉熊拜撰。

南歸集卷一

嘉應李黼平繡子著

歸思

三載言歸今始歸，誰知未發涕先揮。弦超無計留神女，正則何心訪伏妃。滿壁秋風殘鳳錦，一宵寒雨故牛衣。此生已是長離別，膝下惟依阿母機。

吴江

雨洗船頭暑氣清，月來湖面夜涼輕。煙波共羡高人釣，鄉里遥思下澤行。尚有篋書分子弟，可無郫酒醉先生。垂虹放筆掀髯笑，記取南歸第一程。

湖州贈張雲巢太守青選

從宦鄰吴越，升沈固難定。君今致雙旌，我已問三徑。深情與寬譬，孤客淚欲迸。官聲采白蘋，廳事行明鏡。依依不忍別，匪直湖山勝。

杭州晤恒齋

獨有錢塘縣，川途曾未經。故人下榻處，門對吳山青。三宿作鄉語，金釵沽玉瓶。離心寄江月，夜夜照西泠。

富陽

人語趁墟喧，風聲送潮落。夜醉餘杭酒，朝吟富春郭。水木漾明瑟，風煙迥披薄。列岫張畫圖，羣仙此焉託。青霄蔭旌節，白晝聞鸞鶴。恭承松子召，遂荷桐君約。嬋媛渺何底，欲往未敢諾。倦羽戀故林，歸雲依舊壑。一采北山薇，進棹無淹泊。

桐廬

桐江何處來，乃自天目山。紫溪將赤瀨，屈曲赴人間。滙爲新安江，風漪清且漣。游鱗仰瀺灂，修竹俯檀欒。空中放煙棹，水際求雲巒。觸境皆有獲，委心相與閑。沿流牽弱荇，遵渚擷芳蘭。忍以纓上塵，污此寒玉灣。惟應古男子，終日來垂竿。

釣臺

乾坤予安歸，惝怳臨嚴瀨。一從眷微祿，未解籌勇退。得無埃灰輕，喪己邱山大。若人知尚志，觀世先處晦。安車見天子，肯改狂奴態。拂衣紫垣中，把釣滄波外。罷官始言隱，面騂汗浹背。晚節思桑榆，衷言鑒虀菜。願留磐石坐，暫緩征帆邁。眼前足纖鱗，慎毋貪鯨鱠。

酌十九泉示升甫

三年茶水安吳中，錫山劍池與垂虹。攤飯澆書失愁疾，醉鄉不憶王無功。歸路今過釣臺下，有泉涓涓迸石罅。兩崖風遏海潮侵，一宿雲蒸天酒瀉。久旱行人多病暍，與君纜傍松根歇。壯心欲吸新安江，盈掬先吞富春月。夜深投綆層巖裏，無事錢塘定驚起。浙東浙西百萬家，待君一瓢活蠶麻。

蘭溪雨泊

萬楫一齊纜，橫空雲作堆。疾雷崩岸起，飛電劃江開。颯颯風吹竹，娟娟月照杯。雨晴渾不礙，南望思悠哉。

常山客舍書懷

宛彼玉溪水，人言尚拕舟。常山逆旅客，惡作賈胡留。蒸炊坐釜甑，出入常苦愁。弟病兒未痊，藥餌不時投。何以抒菀結，步登城上樓。雨聲斷三吳，旱氣連五州。今歲江西、江蘇、浙江、福建、廣東俱旱。洪鈞煽鑪錟，析木乾津流。元天北極下，清英四時浮。含凍化驕陽，當暑不可遊。相羊余何之，總轡覽炎洲。埃壒困遠道，江湖生早秋。大澤會將至，倚杖聽林鳩。

玉山大雨放舟作歌

有美一人倚城闕，身騎肥遺頭散髮。萬家號咷聲動天，笳鼓喧喧捉妖魃。帝下雷師與縛東，飛雹礮礋時相逐。滂沱一夜天漢傾，浙東江右皆霑足。居人拍手行者歌，扁舟曉放如投梭。玉山回望二百里，煙痕一抹堆青螺。客路淹留亦常事，玉山候雨半月矣。灌河似荷神靈意。更假連朝西北風，桂花時節行人至。章貢長亭七十三，贛灘水落蛟龍饞。罔象睒睗人是甘，故鄉況在章貢南。空中孟婆亦應笑，得隴望蜀卿何貪。

河口望崇安諸山

秋水忽然至，吳船各解維。兩帆安六艫，健鶻不能追。余亦將南下，修眉天際窺。興來適欲往，何必有前期。

滕王閣

詞客今安在，江河萬古流。關山同寄慨，風物又當秋。水落魚龍嘯，霜寒雁鶩愁。餘生生計杳，所得是歸舟。

豐城

今夜豐城縣，雲霄氣若何。不聞神劍躍，衹是逐臣過。南國依珠斗，西風隔絳河。龍文秋水黯，彈鋏一悲歌。

金花潭

楓林微脱葉，川塗初戒寒。旅程畏濡滯，信宿不遑安。澄潭寫圓鏡，苦竹媚崇巒。瑶華有遺佩，龍駕排雲端。光輝皎在目，豈憚風與湍。握椒欲誰遺，中夜衣服冠。下女自修飾，驕矜久難干。沼鱗望海遊，籠翼向霄摶。曰歸及良會，骨肉相追歡。生平行已矣，塵夢當達觀。

張家渡文信國故里

文章發至誠，識者驚國器。奇材應時出，成敗端勿計。金塘下白雁，三日潮不至。再遭北轅辱，更作南海避。丞相方敗衄，憤激回天意。遠希奔鬲蹤，近主謀鄭議。重洋尚可守，六尺焉忍棄。神靈賴社稷，有君甲兵備。炎炎季漢昌，赫赫成周熾。奈何圖恢復，梅循返侵地。五坡遇元軍，遂歸深室閉。欒共駿實絓，荀瑩褚虛寘。祥興已殉國，德祐將復帝。風聲足猜疑，致命坐此事。從來聖賢學，報主惟盡瘁。身家任零丁，宙合留正氣。故里章江介，天水澹容裔。維舟試憑弔，欷歔足酸鼻。遥看羅紫山，亦有冬青植。夜夜忠魂歸，哀哀叫精衛。

十八灘

青山緑水橋，白舫紅油幕。垂楊拂錦鏡，美人倚蘭櫂。正逢豔陽月，齊下金閶郭。兩頭甘脆寘，中流絲肉作。朝從桃塢去，暮傍蓮涇泊。三載遊江南，輕舟往來數。如何萬安縣，雲昏水參錯。懸流對面射，怪石將人搏。靈胡縮掌蹠，神禹謝疏鑿。遵途廣復狹，進帆前且卻。語卿蘇州好，不及贛州惡。贛州雖惡近故鄉，蘇州雖好離夢長。

灘師

長瀾三百里，一灘一洄洑。長年即灘師，藉手延尊宿。一師當船頭，左右點篙竹。一師船尾立，把柁如槁木。半日上數灘，計里亦神速。問師技至此，至巧毋乃熟。師云心專壹，不係手與目。大石如尊官，袍笏何雍穆。小石如奴隸，環侍刀劍簇。我舟出其前，道在勿與觸。迎風漸夤緣，得水隨屈曲。要津已高據，尤宜緩相逐。總看石喜怒，以爲舟往復。譬官宦江左，此理亦應燭。狂直兼戇愚，無益祇取辱。惟能柔道行，斯可干百祿。我初聞師語，倔强心未服。徐味言外意，道德家所錄。再拜謝灘師，險途得平陸。問答未及已，已過天柱麓。

贈朱仲香刺史庭桂

小范胸兵環慶路，諸郎幕下參戎務。乃翁秉鞭牧保州，膝上佳兒兩文度。横簫直笛青雲下，余亦屣記隨羣雅。風光彈指二十年，兄弟各跨纏鬃馬。大朱捧檄來吾州，四月不雨民始憂。竹林小試繁露學，孤邨泱漭天河流。歡聲動天公活我，豆食芋羹無不可。田時往往見州尊，農話家家説人爹。天涯放歸作部民，造次敢敘平生親。華堂相見一握手，練裙葛帔先霑巾。先生大笑君休矣，吾黨交情本如此。官閣茶煙話小朱，洞庭木脱人千里。

風木思親圖爲張桂山賦

嘉樹生庭階，春風細噓之。嘉樹日以茂，欻見春風歸。春風能再至，相榮無已時。親去不復還，含此萬古悲。夢中貌遺象，宛宛開庭闈。松蕉送刁調，長作春風吹。

芸臺尚書開府選江蘇詩成除夕以酒祭之賦詩紀事

二南萬古推風始，高論都從吴季子。就中早有揚州詩，《詩·樛木》箋：「南土，謂荆揚之域。」江左清華肇於此。但憑巨眼辨曹檜，非必私心護鄉里。先生曠代聞風興，梓桑文獻憂難徵。門生蒐輯凡幾載，多如束筍開緘縢。文章未經七録校，聲價豈易十倍增。淮海英靈今不朽，先生舊刻揚州、通州詩，名《淮海英靈集》。是編同出琅環手。繡轂衣冠自典型，玉臺風調多師友。昌身曷若昌其詩，歲晏遥呼一樽酒。北斗闌干星在戶，開筵瓜果巫陽舞。仙耶鬼耶蔭雲旂，知有吟魂夜相語。神絃一奏天欲明，轅門鼓角喧春聲。虞箫軒竹留南海，新歲民謠公可采。

吴石華廣文蘭修風雪入關圖

四瀛之外初無州，壯心惟思塞下遊。大同宣府飽閱歷，吟聲迸作蘆笳秋。嘔夷河上見人喜，廣靈城南壺流河，即嘔夷河也。一醉便擬三年留。書生萬事不掛口，借箸頗策山前後。當年失計賂契丹，其中別有平營灤。宋家更割分水嶺，欲取固與何曾還。約金伐遼歸兩路，雲中未得借燕山。昭代依京備輔郡，形勝盡入黃圖間。安邊不用長城築，甌脫荒涼連上谷。縱傳阸塞賣盧龍，終爲賢才思鉅鹿。燕然瀚海往迹陳，欲謁都護嗟無人。彈劍長歌歸思決，黑裘青笠征鞍發。居庸豁間一徑趨，觱篥吹風面欲裂。大翮山前尾日暗，飛狐道上鱗雲活。冰天凍影搖凌兢，點筆誰摹寸衷熱。羊城相見示此圖，豪氣尚覺生眉鬚。衙齋風景春正好，花下朱繩提玉壺。江梅一夕落香雪，知有清夢飛軍都。

聽秋圖

湖天煙鏡澄，幽人臥衡宇。露砌松子落，風櫺竹孫舞。萬籟成笙竽，元音自太古。人言秋氣悲，觸景多危苦。暮蟬與落葉，萬感一時聚。冥心觀物化，微吟學蟲語。憑軒有清商，逸興隨領取。欲洗聞塵淨，空階颯寒雨。

書李氏三忠事蹟後三首

李用楫，字若濟，宜興人。明崇禎十六年癸未進士，授瓊州推官。丙戌，永明王調爲肇慶推官。行取擢御史，進太常卿。辛卯，擢肇、高、廉、雷、瓊、羅巡撫。壬辰，與耿兵戰於合浦青頭營，師潰，逸至靈山，自沈於門生勞氏園池。

危急方開府，高雷逼海陬。有君賴天地，無面取王侯。五嶺軍聲入，孤城戰血流。崖山風雨夜，應共宋臣遊。

李頎，字庭實，用楫族父。仕永明王，由丙戌選貢歷官江西道監察御史。時王在安隆，受制於孫可望，與大學士吳貞毓等謀誅之，使李定國迎駕。事洩，與貞毓等十八人同日遇害，時順治十一年甲午也。

仕粵逢多難，隨君更遠行。籬間居漢帝，河上會秦兵。但使謀無洩，安知事不成。馬場遺詔在，一十八先生。

李來，字我貽。用楫胞弟，仕永明王。由丙戌選貢授內閣中書，歷官至監軍道。肇慶陷，矢志恢復，奉命監李定國軍，進攻肇慶。兵敗，走德慶州自刎，時順治十年癸巳七月。

大義圖恢復，端州已合圍。孤軍隨鶴化，間道逐螢飛。紫氣生無望，蒼梧死尚歸。一門忠節盛，史冊有光輝。

嚴餘人先生送子入京圖爲嚴厚民杰賦

晨風鬱北林，雨雪皓已塗。扁舟泝廣津，送子入燕都。眷戀不能別，艤楫住菰蘆。曷以寫我懷，款款尺素書。上言報國恩，奕世垂金魚。一第安足貴，賴汝承厥家。中言祖宗來，邱隴隔鄉閭。松楸恒在念，椒桂可手仇。下言道德士，守身玉不如。愛鼎勿同流，『自愛其鼎，勿同乎流』，《書》中語。所虞遊狹邪。丁寧再而三，書盡意有餘。舲窗飛霙墮，飄蕭上眉鬚。老身舊畫像，拂拭與汝俱。巾箱有庭闈，便作晨夕趨。維時司農公，再拜始首途。聞孫守家學，寶此同璠璵。紛吾遙情結，展覩肅冠裾。有明百六會，羣盜蝨九區。先生心太平，世路無攲嶇。臨分教忠孝，風節凜大儒。炎精覆朋黨，典午淪元虛。汐社有遺民，搥筆增歎吁。仇，恭於切。邪，音徐。

芸臺先生撫浙日題江司馬雪夜渡江圖有好待他時重繪出桃花春浪渡江圖之句韓子錦仙自浙幕歸江都恰值花時即以前句作圖遍索名下題詠亦一時韻事也

有客渡江銜夜雪，匆匆不待東風發。詩人拈管憶桃花，恰見君歸豔陽月。邗上飛花春始波，一天紅雨峭帆過。桃根況復連桃樹，讀畫生憎樂事多。

小琅環仙館圖

司空博物冠今古，聞自建安遊洞府。奇書天與特寓言，三十輛車人所睹。羽陵嵩少自世間，宛委況是君家山。但然松節縛麻炬，是身到處皆琅環。尊公早歲入天鹿，中秘琳瑯無不讀。直從東觀登大蓬，非必西征望羣玉。十年枕葄延閣裏，尚愛青編求不足。宏達深知廣內藏，搜羅曾補中興目。即今擁旄來海國，恒借佳名榜齋額。上日森森開武庫，諸郎爛爛懷文石。瑕邱先生傳漢學，更肯橫經共晨夕。遂令帷帳出秦關，共訝絲絃移魯壁。閑來作圖二尺餘，此間著君注蟲魚。雲容水態極飛動，可信樓閣非空虛。仙城氣象畫不如，朱闌碧檻臨歸墟。大風三日洋船到，作意先詢日本書。

和小琅環仙館春柳四首

風鬟雪虐足驚魂，今段春光早到門。衫拂鵞黄濃有影，鏡涵螺黛淡無痕。不爭桃李花時節，隨分蒲荷水畔邨。卻傍琅環小仙館，江潭憔悴莫重論。

戕雲采絢紫瓊霜，好句先傳夢草塘。謝康樂詩云：「池塘生春草，園柳變鳴禽。」阿那近依人左肘，風流遙以殿東箱。一宵樹徙添星宿，七字花飛感帝王。冶葉倡條安足比，此材端可壯堤坊。

人海塵埃拂綠衣，看予歸去未全非。綺城百尺尋芳遠，青瑣千條入夢稀。垂手愛招鴉點點，含情長送燕飛飛。柴桑處士相依久，蓮社從教咫尺違。

未知人羨與人憐，一種爭看碧玉煙。微雪闌干堆謝絮，嫩寒刀尺襯吳綿。愁非灞岸傷心樹，曲忘陽關送客年。惆悵長條乍相識，平山堂角小橋邊。

贈江鄭堂藩二首

杖藜猶記訪田生，高館西風亞字城。一客座中看絕俗，卅年江左最知名。飲添香海卮無當，談落銀河樹有聲。衰暮別離殊不易，此間重會若爲情。

閉門經訓替耕畬，大雅端應寘石渠。瘴癘不嫌驅病馬，風濤貪看舞神魚。廣搜人物添新志，私喜簾帷共別廬。茘子陰中訶子雨，得閒來聽誦亡書。

鄭堂寫真二首

八尺繩牀五石樽，楞伽抛几閉松門。若教容易看真面，無數人參兩足尊。

廣陵紅紫鬧芳菲，惆悵花時客未歸。何似扶胥作生日，木棉風裏鶴南飛。

茘支詞十首

萬紫千紅態各殊，園林初夏絳雲鋪。錦帆載上三江口，風韻天然見綠珠。廣州茘支，以增城掛綠爲上。

海鄉訶子問頻婆，連理人家活計多。不及姚黄真富貴，生來花樣奈渠何。歐陽公有『牡丹有名花而無佳實，荔支有佳實而無名花』之歎。

往日炎洲比獻琛，蒲桃文錦信沈沈。漢廷惟有相如渴，曾費心情賦上林。

百尺扶宫起草萊，千山飛騎逐塵灰。太平包貢尋常事，又報唐羌諫疏來。

小摘筠籃野露新，遥從比景貢奇珍。五官只道葡萄美，咽唾流涎笑殺人。

學士開元僾直時，承恩猶是側生宜。故鄉亦有張丞相，説與中朝總不知。

玉環相見鎮多情，蜀棧郎當竟坐卿。不分洋川求好米，戚夫人事豔西京。

寂寞從人説短長，《羣芳譜》云：『荔支蜀爲上，閩次之，嶺南爲下。』但教玉局細評量。海山仙子來蓬左，塵世猶言十八孃。

楊南盧北自成邨，從昔傾城未易昏。清海有人解憐惜，寫儂顔色上修門。

柳枝詞與橘枝詞，風土由來異竹枝。特變新聲傳蜑戶，荔支灣外倚參差。

送鄭堂旋里

千金越橐誇行色，好畤買田擊鮮食。至今豔説嶺南遊，明月夜光隨處得。不知有客滄海湄，檳榔坐觀端爲飢。卻聽時禽戀鄉土，丹情赤腹增懷思。我看先生留粤久，終日著書不停手。褐中懷玉結裹珠，謙讓未嘗誇所有。勿言鼎瓠易迷目，學海有人尊鄭伏。正應吾黨十數公，奴供白飯駒供蓿。朝來短衣忽言旋，掉頭不計囊無錢。强將溪石壓箱籠，免使河伯窺船舷。炎洲七月扇餘暑，之字風帆上横浦。羃岸宵明桂蠹煙，吹林晝暗楓香雨。説劍論詩同幕府，黯然獨傷此離苦。竊聞傳詔賁上台，要從隱逸搜奇侅。郡國孝秀連翩飛，行矣正值天門開。雲龍上下願追逐，何日重把仙城杯。

嚴四香冠秋林覓句圖厚民屬賦

濟濟征蠻府，厚民與我厚。博雅足師資，欲取逢左右。將歸貽畫册，云出哲兄手。蒼蒼雲木澮，槭槭風葉走。眠石枕樹根，新詩滿人口。我不識四香，開卷相識久。此是九辨材，不然二毛叟。昔佐大帥畫，馳檄散羣醜。風流白綸巾，意氣紅帕首。自卧武林秋，孤懷空萬有。綺語定安用，不如覓杯酒。君聞應大笑，吾意無可否。

家根五石圃讀書圖

覿面三瀧水，吹衣一葉舟。吾宗今不見，往迹緬風流。有子穗城客，離心花館秋。石圃又名粲花館。禺山桂之樹，采采足銷憂。

與蓉查別十五載矣辛巳九日會於羊城述懷賦贈

越華樓下記分張，南北懷人道阻長。零雨十年如一昔，秋風兩鬢共重陽。天高俊鶻摩空起，日暮寒鴉繞樹翔。暫借訶林小招隱，掃除文字臥春房。

珠崖太守行有序

《文選·劉越石答盧諶》四言詩云：『資忠履信，武烈文昭。』註引漢武帝《贈故珠崖太守董廣詔》曰：『伐叛柔服，文昭武烈。』《廣東通志》舊失載，乃告志局諸公，爲補傳啓。開府陳留公檄瓊府縣祠之，庶茲邦父老，知顓顓一水中得入版圖，自太守始也。

珠崖太守者，董氏廣其名。有漢元鼎五年誅勁越，四路各進兵。得其地以爲七郡，南海蒼梧鬱林合浦日南交阯與九真。鬱水右岸是有元國民，略爲珠崖儋耳二郡臣。開闢未臣，竊意當時將，率有太守招懷勛。拓十六城，旋叛旋服，惟壯猶是經。惜哉史漢軼其人，府縣圖志亦罔或克稱。弗獲與夫樓船伏波，戈船下瀨炎嶠共揚聲。崇賢註選羅散失，茂陵一詔幸可徵。文昭武烈，驃衛所莫能。得太守，獨追增。《詩》《毛傳》：『贈，增也。』釋文引崔集註云：『增，益申伯之美。按：贈、增音義同。』此事豈不堪依憑，君房棄郡天且刑。彌思椎紒加冠纓，敢告征蠻府廟焉妥厥靈。俾睤都士女，以時豆登。春祈秋塞，穀豐果盈。門闈鼓驌，雲垂海溟。金支翠旂躡皇翎，摩拊奇甸之萌生，夭札不作災勿興。元封辛未下逮道光辛巳一千九百三十有一齡，潛德一與發，天琛來九瀛。

和芸臺尚書試院之作

爛爛明星照斗旁，海天文運挽隤綱。雙銜暫領中丞印，五葉同升大雅堂。北苑茶芽鬪較水，西風桂樹更添香。如聞燭盡詩成後，終讓陳留擅勝場。

和榛兒鐵漢樓

百尺危樓倚北門，好憑欄檻與招魂。寶文待制千秋識，玉局評人兩字尊。竟日談禪安竹徑，全家斷酒寄榕邨。梅州過化流風遠，家有元城語錄存。

簡故篋中得去年冬董琢卿自蘇惠書及詩并寄酉生閏生清如送別諸作多道昔年文酒之事郵筒千里情好若斯良會不常況予在客懷人感舊憮然成篇用前徐園延秋韻

難後諸公作計留，吳門小住幾經秋。猿啼五嶺尋歸路，雁到三關寄別愁。盛事各成金谷集，名園空鑠茜涇流。天涯蹤迹知何似，款段多慚馬少遊。

南歸集卷二

嘉應李黼平繡子著

鐙詞八首

今年春較去年多，百廿風光儘踏歌。纔入上元花尚早，鐙王教放曼陀羅。

簫鼓喧闐鬧海鄉，六街遊戲各逢場。若非蜑戶輸明月，定是鮫人賣夜光。

漫詡通霞百尺臺，明珠翠羽錦棚開。香風一陣人回首，報道宵明帝子來。

誰家小女愛光輝，相約通宵不許歸。纔祀紫姑應有喜，出門真見鳳皇飛。

四照連盤樹百枝，落梅穠李妓車馳。魚龍曼衍憑渠看，燭滅須防有偃師。

蚖膏獺髓賭豪奢，絳蠟平堆滿地花。贏得書生開口笑，不須鑿壁向鄰家。

魚藻門前倚采舟，河南煙火混星毬。雲端合有仙人駐，不看涼州看廣州。

星輝雲潤月長圓，太乙青藜夜夜然。玉燭匀調萬家樂，遊人都記道光年。

放生行貽門人阮受卿祜

我生藜藿常隨緣，老來頗復思江鮮。安得輕舟泝襄漢，金錯試鱠查頭鯿。枯魚聞道過河泣，宛轉泥沙濡沫溼。近水號呼孰肯聽，丐人升斗何嗟及。門下朝來議鉏蟹，不如放入扶胥海。教隨龍伯作常從，免使漁人歌欸乃。春浪桃花紅雨肥，潑剌看逐雷公飛。如君水族解憐惜，他日廟堂藏里革。

落花

晚春詩卷恨偏多，一種飄零奈汝何。階下柘枝初罷舞，座中金縷不成歌。即看蜂蜨猶同去，況屬賓朋肯再過。惟有將心牢把著，六時新好雨芬陀。

飛絮

晚晴池館見飛綿，不上長亭亦黯然。蹤迹尚留芳草地，心情如戀豔陽天。小橋流水成今日，新殿披香負夙緣。除卻維摩離別慣，幾人能悟散花禪。

曾勉士秀才（釗）貽宋高宗孝經石刻

宋孝經石世已稀，廣州學左碑高巍。曾君考証初響搨，隸藁剝落千珠璣。建炎幾暇遊翰墨，妙處直入鍾王扉。五經立罷復書此，要令孝治光同圻。鸜之鵒之謠出辱，塵沙北狩蒙青衣。諸將洸洸復疆土，一人惻惻思庭闈。金繒歲遣祈請使，爲親而屈涕暗揮。枕戈嘗膽或一道，重瞳棄蹝寧當譏。冰天慟哭弓劍墮，兩宮安車終見歸。小儒讀史眼如豆，出口便議和戎非。閒窗盥誦到終卷，我爲人子增嗟欷。二親宅兆雖已卜，春秋祭祀一再違。海山又逢寒食節，細雨潑火煙霏微。摩挲古碣足悽斷，隻雞上冢神魂飛。

絕句二首

仙城新賃讀書堂，樓閣茗亭近紫閶。擕得禺山新桂子，乘風添種月中央。

侵曉柴扉叩始開，問余一月幾回來。來應淨掃含風簟，臥聽佳兒誦玉臺。

鎮海樓

靈光欄檻到今存，厭勝長銷海氣昏。日月中天開北戶，山河兩戒控南門。清時籌策非吾事，晚節登臨是主恩。徑合移家來著籍，禹糧軒黍遍江邨。

送程鶴樵方伯國仁移藩江寧二首

當年弟子語傳薪，嘉慶中，方伯視學粵東。一派瑤璇溯洛濱。重見敷方行禹貢，共知詢岳用堯臣。旌麾涼卷東江雨，草樹濃留北戶春。莫道此邦緣分薄，臨岐猶荷使軺巡。時奉命權學政，考試南、韶、連單，再赴江寧。

絃歌三徑竟何如，江表歸來又客居。名在蕊宮隨小輩，禮殊薇省謁中書。橫斜麟拂論文日，信宿鴻飛送別初。擬託扁舟無限意，五雲高處望姑胥。

九曜一石圖爲鶴樵方伯賦

泰山縱作秋毫小，陽魯陰齊劃昏曉。祝融岣嶁覿面逢，湘轉帆隨看了了。誰將九曜置兩地，要從一石乘三蹻。巨靈贔屭偶此過，特爲幽人徙松蔦。外方少室雲氣接，中南太乙煙痕繞。學官方伯各自珍，好事翻將詩句挑。垂棘當時暫離晉，連城此日宜歸趙。去留曾問石丈人，口未嘗言頭屢掉。從來欲動不如靜，況乃合多須謬少。浮碇能分草木春，走珠慣傍煙濤渺。先生獨與石有素，到處雲鬟窺雪沼。前者衡文羅翠孔，再來敷政臨朱鳥。藥籞泉穿地肺寒，薇垣月射天窗皎。玆圖一出并二美，免使愚公日相嬲。要識看山悅性情，不同玩物添膠擾。今觀風俗巡嶺外，遠擕旌節凌江表。湞陽巖岫嵌金碧，池口峯巒涌青縹。卸帆又是石頭城，此段奇緣信天兆。

石華邀同江鐵君明經沅曾勉士荔支灣避暑四首

頭風漸成熱，肺病久宜涼。脫身離塵垢，濯足思滄浪。勝侶備三筵，佳人期一方。謝里甫庶常別舟同往。船放水晶域，簟鋪天玉牀。冷飯淘槐葉，清尊酌柘漿。筵罷屬舟子，任達亡何鄉。

花埭緩迴帆，柳涌斜轉柁。從柳波涌入荔支灣。百頃明玻璃，千株散烽火。繚垣開窈窱，綺席團娛姽。輝輝黃星見，片片紅雲墮。飛鳥已銜花，遺民尚臧果。憑弔將奚爲，高談仍炙輠。涌，音衝。
上客蘭橈歇，幽人蕙帳居。階緣術詰屈，屋倚陰扶疎。芳芽一兩較，嘉樹再三譬。雨洗荷氣碧，風搖松籟虛。蒲桃酬大長，答遝賦相如。尚方減土貢，驛遞況經除。少習種樹書，曾登珍木榭。餘生悲頌橘，晚境希啖蔗。閒爲汗漫遊，足敵明光借。萬物遠行客，兩大逆旅舍。金戈駐短景，玉漏延長夜。榕寺復訶林，期君共休夏。

中秋即事

此月秋初半，三來看阿椿。見耶如遠客，失母似窮人。棗栗何曾問，詩書漸解親。惟期得吾筆，跨棣又超榛。

登慈度寺閣

名藍臨浩渺，傑閣俯崔嵬。樹帶江煙没，人瞻海市開。駱侯奔法會，龍女下經臺。咫尺波羅岸，珠江亦名波羅江。從教放筏回。

宗牧崖少府德懋新闢小軒

小軒量笏幾時開，露菊風蘭間雪梅。聽鼓自隨諸吏散，看花惟待故人來。宦情冷淡留珠海，詩思清華續玉臺。別有名山真事業，等閒聲譽付埃灰。

鄭香祖秀才蘭芳馬遠松

昔在京師日，廟市馬遠竹。森梢十餘竿，當戶戛寒玉。通靈一夕化，篔簹歸故谷。此松意態同，高古絕塵俗。法從宏偃得，力駕劉李服。橫空鱗之而，雷雨妨發屋。遙尋簭龍去，會合冥可卜。神物本難留，莫作圖畫錄。

鐵君貽手抄華嚴末卷賦謝

自我出幕府，君三過我廬。每來必譚藝，聖籍相爬梳。不見又旬月，頗怪形影疏。今晨跫然至，入門執我裾。謂我盛壯日，曾參鳳皇墟。一麾即落魄，七載羈姑胥。惶惶驚弦禽，浩浩失水魚。今雖返鄉土，未得躬耘耡。東官寄弱小，能得幾饔菹。子如誦華嚴，憂患當稍紓。袖示行願品，中懷轉躊躇。士生讀姬孔，不習西方書。晚年乃逃禪，祇博人軒渠。吉凶恒倚伏，榮辱迭乘除。非分妄相干，友朋其詈予。君言子何固，輕信俗毁譽。欲知釋氏法，請爲溯權輿。迦維昔利見，八會說真如。竺蘭從西來，插架銀函儲。其文破萬有，淨住爲安居。後世攻陸王，冥心涉空虛。强名曰禪學，曾未窺門閭。世與出世間，所當辨其初。家國了無與，何嘗言學歟。惟觀煩惱海，滉漾失尾閭。大悲因衆生，拔濟願無餘。六經言求福，尤一一可臚。心香默有禱，與聖無鉏鋙。我起繙貝葉，一字一璠璵。如浴八解水，勝憑五衍車。鷲峯隔耆崛，象設存休屠。咫尺大願王，亭亭涌芙蕖。奇窮焉能脫，舊疾或可祛。願身永强健，穩跨尋山驢。

怨歌行

煌煌八桂林，孔翠共翔棲。有何山鶻鵃，巧舌盡情啼。稷下論學士，荀卿最老師。一被齊人讒，再遭楚客譏。飄然拂衣去，珪組焉能縻。瓦礫混隋和，菅蒯誤絺絲。閶娵棄曠野，嫫母充房幃。自古良已然，去去中心摧。詒書指天帝，肝膽披向誰。水流不顧返，雲散何時歸。我欲竟此曲，曲竟斷人腸。心堅貫金石，道合無參商。願爲鶼鶼鳥，斂翮上君堂。

三萬六千日，和鳴歡未央。

五仙觀送恕堂之海陽

坡山振輕策，骯髒俱妙年。及兹各衰邁，面目慚古仙。君自章江歸，負郭未置田。我從琴河返，上岸空牽船。仕宦但若斯，人乎豈非天。土偶遇雨壞，桃梗逐波漩。生涯兩無薄，一笑知誰賢。君今海陽去，喜傍枌榆邊。而我望鄉處，嶺斷飛雲連。西風號竅木，竽瑟催玳筵。依依蟨念蛩，惻惻夔憐蚿。神羊亦應泣，此別非同前。

除夕

風光臘盡又天涯，酒向南鄰畫地賒。聊約賓朋來度歲，暫令兒姪莫思家。夜長屢問銅盆火，春到先開玉燭花。明日舉尊還自賀，珊瑚洲畔著遊槎。

初春張磬泉孝廉杓段紉秋秀才佩蘭招同里甫鄭堂鐵君黄習園方牧之蕭梅生陳仲卿鄭萱坪集雲泉山館

北山高以長，佳處未易擇。不聞開士住，似待幽人闢。天然林麓間，架構依巖石。良朋陶嘉月，廣榭駐輕策。煙林錦鏡張，風壑球鏞擊。形勝競相赴，耳目初不役。主人妧高尚，偶此寄行迹。晨興泉可觴，夜宿雲共宅。蒲花開紫茸，美人定來摘。

蒲澗同用東坡韻

但覺山光落眼前，不知何處覓飛泉。青林杳杳雲如海，白日霏霏雨滿天。潨壑有聲妨入定，解池無垢可安禪。憑誰導水通軍府，好事今無玉局仙。

南園詩社行

大雅久亡風委草，後生望古傷懷抱。朝陽未放節足音，蟬蟋嘶吟元末造。孫王欻起五管中，力挽隤綱無限功。一時聲律諧九奏，象箾胥鼓追姬宗。百餘年間孰繼軌，歐梁黎李連翩起。瓊琚玉佩放厥詞，籍甚才名仍五子。有如邯鄲續周召，不比永嘉聞正始。文讌翰林兼子墨，丹青偶爲叢祠飾。國殤山鬼送迎神，豈料銅駝徙荆棘。厓山波浪猶未滅，黄屋南來如一轍。取日難回壯士心，垂虹迥噴孤臣血。一代興亡何處見，抗風軒裏詩三變。蒿薤吟成氣慨慷，松桐謠起聲悽戀。文章忠孝兩臻絕，詞人到此開生面。星移物换速奔蛇，春入南園千樹花。罥戶遊絲穿乳燕，拂檐垂柳噪棲鴉。此地誰還盟玉敦，此時誰更飛銀槎。惟餘火齊天香曲，翻作夷歌唱晚霞。《西庵集·廣州歌》云：『丹荔枇杷火齊山，素馨茉莉天香國。』市舶夷人，皆能誦之。

雜題香祖書畫册二首

逸少書多充鐵石，道元畫亦誤朱繇。斷縑零素皆真蹟，絕勝牛腰萬軸收。

顧予心指海東雲，時將往東莞。派别怱怱未暇分。悔不鉤摹三日肖，直將贋本送還君。

正月十一日赴東莞二首

津亭楊柳露初乾，一棹伊鴉向寶安。山髻愛窺江鏡大，潮頭貪闖海門寬。全收煙水歸吟卷，肯踏塵沙負釣竿。此去養痾無別物，黄魚白蟹勸加餐。東莞圓螺洲出白膏蟹。

幕府池臺見未曾，小窗亦倚石崚嶒。當時似惜帷車婦，今段差同退院僧。殘碣上心三日宿，好山迎面十回登。移居莫笑郇夫子，剩欲煩人寫剡藤。

鄒海瀾同年紹觀招赴順德

卸帆纔到此，何事大良遊。睍睆已盈樹，差池復拂樓。故人具書札，遲我觀龍湫。爲計歸來日，桐陰應始稠。

順德龍潭

千三百所縣令衙，奇哉侯寓龍之家。居民從不憂亢旱，侯自手掉雷電車。侯居左廂龍穴右，終古漩淵閟陰獸。氣吐樓臺裊碧空，精騰河漢流清晝。客來坐潭上，天水搖空青。嗟龍不可覿，有請侯其聽。一杯丐我洗病眼，歸誦細字華嚴經。

姜怡亭廣文安訪碑圖

鴻荒紀號出云繹，乃自龍蹲觀鳥迹。齊陵魏家隸蝌亡，往往名山餘斷石。看君百粵尋摩崖，白玉京銘苔蘚埋。有人睇笑遙相指，火急舂糧辦草鞵。

爲人題憶鱸愛菊圖二首

十年粵客未歸吳，何事鄉心只憶鱸。咫尺九江君肯到，綠楊春雨網徒姑。

秋花不比春花落，此種端宜隱士家。莫學昔年潘騎省，至今人道似桃花。語見《白沙先生集》。

寄謝滋皆家少漁順德三首

孤客天涯喜見人，况同枌梓復交親。玉釵敲盡西窗燭，細雨江城過冶春。

兩君才調各翩翩，雪豔江梅鬥水仙。滋皆《梅花》，少漁《水仙》，皆本事詩之佳者。自信平生花不著，嬭人香氣破初禪。

罨岸春潮送我回，良辰何計遣愁開。落花如雪簾垂地，合喚玲瓏唱一杯。

春日訪門人張菶喈苞即送其赴試廣州二首

市橋春水外，沿路問君家。松柏依丹竈，芝蘭繞絳紗。牢丸閒說餅，官盞細分茶。明日扁舟去，離心寄晚霞。

紅香花藥苑，試院，古藥洲也。白雪鳳皇琴。一曲向誰奏，泠泠傳此心。總章多俗調，大雅有遺音。見說禺陽竹，軒轅著意尋。

留春園看牡丹

火維風暖木易芽，桃榹李萸皆冬華。春三煙景暗無色，敲門看竹來君家。君家百花才欲放，一朵姚黃最居上。粵使虛聞北勝名，晉賢實闕南方狀。三十年前曾莫識，問君此種何從得。不關飛騎逐埃灰，豈是埋盆開頃刻。蓮鬚職方客邗溝，影園授簡參枚鄒。金罍正覆玉纖手，蕊牓旋題花狀頭。嶺表歸來競傳寫，餘波綺麗徵羣雅。番番芳訊寄紅橋，的的檀心依白社。《蓮鬚集·南園花信》小引云：『遂球北行，踰年至揚州，憩鄭子超宗影園。爲黃牡丹會，謬辱揚州諸名公有明月夜珠之賞，偶以所賦十律歸質之，同社宗伯師欣然爲和如數，題曰《南園花信》。既而粵詩人和章日衆，爰錄之，以付剞劂。且報超宗，以志一時粤社之盛。庶南園無牡丹而有牡丹，黄牡丹無南園而有南園，影園無粤社詩而有粤社詩，均快事也。晚出妝憐宫樣新，天緣國色婚詩人。珠簾十里不待卷，風韻盡敚淮南春。主人聞言重整酒，洗盞花前爲花壽。人生顯晦亦有時，爭先鬥捷花應嗤。

和海月巖石刻詩有序

海月巖有趙東山刻石詩云：『架巖鑿石好規模，不學桃源舊日圖。亭作人稀林鳥樂，錫飛天老野雲孤。雨餘石井泉深淺，煙淡虎門山有無。説與山靈莫分别，從教仙窟著浮屠。』東山，號野仙，系出宋濮邸，宋亡不出，往來海月巖、法性寺，『東莞宋八遺民』之一也。予客此半年，未得往遊，乃和其詩。

結構依然舊日模，片巖猶識宋輿圖。王園寂寞餘支子，神岳沈浮葬藐孤。祀夏二斟何處有，亡秦三戶豈曾無。厓門西望悲歌日，賫恨長鯨手未屠。

張穆之畫馬

晴川一道殘陽鋪，川上山豁開平蕪。驊騮脱羈此遊牧，得意水草鳴相呼。昂頭卓耳顧盼殊，踴跳肯望虞坂趨。西風蕭蕭壯心起，立辭雲霧超天衢。華山桃林地膏腴，是生蒲拔及駒駼。衆工舐筆貌不似，鐵橋山人心獨摹。山人愛馬本成癖，論畫數言尤破的。肥須見骨瘦須肉，李趙復起何能易。奇姿獰狀雞冠赤，（山人畜二馬，一銅龍，一雞冠赤。）歲久性情妙相得。忽看掣電過小幅，便可追風橫大磧。褭蹄麟趾知何如，桂館飛廉已無式。歲取駑疴編皂棧，坐嗟神駿埋山澤。昨者卑禾羌海頭，野番插帳煩扞掫。雖然役不汗一馬，承平武備猶當修。誰持此畫責真骨，我知島王不敢留。龍駒萬匹出水獻，付與大帥防河州。

溫塘茅屋歌（宋趙玉淵，國亡後隱溫塘）

春衣愛作溫塘客，南渡遺民留故宅。苦竹叢蘆一千頃，蒼涼天水傷心碧。丞相初歸開府時，參軍正贊勤王策。五坡兵敗鼓聲死，猿鶴蒼黃鹿何擇。當年遁迹東官東，大海雲屯升黑龍。兩崖插漢天險失，河山一角斜陽紅。舉家北轅難再辱，青珊竄伏荆棘中。金支玉葉問華胄，尚留海月窺行蹤。（趙東山。）遂有四族翼九宗，田橫尚保三齊封。留侯系出韓諸公，先師黃石後赤松。惜君不收反正功，甘作詩客號秋蟲。遺編哀怨誰忍讀，禾油葛誕吹酸風。一姓再興曾有幾，隱身合住煙江裏。文山雖往面猶生，（玉淵在溫塘，朝夕哭拜文丞相畫像。）碧澥難填心不死。西登大漁東甲子，歸去血染溫塘水。溫塘水咽故籬門，忠義榴花別有邨。

總勝鷗波亭子上，遊人齒冷趙王孫。

鐵君書來告别感賦

春風扇嶺海，陽鳥盡懷歸。棲棲遠遊士，眷眷念庭闈。關河阻且修，顧望不能飛。幸有同門客，舟楫可因依。附書與我别，中夜再三唏。不惜行路艱，所歎素心違。楚江多蘭茝，盈手襲裳衣。馨香四遠聞，何憂知者稀。君去已懷橘，我留還採薇。採薇將安寄，淚落不知揮。

新塘

蒲帆初趁曉風涼，一水仙城未覺長。都爲林梢青黛好，緩鳴煙櫓下新塘。

門人梁章冉廷枏圓香夢樂府題詞六首

若論北里繪相思，一代懷寧絕妙詞。别有蹇修緯繣恨，更尋殘夢譜參差。

墜鞭迎得紫騮來，邏迯檀痕咽幾回。訴與瑤姬原是客，可能朝暮住陽臺。

迥憶清歌送别辰，牽衣款款話泥塵。重來坊巷都依舊，不見櫻花樹下人。

花易雕藷月易沈，夜涼環佩有遺音。生天自荷師王力，未抵迦陵共命禽。

家門初立看收場，仙會須臾墮杳茫。誰信有情成眷屬，桃花遺恨孔東塘。

一色伊涼坐仗圍，人間樂府進天扉。而今莫唱新翻曲，供奉宜春已放歸。

薙露

天心至仁愛，上壽理可臻。愚者喜自戕，如昏不及晨。芙蓉秋脱葉，雨漬和泥塵。青煙颺朱火，氣味芳以辛。借問價幾何，一粒三烏銀。少年遊狹邪，服食喪其身。貪夫競趨利，難越要路津。貨棄力已殫，懷沙赴江濱。人命豈不重，關法在所申。東西兩臺下，日有尸横陳。腸銜枯樹鳶，肉飽巨壑鱗。客魂無所寄，散作風中粦。雖有室與家，莫知死由因。鉅公惻然念，此物來大秦。其出犯禁令，其入亦當詢。嚴出寬其入，焉能罔吾民。

九日陳生約遊東湖寺不果

聞道黄花待客開，東湖不到興悠哉。良遊忽憶韜光寺，曾共吴兒冒雨回。吴諺云：『中秋無月虎邱山，重陽有雨韶光寺。』

家希夷秀才守清招同門人翟桂樓榮勳家堯階秀才輝光陳生鎏暨榛椿兩兒遊黄嶺

東湖斷遊興，思借南山續。吾宗真可人，招要醉初菊。繁林翳孤岫，遺構嵌穹谷。羣峯峭方奔，一徑繚而曲。奇經天眼覷，巧謝人力築。麗景迎青紫，山舊有青紫亭。清音送璆玉。才爲半日留，預想彌月宿。浮世厭埃堨，餘生甘薖軸。況有賢主人，相追具肴蔌。層嶺雖難上，幽處兹亦足。煩君語己公，暫鍵賦詩屋。謂東湖僧。

高樓

高樓勿獨倚，獨倚最傷離。水色明搖佩，山容淡掃眉。碧雲殊易合，彤管杳難貽。不奈登臨苦，風前笛更吹。

臥遊十勝圖

吳門十年住，住境當面失。靈巖元墓間，惝恨蓋非一。良爲多病累，到此皆股栗。兹地羅奇峯，螢弧排雲出。連翩入城市，恰近幽人室。鉢盂時攀登，氣象非兀硉。其餘力未逮，雅志何由畢。浮邱知有無，逃石果虛實。不逢持山手，乃假縮地筆。斯須孱顏開，青嶂插蓬蓽。千巖生煙霧，萬壑鳴竽瑟。臥遊嗟吾衰，且以消永日。君看懸崖立，何異折坂叱。乘險古有戒，高歌慰棲逸。

鐵橋山人射鹿圖

人皇跨海依汴州，鄉夢遠墮東西樓。每礬生絹寫獵騎，風沙莽蒼徐無秋。九幅宣和歸秘府，世間遺墨那可睹。此圖儼作蕃部裝，人物雄奇摹講武。將軍臂鷹調玉鏃，美人如花佩魚服。夜迎新婦朝圍山，三騎嘶風緩相逐。後有一騎牽鵲盧，一騎教駣新放牧。最先一騎虓虎樣，蹄間三丈無坑谷。弦鳴霹靂箭叫鵰，一發橫穿兩麇鹿。山人畫馬自絕藝，何以能諳遼水俗。當時將帥下粵城，駐防盡用黃龍兵。郊原草枯馳絕足，追蹤要趹夸身輕。遺民偷眼貎田獲，殺氣連雲餘戰格。如庵歸臥知幾年，已訪寒山問牛迹。如庵在東湖寺側，山人施地建此。

資福寺羅漢閣東坡殘碑

雄筆銘高閣，先徵舍利光。金棺同佈施，寶蓋共飛翔。驪目沈寒水，龜趺冷夕陽。如聞鐵橋下，釀法百靈藏。

上清觀二首在道家山，白玉蟾訪崔紫霞于此。下有鳳皇臺，嘗有鳳皇飛集。

上清遺觀絕雰埃，終古靈扉鍵不開。蘿月朧朧風悄悄，雲軿莫是此時來。

紫鳳雙飛說往年，高臺亦倚五雲邊。如何舊夢都棖觸，信有人間沈下賢。

南歸集卷三

嘉應李黼平繡子著

寄貴州程鶴樵開府次前送別韻二首

嵯峨尺道闢荆薪，問俗原通月峽濱。雲切豸冠苗女拜，先生以刑部侍郎出撫。風驅豚水竹王臣。虞階干戚思賢輔，巴郡謳歌頌好春。鈴閣參謀文度在，壽杯知上酒千巡。

名家詞賦奉原如，嶺表諸賢正索居。白屋萬人瞻畫像，青泥一襆寄封書。巢林弱羽驚風後，横岸奇鱗望水初。早晚碧油幢影入，牂牁東下即扶胥。

寄謝垚山孝廉念功湘華二首

典籍聯吟地，叢祠傍海壖。蘭芬留故國，藻菜禮先賢。降燕春迷雨，棲烏暝噪煙。舊遊吾過矣，曾賦子衿篇。

今日南園社，徵詩五管同。品論縑素貴，詞鬥牡丹工。垚山、湘華與諸名士重修南園詩社，傳題徵詠，得詩九千三百五十八篇。題是『菩提紗』，故用唐史評曲江語，及黎職方牡丹狀頭事。開壁延諸子，登壇倚兩雄。月泉吟卷出，嘉話並無窮。

乘槎圖二首

碧漢紅牆望九天，是中遊戲盡神仙。不應更寫滄洲趣，門第從來近日邊。

一葉春帆朝祝融，水天遥指斗牛宫。披圖細擬南來意，要看神魚上大風。

次韻答張鳳巢孝廉其翰三首

漲海依龍伯，空山作馬師。音書千里問，天地一身遺。酒熟過鄰叟，詩成授小兒。倚樓還看鏡，不足報君知。

妄有推袁譽，前賢曷敢儔。北門終歎窶，西鄂但工愁。細雨迎梅夏，輕風送麥秋。著書銷歲月，筍屩悔曾求。

聞乞東塘墅，波光散錦綾。高譚騁黄馬，下士笑蒼蠅。吾道窮知變，斯文達敢憎。如遊小三昧，莫忘世間鐙。

賴山人雲谷索題小影并繪籠鵞圖見遺三首

蘆荻蕭蕭舴艋風，扣舷高唱思無窮。晚秋粉本煙波出，擬繪嘉陵上大同。

五管侯門偏曳裾，尚餘湖海氣難除。那知小幅摹曇釀，换我詩歸當换書。

曹衣吴帶定誰賢，真賞難逢一慨然。但送生綃君莫管，線車先寫放風鳶。

張文端公趨朝待漏圖二首

圖畫雲臺盛，論功孰最高。蘭滄曾閉節，葉澤更持旄。威德通諸賧，機鈐本六韜。至今遺壘在，漢相並勤勞。

萬里滇池路，從來饋運艱。江原通月峽，道已闢雲關。黄閣鳴珂入，金沙倚棹閒。拄頤冠劍在，北鎮仰高山。

林鼇洲前輩西山遊卷爲林生榮璜賦

陸生家好時，分子劍與馬。多財累賢愚，計出疏傳下。詞林老尊宿，文筆奄羣雅。嚮用躋柞觀，思歸趁枌社。身遺幾紈素，珍倍百彝斝。兹圖賢孫弆，步屧隨坰野。偶與勝侶逢，暫託夙心寫。春林絢蒼翠，古寺縈丹赭。如見山河人，芳馨贈盈把。高風誰能嗣，先業子無捨。壁從馬卿立，鐙學匡衡假。咫尺青綺門，浩歌念弓冶。

水仙

三閭哀怨迎湘女，八斗才華感洛神。爭似此花能伴我，畫簾微雪過新春。

學海堂落成芸臺尚書招同謝灃浦前輩羅蘿邨編修胡香海司馬小集

南溟廣大吞湖江，於天地間物莫雙。秋河奔渾勢捲椿，馮夷來觀氣已降。昆侖嶺頭兩琤瑽，昌黎筆力能翹扛。論詩如此言則哤，朝宗豈復分渠瀧。先生擁旄擷蘭茳，拔十得五多於龐。士有來問鯨待撞，旬標學海爲剎幢。呼鑾道側山崆峣，飛泉下注金石摐。松篁吟風韻靺椌，自古不聞人足跫。乃斸茅菅闢軒窗，扶胥一碧眺煙艭。樓船旌麾靜卓杠，十年撫綏罷矛鏦。盧亭馬流盡歸稯，中和宣布翻舊腔。春堂桃梅絢金釭，暇來談經化海邦。我測道涯忘其濬，如挹巨壑投罌缸。混茫際天萬水淙，沃焦翕受原深谾。諸君向若慎勿𢥞，不遵厥道斯爲洚，盈科而放矢款悾。盍觀城北之舽舽，流花直送波羅艭。舽舽水，在廣州城北，東接流花橋，水出波羅江入海。

和繆蓮仙秀才艮六十自壽四首

曷起才名噪嶺東，清談典午有遺風。非搖采筆誇奇麗，自著黃衣説短叢。天際帆飛留畫看，客中囊盡坐詩窮。生朝恰作春鐙謎，猜是坡翁是放翁。

官品瀛寰亦萬千，何時肘後印橫懸。文章有譽人皆識，仕進無媒力已愆。月地雲階成昨夢，花枝酒海過新年。憐才自信惟紅粉，説向吴兒也黯然。

未能玉案借前籌，㦬尺無端滯廣州。誰使軟紅輕插脚，不妨垂白猛回頭。鄉尋蘇小爲鄰並，門對林逋共唱酬。舊事如塵安足記，且藏鴻寶謝人求。

逝水年華只自諳，莞城風物又傳柑。烏皮盡日關門坐，麈尾逢人炙輠談。湖海交遊俱韻勝，神仙離别半情含。媕娿似有元芝寄，皓捥行行倣十三。

和孟山女史二首有序

莞人於南城下拾得小碣，有詩二首云：『幾株山樹露盈盈，總是愁人淚滴成。試把愁心問明月，今宵明月爲誰明。對妝鸞鏡舞山花，暮倚長松樹作家。風伯不知愁思苦，山頭夜夜起悲笳。』末云：『祁瓊孃題於孟山之陽。』詞旨悽怨，依韻和之。

小碣行行玉筯盈，空房問月句初成。流光欲識徘徊意，爲汝晶簾立到明。
春風庭院唱楊花，粉黯香愁自小家。翻入珠孃絃索裏，一彈一拍過秋笳。

贈黄丙嵎都閫廷彪二首

一庭花竹淨塵紛，坐接綸巾氣不羣。閫外投壺祭征虜，殿前聯句衛將軍。風沙晝靜詩城築，蛇鳥秋盤筆陣分。回櫂忽忽惆悵極，何時横槊再論文。
潮州東望即滄瀛，風壤由來雜獠氓。銅弩蹶張初向化，玉堂韜略罷談兵。遠期鄉里安耕鑿，予先世由黄岡徙嘉應。丙嵎，黄岡都閫也。先遣兒童識姓名。寂寞元亭無一事，捶箋猶欲頌營平。

書扇示椿兒二首

高館風清暑氣闌，六時長見月彎環。嫦娥近說蟾宮冷，徑合移家住此間。

雨紗霧縠翦裁成，持較蒲葵價未輕。王謝家兒焉用學，禿驢方麴自知名。

蓮仙寫真

凌煙冠劍光陸離，叩門柴桑乃乞兒。勳名自古有通塞，置邱壑中君亦得。寒流夾城明鏡雙，垂楊巑岏對舲窗。一竿蹲石靜兀兀，有似白鳥窺秋矼。游鯈下上隨潮水，正使中鉤何足喜。大漁山插合瀾洋，胡不垂綸湯谷底。鴻嗷黃瘦連二郡，時潮、嘉旱饑。鯨鱠紅鮮餇千里。十年廣管曳長裾，曾未得吐胸中書。征蠻幕府門牆峻，試獻三言海大魚。

和丙嵎都閫弔明羽冲漢都督墓之作墓在流花橋

奕世戎韜拜主恩，那知天步屬艱屯。七星王氣迷珠斗，四路軍聲破石門。碧海無塵聞化鳥，青山有路見歸猿。流花橋畔逢寒食，長使騷人賦禮魂。

書摩崖碑後

延秋門外豬龍起，蜀棧蒼黄走千里，萬人遮馬留太子。鳳輦已西鶴駕東，五載破竹收全功，再安九廟歡兩宫。浯溪鑱石垂永久，氣象不與淮西偶，泰山會稽論作手。同時魯公運椽筆，筆力勁纏忠義出，平原書中此第一。摩圍系詩亦雄古，惜有微詞議靈武，不記琅琅馬嵬語。卓哉三子皆吾師，性情聱齖孰近之，吾于漫叟尤神馳。

祁生書常照勳與椿兒唱和冬夜煎茶詩即次其韻

煎茶詩格推蘇黄，詞清句麗鄰紫霜。後人效之舌本强，不如勿搜湯餅腸。汝今鬥詩先鬥茶，箬籠夜破封題斜。壑源沙溪漫分别，仙子近送飛雲芽。活水已看魚眼沸，真香不煩龍腦加。擎甌一詠各奇矯，坐見坡谷來同車。小院輕寒天釀雪，地鑪酒熟松花烈。老夫喜欲傾百杯，醉後煩渠招兔月。

讀白沙集憶周溪即次周溪圖詩韻四首

平生雲洞屢攀躋，石角松灣度碧溪。三十年來忘不得，春山有句上扶藜。
無數嵐光入畫楹，小軒形勝擬方瀛。爲尋芝术前溪去，尚有人傳學養生。
拚向煙波著芰裳，吳淞嚴瀨兩茫茫。不如真向周溪隱，十里清瑤是故鄉。
一溪風月釣船多，醉倒舲窗醒放歌。試與江門論出處，傳衣端合付藤蓑。

雙桐行

樓前雙桐四丈强，清陰覆院便繩牀。船脣馬背客遊倦，終朝起臥依汝旁。何人始栽少愛惜，半生半死根暗傷。雲霄可干無復意，豈非厄閏同黄楊。新涼一段歸庭廡，翠葉搣搣鳴秋雨。羣芳百色韻簾櫳，紫花離離颺春風。春風秋雨等閒度，鳳皇不來歲將暮。極化長邀大地恩，知音誰作鈞天顧。君不見綺門神木真翹材，落角摧牙三蜀來。滄桑閲盡成枯朽，嗟汝雙桐復何有。

資福寺平安上人補植再生柏

言尋寺中柏，異事記髯蘇。閣成柏再生，名與舍利俱。當其已枯日，與未生不殊。始既未嘗生，終亦豈嘗枯。乃知枯復生，偶爲世尊娱。譬如優曇鉢，寧可論有無。上人嗣心印，補植不辭劬。春風時披拂，數日淩浮圖。拈花義安在，成果理非誣。還希大悲水，廣沃衆生株。

晨起書懷

披衣悵然歎，撫序愧佳辰。默思平生事，何一曾如人。服政纔三載，歸林踰六春。謬承鉅公意，臯比此焉陳。舉家待吾炊，黽勉遑敢嗔。協風奏窮紀，萬彙應時新。凍谷習鑾禽，冰池升素鱗。未知當來歲，夙心果能申。安車過諸子，高燕娱舊賓。偃息山茨下，長爲懷葛民。

季冬二十三夜聞雷作

冬至剛過四十日，天暖籬頭無箄簗。夜分細雨吹輕風，旋訝殷牀聲迅疾。澤雉鷕鷕登隴雊，蟄龍宛宛騰空逸。或言木氣先發亂，來歲禾苗尠華實。細推地理初不然，從古南方稱燠室。褰裳每苦焦溪涌，濯足恒嗟沸潭溢。況聞破卵產豐隆，遺廟至今山鬼慄。酹酒虔修擊鼓杖，燒香跪進支輪桎。居民慣聽嬰兒啼，匕箸當筵不曾失。今宵故促百花放，汝輩無疑六丁叱。火師雲紀乘運起，白帝元精以時秩。大庭之世本若春，鬱勃生機迎震出。八表同瞻青玉佩，三微永用黃鍾律。往年西市賣唐花，記費百錢才買一。檐牙綠萼看欲謝，牆角緋桃今始茁。驚雷菌子又登盤，飽臥花前聽鳴鶤。

連得家書知升甫北上已達會昌計除夕當抵蘇州二首

莞城逢暮節，離思正難堪。鄉路雲千疊，家書日二函。人隨湖漢北，心逐雁鴻南。爲報身强健，江梅已屢探。

贑石趨吳會，蒲帆一月程。笙歌分歲夜，風雪闔廬城。舊恨焚詩卷，新交贈酒鎗。徒陽猶待聞，鼓枻幾時行。

嚴石樵倫楚江煙雨圖二首

貌得煙漁意態閒，艖艄長繫楚江灣。不知世有浮湘客，細雨斜風過赭山。
憑軒那復是丹青，煙翠紛紛落廣庭。猿狖暝啼山鬼嘯，絶無聲處請君聽。

除夕示椿兒二首

喧喧笳簫奏，錟錟鐙燭光。燦燦宜春帖，霏霏沈水香。嘉葩左右列，旨酒陳中堂。問君將何爲，餞歲持此觴。浮生百年内，奄忽如朝霜。元風矜達觀，一視彭與殤。寧知惜陰士，日短意恒長。攀華六龍翳，飛彈九烏藏。三舍如可返，吾其希魯陽。
燒盆共守歲，守歲重欷歔。暮節在他縣，邈焉二紀餘。我年漸加邁，汝業不容疎。富貴何足道，益人在詩書。丹藿媚羲和，朱蔆朝望舒。題彼纖微植，猶能惜居諸。矧爲天地貴，而忘日月除。驚烏繞庭樹，荒雞聞遠墟。明年明日到，懍懍當何如。

丙戌元旦家卿雲少府兆泰齋中見菊花

野人藝花矜絕伎，臘後百花都上市。豪家競買不論錢，新歲爛漫驚紅紫。一陽初復春已動，阿奴火攻下策爾。奇哉造物難控摶，乃遣秋華壓桃李。醒石齋中兩叢菊，春光點綴賓朋喜。孤芳未肯久沈淪，蠖屈龍申固其理。東官亭苑過重九，畫船投梭軫流水。雪沍冰濃天地寒，此花已隱亡何里。根連宿莽凍猶在，心是苦荼埋不死。乘時一出爲東皇，逼真商顏起黃綺。世兒少見定多怪，造次反以唐花比。安得詩如張季鷹，散金一詠鏘宮徵。

海運

於戲嘉慶中，至計籌海運。纖兒憚艱鉅，風波塞清問。唱聲主會通，故道循泗汶。一語牢莫破，千言散誰攟。苦思前歲冬，異漲決淮坋。連雲畚鍤集，手足嗟瘃皸。黃流浩奔衝，平地涌魁瀵。飛沫捲林木，餘波没櫓檼。是時南糧來，候風占月暈。邇猶隔邳宿，遐豈臻兖鄆。誠知沿泝艱，不在囊橐幡。一歌丁都護，淚落不可拭。至尊宵旰勞，惻怛思往訓。地形規今古，天斷仗明斤。瀛滄禹蹟存，綱舉條未紊。緬維碣石右，最與逆河近。雲帆馳天墟，塵淨波不溢。先驅役馮夷，後屬奔伍員。天吳挾水怪，愓息屏扉隱。功資神靈扶，事倍牽挽奮。我初發狂瞽，亦祇循職分。所懷終得申，自賀傾美醞。方今歲其有，穀熟連州郡。幽燕黍未登，吳越稻先粉。重洋獲利濟，百爾當恪悫。朱張彼何人，無使專令聞。

朱寶田山人珍六十索詩

花月歡場瞥眼過，今年六十奈君何。祇應一曲傾杯序，頭白親教小玉歌。

重至順德書懷

行迹渾無定，扁舟復此來。帆迎雙塔入，日射五峯開。把酒思前度，分題各妙才。舊遊雲散盡，片月上池臺。

寓齋看山

官舍四山環，中山在其左。客居寄林麓，彌月濃煙鏁。命儔思一登，覽勝未嘗果。谷風開新霽，雲髻垂倭墮。掩映竹林間，乘垣似窺我。清輝變朝暮，相對忘久坐。山林與市朝，去就無兩可。幽棲偶然遂，何必攀巍峨。

北海亭歌爲鹿怡亭明府亢宗賦

雨雲翻覆憑人手，世上已無肝膽友。太行孟門論險艱，志士聞言淚盈斗。急難從古少良朋，恨君不聞北海亭。北海亭，在何許，乃在易濡二水之所經。前代高人身姓鹿，誅茅特爲延賓築。望氣青牛過散關，談詩白馬來穹谷。北寺南牙水火爭，大璫張網打羣英。飛章并逮左周魏，九門白日無光晶。三家子弟紛絡繹，蛇行鼠伏藏蹤迹。樽酒偏逢孔文舉，壁衣重遇孫賓碩。其時鉤黨鉤未已，苕上茅生亦來止。俠骨千年柳市齊，靈光百尺蘭臺峙。奇鱗失水困江邊，呴濡溼沫鎮相憐。周周飲河必銜羽，蛩蛩齧草亦比肩。魚鳥無情尚如此，故舊胡爲中道捐。陳餘戰殁，張耳報冤。周顗横戮，王導不言。吾誠不能知其度量何相越，願上北海亭，青天掇明月。

順德歸舟

晚色寒煙合，孤舟尚遠征。猿啼兩岸悄，漁唱一江清。秉燭夜方永，開舲天已明。問言花市過，惆悵買春英。

波羅江上清明

波羅聊騁望，旅思一淒然。邨店寒沽酒，江城曉禁煙。家攜淘井綆，人喚拜山船。自問東官客，淹留今幾年。

東洲

歸棹行宜駛，停帆興復饒。岸花迎雪面，江柳舞風腰。至樂逢場得，閒愁觸景銷。文魚還媵予，兩兩上春潮。

門人梁康公弼送羅浮茶稻黃精三首

白甀封題綠玉芽，火前雲頂共傳夸。較量水腳真多事，一盌先除病眼花。

釜未生魚甑有塵，那知仙米得嘗新。如聞七畝田猶在，欲稅耕牛住曜真。

老妉藥物問靈樞，但服山薑效自殊。爽氣朝來滿盂鉢，淩雲不用小兒扶。

龍沙寺不齊上人求論心堂書并詩

龍川逶迤趨石龍，翠屏迎面四百峯。上人天眼覷佳處，十年卓錫誅蒿蓬。置書丐我三大字，要以心印明家風。黄梅會上付衣鉢，盧師夜走何忽忽。本來面目教認取，别傳了義開南宗。寧知明鏡時拂拭，勝果亦在勤修中。兒孫不憶祖庭語，上堂一味夸機鋒。朝對黄花夕翠竹，漫天霧雨遮溟濛。普賢骨血爲筆墨，寫經願比須彌崇。當時弟子盡歡喜，誰敢鑽紙譏癡蜂。上人文字初不掃，愛與騷客通吟筒。寒山拾得留一派，接武後來惟惠洪。不妨持作偈頌讀，實有名理非虚空。若將吾詩並玉帶，九原笑殺東坡翁。

賴山人雲谷文姬歸漢圖

川流敕勒山陰山，絶域何人生入關。青塚雪霜埋豔骨，烏孫城郭閉紅顔。明駝千里回中國，蔡姬此行憑魏力。黄雲白草望路馳，到眼桃花應不識。老去誰云再適人，史有此語疑非真。當年不對寫書吏，寧求新特忘舊姻。遠道思歸歸更苦，恨君不繪胡笳譜。一聲斷絶雛雁分，獨抱焦桐淚如雨。

讀太白集偶題

好色端由小序開，高唐神女夢中來。那知世有登徒子，奮舌能譏冠古才。

綠蘿行

丰茸綠蘿秀，愛繞碧松枝。輕條引弱蔓，纏綿無斷時。松凌霄漢上，不顧綠蘿垂。回看同根草，青青存卷施。一心相依倚，歲晚終不移。兩貧不相耀，兩賤不相欺。君若攀高樹，他年安可知。

詠古示諸生

齊贅善荀卿，而不喜孟軻。大賢猶見譏，薦士知若何。天民本難識，伊孔同一科。進非榮廊廟，退不羞巖阿。桃李揚光輝，盛時玩者多。幽蘭生空谷，含馨自猗那。寧以不采故，跂彼美人過。物生有時會，躁競聖所訶。世無赤松子，孰識紫芝歌。

蟬和義山韻示椿兒

春色等閒過，綠陰初發聲。塵埃拋舊夢，風露殢新情。德壽荒榛滿，昆靈灌莽平。空留宮額樣，憐汝太淒清。

西岳先生歌有序

先生不知何所人，亦不詳其姓氏。深溪山紫虚洞天石刻糢糊，志家稱爲尹道泰，不知何據。知爲元代隱君子而已，深溪人皆言入山者往往見異人，蓋即先生云。

深溪深絕誰所廬，云是西岳先生居。小有天開日月耀，羣真出入乘飛車。洞門一閉五百載，雪竹煙松至今在。樵子入雲時一逢，翩然散髮遊炎海。我不識先生，觀風已若面。大字摩崖剜苔石，冬雷起蟄龍蛇變。姓名猶恐市兒呼，詩句寧遺酒家見。想當選勝初到此，白雲黃木經行徧。絕境上與銀臺通，冥心永無朱紱戀。從來勇退即仙人，盧生韓終雙出塵。鷙膺蜂準不能用，肯爲入海求三神。今古茫茫經幾秦，先生紫虚自藏身。中央四帝有外臣，綴班已作東明賓。聞道明時方側席，許多真隱離山澤。不知綺皓若來過，可有移文謝逋客。

禾花雀歌

珊瑚洲畔禾花雀，閒啄禾花生計薄。野田羣宿畏網羅，縱欲營巢何處託。爲渠覓得鳳皇岡，羅浮華首臺北有鳳皇岡。參天松檜足嬉翔。朝餐紅豆暮金粟，五日一飛朝鳳皇。

南歸集卷四

嘉應李黼平繡子著

漫興

瀛海咸知漢相尊，錦坊高處是龍門。都將吐握儀姬旦，不待生徒望叔孫。八表風扶鵬翮起，九逵塵襯褭蹏奔。鉢盂山裏花微笑，寂寂如公豈足論。

東郊

田園久蕪没，旅食思依依。五月東郊路，看人獲稻歸。

得槐江先生書

獨有葑溪叟，肯將書報人。蕭條窮海上，開札一霑巾。

柳子厚柳城柳石碣有序

碣云：『柳城柳，神所守。驅厲鬼，出匕首。福四民，制羣醜。』後書『元和十二年柳宗元』。明天啓三年，于柳城井中得之，今勒于柳州府署，搨本行世，得者云可以辟衺。蓮仙出以示予，隸體奇古，信子厚書，非後人所能僞託也，作詩紀之。

先王祀典皆爲民，捍災禦患垂深仁。壇宇森沈丹堊飾，更標大樹棲明神。禱枌能殺白帝子，柳城之柳亦如此。盜散山棚逈自驚，妖藏洞穴無由起。當時刺史本人豪，聲譽上聞天際高。元和以後不得意，放浪南裔窮遊遨。兹邦爲政溫且肅，步有新船宅新屋。使君謙讓不自居，勒石謂其功在木。輪囷百尺何壯哉，陽烏所宿陰霾開。揮毫偶倣山海贊，脱手已有風霆來。年深月久龜傾仆，人復爲神兩相護。至今響搨徧瀛寰，片紙猶令魑魅怖。海國喤喤兒女啼，生魂恐爲方良迷。丹雞白犬露香祝，耶孃喚子聲慘悽。莞俗：小兒病，父母持香火招魂，呼號之聲，終夜不絶。安得分渠百千本，匕首夜出搜山谿。劃然一聲鬼膽破，萬戶蒼生盡安臥。

感舊五首

烏飛兔走易推遷，一别吳門便七年。謫宦略同蘇子美，依人難比杜樊川。良宵鐙火師河屋，上日風花虎阜船。屈指舊遊蹤迹在，倚樓吟望暮江天。

蘭錡英名拜赤弓，文章雅識建安風。閒因枘枕論名士，竟許荷衣狎總戎。水滿澤魚思縱壑，天清樊鶴任盤空。歸艎未候情何限，稍喜龍門信使通。

春寒瘦損牡丹芽，風雨平橋赴看花。酗醞與澆胸壘塊，分牋催鬥韻車斜。局誠可負何曾慣，書尚能傭只自嗟。不是伯通憐遠客，江湖生計渺無涯。

同官寥落幾人存，來往南沙令尹門。黄散憑誰談出處，素心與我數晨昏。延秋别舉蘭亭禊，逭暑平分茜水樽。記否徐園羣雅集，總將詞翰代招魂。

二董才名璧不如，琅玕有館會簪裾。偷春恰趁梅開候，得句剛逢雪下初。芳草萋萋詞客散，春雲藹藹美人居。他年再泛盤閶水，孰似靈光峙碧虚。

雙桐軒待月

一雨洗微暑，雙梧生淨涼。開軒掃廣庭，倚石安我牀。輕颸颯然至，草樹有餘芳。明河案南戶，皓月上西廊。斯須澄波涌，華鐙不能光。羈心值清景，忽忽如有忘。兩男在家塾，仲弟客幽方。相思不可見，況予亦異鄉。良宵無儔匹，慷慨情內傷。采雲停城隅，鳴佩何鏘鏘。容華正盛美，道路匪阻長。寸心苟能達，西雀亦東翔。

觀賴山人寫星巖粉本

七星在雲不可攀，清輝耿映銀河灣。河流瀉地星化石，鏡倚天孫梳曉鬟。湖光山翠相媚嫵，依然天上非人間。雲谷先生好奇者，戲磬橫素摹孱顏。端江迢遞五百里，凌空信有飛來山。七峯羅立勢相顧，中有圓屋形模圜。石鐘地鼓不備列，百神觴後歸清班。有山無水亦恨事，恰稱十頃玻璃環。聞君脫槀將贈客，夜光暗投人必訕。不如卷圖竟歸我，自忖邱壑緣非慳。疇昔年才十三四，大人攜我康州還。捨舟高要行北郭，瀝湖厲過流淙潺。崧臺晨拾石乳綠，屏風晚折山花殷。名區一別四十載，敝車羸馬趨塵寰。眼明見此豈再歷，若坐茂樹聽綿蠻。古來藝事貴商確，少宜潤色多可删。高公西湖寫古木，吴興爲補湘妃斑。黄鶴染皴井西到，遠峯樵徑增幽閒。吾家兩賢開勝境，小子亦願誅榛菅。危臺扶嘯留一角，貌予丫髻升霄闗。

送門人祁繹思秀才荷桐昆季赴廣州院試

第頌昆明材百五，樓頭飛下詩如雨。惟留月盡夜珠來，玉面昭容嗟健舉。旗亭名士爭畫壁，妙選嬋娟按歌舞。黄河遠上唱雙鬟，我豈與君妄相賭。五家詩法傳百代，一旦文衡歸兩女。暗中摸索亦太難，具眼如斯復誰伍。唐世名場務聲氣，英雄未必無淪阻。但令窈窕識才人，絕勝冬烘爲座主。嶺南學校論前輩，半農老人倡復古。使者家鄰紅豆齋，懸知試士無偏取。煙江昨夜繫輕舠，東風水添數尺高，送君西去揮紫毫。定有知音賞春雪，不須别奏鬱輪袍。

古朗月行

明月入我室，清輝喜相晤。闗門不肯留，又下玉階去。階下露皚皚，涼風吹古槐。開門還復入，君意信難猜。

嚴厚民書福樓勘書圖

貴人卷籍充華屋，插架香芸薰汗竹。有時錯寫弄麐詩，識者知其不能讀。寒士得書良未易，積少成多今百簏。魏墳魯壁自校讎，免使諸儒霧迷目。三體不傳誰更定，五虍以還無此福。仙城判袂望飛鴻，客邸雄談欣折鹿。手持橫冊出示我，風景天然小羣玉。曬日閒開縹錦囊，臨池重勘青緗籙。春秋嚴氏家學在，斯人不合藏巖谷。如聞漢詔訪遺經，郤理中文上天祿。

送芸臺尚書移節雲貴四首

炎洲負嶺控滄瀛，五管綏懷政已成。路盡金谿無弩射，家環銅柱有刀耕。舊傳鼓吹征蠻曲，新化中和樂職聲。奕奕文昌匡戴近，真看畱爽耀光明。兩粵科名，自先生至，得鼎甲四人，魁南宮者一人。

綿蕝諸儒致叔孫，經神別有講堂存。迷方再見南車指，學海同瞻北斗尊。秋院木犀殊象教，春江萍實問龍蹲。先生開學海堂以課士，教學者讀書作文不更，立言提唱，《學海堂集序》言之詳矣。蓋自性命之説起，稍墮空虚，而主敬、主静，亦類於别立宗旨，牢記話頭。惟先生教人，與博學篤行之説合。自北宋後，儒者能直探聖學之原，先生一人而已。一篇大序歸塘滙，别派支流未要論。

中天日月本無私，虎節初從澤國移。葵葉帶風噓益部，訶林分雨到滇池。夷歌續譯三章字，漢相先留萬歲碑。半壁西南安阜後，兒童駿篠計還期。

閶闔晴披煙霧開，當時幕府盡奇侅。談經幸託文翁識，作賦慚非武騎才。出谷鮒魚依海闊，搶榆鳩鳥借風培。離心直傍旌幢去，監祿渠邊重溯洄。

慈度寺

海珠磐石上，祖帳復登臨。笳笛迎風噭，旌麾蔽日陰。别途無遠近，征客有升沈。不及煙汀鳥，忘機戲水潯。

嚴厚民屬題羅節母詩

青青牆隅竹，雪葉連霜根。下有鸞鳳雛，哀鳴聲自呑。自爲羅家婦，艱苦難具論。翁從西川歸，丹旐已飛翻。姑慟夫骨立，相繼遊九原。内無伯叔助，外乏葭莩援。有子在繈褓，藐諸曷以存。稍長令讀書，幸克繼清門。追惟授室後，含飴方弄孫。孫學亦有成，差釋心煩冤。奈何復奪去，失此無價璠。茹悲與世辭，天道胡可言。寄詩語佳兒，努力思報恩。庶希紫宸贈，一慰黄泉魂。

送阮賜卿省覲雲南四首

分歲高牙憶祭詩，春風鑾語詠清池。羣公並有飛騰意，顧我偏當落魄時。文讌樽罍歡促席，才名珊碧豔交枝。即看著論如光禄，索解人間未易知。

博辨家風亦性情，荔支灣外偶延清。卻尋地自唐人讌，唐詩人曹松有《南海陪鄭司空遊荔園詩》，賜卿據此，証今荔支灣爲唐咸通詩人遊宴之所，作《唐荔園記》，鐫石虬珠亭上。須識名由漢主更。河北李花遺曲在，嶺南柑子御園生。羅浮有唐御園柑子。紅雲証是咸通樹，從此存陳大義明。

畫船紅旆露橈裝，小憩端州日正長。星摘匏瓜供食案，肇慶府城北七星巖，志家謂上應北斗七星，又謂應西方白虎七宿，而新城先生詩云：『西望端州城，七星莽周遮。明當陟其巔，舉手搴匏瓜。』蓋匏瓜四星，其北織女三星，合之亦得爲七星也。石裁蕉葉副衣箱。爲愁淮海雲千疊，遙隔犍牂樹萬行。擬挈全家住圓屋，暫時相守免相望。

惜別何緣聽佩琚，涼天遥駐五華車。夏侯贊出趨庭日，張載銘傳問寢初。越嶲試求金騕褭，昆明閒掣玉鯨魚。滇南入手多新詠，翠賈時時一附書。粵、滇道遠，惟翡翠賈人，月一往來，可以寄書也。

市得張穆之枯木繫馬

古人論繪事，無若六畜難。毫髮有不肖，兒童解譏彈。至搴千里駒，斯論實未安。蜚廉没平楚，龍雀誰曾看。粤馬最駑下，未堪飾纓鞍。冀馬稍雄壯，外强中必乾。天馬來若鬼，滅没無定端。區區求形似，卷圖不欲觀。張侯馬無師，房精胸次蟠。偶然掃一匹，新浴銀河瀾。風沙扇莽蒼，雲霧蒸瀰漫。繫之枯楊下，待價意可歎。伯樂久殂謝，九方亦彫殘。識神死未泯，身後爲曹韓。寫真當駕馭，英雄爲悲酸。何似飛黄駿，啾啾鳴玉鑾。

自羊城放舟歸泊墩頭

人事未能謝，我行誰謂辛。道里僅三舍，淹留遂浹辰。朋舊相招要，久疎獲暫親。朝旦風日美，揚帆下通津。黄木若迎客，白雲如送人。開窗問所屆，已越波羅濱。江天近秋節，沙水碧粼粼。上岸拾文蛤，臨淵觀錦鱗。時聞滄浪詠，纓上幸無塵。

莞城七夕二首

錦筵瓜果競時新，默倩芻尼報漢津。靈匹萬家同一拜，不知將巧與何人。
弦月微明露暗流，夜香燒罷上針樓。珠簾不隔人如玉，惹起張衡詠四愁。

書漢學師承記後六首

漢簡吹灰未易明，石渠同異愛紛爭。無人不説能求是，只恐河間畏後生。
諸儒不省太常移，晚出羣將孔傳疑。典引先存安國學，中郎註裏幾人知。
爾雅年來問宿髦，一篇釋詁信尤牢。如何北海箋詩日，不引姬公証二毛。
小學誰將古字編，四言倉頡到今傳。汝南已是翻窠臼，改部焉能禁玉篇。
荆公字説近偏多，博辨其如鑿空何。李趙諸篇人共守，凡將獨出始難磨。
經文妙義足爬梳，塵垢奚煩拾鄭車。解識古人無達訓，漢廷惟有玉杯書。

成果亭中丞詒經圖奉呈二首并序

夫周遺金版，虛言藏策之山；漢理珠囊，實啓獻書之路。九流七略，間雜申、商；萬卷百家，不無黃、老。業雖流乎後裔，功已謝乎前賢。豈非祿利之念多，而發揮之才寡乎？中丞果亭先生，世守青箱，官依丹禁。躔文昌於嶺嶠，開武庫于紘滄。禮采鬱林，龍勺軒皇之卺；樂興韶石，鳳蹌虞帝之簫。凡茲易俗移風，悉本通經致用。猶復短檠不棄，長卷閒摹。培砌玉以作家珍，儲天球而爲國寶。昔者封胡遏末，駢東晉之枝；颺朏顥崧，競南朝之秀。丁年偉矣，甲部闕如。詎若七業俱成，六藝同授？梁邱《易》傳令子，歐陽《書》紹彌孫。桓春卿講幄動高，三世而侍中、太尉；韋長孺經師望重，一門而丞相、封侯。方之于今，可無多讓。爰賦二律，用志欣情。

尺五天依日月傍，一家經術漢平當。攝衣曾講金華論，持節仍抽石室藏。鱗屋絃歌終歲樂，鯉庭鐙火徹宵光。溟池風靜林煙澹，閒看紅蘭繞墨莊。

書倉經庫繪纖毫，到眼先知地望高。豈但鄭鄉移北海，還應荀里徙西豪。諸郎歲月成麟角，萬丈風雲起鳳毛。他日欲徵稽古力，彤弓分賜各言櫜。

閒中雜詠四首

冶城規諷意無窮，峴首勳名事豈同。不解方人銅雀伎，琅邪何至薄羊公。

牛渚高才借品題，青蓮吟望首還低。過江名士多如鯽，第一能瞞謝鎮西。
袁伏同時宿府堂，桓公偶爾欠評量。感恩豈必非知己，人道昌黎是楚狂。
一庵初日最清新，黄九談詩妙入神。若就龍門論天閬，涪翁原自怕人嗔。

寄梁康公覓放杖竹

距山不欲近，數見目不鮮。離山不宜遠，顧瞻足不前。君家與羅浮，計里才盈升。興到時一往，動靜皆以天。吾衰血氣弱，步履殊不便。看花東門外，送客西城邊。所恃惟一藤，隨身今四年。雖有黄旗嶺，未嘗躡其巔。邇來讀圖經，喜極憂盡捐。兹山富卉木，美竹尤嬋娟。桃枝與龍鍾，編町森成田。中有木如竹，可當藥物煎。服之三十日，放杖凌雲煙。君如省親歸，幸溯羅陽川。入山爲采訪，包裹寄老顛。芳馨漬良醖，立使沈痾痊。角麟不復騎，神馬自可鞭。偕君躋雲帽，蓋壤窮方圓。真丹不自私，大字石壁鐫。童髦授一把，健步追飛仙。

東郊閒步過蓮仙

經旬未嘗出，偶此杖藜行。不覺秋已至，曠然天宇清。遠山餘靄滅，高樹夕陽明。故友蓬廬外，依依話晚晴。

近有二首

近有東南信，傳烽島上明。凌波新教戰，橫海自行營。釁是挑桑起，仇從取麥成。但須分曲直，一檄可銷兵。

昔在滎陽日，初聞女滅雞。鄭氏歸順時，先有『生女滅雞』之讖。五城稀户口，百粤共耕犁。鼠鬥事么麽，鴻嗷聲慘悽。彭湖兵已集，飛渡救遺黎。

寄廣州故人

華館分襟半月間，秋風颯颯動河關。酒懷冷落吟情減，日倚樓頭看鉢山。

送同年翟雲莊運使錦觀廉訪福建

鴻濛已闢萌芽先，女媧摶土投大千。衆生芸芸定何似，行棋散布星周躔。太平空桐迭標格，雖願把臂終無緣。天公巧作大會合，蕊珠一榜收羣賢。尋春紫陌重意氣，唐人故事今猶沿。當時進士尚能憶，有若虎頭若鳶肩。祕書著作誰不愧，使君文采真神仙。海山下士學城闕，青蒿亦倚蒼松邊。戊辰以後稍分手，幾人更赴櫻桃筵。或由華省上臺閣，或自茂宰躋屏藩。鄙生淪落安足道，喜聞行部過灘川。遙從吳會望潯鬱，萬疊雲峯天際懸。那知嶺外有三子，葉芷汀觀察、鄒海瀾、齊春浦兩大令。鹽池復和薰風絃。轅門鼓罷屬官散，手版肅上聽傳宣。華鯨趪趪麈确几，但覺語笑如從前。歲時賚予亦云厚，令人欲燬雲泥篇。秋江磨銅淨無煙，赤幢曲蓋搖畫船。吏民葭籥勿流連，使君銜命廉漳泉。鄙生乃前進一言，無諸舊壤俗矯虔。仁人所至當矜全，清靜之謠可達天，紫髯孫郎亦同年。孫平叔即由福臬總制浙、閩。

爲家曉林廣文鳳翊題畫

巉天兩崖雲錦張，楓林摵摵葉赭黃。何人林外石作牀，寥空目送征鴻翔。人間異境仙所藏，近有二禺遠小湘。畫師身經胸不忘，突兀吐上君家堂。我從東莞客五羊，塵埃終日空奔忙。眼前山水浮清光，與君曲肱臥其傍，似有風泉吹面涼。

鉢盂山下作

鉢盂入城來，頗厭塵埃濁。時于煙雨餘，一露真面目。煙雨不常有，塵埃良可歎。誰能負此雙蛾黛，真向胭肢滙畔看。

張山人汎查圖詩三首

香海圓分五大洲，雲帆真擬徧勾留。而今卻作東莞客，秋雨堂坳試芥舟。
嶺表山川已再經，可曾西上一揚靈。橫州灘是天河路，歲歲匏瓜待客星。
公卿題贈卷盈千，爵里仍聞次第編。他日藝林成寶笈，有人爭註漢官篇。

廣州晤厚民出示芸臺尚書在興安過陡河詩次韻二首一寄尚書一貽厚民

湘灕出陽朔，分派各懸溜。鑿石使其通，亦藉大融湊。閘洞雖間設，波濤苦常漏。舍舟陸是遵，鈴馱相先後。黄序應龍起，雷霆夾舷走。鳴雨漲靈渠，輕帆繞穹岫。天平一日過，地澤三尺透。海市現樓臺，衡雲開巖竇。二公於造物，獲報各云厚。先生格皇天，迥出韓蘇右。粵嶠已言別，滇山方載驟。商霖隨幰車，爲彼農民祐。

拜井井華涌，刺山山泉溜。精與冥漠通，理可單微湊。欲知陡河陡，實似漏江漏。府公度越城，況值陽旱後。雷雨忽交作，帆檣競馳走。想像舲窗開，點筆看楚岫。蟲蟲毒熱退，翦翦新涼透。徐穉舊依陳，班生曾事竇。至今府中客，誰實思德厚。君留此校書，先生刻《皇清經解》，未成，留厚民在粵選校。鉛槧分左右。我衰未捨講，坐送隙駒驟。相逢話遠人，頟手慶天祐。

何惕庵廣文其杰席上作

仙城幾回至，六至六開尊。客到非驚座，車停屢閉門。冷官三絕具，多難隻身存。且共銷愁物，浮沈莫更論。

石鹿汎曉望

四更天已白，廣州水驛惟打四更。催客早鵶啼。海日潮翻上，江雲樹引低。水行殊氣候，鄉思苦淒迷。輸彼無營者，窮年坐穴藜。

新塘曲

中塘北出是新塘，畫舸沿流目送郎。卻向別情洲畔過，一江涼月睡鴛鴦。

秋日有懷鐵君二首

記送嬋娟子，栖栖又幾年。才名人盡識，經術世空傳。嶺月吟蛩候，江雲落雁邊。相望不可見，珍重角弓篇。知己論師友，平生葉與吳。石亭解元、蠡濤方伯。晚逢考城裔，不恨賞音孤。人謝英賢傳，詩慚主客圖。祇應重把臂，一室證文殊。

嚴時甫孝廉顯寫梅花邨圖系詩見贈次韻奉答并賦長句記事二首

梅樹初花石澗流，一灣松竹入山幽。眼前便是沖虛路，已辨青鞋上泊頭。

君家石樵師二米，我昔龍潭初見翁。歸來急寄好東絹，乞寫數幅青芙蓉。石樵往矣絹流落，詎謂已煩君代作。奇峯矗矗插華堂，平地招人上巖壑。巖壑春風吹早梅，南枝北枝一夕開。既訝粉雲鋪釦砌，還嗟香雪散瑤臺。人間何處無梅邨，玉照東山深閉門。放鶴朝飛琴一曲，驚鴻夜舞酒千尊。卅年蓬轉無消息，岸柳江楓成旅食。田園蕪盡喬木存，每到花時一相憶。見君此畫誦君詩，塵海回頭更不疑。詩云：「添個騎驢人更好，十年塵海合回頭。」卻歎無家杜陵老，鄉愁歷亂有誰知。

跋

道光丁亥，繡子先生梓《吳門》《南歸》二詩，合《著花庵集》爲廿卷成。廷枏獲卒業，而獻言曰：

竊惟解谷遺聲，舊傳中宿；文場元帥，肇始曲江。五子遞唱宗風，三家共綿支派。俱稟西京之氣，並嗣南雅之音。自茲而還，誰爲作者？先生綺歲驚駒，稚齡修鳳。龍文扛其百斛，虎僕揭其一枝。經孔抱釋，送而來作嶺嶠海濱之特。用能戛然獨造，矯爾不羣。過《小雅》之叢以揀材，入騷客之廬而樹棟。樊川之情生乎韻，義山之實佩以華。消息微通，靈響自遠。可謂會滄浪之旨趣，契表聖之心源者矣。

然使鵷序常留，鳳池不奪。傍長安之日馭，貴學士之冰銜。則袖出香煙，語邀天鑒。籠歸蓮炬，詩雜仙心。以皐飂益拜之聲，編會昌一品之集；當堯醲舜熏之日，賡柏梁七字之歌。雖賀世聆音，和聲鳴盛。而體成臺閣，未能刻畫煙霞；頌獻承平，詎可驅馳海嶽乎？

又使謫蓬島而長辭，屈花封而久蒞。摳袍巡野，露冕觀風。簿書汩厥精神，撫字勞其鞅掌。則怱怱聽鼓，切切操刀。當此晚鐙卷牘之旁，奚暇春雨桑麻之詠？縱或早膺薦牘，展步强臺。百里不限以凫飛，六月終期其鵬徙。而驥才既展，燕詠多疏。欲求現宰官身、躋顯要地，而能鎔花鑄句、錯葉鐫詞者，寂寂宦途，如斯幾輩？

先生則頹風鷁退，逆水帆收。鑒畫足之難防，遂折腰之竟懶。逢春夢婆而頓悟，逐秋風客而聯吟。大吏待以文星，多士霑其霏雪。座滿束脩之贄，門忙問字之車。比之於鹿洞鵞湖，望者若泰山北斗。而後徐飛詞幟，狎主騷壇。忻戚寄乎湘緗，性情傳乎煙墨。一篇甫出，萬手爭抄。尊杜老曰詩王，奉白公爲教主。公評具在，毋煩縷述焉。

廷枏夙歆馬帳，近托龍門。刺海上之船，捧橋邊之履。自登風座，甘借齒牙。偶誦雲函，涼生肺腑。每歎魏顥刊集，因太白而始傳；李漢編文，附昌黎而益顯。以今方古，極慰且欣。所惜才謝九能，學慚五際。遊珠林而眯目，泛玉海而忘源。不足助我之嗟，起予之歎也。

順德門人梁廷枏謹跋于寶安珊洲舟次。

讀杜韓筆記

讀杜韓筆記卷上

嘉應李黼平繡子著

杜少陵《登慈恩寺塔》云：『回首叫虞舜，蒼梧雲正愁。惜哉瑤池飲，日晏崑崙邱。』註家謂：『「叫虞舜」，喻太宗也。「瑤池」二句，喻元宗與貴妃也。』此說非是。愚按：《離騷》曰『濟沅湘以南征兮，就重華而陳詞』，又曰『朝發軔于蒼梧兮，夕余至乎縣圃。欲少留此靈瑣兮，日忽忽其將暮』，杜蓋用屈子語意，承『皇州』句說下，欲去京師也，故接『黃鵠去不息』云云。所謂『臣將去君，爲黃鵠舉』者矣，本《韓非子》語。

《秋興》：『西望瑤池降王母，東來紫氣滿函關。』按：《爾雅》『西王母』，乃西荒國名，故以『函關』對。降，猶下也。詩言宮殿之高，西則壓乎西王母，東則瞰乎函關，而瑤池紫氣，仙靈出入，上與『蓬萊宮殿』四字相映合，恰好起下『聖顔』。註家謂指貴妃，謬矣。《元都壇歌》：『子規夜啼山竹裂，王母晝下雲旗翻。』解者以『王母』爲鳥名，不爲無見。惟《湯東靈湫》『王母不肯收』，乃可云指貴妃耳。

《房兵曹胡馬》：『竹批雙耳峻。』註家引《齊民要術》『馬耳如削竹筒』，如此但言馬耳之尖，便是十成死句。《周官·庾人職》云：『散馬耳。』鄭註：『以竹括押其耳，頭動搖則括中物，後遂串習不復驚。』詩蓋用此註。批，猶括也；言經竹括押，馴習不驚也。『頭上鋭耳批秋竹』，亦當同此解。

《北征》：『不聞夏殷衰，中自誅褒妲。』註家或以爲當作『殷周』，或以爲當作『妹妲』，或以爲言夏則不必復言妹，言褒則不必復言周，皆未闇故實。《周本紀》龍漦事，伯陽甫明言：『昔自有夏之衰。』而褒又是夏同姓，是以駱賓王《討武氏檄》云：『龍漦帝后，識夏庭之遽衰。』以褒姒比武后，亦據夏言。駱在杜前，詩蓋本于是矣。

孟公《臨洞庭贈丞相》云：『八月湖水平，涵虚混太清。氣蒸雲夢澤，波撼岳陽城。欲濟無舟楫，端居恥聖明。坐觀垂釣者，徒有羨魚情。』次句喻丞相虚懷，三言化被者遠，四言潤上者高，後半醒出汲引之意。杜《登岳陽樓》云：『昔聞洞庭水，今上岳陽樓。吳楚東南坼，乾坤日夜浮。親朋無一字，老病有孤舟。戎馬關山北，憑軒涕泗流。』三四即登臨所見，以『坼』字、『浮』字，寫出鄉園蕩析、身世飄流光景；後半醒出本意。二詩通體雄渾，未易軒輊，即摘句論，『涵虛混太清』與『乾坤日夜浮』，亦正相敵也。『吳楚』句，或疑洞庭在楚，不當遠及于吳。愚謂以春秋之楚論，則其後有吳會稽，爲東楚是也；以三國之吳論，則其時兼楚，孫、劉分荊州，湘水以東屬吳是也。單舉則屬楚，對文可兼吳。《花石戍》詩云：『東山殘逆氣，吳楚守王度。』亦是楚地兼稱吳也。董氏引《荊州記》，以洞庭君山道通吳之包山解之，其說未當。劉文房《岳陽館中望洞庭湖》云：『萬古巴邱戍，平湖此望長。問人何淼淼，愁暮更蒼蒼。疊浪浮元氣，中流没太陽。孤舟有歸客，早晚達瀟湘。』語亦秀拔。《水經·湘水篇》註云：『湖水廣圓五百餘里，日月若出没于其中。』此『中流』句所本。孟、杜二作後有此，不愧長城。《李翰林集》中亦有《與夏十二登岳陽樓》，詩云：『樓觀岳陽盡，川迥洞庭開。雁引愁心去，山銜好月來。雲間逢下榻，天上接行杯。醉後秋風起，吹人舞袖迴。』此詩前半寫得沙平水息，空濶光明，得手全在起句一『盡』字。其布景之妙，寫雁寫月，似從謝希逸賦中來。五六點夏十二。結處秋風起而洞庭波，醉餘舞袖，因風始迴，寓無限感慨。乃從來選家不知及，何也？『秋風』句，用楚騷《湘夫人》篇；『舞袖』句，用長沙定王發語，點化無痕，是爲高手。合觀四作，各求其命意之所在，而詩法在是矣。

少陵《後出塞》云：『中天懸明月，令嚴夜寂寥。哀笳數聲動，壯士慘不驕。』最得《出車》篇『憂心悄悄，僕夫況瘁』之義。《洗兵馬》『淇上健兒歸莫懶，城南思婦愁多夢』，則《杕杜》篇所謂『期逝不至，而多爲恤』者也〔一〕，雖作者未必規規求合，要當以此意讀之。

〔一〕《杕杜》，《诗经·小雅》篇名，底本作『杖杜』，非是。

章八元《慈恩寺塔》詩云：『迴梯暗踏如穿洞，絕頂攀霄似出籠。』狀登塔情事，愈真愈俗。杜句云：『仰穿龍蛇窟，始出枝撐幽。』與章作意同，而雅鄭分矣。

『東閣觀梅動詩興，還如何遜在揚州。此時對雪遙相憶，送客逢春可自由。幸不折來傷歲暮，若爲看去亂鄉愁。江邊一樹垂垂發，朝夕催人自白頭。』此杜《和裴迪登蜀州東亭送客逢早梅相憶見寄》詩也。以詠早梅故實起，逸致飄然。點次長題，極鎔鑄之妙。非真對雪，梅即雪也；非果逢春，梅即春也。五六空中折宕，直從水部詩『驚時最是梅』一句引而伸之，遂成千古絕調。末就草堂之梅結，『一樹』『朝夕』，收足『早』字也。《西郊》詩『江路野梅香』，《徐九少尹見過》詩『欲發照江梅』，《王十七侍御掄許攜酒》詩『皂蓋能忘折野梅』，又《絕句》『梅熟許同朱老喫』，此草堂江邊有梅之證。諸家本俱作『官梅』，此本作『觀』，誤。

《秋日荆南述懷》云：『望帝聞應實，昭王去不回。』註義以爲指元宗劫遷，責代宗不能明正輔國之罪，如召陵之責楚，支離極矣。浦註謂追溯元、肅升遐[一]，差得之，而昭王非善終，與唐事迹不合。愚謂詩承『巴』『楚』來『望帝』，是以望帝喻元宗內禪矣，則『昭王』當是楚而非周。按：昭王嗣位即有吳師，與肅宗討賊相類，又欲用孔子不果，至卒於城父而後孔子去；少陵受知於肅宗，雖一斥不復，未嘗不冀君之一悟也，元、肅相繼殂落，始無望矣。詩意或當如此。

〔一〕追溯，底本作『返溯』，據浦起龍《讀杜心解》改。

《將赴成都草堂》詩：『習池未覺風流盡，況復荆州賞更新。』註家謂山簡以征南將軍都督荆、湘、交、廣四州，故可稱『荆州』，此説未盡。《水經·沔水篇》注曰：『建安十三年，魏武平荆州，分南郡，立襄陽郡，荆州刺史治。』然則襄陽即荆州，山季倫鎮此，稱其鎮耳。『習池』喻草堂，『荆州』喻鄭公，説俱當。

《同谷歌》『南有龍兮』一章：『木葉黄落龍正蟄，蝮蛇東來水上游。我行怪此安敢出，拔劍欲斬且復休。』言小人恣行，君子謹避之耳。《觀萬丈潭作》：『閉藏修鱗蟄〔一〕，出入巨石礙。何當暑天過，快意風雨會。』公蓋借以自況。註家于《同谷》章，必欲説至時事上去，宜其不得通矣。

〔一〕修鱗，底本作『修麟』，據杜詩改。

《秋興》：『聽猿實下三聲淚，奉使虚隨八月槎。』次句，注家引張騫事，及《博物志》『八月槎』，言嚴爲節度使，公曾入幕參謀，故有此句，説甚迂迴。何氏謂用小庾《哀江南賦序》『星漢非乘槎可上』語，得之，但『奉使』二字無着。又上句用峽中故實，而此句蹈虛，亦非詩法。愚按：『奉使』當指朝臣之過夔者而已，不得隨之返京，故曰『虛隨』。酈道元説巫峽曰：『至於夏水襄陵，沿泝阻絕，王命急宣，有時朝發白帝，暮到江陵。』此『奉使』句所本。公《入宅》詩云：『相看多使者，一一問函關。』此亦峽中詩，用意正同。

《詠懷古迹五首》，宋玉宅、昭君邨、先主武侯祠，俱在峽中。第一首，註家引庾信居、宋玉宅，乃在江陵。無論子山賦序『誅茅宋玉之宅』，是言其遠祖庾滔事，即如註説，此時少陵尚未出峽，何緣遠詠江陵之古迹乎？愚按：此詩起四句，自詠漂泊，以『三峽』句總領五首，即以江關爲此首之古迹也。江關，在峽中；詩句指梁武陵王盛兵出峽，元帝誅武陵，蜀亡而江陵亦隨之。子山《哀江南賦》云『營軍梁漼，蒐乘巴渝』，又云『荆門遭廪延之戮』，正敘此事。賦又云『藐是流離，至於暮齒』，是子山暮年，感江關之事而作賦也。『羯胡』句，言已值安史，與子山值侯景等相同。武帝任侯景，元帝任任約、謝答仁，皆逆黨，所謂『無賴』者指此。『詞客』句，指子山江陵之禍；子山西聘被留，賦所謂『壯士不還，寒風蕭瑟』者矣。

『曾聞宋玉宅，每欲到荆州』，此江陵宋玉宅。李義山詩『可憐留着江邊宅，異代應教庾信居』、公詩『庾信羅含俱有宅』是也。『宋玉歸州宅，雲通白帝城』即此首『江山故宅』，以公詩註公詩，極爲明顯。

『千載琵琶作胡語，分明怨恨曲中論』，註引石季倫《王明君辭序》，又引《琴操》，殊憒憒。按石季倫序：『昔公主嫁烏孫，令琵琶馬上作樂，以慰其道路之思，其送明君亦必爾也。其造新曲多哀怨之聲，故敘之於紙云爾。』是季倫明指其詞爲琵琶新聲曲，詩中『怨』字、『曲』字實本此。《琴操·昭君怨》自是琴曲，與琵琶何涉？此等註亟宜削去，庶不疑誤後生。

《嚴僕射歸櫬》『天長驃騎營』，疑當作『塋』字。《漢書·霍去病傳》：『起冢，象祁連山。』祁連，天山也，故曰『天長』。如註説，舊府瞻望，與上『部曲』句犯複矣。惟註詩破字之例，起於後鄭，未敢遽定也，參之。古直謹案：先生之説是也。歐楨伯《哭王元美》詩：『可堪一代風流盡，第五新陪驃騎塋。』正用少陵此句，然則明人所見杜詩，蓋有作『塋』字者矣。又案：《説文繫傳》：『塋，從土，營省。』段玉裁曰：『塋之爲言營也。營者帀居，經營其地而葬之，故其字從營。』然則作『營』雖别，而義亦通。

《惜别行送向卿》：『尚書勳業超千古，雄鎮荆州繼吾祖。』註引杜元凱都督荆州，混。當箋以明之曰：衛伯玉鎮江陵，是唐荆州；杜預鎮襄陽，是晉荆州。

『峽雲行清曉，煙霧相徘徊。風吹滄江去，雨灑石壁來。』原本『樹』字，此按朱子説，竟改『去』字。今按：風去則雨随之，『去』『来』字反礙，必如原本作『樹』字，乃有景象；古詩不必字字工對也。古直案：此詩題爲『雨』字。

『近時馮紹正，能畫鷙鳥樣。明公出此圖，無乃傳其狀。殊姿各獨立，清絶心有向。疾禁千里馬，氣敵萬人將。憶昔驪山宫，冬移含元杖。天寒大羽獵，此物神俱王。當時無凡材，百中皆用壯〔二〕。粉墨形似間，識者一惆悵。干戈少暇日，真骨老崖嶂。爲君除狡兔，會是翻鞲上。』末四語，評家謂借真鷹寄概，云遊獵不暇，鷹老空山矣，然其力能搏兔〔二〕，雖老猶可用也。此説非是。按：『憶昔』六句縱筆説真鷹，『粉墨』二句合到畫鷹，結語正言真骨已老，此畫鷹當可爲君除狡兔，與上『清絶心有向』相應，猶五律『何當擊凡鳥，毛血灑平蕪』意也。《畫馬》篇七古，『憶昔巡幸新豐宫』三句説真馬，第四句合到畫馬，結言龍媒去盡，乃是借真馬寄概耳。此篇與《畫馬》篇神骨相同，最當熟玩，故全録於此。題是《楊少監又出畫鷹十二扇》，有謂『大羽獵』句是點十二扇者，説亦通。

〔一〕百中，底本作『百年』，據杜詩改。

〔二〕搏兔，底本誤作『搏兔』。

王小美論唐詩：『「客舍并州已十霜，歸心日夜憶咸陽。無端更渡桑乾水，却望并州是故鄉。」望并州，正是憶咸陽，深得詩人之旨。』少陵《又上後園山脚》云：『東蒙不可見，況乃望故鄉。』轉深一層，而語更沉痛。

《登兖州城樓》：『東郡趨庭日，南樓縱目初。浮雲連海岱，平野入青徐。』隋以東郡爲兖州，唐以魯郡爲兖州，二郡俱得稱『兖州』，而魯郡則不可以稱『東郡』。何氏議之，良是。註引《漢志》『東郡，秦置，屬兖州』，此是九州之兖，而唐兖州不可以稱『東郡』如故也。按少陵《夔府書懷百韻》云：『東郡時題壁。』指夷陵也。夷陵在夔東，遂稱『東郡』。兖州治瑕邱，本魯地，或緣東魯而泛稱『東郡』，如夷陵之例，此可以公詩解公詩也。且玩詩『趨』字，路有經由，或當日實從東郡來，亦未可知。何氏之言，殊不必泥。『青徐』，註引《唐地理》，以結句『從來多古意』觀之，正宜據《禹貢》，乃見其古。蓋唐兖州於《禹貢》爲徐州之野，而徐與青共海岱，詩下『連』字、『入』字，極工。若如《唐地理》，則青州北海郡、徐州彭城郡，二郡不接壤，而詩妙全失矣，是不當引以混之。

《歸雁詩》：『是物關兵氣，何時免客愁。』註泛引兵氣，與雁無涉。愚按：《淮南子》曰：『雁銜蘆而翔，以備矰繳。』是雁性避兵。又《詩緯》曰：『《鴻雁》在申金始也。』故云『關兵氣』矣。

《夔府書懷百韻》，中有四韻云：『高宴諸侯禮，佳人上客前。哀箏傷老大，華屋豔神仙。南内開元曲，當時弟子傳。酒歌聲變轉，滿座淚潺湲。』原註云：『都督柏中丞筵聞梨園弟子李仙奴歌。』若以註爲題，宛是一首五律。《公孫大孃弟子李十二孃舞劍器》云：『先帝侍女八千人，公孫劍器初第一。五十年間似反掌，風塵澒洞昏王室。梨園弟子散如煙，女樂餘姿映寒日。金粟堆南木已拱，瞿塘石城草蕭瑟。』因李而思公孫，因公孫而思先帝，極淋漓跌宕之致。此則因柏中丞筵而憶南内，曰『當時』，曰『變轉』，盛衰治亂之感具於四韻中，尤爲哀豔。『變轉』句，註不切。按馬融《長笛賦》：『箟笏抑隱，行入諸變。絞概汨湟，五音代轉。』杜蓋本此，因其聲有變轉，遂覺曲亦變轉矣。李十二孃，序云『今兹弟子，亦匪盛顔』，此云『華屋豔神仙』，故應風情猶昔仙奴事，因在小註中，人多忽略，兹特錄出。

《解悶十二首》，第九首云：『先帝貴妃今寂寞，荔枝還復入長安。炎方每續朱櫻獻，玉座應悲白露團。』第十二首云：『側生野岸及江浦，不熟丹宮滿玉壺。雲壑布衣駘背死，勞人害馬翠眉須。』註家引《通鑑》俱過當，漢永元已貢荔枝，唐羌始奏罷之，非始於元宗，亦非特爲貴妃設，特其馳致過急，君子不能無譏，而於貴妃無與也。觀少陵此詩，言先帝貴妃，今已寂寞，荔枝還到長安，炎方尚獻而玉座已虚；此日之來野岸而入丹宫者，勞人害馬，亦爲翠眉所須，尚得謂爲貴妃耶？詩意如此。少陵於貴妃嗜荔枝事，初不敢譏；小杜『一騎紅塵妃子笑，無人知是荔枝來』，可謂無禮矣。天寶之亂，由于用人之失，使能如前之相姚、宋，即爲妃子驛致荔枝，何害？漢戚夫人好洋川米，高帝歲驛致之，人無譏者，何譏苛於元宗？而況乎荔枝之貢，非始元宗，亦非特爲貴妃設耶？《病橘》篇後云：『憶昔南海使，崩騰獻荔枝。』與橘貢同譏，亦無刺貴妃意。讀少陵此作，而後知貴妃之後，蜀、粤猶獻，爲唐代土貢之常，而不可以諸小説家言註杜也。

《豎子至》：『欹枕江湖客，提攜日月長。』諸家不註。按：上言樝梨、梅杏、素柰成熟，此二句蓋用《蜀都賦》『日往菲微，月來扶疏。任土所麗，众獻而儲』也。

《夔府述懷百韻》：『中業成陳始，王兆喜于畋。』註謂即文王出獵事，言能用賢也。按：如註，則與下『宫禁經綸密，臺階翊戴全』一串，而與『熊羆載吕望』句犯複。愚謂『于畋』句，當用禹卜畋兆得臯陶事，見《竹書紀年》沈約註，如此則各不相犯矣。

《題瀼西草屋》：『此邦千樹橘，不見比封君。』註引《貨殖傳》解之，是矣，但『蜀漢江陵』尚泛。《漢書·地理志》巴郡朐忍、魚復二縣，班固註曰：『有橘官。』當兼引之，乃切『此邦』二字。

《野老》詩：『王師未報收東郡，城闕秋生畫角哀。』上句註家或指東都，或指京東諸郡。亦不必定是濮陽之東郡，益信《登兖州城樓》『東郡趨庭』是泛稱也。下句原註『南京同兩都，得稱「城闕」』。按：原註相傳以爲少陵自註，或其時稱謂如此，其實『城闕』見于《鄭風》，鄭固侯國也。

《陪柏中丞觀讌將士》：『醉客霑鸚鵡，佳人指鳳凰。』上句註引鸚鵡螺，下句或以爲鳳凰琴，或以爲衣上龍鳳之類，如此便如猜謎。別本上句引禰衡賦鸚鵡，下句引弄玉吹簫致鳳事，是矣，然亦未能明確。愚按：『鸚鵡』，少陵自比；『鳳凰』，比官妓也。黄祖太子舉酒衡前，請賦鸚鵡，其文自『臣出身而事主』後，皆以鸚鵡自況。公《秦州見勅目》詩云：『隴俗輕鸚鵡。』亦是借以自況。彼以世俗輕己，而言『輕鸚鵡』；此以中丞敬己，既醉以酒，故言『霑鸚鵡』。《史記·司馬相如傳》，《索隱》註引《琴詩》曰：『鳳兮鳳兮歸故鄉，遨遊四海求其凰，有一豔女在此堂。』彼鳳凰比豔女，故可以鳳凰比佳人也。次首『一夫先舞劍，百戲後歌樵』，註謂是峽中夷歌。按上句註引項莊舞劍，與君讌合，對句不應空説。愚案：魏武北征高幹，作《苦寒行》云：『擔囊行採薪，斧冰持作糜。喟彼東山詩，悠悠使我哀。』此是歌樵故實，蓋憫恤士卒樵汲辛苦之意。上句以宴將，下句以宴士也。

《太平寺泉眼》云：『石間見海眼，天畔縈水府。』二語奇警。註謂泉從石中出，亦如成都海眼，便落呆相。詩正言海眼在石間，水府在天畔耳。『見』，當音賢遍反。又云：『青白二小蛇，幽姿可時睹。如絲氣或上，爛漫爲雲雨。』註以蛇乃龍類，故吐氣爲雲雨；又引《水經註》中『五色蛇』，亦屬影響。按《淮南子》曰：『犧牛騂毛，宜於廟牲。其以致雨，不若黑蜧。』高誘註曰：『黑蜧，蛇也，潛於神泉，能致雲雨。』詩蓋本此。

『左輔白沙如白水，繚以周墻百餘里。龍媒昔是渥洼生，汗血今稱獻於此。』《沙苑行》起四句也。註家引同州白水縣，非是。按：沙苑有花有水，《留花門》篇『沙苑臨清渭，泉香草豐潔』是也。此處有水，故下言龍馬雖産渥洼，亦宜於沙苑。『如』，義同『而』。公祖征南《春秋》『星隕如雨』註：『如，而也。』此詩『如』字正同，蓋言有沙而又有水，不然下二句無謂，而『浮深簸蕩黿鼉窟，泉出巨魚長比人』，皆成鶻突矣。

《送孔巢父謝病歸遊江東》，註謂此『江東』乃浙江以東。按註，據分浙江以西爲吴、東爲會稽之説，如此則禹穴亦在浙江東，不得云『南尋』矣。愚謂秦漢以來，會稽郡治吴，謂之江東，項羽『以江東子弟八千人渡江而西』是也。禹穴在吴南，故曰『南尋禹穴見李白』。别本作『若逢李白騎鯨魚』，則不必復問『今何如』矣，時白在吴越間。

《贈張垍》：『内分金帶赤，恩與荔支青。』註：『貴妃嗜生荔支，置驛傳送，垍在禁中，故得與賜。』此非事實。據《唐會要》，開元二十六年，始以翰林供奉改稱學士，别建學士院，俾專内命，太常卿張垍、起居舍人劉謙光首掌之。太真于天寶四載乃冊爲貴妃，何知前此七八年間，歲貢荔支，不蒙恩賜乎？此等皆當削去。《南裔異物志》曰荔支『色變赤可食』，此言青者，其葉耳，王叔師《荔支賦》『綠葉蓁蓁』是也。又，荔支亦有綠色者，蔡君謨說。

《諸將》：『昨日玉魚蒙葬地，早時金盌出人間。』註引『盧充金盌』，不切陵寢。胡氏謂以玉盌事，用金盌語，正見使事之妙；非也。《博議》引戴叔倫句『漢陵帝子黄金盌』〔一〕，以證唐人亦有用作金盌者，其說近是。愚案：此詩作于夔州，前此至德初，公在京師送郭中丞詩云：『空餘金盌出，無復繐帷輕。』指園陵發掘，亦用『金盌』。此事凡兩用之，在少陵必別有所據也。

〔一〕漢陵，底本作『漢朝』，據戴詩改。

《大雲寺贊公房》詩：『雨瀉暮檐竹，風吹春井芹。』《崔氏東山草堂》詩：『盤剝白鴉谷口栗，飯煮青泥坊底芹。』兩押『芹』字，皆入真韻。註家欲改『坊底芹』爲『蓴』，恐未可以今韻定唐韻之出入也。

《李尊師松樹障子歌》：『老夫清晨梳白頭，元都道士來相訪。』前輩皆以爲率筆，不可效。愚視下又云『老夫平生好奇古』，兩提『老夫』，蓋見松下丈人，觸興而起耳，故以『商山翁』句結，應起處『時危慘澹』，知此老寄慨深矣。是最用意處，不可輕議。

《卜居》：『東行萬里堪乘興，須向山陰上小舟。』註家謂東遊乃公素志，因此溪直通吳會，故云；然此非知詩者。公蓋因門泊吳船，即景寫出，詩家所謂『興趣』，正註明第四句『澄江銷客愁』耳。

《懷錦水居止》云：『天險終難立，柴門豈重過。朝期巫峽水，遠逗錦江波。』註言巫峽之水，遠通錦江，而歎己不能重至草堂；非也。按江淹詩：『徙樂逗江陰。』李善註引《說文》曰：『逗，止也。』張平子《思元賦》：『逗華陰之湍渚。』舊註曰：『逗，止也。』詩蓋言不能重過柴門，而此巫峽中空有錦江之波遠止于此也。有謂《韻會》引杜詩作『投』，投，合也。案：此說亦誤。馬融《長笛賦》：『觀法于节奏，察度于句投。』李善註引《說文》曰：『「逗，止也。」投与逗，古字通，音豆。投，字之所止也。』據此，則《韻會》引杜詩『遠投錦江波』，亦當從『逗』義。

《古柏行》『憶昨路遠錦亭東』八句，註家謂上四指成都廟柏，下四指夔州廟柏。愚案：詩無此意。上四言先主、武侯同廟，廟中之柏如此，正疏醒『君臣際會』句。下四合成都、夔州兩處之柏總贊之，言且爲神明造化之所愛惜也。

衛公水遞、東坡調水符，極是韻事。少陵有引泉筒。《信行遠修水筒》詩云：『雲端水筒坼，林表山石碎。觸熱藉子修，通流與廚會。』又《引水》云：『白帝城西萬竹蟠，接筒引水喉不乾。』又《示獠奴阿段》云：『山木蒼蒼落日曛，竹竿裊裊細泉分。』又《園人送瓜》云：『竹竿接巖竇，引注來鳥道。』彙錄于此，可爲詩家添一故實。

《夔州歌》：『中巴之東巴東山，江水開闢流其間。』按裴松之《三國志註》云：『此江與開闢俱生，寧有可以囊沙塞理也。』句蓋本此。

《八哀詩》，《李公邕》云：『例及吾家詩，曠懷掃氛翳。慷慨嗣真作，咨嗟玉山桂。鍾律儼高懸，鯤鯨噴迢遰。』案：杜審言有《和李大夫嗣真奉使存撫河東》五言排律四十韻，其起略云：『六位乾坤動，三微秝數遷。謳歌移火德，圖讖在金天。子月開階統，房星受命年。禎符龍馬出，寶錄鳳凰傳。地即交風雨，都仍卜澗瀍。明堂惟御極，清廟乃尊先。』此李公所謂『鍾律儼高懸，鯤鯨噴迢遰』者也。

《張公九齡》云：『詩罷地有餘，篇終語清省。一陽發陰管，淑氣含公鼎。』又云：『散帙起翠螭，倚薄巫廬並。綺麗元暉擁，牋誄任昉騁。自成一家則，未闕隻字警。千秋滄海南，名繫朱鳥影。』公于曲江，傾倒如此，乃《唐書》謂其『邊幅淺狹』，正與少陵所謂『地有餘』『巫廬並』等語相反，良由《八哀詩》知之者少，使其見此，當不肯輕下斷語矣。

《題瀼西新賃草屋》第二首：『萬里巴渝曲，三年實飽聞。』此二句蓋自傷不能如范目〔一〕，將賨人以平寇亂，得封爲慈鳧鄉侯；三年客此，徒聞其曲，而無其事也。如此解，乃與起句『此邦千樹橘，不見比封君』相應。觀前後章『戰伐何由定』『壯年學書劍』

『王臣未一家』，及本首『養拙干戈際』等句，知用『巴渝曲』，意蓋在此。如注家之説，云即久居三峽客意，則起句甚無謂矣。

〔一〕范目，漢代人，封慈鳧鄉侯，底本作『范因』，誤。

《將别巫峽》云：『殘生逗江漢，何處狎魚樵。』言往而止于江漢也，亦不得與『透』字同義。

《行官張望督促東渚耗稻》云：『北風吹蒹葭，蟋蟀近中堂。荏苒百工休，鬱紆遲暮傷。』註家引《豳風》『十月蟋蟀入我床下』，疎矣。詩明言『近中堂』『百工休』，正用《唐風》。其詩曰：『蟋蟀在堂，歲聿其暮。』薛君《韓詩章句》言：『君之年歲已晚也。』『遲暮』二字，蓋本薛君章句。

《覆舟》云：『徒聞斬蛟劍，無復爨犀船。使者隨秋色，迢迢獨上天。』註家據使者已死，故言帝未必昇天，而使者先上天矣；殊不成話。詩蓋言丹藥爲靈怪所奪，不能斬蛟爨犀以護之，使者孑然一身，空隨秋色而返京師耳。如註言，是少陵以人命爲戲也，當不其然。

《送封主簿赴通州》：『禁臠去東床，趨庭赴北堂。』據此，則送人省侍，可稱『趨庭』，省母亦同。

高達夫《送高式顔》云：『世上五百年，吾家一千里。』然猶共姓也。少陵《寄族弟唐十八使君》云：『與君陶唐後，盛族多其人。聖賢冠史籍，枝派羅源津。』又《重送劉十弟判官》前有《惜别行送劉僕射判官》詩云：『分源豕韋派，别浦雁賓秋。年事推兄忝，人才覺弟優。』蓋杜與唐、劉同出，故于唐稱『族弟』，于劉稱『十弟』。唐人講譜諜之學，其稱謂如此，今人多不講矣。

《暮歸》云『南渡桂水闕舟楫』，《詠懷》[二]云『飄飄桂水遊』，《千秋節有感》云『桂江流向北』，《舟中夜雪》云『朔風吹桂水』，註家引嶺南桂水；或謂桂江一名灕水，湘、灕同源，故可稱湘水爲桂水。此等註皆夢夢。按桂水有二，南流者初名匯水。《水經》

云：『匯水，出桂陽縣盧聚，東南過含洭縣，南出洭浦關，爲桂水。』註曰：『關在中宿縣，洭水出關，右合溱水，謂之洭口。《山海經》謂之湟水。徐廣曰：「湟水，一名洭水，出桂陽，通四會。亦曰灌水也。」漢武帝元鼎元年，路博德爲伏波將軍，征南越，出桂陽，下湟水，即此水矣。桂水，其別名也。』以上《水經》酈註。北流者一名雞水。《水經》云：『鍾水出桂陽南平縣部山，北過其縣東，又東北過宋渚亭，又北過鍾亭，與雞水合。』註曰：『部山，即部龍之嶠，五嶺之第三嶺也。鍾水，即嶠水也。庾仲初曰：「嶠水南入始興灌水，注於海；北入桂陽湘水，注於江是也。」雞水，即桂水也；雞、桂聲相近，故字隨讀變，經仍其非矣。桂水出桂陽縣北界山，山壁高聳，三面特峻，石泉懸註〔二〕，瀑布雨下。北逕南平縣而東北流，逕鍾亭右會鍾水，通爲桂水也。故應劭曰：「桂水出桂陽，東北入湘。」』以上《水經》酈註。據此，則杜詩『桂江流向北』不爲無出，但桂入湘而仍稱爲桂水者。按江淹詩：『相思巫山渚，悵望陽雲臺。膏爐絶沈燎，綺席生浮埃。桂水日千里，因之平生懷。』巫山、陽臺在蜀江，桂由湘以入江，是湘水得稱桂水之證也。

〔一〕詠懷，底本作『懷詠』，據杜詩改。

〔二〕懸注，底本作『懸註』，誤。

少陵論詩，於曲江、襄陽、高、岑、太白無溢詞，何至薛華，而稱其同于太白？愚謂『近來海内爲長句，汝與山東李白好』，『好』字作『交好』看，言華與太白交好。白才兼鮑照，而華絕倒於太白，故能自作歌辭也。如此，則與公稱『白也詩無敵，俊逸鮑參軍』者合，而贊薛華者，亦不失分寸矣。詩意或當爾。

《病橘篇》後段：『憶昔南海使，奔騰獻荔支。百馬死山谷，到今耆舊悲。』詠橘，忽借荔支作結，開後人無限法門。東坡《荔支歎》云：『君不見武夷溪邊粟粒芽，前丁後蔡相籠加。』又云：『洛陽相公忠孝家，可憐亦進姚黄花。』詠荔支，而以茶芽、牡丹結，正從此脱胎。

《玉腕騮》原註：『江陵節度衛公馬也。』『聞説荆南馬，尚書玉腕騮。騣驊飄赤汗，跼蹐顧長楸。胡虜三年入，乾坤一戰收。舉鞭如有問，欲伴習池遊。』節度，大將也，故借山公舉鞭，見其鞍馬雍容。『驍騰有如此，萬里可横行。』房兵曹，將佐也，故就『驍騰』上結，勉其立功。此可悟立言之體。

《纜船苦風》篇[一]：『楚岸朔風疾，天寒鶬鴰呼。漲沙霾草樹，舞雪度江湖。』寫停舟風雪如畫。鮑明遠詩：『胡風吹朔雪，千里度龍山。』此用『度』字所本。俗本作『渡』者，非是。『暗度南樓月』，亦是此『度』字也。

〔一〕苦風，底本誤作『昔風』，據杜詩改。

《燕子來舟中作》：『湖南爲客動經春，燕子銜泥兩度新。舊入故園曾識主，如今社日遠看人。可憐處處巢君室，何異飄飄託此身。暫語船檣還起去，穿花點水益霑巾。』五六承『看人』句，曲體物情，如周公鴟鴞託言、賈傅鵩鳥臆對之意[一]，如戲如惜，感喟無窮。『穿花點水益霑巾』，燕來可感，去益堪傷，《詩·燕燕》篇所謂『瞻望弗及，佇立以泣』矣。杜牧《詠雁》云：『仙掌月明孤影過，長門鐙暗數聲來。』鄭谷《詠鷓鴣》云[二]：『雨昏青草湖邊過，花落黃陵廟裏啼。』崔珏《詠鴛鴦》云：『暫分煙島猶迴首，空渡寒塘亦並飛。』詠物而不離乎物，詩之中無人在也。讀少陵此作，便如見孤篷對影、絮語呢喃光景，所謂大家。然不先從《鷓鴣》等篇入手，亦何能尋味及此？

〔一〕鵩鳥，底本作『鵬鳥』，誤。

〔二〕鄭谷，底本作『鄭如』，誤。

《贈蜀僧閭邱師兄》云：『窮秋一揮淚，相遇即諸昆。我住錦官城，兄居祇樹園。』按：《詩·伐木》篇：『兄弟無遠集。』《傳》云：『兄弟，朋友之同儕者。』傅咸《贈何劭王濟》詩云：『吾兄既鳳翔，王子亦龍飛。』兄，謂何敬祖也；詩中於朋友得稱爲兄，蓋本於此。

《寄李白十二韻》：『楚筵舞醴日，梁獄上書辰。』註但引舞醴酒一節及在梁獄上書事，詩意何由得明？據《漢書》，穆生去後，楚王戊乃與吳王通謀，遂應吳王反；又吳王有邪謀，陽上書諫吳王，不納，去之梁，羊勝、公孫詭譖之下獄，陽在獄上書自明，書中引與箕子、接輿、申徒狄、徐衍事，大抵多以明己之去吳。是以阮元瑜《爲曹公作書與孫權》曰：『穆生謝病，以免楚難；鄒陽北遊，不同吳禍。』詩意蓋本此。以吳、楚謀逆，穆生、鄒陽先去，比永王璘之事，白亦先去，不與其謀，即白詩所謂『辭官不受賞』者矣〔一〕，是爲用事精切。

〔一〕辭官，底本誤作『舞官』，據李詩改。

《渼陂行》：『此時驪龍亦吐珠，馮夷擊鼓羣龍趨。湘妃漢女出歌舞，金支翠旌光有無。咫尺但愁雷雨至，蒼茫不曉神靈意。少壯幾時奈老何，向來哀樂何其多。』諸家以此段靈怪應起句『好奇』二字，『哀樂』應前半一陰一晴，義頗粗淺。愚謂湘妃漢女，喻人君也；雷雨，喻近臣也。金支翠旌，天顔在望，又憂近臣間之，不知君果屬意於我否？少壯難再，老將至矣。至此，而向之哀樂，兩無所用，楚詞所謂『時不可兮再得，聊逍遥兮容與』者矣。時少陵獻賦待選，尚未授官，故寓意如此。

《何將軍山林》『萬里戎王子』一首，前輩言十首中，應此一首章法最佳。愚謂就一首論，亦是詠異花絕唱。少陵于鷹、馬諸篇，多爲英雄寫照；古柏、高柟諸篇，多爲名臣寫照。此花來從絕域，以漢使之賢、神農之聖，而不免離披。按其意，乃爲遠方奇士旅寓咸京者寫一替身。讀之，便如漢秺侯以休屠王子没官，輸黄門養馬時也，豈非奇作？『徒空』二字，人頗有議者。此與『既已』『宜當』『豈況』之類同，在前人用之，皆有二義。

《小雅·大東》篇，無所控告，忽然上及天漢，織女、牽牛、啓明、長庚、天畢、箕斗，極爲離奇；屈原、揚、馬諸騷賦，往往效之。少陵《魏將軍歌》云：『星纏寶鉸金盤陀，夜騎天駟超天河。欃槍熒惑不敢動，翠蕤雲旓相盪摩。吾爲子起歌都護，酒闌插劍肝膽露。勾陳蒼蒼元武暮，萬歲千秋奉明主，臨江節士安足數。』天駟、天河、欃槍、熒惑、勾陳、元武，星羅滿目，實祖《大東》。要皆從『君門羽林萬猛士』一句生出，羽林軍亦上應星垣故也。將軍監羽林，雖極鋪張，彌見精切，所以爲大家。

何遜：『薄雲巖際出，初月波間上。』杜云：『薄雲巖際宿，孤月浪中翻。』庾信：『終封三尺劍，長卷一戎衣。』杜云：『風塵三尺劍，社稷一戎衣。』漢武《秋風詞》：『懽樂極兮哀情多，少壯幾時奈老何。』杜云：『少壯幾時奈老何，向來哀樂何其多。』此等皆興會所致，偶然相同，正沈休文所謂『音韻天成，暗與理合』者也。

《與源大少府宴渼陂》：『飯抄雲子白，瓜嚼水晶寒。』註：『北人謂匕爲抄。公詩「嘗稻雪翻匙」，可以互證。』如註言，是以『抄』爲匙匕之屬，不能與『嚼』字對矣。按韓詩『匙抄爛飯穩送』之言，以匙抄飯也，正用杜詩此句『抄』字。

《自京赴奉先縣詠懷詩》，用『卒』字韻者三。『貧窶有倉卒』，字同『猝』，人皆知之。『幼子餓已卒』，浦氏謂與下『因念遠戍卒』複，當作『殁』字；此說非也。按：卒，終也，盡也，在質韻。又卒，隸人給事者，在月韻。音義俱別。此詩質、物、月、曷、黠、屑六韻通押，故得用之，非複也。

《收京三首》：『仙仗離丹極，妖星照玉除。』言元宗幸蜀，因賊迫京師也。『須爲下殿走，不可好樓居』，分承起句。『暫屈汾陽駕』，言元宗早有禪授之心。『聊飛燕將書』，言肅宗遂任恢復之責，此其所以能奉七廟之略，與萬方更始也。『汾陽』句，註言『上皇將回』，又有謂暫爾西幸，孰謂肅宗竟自取之者，皆非是。史稱將發馬嵬，父老遮留，願率子弟，從殿下東討賊，取長安。太子不可，使廣平王俶馳白上。上曰『天也』，命分後軍二千人及飛龍廄馬從太子，諭之曰：『太子仁孝，可奉宗廟，汝曹善輔佐之。』且宣旨欲傳位太子云云。詩引《莊子》『堯往見四子，藐姑射之山，汾水之陽，窅然喪其天下』，以比元宗是時即欲傳位耳。『燕將』句，諸家解謂哥舒翰以書招李光弼，則與燕將事相反。或謂時嚴莊來降，史思明亦叛慶緒納土[二]，似切燕將，而與『飛書』不合。按詩意，以田單之復齊城，比肅宗之復長安也。史稱，以顔真卿爲工部尚書，兼御史大夫，領使領河北採訪使如故，並致赦書，亦以蠟丸達之。真卿頒下諸郡，又使人頒於河南、江淮，由是諸道始知上即位於靈武，狥國之心益堅矣。據此，則赦書密達，足以攜賊黨而收人心，詩句正指此事，故得以『飛書燕將』爲比。要之，第一首是追序幸蜀之初，馬嵬遮留，靈武勸進，所以能收京之故。第二首『生意甘衰白，天涯正寂寥』，將正序收京，先作勢跌起。『忽聞哀痛詔，又下聖明朝』，正寫京師已復。『羽翼懷商老』，言肅宗能得李泌。『文思憶帝堯』，言當時已迎上皇。『叨逢罪己日』應三句，言值此日，不能不喜極而泣望也。『羽翼』句，註謂指建寧已死，調護廣平，則引用不切；肅宗招李泌，非廣平能自得也。又謂時泌已去，亦誤，泌去在收復東京之後。按：史稱李泌幼以才敏著聞，元宗欲官之，不可，使與太子爲布衣交。上自馬嵬遣使召之，謁見於靈武，上大喜，事無大小皆咨之，言無不從。據此，則正與四皓不事高祖而事惠帝同，故引以爲比。『文思』句，註謂欲其篤於晨昏之戀，固非。浦氏謂從此安儲位，戀寢門，亦非。據史，捷書至鳳翔，上即日遣中使啖庭瑤奏上皇，召李泌曰：『朕已表請上皇東歸，其晨昏之戀，非不篤者矣。』又曰：『朕當還東宫，復修人子之職。』泌曰：『上皇不來矣。』上驚問故，泌曰：『理勢自然。』上曰：『爲之奈何？』泌曰：『今請爲羣臣賀表。言自馬嵬請留，靈武勸進，及今成功，聖上思戀晨昏，請速還京師就孝養之意，則可矣。』上則使李泌草表。此皆當日實事，少陵豈有不聞，而尚望其安儲位乎？此句只説聞捷即迎上皇爲是。第三首從『需洒望青霄』句，全首俱写『望』字。『汗马』句，点明收京。『春城』句，指萬方之城，言不但收京而已也，故結句應之。大抵註家于此三首，皆有綱目，靈武即位一段横據胸中，並忘少陵爲唐臣子，視其詩與後代詠史者同，可以横使議論，無怪乎所解支離牽强，不與事實相應也。

〔一〕『納土』，底本作『納上』，當誤。

《收京》詩『春城鏟賊壕』，是至德二載冬預望之詞。《洗兵馬》，則在收東京後一年乾元元年春作。黄鶴註謂乾元二年，則張鎬已罷相，與詩不合。自天寶十五載七月肅宗靈武即位，至乾元元年，恰三年，故曰『三年笛里關山月』。詩春作，故有『青春』及『布穀』句也。『鶴駕通宵鳳輦備，雞鳴問寢龍樓曉』，註引謝氏說，云鶴駕通宵備鳳輦，以迎上皇。按：上皇已於至德二年十二月還京，其說非是。據史稱，上屢請避位還東宮，上皇不許。詩蓋謂初用鶴駕，因上皇不許，乃易乘鳳輦，以問寢也。此皆當日實事，何可引影響之語以註杜乎？

讀杜韓筆記卷下

嘉應李黼平繡子著

《元和聖德詩》，『解脫攣索，夾以砧斧』以下，張南軒謂昌黎所以爲此言者，欲使藩鎮聞之，畏罪懼禍。此言極當。愚按：《皇矣》言『執訊連連，攸馘安安』，《泮水》言『在泮獻馘，在泮獻囚』，昌黎特從而敷衍之，以警示藩鎮，子由議之，非也。『侍祠之臣，助我惻楚』〔一〕，《史记·外戚世家》『助皇后悲哀』，是此『助』字所本。古直謹案：《漢書·王莽傳》：『親屬震落而告其罪，民人潰畔而棄其兵，進不跬步，退伏其殃，百歲之母，孩提之子，同時斷斬，縣頭竿杪，珠珥在耳，首飾猶存，爲計若此，豈不誖哉？』退之詩雖遠衍《雅》《頌》，殆亦兼本《漢書》乎？

〔一〕惻楚，底本作『則楚』，據韓詩改。

『魚魚雅雅』，《考異》及顧本無註。按《國語》：『暇豫之吾吾，不如鳥烏〔二〕。』韋昭註：『吾，猶魚也。』此『魚魚』所本。又《說文》：『烏，雅也。』烏、雅本同，亦因有『洛中雅雅』之句，故合而用之耳。

〔一〕鳥烏，底本誤作『烏烏』，據《國語》改。

《南山》詩：『勃然思坼裂，擁掩難恕宥。巨靈與夸蛾，遠賈期必售。』此蓋言平日欲登此山，見嶺陸互走，思坼裂之也。得此數韻頓折，極好，與少陵『吾欲鏟疊嶂』意同。『遠賈』句，翻用《世說》『未聞巢由買山而隱』語也。又云：『因緣窺其湫，凝湛閟陰嘼。魚蝦可俯拾，神物安敢寇。林柯有脫葉，欲墮鳥驚救。爭銜彎環飛，投棄急哺鷇。』此數韻，言平日僅至龍湫也，詩正敘神物之靈，與《炭谷湫祠堂》篇不同，彼別有所託詞。《水經注》敘天池有云：『及其風籜有淪，常有小鳥翠色銜出〔二〕。』此詩『葉脫鳥救』，用其事也。

〔二〕此句《水經注》作：『輒有小鳥翠色，投淵銜出。』

『爛漫堆衆皺』以下，用『或』字五十餘，淺學頗有議者。愚謂昌黎實祖《北山》，《北山》詩用『或』字者十二句，未聞有非之者也。

《秋懷》詩：『尚須勉其頑，王事有朝請。』按《史記·吴王濞傳》：『使人爲秋請。』《索隱》曰：『音淨，今韻亦在去聲。』昌黎於上聲用之，則上去可通押。前人謂『朝請』字，東坡始押入上聲，非也。

《元和聖德詩》，語、麌、哿、馬、有五韻通押〔一〕，即平韻之魚、虞、歌、麻、尤也。《謝自然詩》，真、文、元、寒、刪、先六韻通押；《此日足可惜》詩，東、冬、江、陽、庚、青六韻通押，學者可以爲法。

〔一〕五，底本作『吾』，誤。

《醉贈張祕書》云：『詩成使之寫，亦足張吾軍。』按《左傳》：『我張吾三軍。』陸德明《釋文》云：『豬亮反，一如字。』然則平去兩通，後人用此句，轉不知有平音矣。

《送文暢師北遊》：『昔在四門館，晨有僧來謁。自言本吴人，少小學城闕。』按：昌黎時爲國子博士，此『城闕』二字，謂京都也。杜詩『城闕秋生畫角哀』，自註云：

『南京同兩都，得稱「城闕」。』詩蓋兼用此，非特用《鄭風》而已。

《利劍》篇後云：『决雲中斷開青天。噫，劍與我俱變化歸黄泉。』此有功成即退，深藏不出意。評者以『黄泉』字，而言其諉餒，不知歸黄泉者，即《易》所謂『龍蛇之蟄』，且不見揚子雲『深者入黄泉，高者上蒼天』語耶？

《汴泗交流》云：『此誠習戰非爲劇，豈若安坐行良圖。當個忠臣不可得，公馬莫走須殺賊。』按《三蒼》云：『鞠毛可蹋以爲戲。』而劉向《别錄》云：『蹴鞠，兵勢，所以陳武事，知有材力也。』又《衛青傳》：『大將軍方穿域蹴鞠。』此『習戰』句之所本。末句則從杜《冬狩行》『爲我迴轡擒西戎』脱胎。

情動於中而形於言，古人即物流連，藉以發其情之不容已，未嘗拘拘於是物也。退之『江陵城西二月尾』一篇，起數韻狀李花之白，可謂工爲形似之言，而詩之佳處不在此。後段云：『念昔少年著遊燕，對花豈省曾辭杯。自從流落憂感集，欲去未到先思迴。祇今四十已如此，後日更老誰念哉。力擕一樽相就醉，不忍虛擲委黄埃。』百折千回，傳出不忍虛擲之意，而前之『迷魂亂眼看不得』者，亦不能不擕尊而就矣。此劉彦和所謂以情造文，非以文造情者也。

《杏花》起四句云：『居鄰北郭古寺空，杏花兩株能自紅。曲江滿園不可到，看此能避雨與風。』詩凡十韻，只次句是寫杏花，著一『能』字，精神又注到『曲江』，與少陵『西蜀櫻桃也自紅』用意正同。此下縱筆説二年嶺外所見草木，如山榴、躑躅、青楓之類，然後束一筆云：『豈如此樹一來玩，若在京國情何窮。』醒出詩之旨。一篇純是寫情，無半字半句粘着杏花，豈非奇作？少陵《古柏行》《海棧行》及《枏樹》等篇，不必貼切，而自然各肖其身分，興寄有在故耳，凡大家皆然。

《鄭羣贈簟》篇，『擕來當晝不得臥，一府傳看黄琉璃。誰謂故人知我意，卷送八尺含風漪』，題前作兩層寫；『倒身甘寢百疾愈，欲願天日恒交曦』，題後一层寫。《赤藤杖歌》，『繩橋拄過免傾墮，性命造次蒙扶持。共傳滇神出水獻，赤龍拔鬚血淋漓。又云羲和操火鞭，暝到西極睡所遺』，題前亦作兩層寫；『空堂晝眠倚戶牖，飛電着壁搜蛟螭』，題後亦一層。二詩結構略同。

《孟東野失子》篇，真、文、元、寒、删、先六韻通押。

少陵《送武威漢中河西同谷諸判官》詩，寫軍旅倥偬，朝廷需賢，各極淋漓感喟之致，後來作者，殊難着手。退之《送侯參軍赴河中幕》云：『行行事結束，人馬何蹻騰。感激生膽勇，從軍豈嘗曾。洸洸司徒公，天子爪與肱。提師十萬餘，四海欽風稜。河北兵未進，蔡州帥新薨。曷不請掃除，活彼黎與蒸。』此聲韻，殆欲與少陵爭勝矣。

《送石處士赴河陽幕》，六韻耳，而處士之賢、時事之亟、行者送者激昂慷慨之氣，畢露於六韻中，亦奇。詩云：『長把種樹書，人云避世士。忽騎將軍馬，自號報恩子。風雲入壯懷，泉石別幽耳。鉅鹿師欲老，常山險猶是。豈惟彼相憂，固是吾徒恥。去去事方急，酒行可以起。』

《辛卯年雪》，侔色揣稱，發《雪賦》之所未發，可謂奇特。其用意，乃在『翕翕陵厚載，譁譁弄陰機』四韻，起句『寒氣不肯歸』已伏脈矣。退之奇崛處易學，此等處難及也。

《李花二首》，非一時作，前首河南縣官園花，後首玉川家花也。前詩于草木偶不省錄，自慚無地，花如解語，亦當謂可以不恨。

《石鼓詩》：『陋儒編詩不收入，二雅褊迫無委蛇。孔子西行不到秦，掎摭星宿遺羲娥。』少時讀此，便知『陋儒』是指毛公諸儒，諸儒所以不編入者，以孔子昔日所未見，遂至『掎摭星宿遺曦娥』耳，詩意甚明。後見黃東發引放翁言，《石鼓文》不當謂刪《詩》時失編入，以爲此誠言語之疵。是黃、陸二公，竟以『陋儒』指孔子也，殊失詩意。果如所言，『陋儒』謂孔子，又何必云『西行不到秦』？爲孔子辯明不編入之故也。按：詩言『揀選撰刻留山阿』，明未立於樂府，東遷後地入于秦。至漢興，諸經立博士，齊、魯、韓、毛四家治《詩》，不能援《書》獻《泰誓》，《禮》獻《考工》，《樂》獻

《大司樂》之例，以《石鼓詩》編入，是其因仍固陋處；亦以孔子當日身未到秦，未經聖人考定，是致見遺掎摭，句仍就陋儒說，初無譏貶孔子意也。『蛇』字，本有『馳』音。《詩·羔羊》『委蛇』，與『紽』爲韻；《君子偕老》章作『委委佗佗』，與『河』『何』爲韻。今韻四支『蛇』字註曰：『弋支切。《後漢書》作「委佗」，又作「委它」。《韓詩外傳》作「禕隋」，並字異而義同。又歌、麻二韻。』以上四支『蛇』字註。按：今五歌有『迆』，而无『蛇』字，『迆』字註曰：『通作佗，亦作蛇。』是今五歌之『迆』，即『蛇』字也。附識於此。

《孟生詩》，通篇侵韻。其中『採蘭起幽念，眇然望東南』，按：《毛詩》《楚辭》用『南』字多入侵，非關協韻。陸士衡《贈顏彥先》云：『大火貞朱光，積陽熙自南。望舒離金虎，屏翳吐重陰。』餘俱侵韻。又《贈馮文熊》云：『昔與二三子，遊息承華南。拊翼同枝條，翻飛各異尋。』餘侵韻。朱子于《詩·燕燕》章上用『音』字，下用『心』字，中用『南』字，不註協音，以其本可入侵韻也。他章註之者，以『南』字用在上，故須註以就之。

《南山有高樹行》，支、微、齊、灰四韻通押；《猛虎行》，支、微、齊、佳四韻通押。

《送僧澄觀》詩，敘僧伽塔事，蓋僧伽建于前，而澄觀修于後也。『清淮無波平如席，欄柱傾扶半天赤[一]。火燒水轉掃地空，突兀便高三百尺』，四語寫塔之忽廢忽興，如有神助。『當晝無雲跨虛碧』，亦賦塔名句也。

〔一〕傾扶，底本誤作『傾枝』，據韓詩改。

《感春》：『奩奩新葉大，瓏瓏晚花乾。』註家以『瓏瓏』作花落聲，恐誤。按今韻註云：『《說文》：「瓏，禱旱玉，龍文。」一曰風聲，一曰明貌。』詩言花乾，則『瓏瓏』是風聲。

《酧盧給事雲夫四兄曲江荷花行》，此篇于荷花不着意，而重在曲江之遊。『走馬來看立不正』一句，開出後半文字。『我今官閑得婆娑』，言非宮中給事之比。『撐舟昆明渡雲錦』，以昆明壓倒曲江，公遊昆明，盧遊曲江也。『我時相思不覺一回首，天門九扇相當開。上界真人足官府，豈如散仙鞭笞鸞鳳終日相追陪』，『上界真人』，喻雲夫給事宮中，多官府之事，故走馬看荷，立且不正，如此其忙也。『散仙』，公自喻，昆明之遊，鞭笞鸞鳳，非走馬可比，官閑故也。註家以上界真人猶有官府之事，不如雲夫作地上散仙，終日嬉遊，殊失詩意。題是『曲江荷花』，從題直起，中間『芙蓉』『雲錦』，及『太白山高三百里，負雪崔巍插花裏』，略作映帶，最超。

《題楚昭王廟》：『城闕連雲草樹荒。』按：楚昭王自郢徙都於鄀，鄀故地在今宜城縣，以公《宜城縣驛記》參之，詩當作于宜城，是昭王故都，故有『城闕連雲』之語。

《晚泊江口》詩：『雙雙歸蟄燕。』按何法盛《晉中興書》：『中原喪亂，鄉人共推郗鑒爲主，與千餘家避難于魯國嶧山。山有重險，百姓饑饉，野無生草，掘野鼠、蟄燕食之。』庾子山《哀江南賦》：『飢隨蟄燕，暗逐流螢。』『蟄燕』二字本此。

《喜雪獻裴尚書》『氣嚴當酒换，灑急聽窗知』，與少陵『燭斜初近見，重聽竟無聞』，皆詠雪名句也。東坡『半夜寒聲落畫檐』，似從退之此聯脱胎，而各極神妙。

《和水部張員外宣政衙賜百官櫻桃詩》云：『漢家舊種明光殿，炎帝還書本草經。豈似滿朝承雨露，共看傳賜出青冥。香隨翠籠擎偏重，色映銀盤寫未停。飽食自知無補報，空然慚汗仰皇扃。』以『漢家』『炎帝』起，見古人寶貴此物，轉出滿朝承賜，乃覺分外恩榮，此文家爭起勢也。『銀盤』句只泛説，註者引《東觀漢記》『赤瑛盤』事，則起處方言漢家之不若，又用漢事，不自相矛盾耶？少陵《野人送朱櫻詩》，『金盤』亦泛説，惟右丞『中使頻傾赤玉盤』是用《漢記》耳。

《鄖城聯句》，『五鼎調勺藥』之『藥』，與『仍祈卻老藥』，字同而音義别，自可兩押。論者緣此議少陵『稱』『秤』一字兩押，爲杜不如韓，則非。按：『聽』『廳』，一字也。退之《答張徹》『得以娛瞻聽，勿憚宿寒廳』，已兩押矣。『尊』『罇』，一字也。〔《陸渾山火和皇甫湜用其韻》『祝融告休酌卑罇』『豆登五山瀛四尊』，亦兩押也。〕〔一〕

〔一〕此處句意未盡，文字當有闕佚，據上下文意補足之。

跋

杜注號千家，韓注號五百家，然紛拏支離，往往而有。繡子公此記二卷，獨超衆說，通其神恉，非惟學絕，抑亦識精也。其推闡詩法，窮其源委，盡其甘苦，學者持此，有餘師矣。原稿閟藏，百年未見，光緒《嘉應州志·藝文》著其目，注云『未見』。今忽從故家得之，倘所謂『精誠所至，金石爲開』者邪？重刊公集已竟，因並及之，以慰海內文流之望。

中華民國二十三年秋，從曾孫雲儔謹跋。

附錄一　集外詩文

集外詩文

平定回部凱歌十二首

回部張格爾反，陷喀什噶爾、沙格沙爾、葉爾羌、和闐四城，進擾阿克蘇。命大學士伊犁將軍長公齡，佩揚威將軍印討之。張格爾敗走，收復四城。

皇家聲教被天方，葱嶺于闐道路長。六十年來披版籍，西門何止到高昌。高昌，漢車師前王地。

當日天戈慶削平，那知苞蘖久仍生。樓蘭縱有前王子，不合公然盜故城。唐太宗平高昌，設西州，治交河縣。唐西境盡此，今爲土魯番地，屬鎮西府管轄。

麗江羽檄似星流，元老南來有壯猷。特賦禮魂伸握節，轅門先斬郅支頭。

武帳文謨制勝先，徵兵萬里過祁連。鈴鈴牛鐸登三隴，獵獵纛旗向五船。

河外傳來盡賊壕，禡牙初出陣雲高。玉堂金匱胸兵足，格鬥休矜大食刀。回部，在唐爲大食國。

潛從丹徼煽黄圖，匿影思逃斧鉞誅。不見郁成西走日，康居惶恐獻亡逋。

四城先後望風奔，三捷威稜屬國尊。碎葉銘功何足數，碎葉，唐安西四鎮之一。裴行儉安撫大食，刻石紀功於此。要扶銅柱立崑崙。于闐河出仇摩，置漢武，名曰『崑崙』，今葉爾羌南山是也。

諸回釋甲競投戈，撈玉仍居塔里河。于闐河，今名塔里母河。見説莎車田地美，耕耘有意學宜禾。莎車，在于闐西北，漢武屯田於此，去輪臺千餘里，今喀什噶爾。地宜禾，漢車師後王地，漢置宜禾都尉，晉立宜禾郡，今爲鎮西府屬縣。

罷戰軍門賞犒重，月氏駝共罽賓犎。偏憐有角宛城馬，騎出人人道是龍。

野宿春風壁戶開，平安候火徹輪臺。傳飧不用醪投水，人與蒲桃酒百杯。

玉關遥夜捷書飛，横吹聲中壯士歸。破陣樂成傳印度，支那天子自垂衣。北印度，即北天竺，在葉爾羌西南。印度王問《破陣樂》于元奘法師，法師具述之。王曰：『不如此，何以爲支那主！』

葱河南北靖煙塵，甘掾虚聞望大秦。弱水流沙塗五萬，即看西母再來賓。

五雲亭謁何忠靖公祠

碧瓦朱欄俯逝波，升堂猶憶劍横磨。唐家已見朝馮盎，漢使奚煩諭趙佗。東第回翔辭禄數，忠靖洪武間凡三致仕。南園風雅授餐多。斯人不起空高詠，惆悵雲帆歲歲過。

回部後凱歌十二首時張格爾就擒

歸師前度過渠犁，怪鳥褭褭少定棲。白草黃沙天一角，蚩尤旗罩大荒西。

風雪凌兢偪歲除，喀城東下伺空虛。張格爾聞喀什噶爾城官兵已撤，于七年十二月潛入塞內，勾結回民，不從而出。邊民五尺知忠義，肯爲亡人更出車。

七千精甲夜銜枚，山下剛逢敵戶開。生捕昆彌歸幕府，揚威將軍長公齡、固原提督楊公芳，十二月二十七日得報，輕騎速發，除夕追及，一戰擒之，新正初三日檻送京師。將軍真箇自天來。

麗水囚人桀黠多，曾煩金鼓問伽羅。兒孫久已寬湯網，自外生成奈汝何。

兵家制勝在攻圍，亦有神靈護建威。嚴鼓未終羣醜拜，桃花叱撥籋雲飛。揚威將軍奏：擒張格爾日，漢前將軍漢壽亭侯顯靈助陣。

俘獻長安喜告成，兩階干舞八風清。天威直讋無雷國，四季長聞劈歷聲。

于闐氣象一番新，閫寄由來荷重臣。從此軍中無女子，採花猶見似花人。先是，回民怨，各城士卒役，留其妻女，故聽從張格爾勾結。太白集《于闐採花》樂府云：『于闐採花人，自言花相似。』

禹甸輿圖尺寸收，昆侖諸部盡懷柔。漫夸戊校中央立，張幕河源最上頭。命參贊武公隆阿鎮守喀什噶爾，其地在海多河、塔里母河兩河源之上。

黃封重疊介圭頒，長公封威勇公，楊公封果勇侯。甌脱煙銷上相還。快意條枝看日入，旌幢緩緩度陽關。

縛袴初臨雪海堧，下車匪直望舒圓。虎頭蕩佚真奇策，勿吝刀圭救後賢。

行人借問洗兵時，昔往今來未及期。七年二月初六禡牙，十二月除夕張格爾就擒。誰識皇仁深不殺，春風已覺勞歸遲。

烏壘龜兹未要論，漢都護駐烏壘，唐都護駐龜兹。雲臺最憶畫圖存。特緣南仲徵皇父，持節龍沙議宿屯。命直隸總督那公彥成往西域，與揚威將軍會議善後事宜。阿文成公孫也。

師子嶺宋宗姬墓下作

宋高宗女也，南渡散失，莞人鄧姓得之，以配其子。光宗時，留手書，遣其子上聞。帝爲惻然，賜田十頃。今墓猶存。

靖康喪亂如崩波，泥馬蒼黄初渡河。中興若擬少康起，二姚不娶餘過戈。乘輿到處開行殿，寇警遥聞色皆變。江上瑶華戴月奔，天邊穠李衝風散。飄宕偏依珠水濱，東官小家曾結鄰。窺來玉葉金枝色，羞死濃蛾盛鬋人。其時黄屋尚東巡，臨安作都信未真。貴主還宫定何日，山重水複多煙塵。蹇修勸作民間婦，裙布荆釵信嘉耦。光陰倏忽歷三朝，留書遣子聞朝右。光宗覽之爲惻然，詔賜十頃粧奩田。却因南海合歡日，轉憶東京羅禍年。平順驛前徽聖宿，雲鬟送酒吹横竹。欽慈族婦魏王孫，自敘流離淚千斛。落花飛絮雲中府，有客相逢似相熟。曾見宣和舊日粧，愁聞按出新翻曲。金國語，謂金爲『按出虎』。一種璇宫帝子家，誰令淪落俱天涯。彩鳳飛隨白頸鴉，猶勝玉貌摧風沙。師嶺雲連松柏暮，千秋人識埋香處。趙家塊肉葬神山，五夜凌波赴朝去。

臨池三首

藤角桑皮一尺堆，終朝衫袖甎松煤。金門據地猶前日，老作書師亦可哀。
門限穿來鐵葉遮，籠鵞誰似管霄霞。中書心盡頭俱秃，纔博西樵兩合茶。
衰顔未必上屏風，紈扇家家姓字通。一帶江樓三十六，嬋娟都喚著花翁。

大漁山歌

一騎吴山山頂立，畫圖開處軍聲急。何知乃有虞參軍，坐扼長江不能入。中華名勝未易攀，到今吴越説完顔。捧心效顰態更醜，鬼戎又欲居漁山。漁山秀插溟海洋，鏡裏常摇青黛光。寒濤萬頃接蓬島，飛雲一氣連崑岡。祝融祠前蹲二虎，大虎山、小虎山，俗謂之『虎頭門』。正賴漁山塞門户。浮查特許外藩來，築室奚容他族處。如何左右求龍斷，狂詞屢上征蠻府。府公玉帳臨河魁，不憚堂堂先諭汝。朝廷垂衣干舞階，天方大食俱威懷。將盡堯封瞰烏弋，肯從禹奠捐朱厓。汝如跳踉求必得，樓船十萬漁山側。黄龍一躍滄波飛，請看書生親破賊。

防海四首

宛宛龍編户，眈眈虎守門。地開軒后遠，神鎮祝融尊。五管聲相應，重洋氣可吞。西平韜略在，譚笑制遊魂。

日月無私照，懷柔徧九垓[一]。但令通雜貨，不許眩奇瑰。出地三帆轉，西人來粤，海中忽見南北極，俱在平地，蓋所到之處，已在地球之晝夜平線間，更轉而南過大浪山，則見南極出地三十五度，可知其地正與中國上下相對也。粘天一葉來。艱難茶荈得，慎勿負恩培。蠔鏡前朝假，當時計本疎。天街曾越限，海島自爭居。梁礿黿身駕，樓臺蜃氣噓。先人軍志有，艕艨布扶胥。蕞爾英夷國，縱橫網利多。蝸居常戰鬥，蠶食莫誰何。麾扇中軍出，銜刀壯士歌。惟應驅逐盡，萬里看銅磨。

〔一〕偏，原作「編」，當誤。

廉泉二首

潔清貴自好，非水能使然。此泉以廉呼，衆口胡爲傳。小民無愚智，皆願官長賢。望之不可得，遂以責斯泉。斯泉有神靈，重任恐難肩。不廉詎吾罪，廉亦何功焉。功罪兩不居，庶幾能自全。君看黄嶺下，日夕常淙潺。

居貧飲鹹苦，習慣成自然。何從得甘冽，此水人爭傳。坎盈隨地勢，井收經邑賢。至今山下人，結廬愛鄰泉。炎蒸救道暍，用息勞者肩。我來試茶具，若有餘憾焉。飛流灌城野，利溥功斯全。安得鄧道士，駕筧通潺潺。

蓉查見過

門無行迹草生多，冷淡非君孰肯過。真願低頭拜東野，不知回首望西河。笑談各忍依人淚，抑塞當爲斫地歌。轉眼春風吹岸緑，湖堤先約並鳴珂。

鎮口竹枝辭四首

闍西山上夕陽斜，無數漁舟纜樹椏。一陣潮來齊起汕，小鬟分艇賣梭花。

一碧師洋鏡面澂，夜航遥喚小船譍。風光欲近元宵節，歸客都擎九子鐙。

無邊春滿水雲隈，杏靨櫻脣次第開。打節不曾逢鬼宿，莞諺云：『一鬼打節有一颶。』打節者，如立春日值鬼宿，即有颶風。郎船安穩看花來。

雙虎崔嵬插漢間，寒潮嗚咽打城還。遺民豈復知朝代，愛説官家駐蹕山。大虎、小虎山在闍西山之西，即秀山也，宋張世杰奉端宗駐此。

次韻蓉查五坡嶺新修表忠祠

神叢一樹高峩峩，行人下馬匍匐過。雲旂赤豹見彷彿，被帶薜荔兼松蘿。丞相成仁基此土，祭文寧假王炎午。傍風上雨久傾隤，起廢財聞申大府。新宫丹堊輝空山，舊碑洗出苔花斑。鴻篇鉅製重刻石，要與瑳玉相追攀。閒評墨本坐太息，當時苦心誰識得。不隨張陸殉龍沈，一片魂飛薊門側。薊門鸜鵒中夜號，從臣孰解爲貫高。未上西山采薇蕨，且同北海餐氈毛。韓原戰馬還濘止，晉人拔舍何曾死。皇穹如鑒夏靡忠，少帝終歸作天子。

九月八日同年陳範川太史鴻墀招同梁一峯廣文元遊光孝淨慧二禪寺呈範川二首

鬒絲禪榻記吾曾，廿載塵勞苦莫勝。今日重尋留鉢地，前身初悟寫經僧。菩提樹長金園淨，訶子林中紺宇澂。祖意但求真面目，未妨文字乞谿藤。時寺僧競求範川書。

寶莊嚴寺晚來過，奈此傾欹窣堵何。臥閣佛誰燒舍利，上堂僧似病維摩。黄龍會散犀香滿，白馬經殘貝葉多。賴有驪珠君袖落，山門留鎮配東坡。

佛山歸舟作

是身如浮雲，來去初無蹟。朋好或牽挽，到處皆可宅。禪山二日留，況爲風水隔。侵晨趁潮下，船旂向東擲。沙水既練練，鳧雁復拍拍。登艫發微吟，清景慰行役。帆迴石角轉，縱横屯鬼舶。候風歲一至，今兹倍于昔。此輩多横行，拄杖飛劈歷。中酒殺心起，不知漢三尺。遠人誠當柔，他族毋乃逼。迂儒恆過慮，元老有奇策。遥瞻黄木灣，林際升皓魄。晚飯竹林下，漁歌遠天碧。

範川席上食嘉魚

西江水落飛微霰，無數斑鱗遊鏡面。漁人夜送艫艫船，清曉仙城競開宴。先生湖海氣未除，食單未免嗟無魚。喁喁誰遣到門下，跋刺猶如登綱初。玉臼香虀閒速客，河豚江鰩盡無色。獻鬻翻嫌嘯父迂，飽鯨未覺昌黎得。鄉味耽思二十年，嘗新第一盂公筵。恨不小湘煙雨裏，美人金錯鱠紅鮮。

去年今日

日是成今日，年終憶去年。鐙明深屋裏，人立畫屏前。昵昵雛鶯語，盈盈小鳳㞦。歲寒途復遠，消息若爲傳。

上元夜範川同年招同段紉秋桂裳陳少府榮越華講院小集即事呈範川二首

複閣重幨雨又風，鬧蛾鐙火五人同。依花便覺春生座，被酒翻教氣吐空。金馬玉堂觀夢幻，黄雞白日唱玲瓏。不因絲肉能陶寫，法度居然困孟公。

君家少府氣飛揚，繞遍仙城覓總章。早歲經過知趙李，新詞穠豔説康王。人間顧曲何曾慣，天上聞韶極不忘。明日段園重會飲，春風誰按玉娥郎。

段園次前韻二首

窈窱芳園滿惠風，消寒今夕避雷同。華堂遍爇鐙爲樹，采幄遥呼月下空。人踏歡場悲老大，令徵前事笑朦朧。諸君上頓誰能較，敢請無多酌次公。

竹脆絲輕抑復揚，古來雅集費平章。兩番繡谷皆詞客，一序蘭亭屬墨王。上日鶯花吟欲遍，宜春歌舞醉難忘。可知此會兼清綺，領袖人原畫省郎。

晦日遣興五首

正月欲盡二月來，連旬陰雨不曾開。縱饒爛漫桃花發，已誤差池燕子回。

二月未到正月闌，連旬陰雨釀嚴寒。未能絮被蒙頭睡，且要槎杯到手乾。

朝來竹窗語綿蠻，臆問晴時君得閒。織女湖湑浮白去，麻姑峯下踏青還。

莫道衰顏鬢又絲，心情還似少年時。如今却逐白頭鳥，冒雨猶棲紅樹枝。

中和改節亦人情，正月盼到二月晴。宛宛遊龍過鏡水，翩翩飛燕出蓉城。

都甯吟

有客新自都甯還，奇聞愛說都甯山。雲峯四面排禁籞，宋家行殿開其間。丞相從龍潛海底，慈元一慟隨潮水。金枝玉葉滿南東，當年立後更都此，（指揮蘇劉義立宋宗室，改名旦，都此。）

天爲再旦日再中。興亡倏忽渾無定，父老閒譚猶可聽。蘭臺奮筆竟删除，稗史成書誰考證。元黃剖判代屢移，信許傳信疑傳疑。兹地連延走沙浦，故宫磌碣埋榛莽。遺民累葉縱能說，外客不來焉得睹。君今弔古傷陸沈，春秋存陳意可欽。從來天理皆人心，爲君翻作都甯吟。君不見義帝起家由項梁，平林新市推淮陽。事雖無成在必録，何況擁戴人堂堂。都甯吟，聲苦悲，海天有鶴遥夜歸。我是殿前蘇指揮，喪君有君丁運微，遊魂飄飄何所依。願作新宫隨法駕，文狸赤豹雲端下。

雙桐軒贈月

生平無所嗜，花月都關懷。將花與月較，未若月尤佳。花穠三春發，月皎四序皆。所以每遇月，下牀曳芒鞵。厥值哉生明，扶藜立東階。及乎下弦後，銜杯坐西齋。三五二八夜，昂首天中街。問月有何好，與君心獨諧。人生有親賓，貴在無暌乖。一離未遽合，相思杳天涯。惟有雲際月，心迹無參差。隨我客燕齊，共我官江淮。憐我落深室，清光露松釵。穿房更入戶，病眼爲一揩。或處碧海角，或居蒼山崖。依依不能捨，行坐必我偕。自非風雨宵，未嘗或藏埋。世間有情物，孰能與之儕。常娥聆此言，含笑門半闔。報以霓裳曲，鏗鏘無限齣。

梁章冉江梅夢樂府題詞六首

少小香閨熟女箴，二南風化幾沈吟。承恩但説驚鴻舞，孤負宜家一片心。

雲里佳人賜浴初，梅亭一步不迴車。尹邢玉貌俱當夕，那爲娙何貶婕妤。娙娥，《史記》作『娙何』。

上陽花草易黄昏，拜賜真珠欲斷魂。奏賦焉能回主眷，阿嬌終古閉長門。《文選》言相如奏《長門賦》，陳皇后復幸；史無其事。

鼙鼓漁陽動地來，名花摧斫亦堪哀。猶勝中道誅褒妲，鈿盒金釵棄馬嵬。

珊珊環佩出温湯，映竹穿花見上皇。風露不辭親一到，似憐南内太淒涼。

東宫罵賊是邪非，采筆憑君與表微。怪殺元和盩厔尉，一篇長恨爲楊妃。

寄蓉查

老友今餘幾，相看我共君。行蹤如墜雨，心事各停雲。漢將彤牙出，秦關畫角聞。平生馳檄手，知否欲從軍。

九月十九日吳石華廣文蘭修曾勉士明經釗招同範川太史儀墨農孝廉克中梁子春明經梅譚玉生明經瑩侯君謨秀才康孟蒲生秀才鴻光居少楠秀才鍠段紉秋秀才佩蘭集雲泉山館餞送程春海祭酒恩澤還京分體得七言律二首

題糕節過有餘芬，使院秋閒理祕文。天上景卿爭快睹，山中消息已先聞。泉聲繞座琴笙合，嵐采當筵綺繡分。冒枲諸生渾不管，都將奇字問揚雲。

黔山蜀棧飽經過，曾泝湘流弔汨羅。持節更爲龍嶠使，采風還愛蜑人歌。先生言曾典試四川，視學湖南、貴州，以粵省文風爲尤盛。書徵交廣春秋遠，賦奏番禺問答多。鐃吹異時重莅粵，尚能颺館候鳴珂。

（以上録自伍崇曜輯《楚庭耆舊遺詩前集》卷一六）

題楊掌生春鐙問字圖

維摩天女愛參禪，不及蘭閨一對仙。燭影搖紅聞細語，似商寫韻過今年。

紡車聲歇漏初昏，河内尚書證斗文。一院梅花春月好，評量都付魏城君。

（錄自張煜南、張鴻南編《梅水詩傳》卷二）

和祁瓊孃詩四首

步上盂山草露盈，衍波箋賦曉寒成。無端拾得秋閨怨，玉冷花淒望月明。

采筆梨川一現花，西風誰問美人家。斷腸只合詩招起，莫遣悲吟和夕笳。

未論好好與盈盈，兩首新詞血染成。傳到人間吟不得，弓彎一曲太分明。

痴情同詠折枝花，知在蕪城第幾家。環佩月明魂欲返，山樓憑仗莫吹笳。

東湖釣磯次東洲仁弟韻四首

簡頑庵戎部，名知遇，字伯葵，東洲八世祖。前明萬曆戊午舉人，宰四川銅梁縣。崇禎中，以賢材薦官兵部主事。鼎革後，隱東湖不出。釣磯，湖上別業也。

水榭陰森竹樹青，綸竿收後誦騷經。里人莫作漁莊看，直是遺山野史亭。

風沙蒼莽足凋顏[一]，隱臥東湖碧玉灣。不似羊裘離大澤，客星重向富春還。

深樹鶻啼拜幾回，每同諸老望燕臺。而今汐社空流水，惟有村童照蟹來。

聞孫擬拓水雲鄉，載酒尋詩上野航。遙夜淩波見羅襪，此生應侍美人旁。東洲屢不得意，近有句云：『輸他一種收香鳥，長傍佳人碧玉釵。』最爲悽豔。此章末二句所以慰之也。

（以上錄自簡士良《秦瓦硯齋詩鈔》卷一）

[一] 蒼莽，原作『莽蒼』，非是。

寄懷紉斯聯句四十韻

翩翩南飛鳥，石亭。倦翮歷秋夏。啁哳求其曹，恕堂。褵褷憚誰射。涼飆春明別，繡子。畢景秋士吒。息鞅水西亭，石亭。僦屋城北舍。湖面平如指，恕堂。泉聲泠然瀉。在尾日光瘦，繡子。似眉月痕乍。倏忽感流年，石亭。淩兢怨遙夜。凍雲魚鱗皴，恕堂。急霰鵞毛下。堆柴倚土銼，繡子。煨柮遮風榭。紅泥潑香醅，石亭。白盌酌寒蔗。紙帳梅影橫，恕堂。蘆簾竹陰亞。

蠟然鳳爲戲，繡子。炭爇獅可假。瑟縮嗤鷺拳，石亭。酸寒乏牛炙。離思頓棖觸，恕堂。羈愁疇慰藉。以茲蓬累行，繡子。念彼戕記暇。姚冶躡屣姬，石亭。婀娜數錢姹。時看契丹舞，恕堂。偶學臨邛賈。灤河鯽入饌，繡子。津門蟹論價。議鉏何曾豪，石亭。謂何祿中同年。憶鱠張翰罷。謂張丹崖孝廉。素心共羊求，恕堂。良覿展曹謝。蓸騰破寥寂，繡子。嬉笑雜怒罵。往者孽子袪，石亭。倏爾命吾駕。未惜途路艱，恕堂。尚冀文鱗借。□今中□□，繡子。不數小白霸。豹韜握銅符，石亭。象弭□玉靶。□□盛賓從，恕堂。雜沓屏姻婭。帚敝雖自珍，繡子。刺漫私亦訝。猥以掃門賤，石亭。敢希降階迓。佩刀兩行肅，恕堂。傳鈴一聲嗄。施施帶圍犀，繡子。馥馥席噴射。遂邀元禮題，石亭。行作御寇嫁。海市羨空明，恕堂。天門足陵跨。劉郎汝獨後，繡子。齊俗豈能化。轉憶風鶴驚，石亭。遙知親串詫。猶遲遠書慰，恕堂。暫喜急裝卸。歲窮四門儺，繡子。月際八方蜡。冰沍渾河曲，石亭。凍合歷山罅。彈指嗟萍梗，恕堂。關心到桑柘。撥灰溫瓦盆，繡子。呵筆開珊架。石亭。裂素寄高鳥，恕堂。與子留話欛。繡子。

銅手爐聯句三十韻

朔吹日淒緊，石亭。稜稜逼崖隒。霮䨴雪同初，恕堂。紛糅雲飛漸。袍憐范叔寒，繡子。裘比晏嬰儉。燭妓乍傳蠟，石亭。寵妾始安簟。土炕驅固陰，恕堂。風爐爇微燄。荆山高崔巍，繡子。越水光泛瀲。采宜軒后似，石亭。鑄豈冶氏忝。千斲窮雕鎪，恕堂。四周細磨剡。鵲尾逋而訛，繡子。豕腹大且儼。綠糝翡翠紋，石亭。斑蝕鸕鴣點。水行□遍枯，恕堂。□勝火能礹。堆柴青未斫，繡子。刻炭紅如染。爆驚□初破，石亭。粲若星亂閃。一氣騰烘烘，恕堂。雙煙浮冉冉。急須鐵箸挾，繡子。好倩銀葉掩。硯炙紫雲活，石亭。衣薰赤霜玷。俄教肌粟消，恕堂。免使手薑斂。氈謝江郎割，繡子。書看杜陵檢。熨斗功漫誇，石亭。薰籠價堪貶。提攜汝最便，恕堂。偎倚吾自慊。郤思西方屯，繡子。爲防北門險。甲光金鱗開，石亭。旆影白羽颭。霜明劍分花，恕堂。月黑弧挽檿。凌兢出嚴關，繡子。皸瘃度深崦。同袍此如寄，石亭。夾纊汝何歉。行看兩川定，恕堂。慶際四海奄。十八歌伊涼，繡子。百二奠秦陝。書生笑孏殘，石亭。旅食悲荏苒。栖遲非劇孟，恕堂。遷延鄙欒黶。晝荻閂清吟，內熱夫豈諂。繡子。

錦春園觀唐花聯句四十韻

凄凄卉具腓，繡子。槭槭科上槁。鶴蓋松乍偃，恕堂。鳳尾竹如掃。消長理則然，石亭。榮悴難可道。名園偶遊涉，繡子。初地足探討。霏微雪色霽，恕堂。溫暾日光杲。上階青點苔，石亭。被地綠含藻。花王拜須彌，繡子。香國散煩惱。徑喜園丁開，恕堂。地訝春事早。馬塍藝何精，石亭。臧果□□□。人工□疑拙，繡子。巧述智誰造。復穴□幽邃，恕堂。窪窿襲炎燠。纍纍蜂房粘，石亭。層層馬廨抱。鑽燧取明火，繡子。激流灌清潦。布囊沙細淘，恕堂。筠籠土微燥。坎離氣互乘，石亭。陰陽和已保。寧須風信扇，繡子。底用時雨禱。黃磁硯滋培，恕堂。綵樹鬥娟好。儼坼五葉蓂，石亭。如抽一莖導。七七傳戲術，繡子。九九留畫稾。梅魂熨先蘇，恕堂。杏靨偎未老。碧桃點胭脂，石亭。紫竹然瑪瑙。波間水荭絢，繡子。月下山礬皓。瓣拖蟻延緣，恕堂。粉撲蝶顛倒。流連得清賞，石亭。推測問晴昊。毋乃散天女，繡子。不復乞富媪。鼓或明皇撾，恕堂。詔豈武后草。管領笑阿母，石亭。發育謝大皞。瓊華思揚州，繡子。琪樹緬神島。須臾裙映紅，恕堂。邂逅袂逢縞。娉婷黃四孃，石亭。婭娜宋五嫂。連臂踏槿籬，繡子。細步移蘭橑。顧影惜蛾眉，恕堂。聞香誤龍腦。歸裝車六萌，石亭。分綴釵七寶。

都驚日短短，繡子。不覺春浩浩。我思造化爐，恕堂。所賴真精葆。一氣連紫微，石亭。四序定蒼顥。開落辨遲速，繡子。晦朔分壽夭。是誰厭機械，恕堂。譬若戕緇褓。俄看去堂堂，石亭。□□□□□。繡子。因知本性情，恕堂。爲緩憂心擣。石亭。

消寒八詠聯句

氈帽

彈冠未與左貂連，石亭。欲效遼東且割氈。白接羅狂宜倒著，恕堂。紫綸巾折舊爭傳。春風側任楊花糝，繡子。夜雪寒隨苜蓿眠。石亭。自笑老夫偏稱此，恕堂。切雲休賦遠遊篇。繡子。

面罩

朔風吹落鬢邊毛，石亭。割面難禁利似刀。暖借鼠貂遮未遍，恕堂。寒憐蟬雀障徒勞。聳肩行或加重戴，繡子。擁鼻吟誰贈復陶。石亭。畢竟相逢堪一笑，恕堂。蒙頭孫綽興偏豪。繡子。

風鏡

靉靆曾聞出賈胡，石亭。見《言鯖》。眼明也有應時須。又添□礙形何似，恕堂。要識方圓製逈殊。南海光搖千里共，繡子。東關酸射兩眸無。石亭。記騎瘦馬長安道，恕堂。對雪臨風賴汝俱。繡子。

耳衣

過耳□聲折□□，石亭。治聾難得酒如泉。卻嫌黈纊難爲蔽，恕堂。欲效砭鍼此最便。尺布可縫歌勿聽，繡子。一錢不值語空傳。石亭。依稀振武防秋騎，恕堂。鐵縫寒遮候吏肩。繡子。

唐人《送振武將軍》詩：「鐵縫耳衣寒。」

雪衣

盤雕雪壓迥生愁，石亭。千片紛紛溼敝裘。漫欲添衣同尚絅，繡子。不須對竈更薰篝。飛花乍點謝希逸，恕堂。歸棹應披王子猷。石亭。相對褵褷亦高格，繡子。煙蓑雨笠共淹留。恕堂。

護膝

曾吟赤芾到周詩，恕堂。誰製遺規蔽膝爲。叩角未愁衣至骭，石亭。伏蒲雅稱劍横頤。遠緘端綺聊長跪，繡子。愛寫文琴不少離。恕堂。猶記麗華如在抱，石亭。便□鞢韐更行師。繡子。

皮韈

樂府曾歌結韈子，石亭。不堪没踝遠衝泥。攻皮製又因時變，恕堂。繫帶形還與古稽。竹寫高人材總賤，繡子。橘輸□子價難齊。石亭。青鞖行矣還須汝，恕堂。禦臘休嫌拭膩啼。繡子。

暖鞖

凌兢霜氣逼空階，石亭。高步誰云赤腳儕。忽憶尚書留革履，恕堂。便從樂府唱皮鞖。西方雪化禪僧返，繡子。東郭風和計吏偕。石亭。細軟青絲真賴汝，恕堂。□□遊迹遍天涯。繡子。

（以上録自葉鈞《南田吟舍存草》卷三）

毋自欺齋詩略題詞

莫怪陰何苦用心，古來詩法費追尋。即看滄海横流甚，此集還應號谷音。

開元風格幾人知，素練輕縑自得師。一瓣香曾真箇乞，紅梅驛畔曲江祠。見集中度嶺詩。

赤英母出原名手，黄牡丹傳亦作家。十首斑枝無故實，人人知是木棉花。

紅窗寫韻有仙人，倦繡吟來字字新。閣筆知君先下拜，謝家飛絮最丰神。

吹息如蘭，吐詞成雪。洗沿華之俗豔，流山水之清音，閨秀集中之有禮法者，此其翹楚矣。

（録自梁元《毋自欺齋詩略》卷首）

茗香室詩略題詞

（録自李如蕙《茗香室詩略》卷首）

南漢春秋敘

將博綜羣言，以傳一代之事，則其文之高下，常與其事相因。古來作者，自正史而外，厥體不一，類有閎休偉績，奇聞壯觀，蓄積胸中，而刪述一歸雅潔，然後其事與其文，皆不可磨滅。然偏安之朝，遺事闕略，求其震爍耳目者，本自無多；後之載筆者，網羅放失之不暇，何暇言史裁哉？世之稗史，每不登大雅之堂，職是故也。吾粤爲南漢舊地，而記載未見專書，余嘗以爲恨。

歲丙寅、丁卯，主越華講席。及門劉生名沅，好古工詩，述南漢事甚悉，余因心異之。他日，出其尊甫玉書先生《南漢春秋》一書，質於余。余始知生之學爲有自，而先生之於史學尤深也。是書蓋昉於吳氏《十國春秋》，而以生平足迹所經，搜覽所及，乃專爲南漢一代。究其終始，其用心勤矣。

夫南漢至今，越數百載，能以其事舉之於口者甚鮮；舉之於口，而又能筆之於書者爲尤鮮。至於纂言紀事，簡而能賅，勒成一編，藏之名山，亦前此所未有也。先生以詩人著書，攄風騷之蓄念，發桑梓之幽光。其大者，寓勸誡之義，補文獻之遺；其小者，一木一石，一觴一詠，必指其實，足令讀者展卷流連，不能自已。是其立言之工，雖未知於古人何如，安能不失作者之意，而非當世率爾操觚者比也。余將入都，亟勸付梓，以備載記之一種，且爲弁數語於首。若成書之例，與懷古之情，先生自序已詳言之，茲不復云。

嘉慶丁卯孟秋月，程鄉李黼平頓首拜題。

（録自劉應麟《南漢春秋》卷首）

耕書堂詩草序

今歲承宫保阮芸臺先生之聘，忝預師席，商榷選事。粤中諸英髦，各投篇章。楊茂才笙次詩，獨抒性靈，時出警健，許爲後來之雋。迨晤對，悉爲厚園詩人之子，即余同年友翼江孝廉之從姪也。茂才復出翼江所著《耕書堂詩》見示，云：『先伯下世已久，今特就正先生，欲刊以問世。』余始聞而泫然，繼而躍然，曰：『此余所不敢辭也！』

憶余與翼江交久矣，且同出吳鑑庵夫子之門。自昔計偕入都，時相過從，與葉石亭、劉梅冶、劉恕堂及家兄吉園輩，論文談藝，皆推翼江。人品端雅，學有根柢，以爲異日和聲鳴盛，可以大其用也。殆後余入直史館，勷歷外任，思一謀面，杳不可得。今閱其詩，風格華茂，氣運沈頓，當日情懷，不啻目睹矣。然此僅爲翼江家居之作，其與日下友朋唱和，及歷大江南北，兖、冀、楚、豫詠懷弔古等篇，俱未之載，蓋散佚多矣。然吉光片羽，少而彌珍，嘗鼎一臠，可以知味，又安在多乎？

余讀其詩，思其人，悲其遇，不禁言之長也。因備書余二人相知始末，以應茂才之請，並以諗世之讀《耕書堂詩》者。

（錄自光緒《嘉應州志》卷二九）

張璐漁石初稿續稿序

漁石入棘闈，而用我法不少，粤以故爲諸生久，僅以序貢成均。歲丙子，江筆花大令分校粤士，得其卷，異之，亟呈薦，卒以平淡擯。弗解以己所獨喻，强人以同喻，其人較可睹已。

漁石既不遇，益自喜，益肆力於古文。疲精雕肝，窮歲月不厭。會予主寶安講院，乃裒所著，屬予丹黄付梓人，且丐一言序於卷末。噫！漁石欲奏其簉鐘，而又將使予勸客以昌歜耶？雖然，宇宙大矣，奇侅非常之人，州列部居，而謂無能識漁石文者，何輕量天下若是！

漁石雖屢躓，而邇年來已有江君歎嗟而愛惜之，是子雲之後，不必更俟子雲，而澹雅扶踈，知元經者，旦暮覯之也。

道光乙酉季冬。

（録自葉覺邁修、陳伯陶纂《東莞縣志》卷八八）

毛詩紬義序

《詩正義》成於衆手，疏略時形。其後屢經校刊，淆訛彌甚。有傳、箋本同而《正義》强分之者；有傳、箋本異而《正義》强合之者；有誤釋傳、箋義者；有漏釋傳、箋義者；有傳、箋義載釋文而《正義》誤脱者；有以箋作傳，《正義》初不誤，而後人羼入并割裂《正義》以屬之者；有集注定本，《正義》或從或不從，而後人概從集注定本者。若斯之類，每欲條而録之，牽于世故，卒卒未遑。歲癸未，以芸臺尚書薦，主講東官，陳子菫臣執《詩疏》請業，乃琴川毛氏汲古閣本也。因就愚管所及，紬出辨正，勒成此編。

《經典序録》載：「《毛詩》傳授，一由子夏、高行子、薛倉子、帛妙子而至大毛公；一由子夏、曾申、李克、孟仲子、根牟子、孫卿子而至大毛公。」然予觀傳，《木瓜》「永以爲好」，引孔子；《無衣》「王于興師」、《七月》「取彼狐貍」、《抑》「靡哲不愚」，並用《論語》；《淇澳》「如切如磋，如琢如磨」、《抑》「淑慎爾止」，並用《大學》；《旱麓》「鳶飛戾天，魚躍于淵」，用《中庸》。而《七月》「遵彼微行」、《小弁》

「何辜于天，我罪伊何」「我躬不閲，遑恤我後」、《北山》「我從事獨賢」、《文王》「不顯亦世」「侯于周服」、《綿》「未有家室」、《板》「無然泄泄」，用《孟子》爲説者八。其淵源所漸，又不僅如陸氏所稱，何哉？夫大毛公，魯人也，而與孟子、孫卿子同時。篇義雖受於蘭陵，詁訓實傳於鄒嶧。去聖未遠，目染耳擩，固宜其書之博而篤也。昔許君作《説文解字》，詁字引《毛傳》而不引《爾雅》；鄭君注「三禮」，恒引《爾雅》以説之，及箋詩，見《毛傳》乃無隻字引《爾雅》者，蓋知其别有師承。

晚學愳聞，不能悉通其義，憤悱之積，時貢疑焉。至紫陽説詩，大旨本於「思無邪」，使人各得其性情之正，此自是道學中人議論。必尊漢學，以難宋儒，所不敢傚。第明傳、箋之本義，還孔氏之舊文，藏之家塾，聊爲子弟釋其癥結焉爾。

道光丁亥又五月大暑前三日，嘉應李黼平書於東莞寶安講院之雙桐軒。

（録自《續修四庫全書》之《毛詩紬義》卷首）

贈儒林郎李錫榮墓誌銘

先生姓李，諱錫榮，字懷邦，别字膺三。高州信宜人。高祖諱尚蘭，廪生。曾祖諱樹屏，陵水訓導。祖諱作熊，增生。父諱殷，廩貢生。幼聰慧，博覽經史。年弱冠，有聲黌序。中歲失恃，諸弟淪喪。值鄉試，父促之行，辭曰：『大人遺體獨兒在，何可不在側耶？』遂援例充貢。日問寒燠、視飲食，不離左右，如是者三十年。比歿，哀毀不欲生，經營窀穸，備極勞勩。既得吉卜，道遠勢孤，苦不能築室守墓，乃出己貲購田，蠲其租。又就近創市鎮，以資捍衛，今之茂名穀隆墟也。當諸弟之亡，弟婦亦相繼歿，諸孤煢煢，視猶己子，撫養教誨，皆能成立。居城闉，長吏之庭罕至。家不中貲而喜施予，好賓客，三黨待以舉火甚衆。給楄柎以恤野殣，購紙褥以施貧丐，歲以爲常。戊寅大饑，爲粥於道，存活無算。凡學士文人，延接無虛日。下而山人墨客、醫卜星相之徒，不絶於門。嗚呼！世動謂今人不如古，若觀先生行事，於《周官》『六行』，殆無闕焉，豈非古人哉！

配梁安人，繼陳安人，皆有淑德。先生生於康熙丁酉十二月二十五日亥時，卒於乾隆戊戌四月二十日未時，年六十二。子七人：乘時，附生；章候，選千總，出嗣；俱梁出。會時，候選主簿；泰時，南雄州學正；甲時，附生；匡時，少卒；新時，澄邁訓導；俱陳出。孫、曾、玄百餘人，領鄉薦、列明經、遊泮食餼、入太學者，一門鼎盛。某年月日，葬先生於西江龍堂口白鴿山，以梁安人、陳安人祔。

新時痛先生之潛而未曜也，屬余銘墓。銘曰：詩云申甫，嶽降而生。人而稱傑，地亦効靈。馬鬣之封，牛眠之形。謂余不信，視此佳城。

（錄自清光緒《信宜縣志》卷二）

藤花亭曲話序

去歲，梁子章冉以《圓香夢》樂府寄予，淒切清豔，情止乎義，有風人之遺，予題詞復之。今年秋，自大良泛舴艋，檥珊瑚洲，登岸謁予。譚次，以所著《曲話》質。自元明暨近人院本、雜劇、傳奇，無慮數百家，悉爲討論，不黨同而伐異，不榮古而陋今，平心和氣，與作者揚榷於紅牙紫玉之間，知其用力於此道者邃矣。

《扶犁》《擊壤》後有《三百篇》，自是而騷，而漢魏六朝樂府，而唐絕，而宋詞元曲，爲體屢遷，而其感人心、移風易俗一爾。蓋文之至者，傾肺腑而出，其詞明白坦易，雖婦人孺子，莫不通曉。故聞忠孝節義之事，或軒鬟而舞，或垂涕泣而道。而南北曲者，復以妙伶登場，服古冠巾，與其聲音笑貌而畢繪之，則其感人尤易入也。

顧世之論曲者不以文，以律，曰『某字宜平而仄，與五聲乖也』，曰『某字宜陽而陰，與九宮戾也』。夫律則何譜之有？《三百篇》之與《韶》《武》，不啻遠矣，而孔子絃歌以合之律，果有譜乎？予觀《荆》《劉》《拜》《殺》暨玉茗諸大家，皆未嘗斤斤求合於律；俗工按之，始分出襯字，以爲不可歌；其實得國工發聲，愈增韻折也。故曲無定，以人聲之抑揚抗墜以爲定。是書亦間論律，而終以文爲主，其所見尤偉，誠足爲曲家之津梁也已。

嘉應李黼平序。

（錄自梁廷枏《藤花亭曲話》卷首）

選樓集句跋

予南歸，即授經節署，不復時出酬應。又數年，主講寶安，去會城益遠，時賢俊髦，良覿維艱，蓋耳熟許君賓衢名，知其綺歲多才，而未遑一謀面也。歲丙戌，東官甯氏築竹灣別墅，遍徵詩詞題其圖，殆將擇其尤雅者鐫爲一集。先得卷六千九百有奇，屬予爲之月旦。逾日，續得二千餘卷，中有駢體序數千言，洋洋灑灑，皆集《選》語爲之，麗句遒詞，爛然滿目。至運筆之妙，淵渟嶽峙，脈注筋搖，實忘乎爲集《選》者，不覺驚歎移日。蓋合前後卷幾盈萬，此才實不作第二人想，遂以之冠軍，并識予傾倒之故而歸之，猶未知出誰氏手。既而牡丹狀元不崇朝已喧傳大江南北，至是始歎所謂綺歲多才者，所聞尚不如所見之十一也。許君既喜予推服之誠，復稔予選學之粗有所得，比來會城，遂訂忘年交。並出集《選》諸作相示。予惟一臠之嘗，三日稱快，況窺全豹，其心折更當何如也！時自五羊返珊瑚洲，倚裝匆匆，附墨數行於卷末。

繡子李黼平。

（錄自許祥光《選樓集句》）

仿舫詩鈔序

嘉慶丙寅，余主越華講席，劉君湘華從遊。暇日，見其《濂泉看梅》詩云：『無多風雪春先賞，不盡谿山晚更探。』愛其情韻獨絕，以爲雖『雪後園林』『水邊籬落』，未或過之也。自是每見，必以詩來，予輒爲揚搉。因與言『情動於中而形於言』，序《詩》者已示後人以作詩之法，是故情有深淺，而詩之高下因之，要於無苟作而已。其後予去仕江南，得罪繫若盧中，不得見者近十年。丙子、丁丑間，湘華充賦赴春官試，過吳訪予。予甫稅，則相與譚藝尊酒間，猶能舉夙昔持論大略，于時裝束單急，亦未暇遑叩其近著也。去年秋，予自吳歸，再客廣州，湘華手巨編進，發而觀之，駸駸乎欲起王、孟于九原而與之揖攘，而五七言古體，發奇逸於謹嚴之中，音節天成，不削而自合，嗚乎難矣！湘華家素裕，自其先世蓄書，圖史足用，而性饕吟，于南園前後先生及明季諸老之葩萼，皆掇擷而咀嚼之，故少日詩即有法度。十餘年來，奔走衣食，傷離歎逝，加以燕、齊、趙、楚，間關走數百千里，草樹埃壒，川原雨雪，怪奇悽婉，雜然悉著于篇，而所造乃一變，豈詩人之作必窮而始工哉？閱歷久而憂患深，而積而發于其中者摯也。原稿繁富，頃痛自翦截，鈔存四百餘篇，爲序而梓之。廣州多詩人，其超出倫輩者，皆得風雅之正。是鈔出，當亦以予言爲不誣也。

道光元年三月穀雨日，嘉應李黼平書。

（錄自劉熊《仿舫詩鈔》卷首）

附錄二　友朋酬唱

答贈李繡子孝廉黼平兼柬乃兄和甫解元汝謙

宋湘

前年客潮州，大李與我成綢繆。今年客潮州，小李亦至復何求。我輩萍蓬俱草草，世間萬事那足道。只有文章一寸心，千秋四海同懷抱。我從前年别帝京，眼中名士落風塵。據鞍上馬向東去，要窺闕里搜周秦。泰山之雲東海水，一口吸到腰腹裏。翻身散作霞滿天，元氣淋漓五色紙。誰謂龍身翻久藏，娉婷不嫁琅琊王。嫫母連朝去衣錦，羅敷歸來還采桑。我有一樽酒，此酒名招魂。自來不得意，曾酹屈靈均。我有一張琴，此琴名知音。自來少同調，掛在高山岑。潮州城南江水深，潮州城北千松林。攜琴呼酒彈復斟，古人何古今何今。不然短衣匹馬射虎吾亦得，二李但來莫默默。

雨夜一首索和甫繡子和

宋湘

深鐙浸虚堂，冷雨溜枯井。兀坐撚髭鬚，自笑自顧影。四海寄一身，遠近理亦等。問客夫何爲，振裘不得領。呼馬爲馬鳴，呼牛應牛請。不惠亦不夷，不醉亦不醒。得酒輒飲之，詩來答以頃。妻子且不知，况乃蝸角頂。歲月去堂堂，百年來鼎鼎。幽憂亦何來，寺鐘發西嶺。挑鐙受雨聲，呼奴注殘茗。作詩欲報誰，寄之萍與梗。

答繡子嘲飲

宋湘

一日應須一百杯，月光西落東飛回。昨宵醉是昨宵月，有底今宵不飲來。

調和甫繡子

宋湘

大李索飲渴欲死，小李止飲慘不齒。飲固欣然止亦喜，執中惟有病太史。君不見儀狄神農俱聖賢，一坐床前一瓮前。左呼調藥右進酒，咄咄神仙亦何有。

（以上錄自宋湘《紅杏山房詩鈔》之《豐湖續草》）

古意贈李繡子

葉鈞

羅浮大蝴蝶，自言小鳳凰。仙人所誕育，五色紛成行。飢餐琪樹英，渴飲瑤池漿。經綸備其胸，吐納成文章。我願持此物，跪進丹墀旁。三盆試纖手，朱綠而玄黃。上以成黼黻，共我公子裳。下以慰杼柚，衣被彼遐荒。殷勤語紅女，織作雙鴛鴦。毋令刀尺工，學製輕裁量。

（録自葉鈞《南田吟舍存草》卷一）

題繡子明湖詩思圖

葉鈞

幾曲蘆碕沙步，六時暮靄朝煙。借問明湖詩思，何如灞岸吟鞭。
憶共湖西僦屋，便從水北觀魚。添個肩如山字，七橋同跨蹇驢。

大雪恕堂繡子同用聚星堂韻

葉鈞

夜聲沙沙蠶食葉，墮地驚看一尺雪。半頭蜷局燕□甘，老眼摩挲鳥飛絕。六街沈沈鼓欲死，一室棱棱□將折。灑空達曙更繁驁，緣室因時幾興滅。漸教歷亂檐竹亞，猛聽颼飀塔鈴掣。下床起攬驌驦裘，北窗已裂朱萸纈。良宵勝因得吟賞，小坐清言轉騷屑。棲遲晏歲□作□，倏忽流年驚電瞥。䨾山青翠想應失，鴻爪東西對誰説。與君炙硯熏兔毫，遮莫排箋指如鐵。

再用聚星堂韻　葉鈞

記撥爐灰熨銀葉，卷地風顛忽飛雪。爲拈詩令一䩞然，要遣豪吟鬥清絕。今朝作勢轉凄緊，竟日忍寒□周折。冥冥溪凍舟亦膠，黯黯樵歸路徑滅。鬖鬅驕□暗不嘶，吞餌寒魚冷難掣。故人浮白鷫鷞杯，素練縱横魚子纈。一時下筆驚雨風，異日叢談記瑣屑。五年作客爲底忙，萬片沾衣倏如瞥。邊關健兒渠更寒，恕堂詩中言及西事，故云。客邸閒愁苦難説。尺棰未借歌莫哀，但對如莛擁衾鐵。

寄繡子　葉鈞

汝演成連水仙操，我愛長卿封禪文。已分棲遲澗下軸，無端離合嶺邊雲。嶽嵐千片割昏曉，海日九枝光吐吞。恨無尺木老畫手，收拾萬峯持贈君。

答繡子書畢見寄　葉鈞

大九州環大壑遥，壯遊憶汝馭扶搖。素書千里緘胸臆，遠道何時慰寂寥。魑魅影兼山月黑，魚龍聲挾海風驕。幾回東望蓬萊閣，曾上天門引手招。一作『萬仞天門首重搔』。

（以上録自葉鈞《南田吟舍存草》卷三）

蘇州喜晤李四繡子黼平明府

劉道源

幾度思君費夢尋，相逢破涕且論心。著書肯爲窮愁老，讀易方知憂患深。北寺才名工琢玉，南宫聲價重懸金。成虧我亦安時命，莫怪昭文不鼓琴。

（録自張煜南、張鴻南編《梅水詩傳》卷二）

和家繡子呼月亭見示

李侃昭

抗迹薄雲霄，等閒輕世故。不與晨夕歡，轉惜韶華度。山齋當過從，相得與把晤。午竹引微風，夕蘭浥清露。尊酒列圖史，此心自優裕。望遠傷人懷，此情爲君訴。

（録自胡曦編《梅水匯靈集》卷三）

寄李繡子黼平茂才　　葉蘭成

並有千秋志，相看感歲華。幾年同失路，萬事屬搏沙。閣道悲騏驥，豐城隱莫邪。買山何日可，歸種故侯瓜。

（錄自劉彬華輯《嶺南羣雅》二集）

舉世尚箏笛，斯人獨古音。自聞山水調，我亦浣塵襟。意緒春波綠，湖山野徑深。子雲多暇日，幽興憶登臨。

（錄自張煜南、張鴻南編《梅水詩傳》卷九）

春夜聽雨呈繡子兄　　李黼章

滿腔愁緒迄無寧，奈爾廉纖夜不停。恨寄淋鈴歸未得，情深剪燭話誰聽。杏園多少名花落，蕉砌郎當敗葉零。幸有連床好兄弟，詩成古壁一燈青。

遣瘧歌

李黼章

夏王鑄鼎神奸哭，魑魅魍魎深藏伏。神人度索尤威嚴，樹下萬鬼特地殲。如何瘧鬼逃罪罟，留在人間作妖蠱。擅將造化陰陽翻，舉世鮮不罹其苦。奸邪反復變化多，痺脾牝牡奈爾何。射魃魑頭兩無用，骨立形枯各珍重。嗟嗟，爾乃漏網之餘魂，白日乘虛窺吾門。鼓蕩陰風雪翻盆，吹噓冥火炎如焚。終南進士畢嫁婚，以指抉眼當噬吞。我若疎頑不受痁，彼自潛藏絕其念。一持入術生百痾，遂分寒熱妄折磨。有如齊景多失職，直可揶揄失其色。同時效尤有奸慝，胡不玩弄瘁其力。彼雖畏祟或驅迫，爾亦鋤奸毋避匿。吹簫納槖我何人？靈胥寧武爲前身。爾如無知尚可恕，知而相虐斯當去。不然唐韓侍郎是吾師，送窮遣瘧多奇詞。祖軒公項極讚頌，我謂假託當誅之。再拜焚香訴上帝，即達天庭無阻滯。上帝震怒如雷霆，立命雷公行其刑。雷公礮磹發火爾竟燒，我且高歌據梧發悲嘯。

（以上錄自張煜南、張鴻南編《梅水詩傳》卷二）

呈李繡子老夫子

周序鸞

夫子今李白，人間偶然謫。詩歌繼風騷，不踐魏晉迹。詞壇旗鼓張，所向無勍敵。壯年入詞垣，曾侍香案側。一朝辭蓬萊，遂擲王喬舄。偶鼓昭文琴，調高人莫識。民重官自輕，負累甘罷職。空樹三年棠，留與吳兒憶。飄然歸去來，依舊貧如昔。家無八口資，胸有千卷積。望固重山斗，行尤潔圭璧。不曳侯門裾，仍主名山席。春風吹無私，桃李紛培植。自慚樗櫟材，昔曾受雕刻。忽忽二十年，微名等雞肋。親老謀祿養，强捧毛生檄。未陳報劉情，不孝罪難釋。有負先生教，欲見心愧惡。今秋始趨謁，幸免門墻斥。函丈復追隨，勝獲開卷益。奧義藉爬梳，頓把疑團析。有叩無不鳴，洪鐘任撞擊。始歎數仞牆，美富終難測。自悔少失學，歲月棄可惜。徒深悅服誠，願學結私臆。

（録自周序鸞《梅花書屋詩鈔》）

古劍行次李繡子先生韻

蔡兆華

洪鑪躍出雙鏌邪，白虹掉尾鵶淬花。鹿盧血乾飲不得，冤魂百萬鞘中嗟。陰陽闔石匣，雷煥發其華。吼水黑虎鏗，石黄它猨逃。苦竹星，搖匏瓜，壯士慷慨歌無家。白衣送客風雨哭，直欲隻手回天車。易水血淚濺龍紗，道旁笑殺古押衙。身之讐輕國讐重，慎勿粉飾太平世，盡鑄農器犁與耙。君不見亭長提三尺，虎狼化蟲沙。乃知金人之外尚有未銷鐵，秦法雖密殊虛夸。銀鏤箭，金錯刀，伴汝腰間纏錦絛。古來文事武備不偏廢，代鍔周鐔魏鋏名空高。

（録自蔡兆華《愛吾廬詩鈔》卷六）

哭嘉應李繡子夫子諱黼平百二十韻

梁廷枏

粤海詞源溯，魁纏斗宿張。百年真矩矱，一代大文章。異表鍾奇秀，清門叶吉慶。宗盟綿隴右，族望著程鄉。轉世來金粟，前身侍玉皇。虎牙雖未備，駒齒早非常。家有童烏號，人將潁鳳望。答鸚爭羡洛，劾鼠最稱揚。屬對工桃杏，俳恢混鹿獐。韶齡題緑樹，妙譽震青陽。遠到占千里，聰明下十行。記碑驚潁上，序閣豔滕王。汲古持修綆，鎔經熱巨鈁。頂幃熏墨迹，角壁漏鐙光。然草燒柴慣，裁蒲削竹忙。煙簾臚蠹簡，月席挂螢囊。冊録餐膏粒，邱墳飫醴醇。杵針磨更苦，鐵硯鑄先傷。用可三冬足，時無五夜遑。探淵歸博雅，穿穴見精詳。腹笥便便富，言泉滾滾長。地圖紛抵掌，卷字滿撑腸。團扇賓宴奪，連珠漢殿彰。食雞緣抱犬，辨豕妒貪狼。旦縱書田獵，宵謀藝府攘。居然窺柳篋，豈但祭曹倉。數典酬花簟，濡毫燦錦裳。風行騰騄驥，霞麗繡鴛鴦。耆鶴蟠鸞勢，拖瓊佩玖鏘。夢中誰贈墨，塵後客熏香。謝鮑嘶堅壘，曹劉笑短牆。春容臺閣體，厚重舍人妝。勁幟雄標坫，輕帆曲轉湘。彬彬還郁郁，正正復堂堂。價自璠璵貴，才殊斗石量。吟壇尊老杜，詩格邁初唐。活影留花鏡，調音擅柏梁。西昆嗤和狗，東野陋啼螿。骨是神仙換，眉應髦傑揚。科名看拾芥，賦句謝挑桑。省挂書賢榜，人登選佛場。衫纔飄桂赭，足又踏槐黃。夏課仍回鷁，春闈再獻凰。計偕朋贈策，路趲僕抽韁。鎖院蠶聲雜，扃闈蟻戰趪。燭條終熠耀，劍氣越鋒芒。鰲頂雷名貫，龍頭雨澤汪。扶韉題寺塔，籠壁護僧廊。帝詔重門辟，臣材利器藏。螭坳承顧盼，駕掖許回翔。煥壁詞林貴，清班内相强。槐廳華蓋殿，芸館紫微郎。簪筆來晨曉，鳴珂問夜央。由茲超峻級，永此侍遐昌。豈識靈臺渺，翻同駭浪防。引船風奪我，失道霧迷倀。自隔三神島，分司百里疆。琴川開茂苑，塵界謫吳閶。陸父飛鳧倏，黔兒放雀頏。法堤周衛國，富縣領姑臧。養士胸涵露，鋤奸面凜霜。上游驚强倔，下吏拙趨蹌。丁女環輸艘，寅賓算漕艎。粟憐銅斛欠，錢歎水衡亡。白簡彈封入，丹毫責例償。狴牢寒栗冽，轆索響玲琅。幾處通瑤札，誰家應寶箱。神凝投阱虎，緒劣觸藩羊。請室邀環賜，軍門遺孔方。波添蘇涸鮒，綰釋脫籠鶬。入幕濬梳羽，遷枝別哢吭。捫心縈故壘，印爪泣歸航。荆棘歧途淨，瀾濤宦海茫。局殘空斂子，睡醒悟吹粱。濁慮湔都淡，煩襟吹轉涼。橋危知返轡，水逆競收檣。窩每尋安樂，灘曾涉恐惶。塞翁齊得失，楚客卜凶祥。有子成階蕙，無家痛隰萇。桐陰垂幄幔，草夢判池塘。座列行修贄，壇斟問字漿。淫書驅病藥，訣墓饋貧糧。義疏蟲魚細，編刊字姓煌。解頤窺港洞，吐舌拜滄浪。《皇朝經解》收所著。賤子懷鉛試，先生捧尺勷。評庖偏膾炙，合樂賞笙簧。通訊箋郵彩，聞招屩蹋芒。仁衷瞻靄煦，道貌仰巍昂。鄰賃孫林宅，庭支郭泰床。趨隅勤唯諾，步後促踉蹡。鼓欲昏朝伐，鐘聽大小喤。祛疑憑楮翰，顧誤按宮商。昨憶隨羣彥，秋來補上庠。籃輿肩學异，棐几手親裝。煮蟮充雞饌，屠豭侑宴觴。賓鴻陪杖屨，沸蟹鬥棋槍。共訝芝顔潤，私欣蘚髮蒼。熙葩徵所養，戩穀俾而康。接葉誇恭梓，傳薪愛壽橿。徘徊函丈側，款暖碣宮傍。忽報台星暗，時飄朔雪霙。兩楹悲坐奠，二豎匿膏肓。手足曾輿啓，神祇季路禳。瞿然呼易簀，革矣痛摧桑。棺下彤霄急，箕騎碧落徉。班原排閬嶺，世已掃秕糠。繫帛書懸翼，沾袍淚載眶。問天胡慘酷，搶地益周章。岱木嗟隤壞，河汾失浩洋。絲絃孤海曲，管笛咽山陽。振古論恩誼，于今緬表坊。人師猶著範，吾黨未裁狂。寢茨幃初卷，輀車旆未揚。居廬遲像祝，議服舉心喪。作誄潘安擬，招魂宋玉倡。哀歌賡薤露，遺德暴秋陽。蘭市陳模楷，蕪箋污琫璋。愁叢鐙翦縮，凍裏筆呵僵。縱寫新吟送，難銘舊德滂。淵源衣鉢在，曷以繼餘芳。

（錄自梁廷枏《藤花亭詩集》卷一）

抵嘉應過先師李繡子夫子宅謁遺像四首

梁廷枏

十載音容隔，今番拜寢門。琴書如昨日，蘭玉滿郊園。嶺海詩人去，程鄉大老尊。轉慚頑鐵鈍，辜盡鑄陶恩。

大道公當代，斯文我少年。科名同畫餅，衣鉢在忘筌。雨化皆春夢，風塵笑逝川。九原應莞爾，鄰境試歌絃。

數里穿城郭，榕陰綠蔽遮。却逢郋學叟，猶識翰林家。楹字傳遺帖，幮書認故紗。手栽庭畔樹，楷檜正抽芽。

梓社重陽日，藤花舊有亭。偶飛雲外舄，爲洗雨中瓶。往事思還記，高門過暫停。秋墳遥指處，惟見暮山青。

（錄自梁廷枏《藤花亭詩集》卷四）

附録三　傳志

一

吾師之主講寶安書院也，及此八易寒暑矣。院左文昌神祠，以道光十又二年十有二月二十二日落成。先一日，師率諸生習禮畢，返院，坐未定，汗出不可止。醫至，氣已絶矣。會城學者得之意外，相傳以爲無疾坐化。歲晚訃至，始悉其詳，急拏舟往哭，且送靈輀之返。阻風，不得達。歸，乃爲位以哭，復撰百二十韻詩，代文焚焉。

竊念執贄門墻，於兹九載，甲申春始見於順德城南石湖舟次，蓋應鄒海瀾縣尹招，來校試藝，事蕆即東，未獲暢聞謦欬。是秋七月，艤舟東官珊瑚洲，謁於講院，師肩輿下臨蓬窗，聆教誨者朝至日昃。丙戌仲夏，將駐南海學署，預以書期，又得一見。明年秋，重至東官，留旬日，許以越月揚舲南下。既來藤花亭宿，菊盡乃去。餘則庚寅之春，繼見於會垣寓齋中。間雖鱗翼頻通，而追陪杖屨坐春風者，惟此而已。師屢主講席，高足生以千計，飛騰去者指不勝屈。廷枏及門最晚，獲訓迪最深，時有撰述，必加獎勵。秋賦之年，選題課藝，郵書諄督，迨同父兄。每榜發報罷，耿耿不自適，若逾於身受也者。

昊天不弔，萎我哲人，凶問遲來，不及蓋棺視殮，迴念生平恩義，曷日釋懷哉！去年長嗣君以謝弔來館會城，出所著狀商，乃悉師行誼，心似有不能已，退而撰爲誌，且銘焉。

師姓李氏，諱黼平，字繡子，又字貞甫。明初自饒平遷嘉應之程鄉城南，世有宦達，高曾以上，並著聲黌序。祖儆園府君，以子深澤令葆軒先生貴，贈如其官。父仰亭府君、母楊，以師貴，進階爲奉直大夫，爲太宜人。太宜人夢吞流星，遂篤生師。懷中授唐人斷句，輒上口。就外傅讀書，絕穎異，不誦而識。十四精通樂譜，著傳奇曰《桐花鳳》。或舉示州牧，異之，方試言於督學使者，使者疑其私，竟置焉。後六年，始爲博士弟子。又十年舉鄉試，兩試禮部不第。旅食盡，則走謁陳簡亭中丞大文於山東，旋就幕保定。乙丑成進士，選庶常，假歸，主講越華院。時江浙文風尚組織，粵士猶循訓詁之習。師課士一本諸經，而教以研辭錬字，五色十光，於是粵中文風一變。散館，出爲昭文令。政主寬和，鞫囚不忍用鞭朴，獄隨至隨結，案無留牘。尤以作士爲務，月課必親定甲乙。公暇即手一編，不喜與縉紳接。昭文故歲收漕，奸民倚爲衣食藪，師懲治之，則飾訴上官。縉紳以寡交往，故視之漠然也。會交代有弊，師病不親察，又家遠，至食指繁，費不時節，竟以虧空免官，繫省獄。當是時，刻意補苴，告急之書四出，有應有不應。既不能如限以償，而仰亭府君又病卒於家，未幾師婦謝宜人亦卒。師聞憂不得歸，躍望於數千里外，擗踊幾不欲生。逮宜人訃至，則悲痛已習爲故事。蓋在獄八年，迭遭凶難，家人先返鄉里，乏摒擋者。仲弟錫侯先生雖從患難，顧以籌謀款項，持書日走四方；饘粥出納，實惟長嗣君一人。其艱難悽楚、顛沛抑塞之況，概可知矣。既援赦出獄，主陳薌谷中丞署。又三年，乃得南還。抵家，而楊太宜人先數月卒，不獲見，終天之痛，視在獄時，抑又甚焉。阮芸臺制軍方開學海堂，聞師歸，聘閲課藝，遂留授諸公子經。居久之，病頭風辭出，主講寶安。令尹咸敬愛之，然師每自重，非慶賀不至縣署。教人學行兼勖，一如其主越華時，莞城文風又一變。至是竟卒，距生乾隆庚寅，年六十有三。

師生平論詩，謂『心聲所發，含宮嚼羽，與象箾胥鼓相應』，故所爲詩專講音韻，能得古人不傳之秘。曩梓詩集，使廷枏爲駢文跋尾，跋於粵中先正自曲江下引及鄺氏《嶠雅》，而以師繼之，師固不以爲然，是可以識其宗旨所尚。所撰述惟《毛詩紬義》，著録《皇清經解》。他如《易刊誤》《文選異義》《讀杜韓筆記》，皆未刻。

同產三，仲黼章，舉人，即從師江南字錫侯者；季黼文。子三，長通言，州學生，即侍師獄中者；次獻言、進言。並有詩名。

銘曰：昔嘉慶中，漕議海通。僉言不便，畏濤且風。師甫受事，懷經畫意。謂牽輓難，莫航海易。請於上官，俾達至尊。志雖未遂，偉論則存。淮流近決，糧舠行拙。詔駛雲帆，獲申前說。懿鑠吾師，斯文在茲。豈惟粵士，海內宗之。川源不竟，溉沾已盛。五緯在天，寒芒色正。胡厭紅塵，遽此遷神。如瞽失相，如歲無春。公言誰剖，惟千秋口。驥尾附焉，銘亦可久。

（梁廷枏《奉政大夫翰林院庶吉士繡子李夫子墓誌銘》，錄自《藤花亭散體文初集》卷八）

二

會城之有越華書院也，自乾隆二十有二年始，鹺局官商實創之，厥後遞推而盛。今則負笈之士與粵秀等，歲延名師時其課。自嘉慶甲子，番禺劉樸石先生由編修假歸，一再就講席，前後凡二十年間，教人學行並勖，初終一轍。中以丙寅移主他院，而庶吉士嘉應李繡子先生繼之，以根柢之學勉及門，然後人知通經，科第亦蟬聯而起。至今士論翕然，往往兩先生並舉，異口同聲，未嘗以遠近久暫歧焉。

先是，歲乙未，廷枏櫜筆海防書局，局設池館之西，諸生晨夕過晤，爲言海康陳觀樓觀察以故院長得祀粵秀，所以報之者甚公。此院之長，若劉若李二宗宿，當之無愧，是固與欽州馮魚山太史稱鼎足者。顧先已祀於其鄉，禮毋濫毋缺，同人將爲兩先生請也。同人聞而善之，而亟勸之。明年，既監院諸生帥初意，語益切而人益衆，事垂舉矣。會有澄理海禁之役，空院舍爲使者行署，甫遷復，而夷事起，所在方講團練，廷栴亦捧檄東行，無暇及此。至是調返差次，始獲與同事鄧學博述諸生語，質諸紳商，既詢謀僉同，而後具事實陳之上官。制府祁公、中丞梁公咸知兩先生久，且思以俎豆，爲粵士式，故朝請而夕報可焉。院制故有宋五子專祠，視粵秀之兼祀粵儒者禮差異，則兩先生祠宜別創祀，款亦緣是增，於是並附鹺局所籌，以子錢備祭事條牘末，並得如所議行。

夫今日距兩先生之主講，歷有年所矣，諸生既非盡所嘗受業，乃聞風起慕，後時勿替，至必欲報以馨香而後已。以此知兩先生教澤，同條共貫，皆足入人深切，故得久而彌彰。且諸生能出其景仰餘誠，感乎當路，響應輸合，即所請而輒予之，而曾不以爲疑，其服善之心與施教之心，實有相與於無盡者。自兹以往，登其堂，體其遺訓，時時求實學，敦實行，暢發英華，蔚爲國器，以仰副聖朝作育人材之意，於萬斯年，胥於是券之矣。

事既定，廷栴將告養去，諸生屬爲文勒於祠壁。竊自念遊兩門久，獲躬逢其盛，不敢以謝陋辭，用書緣起，以爲之記。

道光二十有二年壬寅五月。

（梁廷枏《劉李兩先生祠堂記》，錄自宣統《番禺縣續志》卷五）

三

李黼平字繡子。嘉應州人。幼穎異，年十四精通樂譜。及長，治漢學，工考證。嘉慶十年進士，改翰林院庶吉士。散館，改昭文縣知縣。涖事一以寬和慈惠爲宗，不忍用鞭扑，獄隨至隨結。公餘即手一編，民間因有「李十五書生」之目。以虧挪落職繫獄，數年乃得歸。會粵督阮元開學海堂，聘閱課藝，遂留授諸子經。所著《毛詩紬義》二十四卷。道光十二年卒，年六十三。他著有《易刊誤》二卷、《文選異義》二卷、《讀杜韓筆記》二卷。

（錄自《清史稿·列傳》卷二六九）

四

李繡子庶常黼平，吾粤嘉應州人也。生而歧異，甫學語，母楊太宜人就懷中口授唐絕，輒能記誦。年十九，補弟子員。嘉慶戊午舉於鄉，乙丑成進士，選庶吉士，改授江蘇昭文縣知縣。昭文固有漕，舊爲土棍包攬，索賄於官，曰漕規，庶常嚴革之，首發難焉。先是，昭文積有虧挪，庶常接代，爲人所愚，因是落職，繫外臺獄者八年。丁丑恩赦，改論城旦出獄。庚辰限滿，南歸。時阮文達公總督兩粤，延庶常授公子經。會開學海堂以課士，屬庶常定甲乙焉。庶常深於經學，著有《易刊誤》二卷、《毛詩紬義》二十四卷。精熟《文選》，著《文選異義》二卷。亦工詩賦，著有《讀杜韓筆記》二卷，《著花庵集》八卷、《吳中集》八卷、《南歸集》四卷、續集四卷、賦二卷。通青烏家言，著有《堪輿六家選注》八卷，及詩集並刊行。《紬義》又刊入《皇清經解》。道光壬寅，余獲交庶常之子子貫茂才，通言於羊城，言庶常所著尚有《小學樗言》二卷、《説文羣經古字》四卷，藏於家。《樗言》二卷，順德梁章冉學博嘗録副藏之云。

《文選·典引》本蔡中郎注：『今其如台，而獨闕也。』尤氏本、汲古閣本注：『《尚書》曰：「夏罪其如台。」孔安國曰：「台，我也。」』庶常有詩云：『諸儒不省太常儀，晚出羣將孔傳疑。典引先存安國學，中郎注裏幾人知。』竟欲爲《僞孔傳》翻案。惟南宋贛州本『《尚書》曰』上有『善曰』二字，是引《尚書》及『孔傳』仍是李注，非蔡注也；庶常之詩直戲言耳。

（録自桂文燦《經學博采録》卷五）

五

李黼平，字貞甫，一字繡子，嘉應人。嘉慶乙丑進士，翰林院庶吉士，改官江南昭文縣知縣。著有《著花庵》《吳門》《南歸》等集。

譚玉生云：先生以名翰林改官，出宰昭文，緣事罣誤，繫獄者數年，可謂文人之至厄。所著有《易刊誤》《毛詩紬義》《文選異義》《讀杜韓筆記》諸書，殆不僅以詩鳴者。然如《詠史四首》云云，殆紀癸酉山東逆民林清等事；《海運》云云，殆紀丙戌海運事；《客從故鄉來》云云，則又論嶴夷事。所見與沈景倩《野獲編》同，均通達政體之言。又如《珠崖太守行》《溫塘茅屋歌》云云，所謂表微也。洵無愧『詩史』之目。其詩絕不矜才使氣，胸有積卷，故能自出機杼，依傍一空。統觀全集，竊以『穩』字相推。蘇文定曰：『子瞻之文奇，余文但穩耳。』穩亦豈易言哉！阮儀徵師相督粵，開學海堂課士，延先生校文。余時年逾弱冠，賦《荔支詞》百首，先生激賞之，以『後來王粲』相目。屢蒙說項，間獲瞻韓，均極相獎借。殆壬辰下第，相隨送程春海祭酒北還，同集雲泉山館，先生詩所謂『冒槃諸生渾不管，都將奇字問揚雲』者也；不數月而先生遽作古人矣。老成凋謝，痛可言耶！

（錄自海伍崇曜緝《楚庭耆舊遺詩》前集十五）

六

嘉慶中，粵人士以詩鳴者，思欲振起明南園前後五先生及國初嶺南三家之墜緒。廣州則張南山司馬、黃香石舍人，稱『七子』，以壇坫相號召。吾鄉則李秋田、徐又白、顏湘帆三人爲『一龍』。先達中則宋芷灣觀察、李繡子吉士爲冠。宋公才情豪邁，有不可一世之概，詩及書法，皆極似東坡，蓋不必規規摹仿而自然暗合。繡子先生則纏綿宛轉，爲風雅正聲。去年余合序其《著花庵》《吳門》《南歸》三集，謂先生詩從漁洋入，不從漁洋出。蓋明代前後七子變爲鍾、譚，國初諸老以學宋者拯其敝，阮亭又標滄浪宗旨，以唐人神韻爲宗，當時秋谷《談龍》已示無異同。然平心而論，「朱貪多而王要好」之評，固不誣也。厥後朱石君先生以昌黎提倡宗風，談藝家又推爲大宗。然漁洋如醫家之有李東垣，其功固不可没也。

（楊懋建《榮寶堂詩鈔序》，録自林玉衡《榮寶詩鈔》卷首）

七

李黼平，字繡子。先世饒平人。嘉慶乙丑進士，翰林院庶吉士，乞假南還。大吏耳其名，聘主越華講院，連兩歲。戊辰入都，散館，改用知縣，謁選得江蘇昭文。涖事一本寬和慈惠爲宗，獄隨至隨結，無苦候者，讞案尤不忍用鞭朴。公餘即手一編，民間因有『李十五書生』之目。以虧挪揭參落職，繫外臺獄數年。歸里後，制府阮公延入節署，授諸公子經。會開學海堂，以經史詩賦課士，屬爲定甲乙。復主東莞寶安書院，教育士類，文行兼勖，人咸愛重之。卒年六十三。著有《易刊誤》二卷、《毛詩紬義》二十四卷、《文選異義》二卷、《讀杜韓筆記》二卷、《堪輿六家選注》八卷。詩四集，曰《著花庵集》八卷、《吳中集》八卷、《南歸集》四卷、續集四卷。賦二卷，制藝四卷。

（錄自光緒《廣州府志》卷一一一）

八

李黼平，字繡子。幼穎敏。年十九，以詩賦受知於關曙生學使，補弟子員。中嘉慶戊午舉人。乙丑成進士，授庶常，乞假南旋，主講越華書院。散館後，改官江蘇昭文縣。爲政寬和慈惠，杜干謁，革漕規。爲漕棍所中傷，被參落職，虧帑無償，繫獄七載始歸粤。阮芸臺節相重其學行，延入署授諸子經，評定學海堂課藝。嗣主講東莞寶安書院，培植文風，教育士類，閱十年如一日。年六十三卒，士林泣送者數百人。平日隨才造就、及門登科第者踵相接。著有《易刊誤》二卷、《文選異義》二卷、《讀杜韓筆記》二卷、賦二卷，惟詩集二十四卷刊行。《毛詩紬義》二十四卷，梓成後并選錄《皇清經解》。

（錄自光緒《嘉應州志》卷二三）

九

吾鄉李繡子太史黼平之生，與孫文毅公爾準同年月日時，其干支爲庚寅癸未甲子乙丑。嘉慶戊午，並領鄉薦。乙丑，同捷春官得館選。及散館，文毅留，而太史外除昭文令。後以漕糧額虧去官，監追。是時文毅出守汀州邊瘠三年，乃擢監司。太史亦同時邀恩宥，入阮文達太傅幕。太傅由兩湖來督兩粵，延太史爲六公子師。文毅適督閩浙，書來，言視篆期，則太史入幕府日也。逮太傅移節雲貴，太史留東莞講席。一日，文毅訃至，太史歎息，與諸郎言：『平叔福命，吾不能及，至其憾處，或當似之。』後一日，生徒於院中塑梓潼落成，擇吉啓院，長主祀事，禮竟，覺體疲，倚榻小臥，已捐館矣。後以門下士請祀粵華書院。

（錄自光緒《嘉應州志》卷三二）

十

越華書院，粵之業鹺者建，爲子弟居業之所，而十三州之士偕肄誦焉。歷年浸多，講舍頹圮，學者有權輿之慨。乙丑冬，余奉命總督兩粤，初下車，偶憩於此，周覽楹廡，喟然者久之。丙寅春，延嘉應李繡子吉士主講席。

（《重修越華書院碑記》，録自宣統《番禺縣續志》卷三七）

十一

繡子先生，一字貞甫，年十四爲《桐花鳳傳奇》，戴近堂刺史即賞之。通籍後，由庶常改官縣令，教士讞獄外，輒手一編，民間因有『李十五書生』之目。革昭文漕規，爲土棍中傷，繫外臺獄八載。吳撫胡果泉力爲周旋，乃釋。阮芸臺相國督粤，雅重先生文學，延入節署，授諸子經。及主學海堂、越華、寶安山長，在寶安十年，造就尤衆。卒之日，白衣冠泣送者數百人。

先生覃思經義，其次則邃於詩。南海譚玉生云：『繡子胸有積書，故能自出機杼。』其門人番禺劉熊序曰『先生嘗言：「生平爲詩以示人，多不喜，惟故友葉石亭解元、方伯吳蠡濤先生知之。」蓋先生求古人遺聲於不言之表，而有以獨得其傳，不襲古詩曹、王、阮、陶、李、杜、韓、蘇、黄之貌，而天地之元音萃是焉』云云。

著有《易經刊誤》二卷；《毛詩紬義》二十四卷，著録《皇清經解》；《文選異義》二卷；《讀杜韓筆記》二卷。李詩四集：《著花庵集》八卷、《吴門集》八卷、《南歸集》四卷、續集四卷。賦二卷、駢體文一卷、制藝四卷、《堪輿六家選注》八卷。

（録自胡曦編《梅水匯靈集》卷五）

十二

嘉應李黼平，字繡子，嘉慶乙丑進士，選庶吉士，散館，出爲昭文令，獄隨至隨結，不用鞭扑。以虧空免官，繫省獄。既出，總督阮元延授諸子經，主講寶安書院八年，教人文行兼勖，士風一變。著述甚富，其《毛詩紬義》刊入《皇清經解》。見梁廷枏《藤花亭文集》所撰墓誌。

（録自葉覺邁修、陳伯陶纂《東莞縣志》卷五三）

十三

先生諱黼平，字繡子，姓李氏，廣東嘉應人。少與兄弟讀書東邨草堂，有『機雲』

『軾轍』之好，穎敏絶人。年十四即通樂譜，潛心樸學，炳炳有條列。年十九，以詩賦受知闕曙生學使，爲附學生員。次科，戴衢亨爲學使，試《石鼓詩》，戴得卷，劇欣賞之，曰：『文采珊鈎鮮也！』嘉慶戊午，舉鄉試。越九年，成進士，授庶常。時方苦南漕沿泝之艱，議興海運。先生疏陳膠萊轉運之策，纖兒目短，遽塞清問。所懷莫申，乞假南還，主講廣州粤華書院。逾年散館，改官昭文縣。爲政寬惠，杜絶干謁。公餘輒手一卷，吴人因有『李十五書生』之目。

昭文爲常熟分疆，南漕轉輸，當其衝要，井邑納粟，航行潞河，百十四艘，檣林如織，三年飛挽，辛勤極矣。嘗賦《漕運行》云：『書生一食恒三日，忍飢誦經門不出。仙家撒米狡獪多，飯甑空看夢中溢。一麾作宰居海濱，職有漕事當躬親。手收八萬七千石，但丐穅覈能肥人。連廒四開臨水曲，負戴遥來趁初旭。南箕扇簸北斗量，原是天公具餐玉。豈惟獻納人爭先，鳥雀未敢窺檐前。倉儲近煩白虎衛，水餫遠叱黄龍牽。頗聞荷花塘欲涸，碧波粼粼石鑿鑿。屯丁辛苦里正嗟，津貼錢刀苦來索。汝輩何知爲杞憂，連雲畚鍤通邗溝。高低正依均海法，升斗不貸監河侯。艫舳萬里趨芳甸，黍谷桃渠眼中見。滹沱可涸涞可陂，只在司農斥墳衍。拓地平移委粟山，治田盡表宜禾縣。豐歲香秔滿近畿，雲帆永罷東吳轉。』以漕挽虧帑落職，係累獄中。《貽弟升甫》詩曰：『吳中繁雄地，少旱亦無澇。財賦天下甲，輸將走童髦。特逢惡少年，票米包納糙。屯丁良亦苦，兑運焉敢譟。湯湯河流乾，雒雒舟行奡。纏腰萬貫給，開頭百牢犒。軍民俱赤子，總在天覆燾。要同牛羊牧，大異雀鼠盜。』《至日》詩曰：『私燭然山郭，官錢給水郵。直將弓玉比，寧止酎金論。』先生虧帑情事具覩於此矣！坎窞六年，始出圜戶。又三年，始歸粤。

初，先生著《易刊誤》《毛詩紬義》，浙江巡撫阮元見而善之，先生詩所謂『談經幸託文翁識』者也。至是，阮氏開府廣州，即聘先生評定學海堂課藝，留府授諸子經。旋以病頭風出府，阮氏因薦先生主東莞寶安書院講席，課士一如學海堂法。自是坐滿束脩之贄，門忙問字之車。狎主騷壇，蓋盈一紀。弟子成就者甚衆，而番禺劉熊，順德梁廷枏、李清華，尤得其傳。以道光十三年，年六十三，卒於書院。士林泣送者數百人，後以門下士請祀於粤華書院。

先生博綜羣典，經術詞術，並臻絕詣。當時江藩以樸學凌轢一時，在阮幕日，獨嚴重先生。其餘江沅、嚴杰、曾釗、吳蘭修於先生皆申師友之敬。平居喜爲詩，其詩情以爲根，文以爲華，禮義以爲實，更能得古人聲韻之微於不言之表，故絕於等倫。自謂『平生爲詩以示人，多不喜，惟故友葉石亭解元、吴蠡濤方伯知之』云。所著書有《易刊誤》二卷、《毛詩紬義》二十四卷、《文選異義》二卷、《讀杜韓筆記》二卷、《賦》二卷、《著花庵集》八卷、《吴門集》八卷、《南歸集》四卷、《南歸續集》四卷。

（録自古直編《客人三先生詩選》卷首）

附錄四　重刻序跋

重刻繡子先生集序

先從曾王父繡子公詩集，依《禮》服例，四緦麻之限稱『族』，故《爾雅》曰：『父之從祖之父，爲族曾王父。』然郝懿行《爾雅義疏》則云：『族曾王父母，即己之從曾祖父母也。』案：《喪服》《爾雅》之『族昆弟』，《賈子·六術篇》作『從曾祖昆弟』，是則以『從』易『族』，古亦有其例也。剞劂至今，已越百載。道光丙戌至今，百有八年。中更喪亂，版佚久矣。宗族交遊，屢謀重刻，而皆未果。歲癸酉，邂逅從子秋谷，言先公伯修先生嘗鋭意刻之，而全集不可得，積年假鈔，遠及潮郡金山中學，繕校方畢，遽賫志以没。因出鈔本相示，雲儔奉之而歎曰：『公與先曾王父友于篤愛，讀書東郖草堂，有『眉山二蘇』『新城四王』之風。集中《送元甫之潮州》詩「隱偕求點知何似，住共機雲定不如」，《春日懷東郖草堂寄元甫和甫》詩「一生奇事兼韻事，對牀早與諸昆期」，《雪憶諸弟》詩「諸弟夜來思共被，定憐孤客臥天涯」，公友于之篤，於此具見焉。感念舊德，如在目前，勤求公集，已十餘稔，今遇於此，殆天也！』假歸，盥手誦讀，亟命大兒開榮授諸梓人。已成，序之曰：

公詩，情以爲根，文以爲華，禮義以爲實，宮商以爲節，前英之評誠是也。然吾反復公集，而得《海運》詩曰：『於戲嘉慶中，至計籌海運。纖兒憚艱鉅，風波塞清問。唱聲主會通，故道循泗汶。一語牢莫破，千言散誰攟。苦思前歲冬，異漲決淮坋。連雲畚鍤集，手足嗟瘃皸。黃流浩奔衝，平地涌魁瀵。飛沫捲林木，餘波没檐檼。是時南糧來，候風占月暈。邇猶隔邳宿，遐豈臻兖鄆。誠知沿泝艱，不在囊橐轒。一歌丁都護，淚落不可拭。至尊宵旰勞，惻怛思往訓。地形規今古，天斷仗明斤。瀛滄禹蹟存，綱舉條未紊。緬維碣石右，最與逆河近。雲帆馳天墟，塵浮波不溢。先驅役馮夷，後屬奔伍員。天吳挾水怪，惕息屏扉隱。功資神靈扶，事倍牽挽奮。我初發狂瞽，亦祇循職分。謹案：公《至日》詩自注：「嘉慶十四年海運議興，曾上膠萊轉運之策」，所謂「我初發狂瞽」者此也。所懷終得申，自賀傾美醞。方今歲其有，穀熟連州郡。幽燕黍未登，吳越稻先秎。重洋獲利濟，百爾當恪悫。朱張彼何人，無使專令聞。』則公實具經國之才，遠猷辰告而不能從，反以漕事被陷。後二十年，終用公策，不亦冤哉！梁信芳番禺人，字薌甫，嘉慶戊辰舉人，公門生也贊公爲韓、蘇，張璐贊公爲謫仙。三賢之遭際，與公如出一轍，擬人以倫，斯之謂已。

集原三分，曰《著花庵集》、曰《吳門集》、曰《南歸集》，今合爲一編，冠以《繡子先生集》之大名，而分注小名於每卷之下。世之君子讀公詩者，庶幾鑒其志焉。

中華民國二十有三年春月，從曾孫雲儔謹序。

重刻繡子先生集跋

大人命開榮校刻繡子公集，起昭陽作詻玄月，訖閼逢閹茂窉月，凡二百日而蕆事。聞諸故老曾勉士，推公詩爲粵詩冠冕。汪莘伯先生往往以此語人。莘伯，東塾弟子也。勉士、東塾先後爲學海堂學長，此語殆東塾傳諸勉士者耳。而朱九江詩云：『名士貧來有宦情，聞諸先輩李黼平。』二賢並世大儒，而皆心折公，然則門弟子尊公爲昌黎、東坡，蓋不足異矣。梁信芳贊公像云：『陽山谿畔，惠州江汜。』梁廷枏跋公集云：『李漢編文，附昌黎而益顯。』李清華序公集云：『以較子瞻之在宋，一而已矣。』皆以韓、蘇擬公也。案：公《答張鳳巢》詩曰：『妄有推袁譽，前賢曷敢儔。』則知當時皆以前賢相擬，非公弟子之私言矣。

《清史·儒林傳》謂公詩『專講音韻，能得古人不傳之祕』，劉熊序公集云：『先生《著花庵集》出，始求古人遺聲于不言之表，而有以獨得其傳。』《清史》之論蓋本此。開榮則謂公深於經術，故詩能抉經心。如《至日》第二章云：『歸壑思堯蜡，均江表禹刊。』自注：『《書》：「沿于江海」。馬氏讀作『均』，均江海，即平水之法所自仿。』是其例也。其他用字，乍見疑爲奇侅，細按皆本經記。如『泉源瀸又肥』，出《爾雅·釋水》『泉一見一否爲瀸，歸異出同爲肥』；『平地涌魁瀵」，出《釋水》「瀵大出尾下」，郭璞注：「今河東汾陰縣有水口，如車輪濆沸涌出，名之爲瀵，呼其本所出處爲瀵魁。」「沈陰多應戌」，出《月令注》「季春淫雨，戌之氣乘之也」。「太守獨追增」，以「贈」爲「增」，出《毛詩傳》「贈，增也」。「天斷仗明斤」，出《爾雅·釋訓》「明明，斤斤，察也」。校讀已久，稍能窺見涯涘。杜少陵詩曰：「讀書破萬卷，下筆如有神。」信乎詩有别才，而亦不能無資于學也。

中華民國二十有三年春月，從玄孫開榮謹跋。

附錄五　諸家評論

諸家評論

一

繡子自翰林改官，宰昭文，緣事繫獄，數年始雪。有《即事》二律，詞旨凄怨，蓋正其時所作也。生平論詩，謂『心聲所發，含宮嚼羽，與象簫胥鼓相應』，故所爲詩，諧暢穩秀，有一唱三歎之致。

（錄自徐世昌《晚晴簃詩匯》卷一一八）

二

李黼平，字繡子，嘉應人。嘉慶十年（一八〇五）進士。由庶常改令昭文。長於漢學。有《著花庵》《吳門》《南歸》等集，時稱『風雅正聲』。卒于道光十二年（一八三二）。湖上有詩。

（錄自張友仁《惠州西湖志》卷八）

三

嘗謂嶺南近人詩，自以黄公度、康長素、邱仙根爲有名。公度最能卓然自立，康則故爲雄奇，邱亦泥沙並下，皆不及稍前之李繡子、朱九江二家。若梁鼎芬、曾習經、二羅（惇㬊、惇㬊）、黄節，雖爲粤産，以久居京國，不甚瓣香其鄉，則又爲粤中別派也。

（錄自汪辟疆《光宣以來詩壇旁記》所載「潘蘭史」條）

四

百人同隊試青衫，記得同歌宵雅三。上溯乾嘉數毛鄭，瓣香應繼著花庵。

（黄遵憲《歲暮懷人詩》，錄自《人境廬詩草》卷六）

五

里人張榕軒觀察，少讀書，喜爲詩，鈔存先輩詩甚富。近出其稿，託仙根明經廣爲搜輯，重加編訂。余受而讀之，中如芷灣、繡子兩太史，固卓然名家，其他亦馴雅可誦。嘉道之間，文物最盛，幾於人人能爲詩，置之吴、越、齊、魯之間，實無愧色。

（錄自張煜南、張鴻南編《梅水詩傳》卷一黄遵憲序）

六

嶺南論流派，獨得古雄直。混茫接元氣，造化入鑱刻。百年古梅州，生才況雄特。宋公芷灣先生執牛耳，光焰不可逼。堂堂黃香鐵先生與李繡子先生，亦各具神力。我欲往從之，自愧僵籍湜。耆舊今凋零，思之每心惻。

（丘逢甲《題王曉滄廣文鷓鴣邨人詩稿》，録自《嶺雲海日樓詩鈔》卷四）

七

嘉應李繡子先生，早歲下帷，潛心大業，見微而知清濁，起衰而志南任。紬繹詩義，則毛、鄭之傳人也。摛藻澹雅，則馬、揚之嗣音也。經術詞術，並臻絕詣，汪容甫庶幾近之。至於古今體詩，情以爲根，文以爲華，禮義以爲實，宫商以爲節，波瀾意度，直到古人。恐黃仲則尚或遜之矣。是以阮太傅待之以文星，江鄭堂尊之爲畏友。

（録自古直《客人叢書·客人對》）

八

李繡子寓邑時多題詠，如《趙玉淵溫塘茅屋歌》《和趙東山海月巖石刻》，皆表微之作，無愧詩史。他如《師子嶺》《宋宗姬墓》《鐵橋山人射鹿圖》《大漁山歌》，並長篇傑構，其《鎮口竹枝詞》亦有韻味，爲邑人所稱。

（録自葉覺邁修、陳伯陶纂《東莞縣志》卷九八）

九

唐蔚芝曰：繡子先生集，古詩奇警横肆，獨闢町畦，有紅杏山房之超脱、人境廬之新異。掔攬衆長，剝膚存液，誠盛世之元音也。尤愛其五言中之幽秀澹蕩諸作，殆湘鄉相國所謂『得閒適之趣』者。

十

王瀣曰：繡子先生詩，不特粤中之冠，真有清二百餘年風雅宗主也。

十一

金松岑曰：繡子先生驚才絶豔，頡頏翁山、二樵。

十二

戴季陶曰：繡子先生清才絕俗，一代儒宗。詩集并擅衆妙，超絕等倫，盥薇誦讀，如聆鈞天。

十三

楊雲史曰：繡子先生，非惟斗南物望，且爲昭代儒宗。惟景仰維殷而無由窺豹，今得飽挹清芬，欽佩同深。

十四

高吹萬曰：曩讀《毛詩紬義》，歎爲精博，以未獲其所著他書爲憾。今得先生集，快慰寧有既極！

十五

麥伯莊《題繡子先生集》：李子遺我繡子集，展讀純是經生詩。經生下字尚嚴緊，斟酌輕重銖黍宜。蒼然淵然燁光色，如繳如繹諧塤篪。洗伐功深到毛髓，瘦硬時復騰丰姿。句奇語重音均節，當時已歎知音希。嗟余好古生又晚，開卷但覺心神馳。尤工論史具卓識，心如髮細眠似箕。經營慘淡乃下筆，筆下摘伏無遁詞。以文爲詩始韓子，橫空硬語盤撑支。先生鑪冶鑄經訓，筆勢夭矯方駕之。光芒照世當不滅，一官落魄非人爲。五嶺以南多作者，陳梁王屈張鼓旗。蒲衣子王隼，初與屈、梁、陳並稱「四家」，其後止稱「三家」耳。山川鬱盤氣雄直，咄咄壓倒江南師。洪北江謂「嶺南三家」詩有雄直氣，差勝江南云。豈知百年有後勁，異軍特起千熊羆。是真一讀一擊節，頭風可愈瘧可醫。但恐難字讀不過，時費探討愁攢眉。南州自足冠多士，昔賢論定非阿私。傳之後學作模楷，願寫萬本同韓碑。

十六

李續川曰：吾鄉詩人，于清代當推芷灣及先生，所恨流傳不廣，至今幾無人能舉其姓氏，可歎也！

（以上錄自《文學雜志》第十一期，中山大學出版）

十七

汪憬吾曰：《繡子先生詩雄深閎厚，深入杜韓閫奧。以粵人論，惟欽州馮魚山差可伯仲。洪稚存云『獨得乾坤雄直氣，嶺南猶似勝江南』者是也。

十八

江霞公曰：集中古體題較多，五言直逼漢魏，七言柏梁、長慶諸體格老氣蒼，聲情並茂，純是唐音。近體絕律格律謹嚴，氣息深穩，托思綿邈而不晦澀，運筆雄厚而不叫囂，置之《宛陵集》中，殆無以辨。有清一代，盛鄉人才輩出，遠而芷灣前輩之詩筆排奡，才氣縱横，近而公度之超陳出新、仙根之矜才使氣，皆不可一世，而不出于才人之詩。以言平矜釋躁，酌古準今，合學人、詩人、才人而兼之，斷推斯集。梁節庵前輩生時，每謂粵人不究作律，以此方之大江南北，豈復多讓？

十九

陳天倪曰：《繡子先生詩集》及《讀杜韓筆記》兩種，讀之，乃知先生之文即出于學，蓋作詩格律千變百奇，而命意遣詞不能出《三百篇》外。由漢迄唐，作者鱗□，祇能得《風》《雅》之一體，其兼綜四詩者，惟少陵一人。昌黎雖植體《雅》《頌》，而《琴操》《秋懷》諸作仍出《國風》，詩雖少，體亦備矣。繡子先生既窮治《毛詩》、杜、韓，故有風人之托物，雅人之哀思。出入杜、韓，而不爲格局所滯；參之大曆，以博其趣；反之初唐，以正其歸。經生之能詩者，未有能與並駕者也。嶺南自屈晦翁外，祇此一人；求之中土，亦不數覯。

二十

楊雲史曰：繡子公《杜韓筆記》一册，披誦之下，覺深入顯出，壓倒百家，先輩讀書有得，于此可見。

二一

王巨川曰：《筆記》闡釋各節頗多，發前人所未發，杜、韓之功臣，而後學之津梁也。

二二

吳敬軒曰：《讀杜韓筆記》，論辭繹事，必曲必盡，其善者雖起杜、韓于九原，亦將無以易，可謂讀書得間，瓣香所在，信爲不誣。以視《甌北詩話》所論，則趙説雖往往亦具隻眼，而文議淺率，未離制藝習氣。繡公此記，則屬辭比事，考證詳核，允爲謹嚴著作，其高下難易之辨，蓋皎然以明。

二三

溫丹銘曰：自昔論詩，有所謂才人之詩、學人之詩、詩人之詩。是集固能兼有才人、學人、詩人之長者也。以梅州二大詩人論，芷灣爲太白，繡子則少陵矣。

（以上録自《文學雜志》第十二期，中山大學出版）

二四

繡子先生遺詩清新沖逸，《筆記》考據淵審，誠為後學楷式所憑，曷勝景仰！

（録自《梁寒操復李雲儔書》，李國器藏件）

李黼平與東莞

道光四年，經兩廣總督阮元推薦，時年五十四歲的李黼平出任東莞寶安書院山長。自此以後，他基本都在東莞度過，直至去世。其門人梁廷枏《奉政大夫翰林院庶吉士繡子李夫子墓誌銘》記述了李黼平逝世的具體時間以及詳細經過：『院左文昌神祠以道光十又二年有又二月二十二日落成，先一日，師率諸生習禮畢，返院，坐未定，汗出不可止。醫至，氣已絕矣。會城學者得之意外，相傳以爲無疾坐化。』在科舉時代，人們相信文昌帝君掌管著士人的功名禄位，故各地書院和私塾都供奉文昌帝君。身爲東莞寶安書院山長的李黼平，對地方教育極爲重視，恰逢院左文昌神祠落成這等大事，他親自率領諸生舉行了禮拜儀式。從『會城學者得之意外』可知，李黼平的突然逝世是意外事件。結合『坐未定，汗出不可止。醫至，氣已絕矣』的情況來看，應是過度勞累而猝死。李黼平的後半生，不僅爲東莞培養了一大批精英人才，最後還倒在了工作崗位之上，他爲東莞的教育事業可算是『鞠躬盡瘁，死而後已』。

一、李黼平詩中之東莞

李黼平不僅是廣東著名學者，也是著名詩人。他在主講東莞書院期間，勤於著述，在東莞創作了不少爲人傳誦的佳句名篇。『津亭楊柳露初乾，一棹伊鴉向寶安。山髻愛窺江鏡大，潮頭貪闖海門寬。全收煙水歸吟卷，肯踏塵沙負釣竿。此去養痾無別物，黄魚白蟹勸加餐。』（《正月十一日赴東莞》）詩後有小注：『東莞圓螺洲出白膏蟹。』此詩是李黼平初到東莞之作，前四句描寫初到寶安時舟上沿途所見的山川景物，后四句抒發了初到東莞的欣喜之情。

他對此地的風物、古跡、歷史人物等多有吟詠，如《趙玉淵溫塘茅屋歌》《和趙東山海月巖石刻》，『皆表微之作，無愧詩史』。《溫塘茅屋歌》記述了宋代遺民趙必瑑的史事。趙必瑑曾追隨文天祥勤王，宋亡後，他拒絕出仕，隱居於東莞溫塘，朝夕哭拜文丞相畫像，心懷恢復之志。此詩寫得蒼涼慷慨，既哀歎於宋朝的覆亡，又景仰於遺民志士的氣節。《和趙東山海月巖石刻》也是一首詠史之作。莞城西南五十里金牛山，海邊有一石井，井深六七尺，四時不竭。山高十丈。古傳『海上風帆』影落井中，被稱之爲『海月風帆』。南宋紹興年間，縣令張勳建亭其上，題曰『海月巖』，成爲『東莞八景』之一。李黼平作有《和海月巖石刻詩》，詩序云：『海月巖有趙東山刻石詩云：「架巖鑿石好規模，不學桃源舊日圖。亭作人稀林鳥樂，錫飛天老野雲孤。雨餘石井泉深淺，煙淡虎門山有無。說與山靈莫分別，從教仙窟著浮屠。」東山，號野仙，系出宋濮邸，宋亡不出，往來海月巖、法性寺，「東莞宋八遺民」之一也。予客此半年，未得往遊，乃和其詩。』

又，東莞獅子嶺有宋宗室墓，據傳墓主是宋高宗之女，『南渡散失，莞人鄧姓得之，以配其子。光宗時，留手書，遣其子上聞。帝爲惻然，賜田十頃，今墓犹存』。李黼平爲作《師子嶺宋宗姬墓下作》（師子嶺，即獅子嶺）一詩，陳永正先生《嶺南文學史》評爲『逞其才力，寫得橫肆奇警，筆力甚重』。此外，如鑒賞張穆真跡時所作的《鐵橋山人射鹿圖》、歌詠東莞海防要點所作的《大漁山歌》等，都是卓有見識和才氣縱横的長篇傑構。

李黼平還有一類七言短詩，寫得也很好。如《鎮口竹枝詞》，用輕快的筆調描寫莞城風土習俗，讀來饒有韻味，向爲邑人所稱。詩云：

闍西山上夕陽斜，無數漁舟纜樹椏。一陣潮來齊起汕，小鬟分艇賣梭花。

一碧師洋鏡面瀓，夜航遥喚小船譍。風光欲近元宵節，歸客都擎九子鐙。

無邊春滿水雲隈，杳靄櫻脣次第開。打節不曾逢鬼宿，莞諺云：「一鬼打節有一颶。」打節者，如立春日值鬼宿，即有颶風。郎船安穩看花來。

雙虎崔嵬插漢間，寒潮嗚咽打城還。遺民豈復知朝代，愛說官家駐蹕山。大虎、小虎山在闔西山之西，即秀山也。宋張世傑奉端宗駐此。

又如《莞城七夕二首》，描寫當時東莞七夕風俗，遣詞妍美，極富畫面感：

錦筵瓜果競時新，默倩芻尼報漢津。靈匹萬家同一拜，不知將巧與何人。

弦月微明露暗流，夜香燒罷上針樓。珠簾不隔人如玉，惹起張衡詠四愁。

此外，李黼平題詠東莞名勝古跡的詩歌還有不少，如《防海四首》《鉢盂山下作》《漫興》等，這些詩都寫得感情沉鬱，骨力老蒼。他在東莞講院雙桐軒內，時常賦詩解悶，寫有《雙桐行》《雙桐軒待月》《雙桐軒贈月》等，都是飽含感情的詠懷之作。

寓居期間，李黼平將其詩集陸續梓行，除重刻《著花庵集》八卷外，又續刻了《吳門集》八卷、《南歸集》四卷。

二、李黼平與東莞文士之交遊

據梁廷枏《奉政大夫翰林院庶吉士繡子李夫子墓誌銘》記載，『李黼平主講寶安書院期間，『令尹咸敬愛之，然師頗自重，非慶賀不至縣署』。李黼平雖然不熱衷官場，但私下卻喜與莞城文士交遊。

石龍人甯淇瀾築有竹灣別墅，繪圖徵求名人題詠。李黼平爲《竹灣題贈錄》題跋，介紹活動的盛況：『東官甯氏築竹灣別墅，遍徵詩、詞、文題其圖，殆將擇其尤雅者鐫爲一集。先得卷六千九百有奇，……逾日，續得二千餘卷。』參與徵集活動人數衆多，詩、詞、文多達六千餘卷，東莞人陳榮光、蔡兆華、張璐等都有題詠。甯氏徵集到作品後，邀請德高望重的李黼平作最終鑒定。

《南歸集》卷三有《龍沙寺不齊上人求論心堂書并詩》：『龍川逶迤趨石龍，翠屏迎面四百峯。上人天眼覷佳處，十年卓錫誅蒿蓬。置書丐我三大字，要以心印明家風。……』據詩意可知，石龍龍沙寺僧人有名不齊者，乞書『論心堂』堂匾，黼平欣然爲之題寫，并有詩紀之。從現存李黼平為數不多的墨跡來看，他亦工書法，然書名已被詩名所掩。

張璐，字伊佩，號漁石，東莞篁村人。『性和而介，家貧，清白自守』，李黼平與之交好，有師友之誼。民國《東莞縣誌》載：『（張璐）道光辛巳恩貢，少淹博，所爲文上追《史》《漢》，卓犖不凡，嘉應李黼平推重之。』李黼平曾爲張璐作《漁石初稿續稿序》，爲其懷才不遇鳴不平：『漁石入棘闈，而用我法不少，粵以故爲諸生久，僅以序貢成均。歲丙子，江筆花大令分校粵士，得其卷，異之，亟呈薦，卒以平淡擯。弗解以己所獨喻，强人以同喻，其人較可睹已。漁石既不遇，益自喜，益肆力於古文。疲精雕肝，窮歲月不厭。會予主寶安講院，乃哀所著，屬予丹黄付梓人，且丐一言序於卷末。噫！漁石欲奏其篋鐘，而又將使予勸客以昌歜耶？雖然，宇宙大矣，奇侅非常之人，州列部居，而謂無能識漁石文者，何輕量天下若是！』張璐亦對李黼平極之推崇，曾爲羅岸先所繪《繡子先生垂釣圖》題詞：『柳毵毵，波汩汩。自具絲綸，卷而不發。寄意一竿，山青水碧。我於其人，殆騎鯨之倫，釣鼇之客。』以騎鯨釣鼇的詩仙李白與李黼平相比擬，足見其欽服景仰之情。

簡士良，字東洲，莞城北郊人。廩貢生，著有《秦瓦硯齋詩鈔》。民國《東莞縣誌》

載：『（簡士良）沉默寡言，望而知爲端士，然嗜古若飢渴，愛詩如性命，五七言並工。嘉應李黼平主寶安講席，與相倡和。』道光五年，簡士良於墓旁得古磚，見上有祁氏女子題詩，於是遍招友人和之。李黼平爲作《和盂山女史二首》：『小碣行行玉筯盈，空房問月句初成。流光欲識徘徊意，爲汝晶簾立到明。』『春風庭院唱楊花，粉黯香愁自小家。翻入珠孃絃索裏，一彈一拍過秋笳。』簡士良在《追和祁瓊孃詩并序》介紹事情經過：『乙酉讀書盂山，冬十一月，乘曉獨上，徘徊雉堞旁，得古磚，書二絶句，詩云：「幾株山樹露盈盈，總是愁人淚滴成。試把愁心問明月，今宵明月爲誰明。」「對妝鸞鏡舞山花，墓倚長松樹作家。風伯不知愁思苦，山頭夜夜起悲笳。」末署「祁瓊孃題」。因招館中諸友同視，並和其詩，稿散失久矣。頃讀李繡子先生和作，因憶其事，再和二章，亟呈先生。蓋先生知莞人得此詩，而不知實自士良先發之也。』

因與東莞士人交遊，李黼平得以接觸東莞前輩名人留下的書畫真跡，寫下《林鼈洲前輩西山游卷爲林生榮璜賦》《張穆之畫馬》《市得張穆之枯木繫馬》等詩篇。

三、李黼平與寶安書院

寶安書院，舊址在今東莞中學內，雍正十二年由知縣沈曾同移建，乾隆初重修。李黼平主講寶安書院時，『教人學行並勛，一如其越華時』。『越華』，即廣州越華書院。嘉慶十年成進士後，李黼平請假返回廣東，曾一度主講越華書院，其教學方針是『以實學教人，鑄史鎔經』，『每課必舉本題宜采之經傳、故事，詳悉開示，校閱評論，動至數百言，非經義燦然者，不列優等。自是諸生咸知講求實學，購訪遺篇』。據李吉奎教授所言，此舉實開廣東教育經世致用之風氣，使粤中文風爲之一變，培養出一大批崇尚實學的士人。他在越華書院雖然衹當了短短兩年山長，卻和另一位山長劉彬華一起進行教學改革，『以根柢之學勉及門，然後人知通經，科第亦蟬聯而起』。到其出任寶安書院山長時，李黼平將這套教學方针延續下來，莞城文風亦爲之一變。

李黼平對廣東教育事業貢獻很大，梁廷枏曾說：『師屢主講席，高足生以千計，飛騰去者指不勝屈。』他既有豐富的學識又愛徒如子，師生間相處非常融洽，東莞籍門人蔡兆華、周序鸞等都撰有回憶恩師的詩文。

蔡兆華，字守白，別署冷道人，東莞嗚珂巷人。附貢生，性磊砢不羈，是清末詩人兼小説家。蔡兆華在《草草草堂草序》回憶道：『李繡子師曾語余曰：「凡詩人，三十以前識不到，六十以後力漸頽。惟三十至六十，三十年間，識力充牣，此時無出色傑構，可拉雜摧燒，終其身不必從事於此矣。」余性迂訥，埋頭窮巷，抱影自吟，又無益友賞析奇疑，不知此三十年之作，能參前賢之席否？癸丑丁艱，余年已過五十。回憶師言，《細字吟》遂止於此。厥後身經離亂，天時人事，棖觸老懷，有所感遂不能無所發，復有《草草草堂草》。然『頽唐贍大』四字，夙之奉戒於師者，今猶凜凜不去懷，但未知能不負師言否耳？』序中述及恩師對自己的諄諄教誨，令其受益匪淺，至老不忘也。

周序鸞，字拜嘉，號孟朔，東莞屋廈人。嘉慶十八年舉人，陝西知縣。母喪歸，絶意進取，營治園墅，種梅數百本。工詩、畫梅，有宋、元人筆法。好藏金石、法書、名畫，著有《梅花書屋詩鈔》。《梅花書屋詩鈔》載有《呈李繡子老夫子》詩，高度評價了李黼平的詩歌成就以及他爲東莞教育事業作出的貢獻。詩中回憶二十年前在師門受教的情景，對辭官返鄉後能繼續追隨恩師問學，心懷感恩之情。詩云：夫子今李白，人間偶然謫。詩歌繼風騷，不踐魏晉跡。詞壇旗鼓張，所向無勍敵。……飄然歸去來，依舊貧如昔。家無八口資，胸有千卷積。望固重山斗，行尤潔圭璧。不曳侯門裾，仍主名山席。春風吹無私，桃李紛培植。自慚樗櫟材，昔曾受雕刻。忽忽二十年，微名等雞肋。親老謀祿養，强捧毛生檄。未陳報劉情，不孝罪難釋。有負先生教，欲見心愧恧。今秋始趨謁，倖免門牆斥。函丈復追隨，勝獲開卷益。奧義藉爬梳，頓把疑團析。有叩無不鳴，洪鐘任撞擊。始歎數仞牆，美富終難測。自悔少失學，歲月棄可惜。徒深悅服誠，願學結私臆。』

道光七年五月，門人陳蓳臣研讀《詩經》注疏時遇到不少疑難，向李黼平請教，鑒於『《詩正義》成於衆手，疏略時形。其後屢經校刊，淆訛彌甚』，李黼平對該書逐條作了辯證，以此解答諸生的疑問，同時也爲諸生科舉提供有實用價值的教材，撰成《毛詩紬義》二十四卷。《毛詩紬義》後來選刻入《皇清經解》中，是廣東學者唯一入選的經學著作。

結語

綜上所述，可知李黼平與東莞有著緊密的聯繫。他對東莞山川人物所飽含的眷眷深情，在其詩文中仍然得以窺見；他和東莞士人的交遊唱和，是道光時期東莞文化繁榮局面的生動展現；特別是他出任寶安書院山長期間，注重培養經世致用人才，爲東莞的教育事業作出卓越的貢獻。關於最後一點，在其朋輩、門生的詩文集以及地方志中，評價都非常高。民國《東莞縣誌》，在唐至清一千多年的歷史長河中，選出四十九位東莞寓賢，李黼平亦位列其中，這是東莞人民給予他的最高評價。

編者

二〇一九年十月

後記

二〇一二年春，黼平公《繡子先生集》重印之後，我和客家文化學者羅可羣教授、書畫家徐啟榮先生，造訪廣東省政協文化和文史資料委員會，受到專職副主任梁川、省政協特聘委員李吉奎教授、辦公室陳素雄副主任的熱情接待，在聽取了羅老師對李黼平在客家文學、嶺南文化的貢獻介紹之後，省政協幾位先生感到極有必要對這位南粵先賢作進一步研究，采納了召開『李黼平詩歌藝術研討會』的建議。在政府相關部門的重視和關心下，我又重印了李黼平的詩論《讀杜韓筆記》，歷史學家李吉奎教授欣然爲此書撰序。同年九月，在省政協大樓召開『李黼平詩歌藝術研討會暨《繡子先生集》《讀杜韓筆記》重印首發式』，省政協副秘書長黃紹龍、文化和文史資料委員會專職副主任梁川，以及相關專家學者陳永正、管林、李吉奎、譚元亨、羅可羣、嚴修鴻、張維耿、鍾賢培、左鵬軍等出席了會議，《廣東政協》第七十六期對會議作了重點、詳細的報導。

東莞市政協李炳球先生得悉此事後和我聯繫，他表示：李黼平在寶安書院任山長八年多，爲東莞培育了大批學以致用人才；他熟悉東莞的山川風物，寫下了不少詩文留存於世，陳伯陶《東莞縣誌》錄下了他二十幾首詩歌；李黼平爲東莞教育鞠躬盡瘁，出版其著作，以惠後人，這也是我們東莞爲嶺南文化獻上的一瓣心香。

《全粵詩》主編陳永正教授對我說過：『孝敬先人，花再多錢修墳墓，不及爲他們出一本書，記錄下他們的詩歌、文章，這就是後人對他們最好的懷念。』他又送給我民國二十四年中山大學出版的《文學雜誌》第十二期複印件，內有汪兆鏞、唐文治等十六位文人在收到《讀杜韓筆記》一書後，寫給我祖父雲儔公的信函，該刊以『海內名家復函選錄』全文刊登。陳教授說：『重印時，將這些信函作爲附錄，可爲學者研究提供參考』。《全粵詩》副主編楊權教授十分支持該書出版，并鼓勵安排學生進行研究。華南師範大學左鵬軍教授曾多次對我說：『整理先人資料，不要認爲只是家族的事，這亦是傳承嶺南文化的重要工作』。

黼平公是我天祖黼章公的長兄，他於清嘉慶三年中舉，嘉慶十年成進士，欽點翰林庶吉士。一生著作甚豐，現存《毛詩紬義》二十四卷、《著花庵集》八卷、《吴門集》八卷、《南歸集》四卷、《讀杜韓筆記》二卷。先祖父雲儔公，民國時期曾將三部詩集彙編爲《黼子先生集》，後來在梅州又找到失傳百年的《讀杜韓筆記》，由先父出資於一九三四年在上海中華書局刊印發行。

我已年過古稀，一直期盼在有生之年，能將黼平公詩歌、詩論、遺詩、文、聯以及諸家評論收輯齊全，重新整理出版，使其風流文采長存天壤之間，黼平公有知，亦自當九泉含笑矣。

要將先人資料，編輯成書，誠非易事。有幸得到陳永正、楊權兩位教授的支持和鼓勵，又安排研究生詹嘉玲、劉梓楠、郭鵬飛等同學協助收集材料，至爲銘感。黼平公詩文向無點校整理本，中山大學古文獻研究所李永新先生應我邀請，用業餘時間點校了全書，方便普通讀者的閱讀。

書成，承蒙陳永正老師題寫了書名；李吉奎先生撰寫了序言，並將書稿推薦給廣東人民出版社王俊輝編輯。王編輯對黼平公的詩文極爲讚賞，爲此書的順利出版作了大量工作。同時，此書出版離不開東莞市政協的大力支持，在此謹向所有爲《李黼平集》出版給予過幫助的朋友和單位，表達誠摯的謝意。

李國器

二〇一六年三月於湛江